FINGI CON ME

UNA ROMANCE DA AMICI AD AMANTI IN UFFICIO

SYNERGY
LIBRO 2

MICHELLE MCCRAW

AVVISO SUI CONTENUTI

Fingi con Me è un romance piccante che contiene scene di intimità esplicite e linguaggio volgare. Questa storia contiene una trama secondaria sulla demenza e il morbo di Alzheimer che include una lesione grave (dalla quale il personaggio si riprende anche se, purtroppo, il morbo di Alzheimer non ha cura).

Se questo non è il momento giusto per te di leggere una storia con questi elementi, considera di saltare questo libro per ora. Prenditi cura di te.

1

AVEVO VISTO un sacco di donne entrare e uscire dall'ufficio di Cooper Fallon, ma questa era la peggiore. E non se ne stava andando in silenzio.

Quando il suo strillo — qualcosa che finì con «stronzo» — sfuggì dalla porta chiusa del suo ufficio per echeggiare lungo tutto il corridoio fino alla mia scrivania, premetti le labbra per nascondere un sorrisetto e aprii le informazioni di contatto dell'agenzia interinale.

Da quando la sua assistente di lunga data era andata in pensione cinque mesi prima, il Direttore Operativo della Synergy Analytics aveva passato in rassegna diciotto assistenti temporanee. Alcune se n'erano andate sbattendo la porta, come stava per fare quella, alcune erano sgattaiolate via, e altre semplicemente non si erano più presentate il giorno dopo.

Ma giuro, era tutta colpa sua. All'inizio. Dopo che l'interinale numero cinque gli rigò con una chiave la superficie in ciliegio della scrivania mentre se ne andava, mi chiese di scegliere la successiva. Come un favore. E io non feci altro che approfittare dei suoi standard elevati, e del suo caratteraccio, per assicurarmi che nessuna resistesse. Divenni la Statua della Libertà delle interinali di San Francisco: Date a me le vostre dilettanti, le vostre oziose, le vostre romanziere e poetesse che bramano di poltrire...

Quindi, forse non ero la persona più imparziale per assumere l'assistente di Cooper.

Perché avevo un piano. Un piano che si basava su, be', un aiuto inaffidabile.

Mentre componevo l'e-mail per l'agenzia — dovevo essere abbastanza vaga sul motivo per cui stavamo licenziando questa, così ce ne avrebbero mandato un'altra altrettanto terribile — una voce alle mie spalle chiese: «Va tutto bene là dentro?».

Mi voltai sulla sedia verso la voce familiare, sbattendo il ginocchio nudo contro la gamba della scrivania. Strizzai gli occhi guardando il mio amico e collega, Tyler Young, aureolato dalla luce diffusa proveniente dal lucernario all'ultimo piano del mulino riconvertito.

Mi strofinai il ginocchio. Con Cooper che sbraitava dall'ufficio d'angolo, non avevo sentito l'avvicinarsi silenzioso delle scarpe da ginnastica di Tyler. «Stavo giusto per tirare fuori i popcorn».

Sfoggiando le sue adorabili fossette, aggirò la mia scrivania per posizionarsi di fronte, come faceva sempre per non obbligarmi a fissare il lucernario. Quando il ringhio basso di Cooper sovrastò la voce più acuta dell'interinale, Tyler si spinse su gli occhiali dalla montatura nera e chiese: «Sei sicura? Dobbiamo...?».

Inclinai la testa per ascoltare. L'interinale gli stava tenendo testa quanto lui, se non di più. Tutte le imprecazioni provenivano da lei. «No, sono abbastanza alla pari. Almeno lei non è una che piange». La settimana prima avevo saccheggiato il cassetto della mia scrivania in cerca di cioccolata e fazzoletti per consolare quella che aveva licenziato.

Quando le urla dell'interinale si trasformarono in uno stridio acuto, l'altro fondatore della Synergy, Jackson Jones, uscì dal suo ufficio e si diresse con calma verso la mia scrivania. «Ehi, Marlee. Chi ha scommesso» controllò il suo Omega «sulle quattro?». Il mio capo appoggiò la sua grande mano sulla mia scrivania e prese una caramella dalla ciotola di ceramica.

Sbuffai. «Qualcuno in amministrazione. Credo che vincerà la scommessa».

«Povero Cooper». Appallottolò la carta della caramella e me la porse perché la buttassi nel cestino. «Non tutti possono avere l'assistente migliore di San Francisco. È solo geloso che io ti abbia trovata per primo».

Sentendomi avvampare le guance, mi lisciai la gonna rosa bocciolo.

Cooper, il Direttore Operativo di una delle aziende tecnologiche più in voga del mondo, pretendeva molto dai suoi dipendenti. Era un miliardario alfa, proprio come nei miei romanzi preferiti.

Il perfetto materiale da eroe da romanzo rosa. Vorrei solo che fosse mio.

La prima volta che lo incontrai, quando ero ancora una part-time che cercava di capire cosa facesse esattamente un software di analisi e come quell'edificio pieno di giovani programmatori trasandati fosse finito nella classifica Fortune 1000, la mascella mi era cascata e le ginocchia si erano fatte molli. Era più che bello; sembrava il modello sulla copertina del romanzo rosa che stavo leggendo. Capelli biondi, occhi azzurri, la giusta quantità di barba corta, abiti impeccabili — anche se privo di spadone — e alto come una sequoia. Avevo passato i miei primi tre giorni alla Synergy a fissarlo. Alla fine della seconda settimana, era diventata una cotta coi fiocchi.

Non solo era uno degli scapoli più ambiti della California del Nord, ma era anche un uomo premuroso, attento e onesto. Conosceva i nomi di tutti i suoi dipendenti, dal piano direttivo fino alla sala posta. Aveva creato una fondazione per aiutare i ragazzi di famiglie a basso reddito a frequentare corsi estivi di programmazione. E, cosa più importante...

«Rispondi tu, per favore?» chiese Jackson, appoggiando un fianco al bancone da laboratorio in pietra ollare che usavo come scrivania.

La linea di Cooper era illuminata sul mio telefono fisso, e

squillava, ma dato che entrambe le persone che avrebbero dovuto rispondere si stavano urlando contro, toccava a me.

«Ufficio di Cooper Fallon. Parla Marlee Rice».

«Salve» disse una voce femminile e roca. «Sono Jamila Jallow. C'è Cooper? Aspetta una mia chiamata».

L'aspettava? Il cuore mi martellò nel petto. Perché Jamila Jallow, la prima del loro corso a Stanford, bella da poter fare la modella, presente in tutte le classifiche dei "quaranta sotto i quaranta", la migliore amica di Cooper, lo stava chiamando proprio oggi?

«No, mi dispiace. Al momento è impegnato. Posso esserle d'aiuto?».

«Certo. Potrebbe dirgli che i miei piani sono cambiati e che posso andare con lui al matrimonio di Jackson?».

Santo Stephen Hawking.

«Davvero?». Sebbene Jamila e Cooper avessero partecipato insieme a più di un evento di settore, lui non portava mai un'accompagnatrice agli eventi della Synergy. E anche se il matrimonio del mio capo il weekend successivo non era una funzione aziendale ufficiale, ero sicura che ci sarebbe andato da solo.

«Sì, posso. Ma, sa una cosa, gli manderò un messaggio. Grazie, Marlee».

Mi ronzavano le orecchie. Avevo immaginato che Jamila sarebbe andata al matrimonio di Jackson. Erano amici dai tempi del college. Cosa significava che ci sarebbe andata con Cooper? Era un'uscita tra amici o un appuntamento-appuntamento?

Sarebbe stata la mia solita sfortuna se lei si fosse accaparrata Cooper proprio quando finalmente avevo trovato il coraggio di fare qualcosa per la mia cotta di tre anni.

«Ehm, Marlee?» chiese Tyler, sistemandosi gli occhiali. «Stai bene?».

Sbattei le palpebre per mettere a fuoco. «Benissimo». Mi rivolsi a Jackson. «Era Jamila Jallow. Ha detto che verrà con Cooper. Al suo matrimonio».

Le sue sopracciglia si inarcarono. «Non porta mai nessuno alle mie feste».

«Vero? Che succede?».

La porta di Cooper si aprì di colpo, sbattendo contro il muro, e l'interinale uscì come una furia, con il viso rosso come la sua camicetta di seta. Mi ero un po' spaventata quando quella donna splendida era entrata lunedì con i suoi abiti firmati e scarpe che costavano più del mio stipendio settimanale, ma era stata troppo impegnata a sbattere le ciglia finte a Cooper per rispondere alle sue telefonate. Afferrò la sua borsa di morbida pelle dalla scrivania esterna e passò impettita davanti a noi verso gli ascensori.

«Ciao, Lynley» dissi.

«Vaffanculo». Svoltò a destra, aprì la porta di scatto e scomparve nel vano scale.

Scambiai un'occhiata con Jackson.

«Già» disse, «a volte Cooper fa questo effetto anche a me».

Tyler non disse nulla. Non aveva passato abbastanza tempo qui al sesto piano per sapere che gli umori di Cooper erano un temporale estivo: rumoroso ma di breve durata.

L'uomo in persona uscì dal suo ufficio dalle pareti di vetro, con le narici dilatate e la mascella di marmo. Si ficcò le mani nelle tasche dei suoi pantaloni neri su misura e, con lo sguardo fisso sul pavimento di legno di recupero, si avvicinò a noi. Mi passai una mano sul ciondolo e mi raddrizzai sulla sedia.

Strofinandosi la nuca, puntò i suoi occhi azzurro cristallo su di me.

«Marlee?». Si mosse sui piedi. «Sembra che Lindsey…».

«Lynley» lo corressi.

Fece una smorfia, mostrando denti bianchi e dritti. «Io e lei abbiamo convenuto che non è adatta per la Synergy».

«È un modo di vedere le cose» disse Jackson.

Lo sguardo di Cooper trapassò il suo amico. «Se solo riconsiderassi di condividere Marlee con me…».

«Sarei felice di…» iniziai.

«Non se ne parla» mi interruppe Jackson. Mi fissò, intensamente. «Marlee ha già abbastanza da fare. E tanto varrebbe chiedermi in prestito il braccio destro. Trovati la tua Marlee». Scrollò le spalle. «Oppure tieni una delle interinali che ti trova lei».

Prima di parlare, Cooper si prese un attimo per rilassare le mani, che si erano strette a pugno. Poi mi guardò. «Pensi di poter...?».

«Fatto». Cliccai per inviare la mia e-mail all'agenzia interinale.

«Grazie. Sai che ti adoro, Marlee». Ed eccolo lì, il sorriso mozzafiato che ogni volta mi trasformava in una pozzanghera sul pavimento. Volevo far danzare la punta delle dita sulla sua mascella forte e barbuta e tra i suoi capelli corti e biondo sabbia. Far scorrere le mani sulla sua camicia a righe grigie per toccare le spalle toniche sottostanti. Graffiargli la schiena e stringergli il...

«Comunque, Jay...». Si voltò verso Jackson, e fu allora che mi resi conto che stavo di nuovo spogliando Cooper con gli occhi. «Possiamo iniziare il nostro giro prima? Stasera ho un evento della fondazione».

«Vado a cambiarmi». Jackson mi lanciò un'occhiata — non gli erano sfuggiti i miei occhi vaganti — e poi afferrò la spalla di Tyler. «Parliamo domani delle tue idee per il modulo sul consumo di carburante». Poiché stavo guardando Cooper, vidi che il suo sguardo seguì la mano del suo amico e poi si strinse su Tyler. Cooper tendeva a essere il partner geloso nella sua amicizia fraterna con Jackson.

«Certo». Tyler sorrise al nostro capo, assomigliando esattamente a un Labrador a cui avevano detto che era un bravo ragazzo.

Dieci anni prima, Jackson aveva creato il prodotto di punta dell'azienda — un pacchetto di analisi per autoveicoli che rendeva le auto più performanti e sicure — nella stanza del dormitorio che condivideva con Cooper a Stanford. Una leggenda della programmazione, ispirava ammirazione tra gli sviluppatori, e Tyler era il presidente del fan club. Anche se Tyler stesso era un programmatore valido. Jackson non aveva la pazienza di fare da mentore a molti programmatori, ma trovava il tempo per Tyler.

Quando i due dirigenti tornarono nei rispettivi uffici, feci cenno a Tyler di avvicinarsi e controllai che non ci fosse nessun altro nei paraggi. «Ho sentito che Sanjay se ne va».

«Davvero?». Il suo labbro inferiore si sporse in un quasi broncio. «È un bravo capo. Mi mancherà».

«Certo, ma...» feci una pausa per creare suspense. «Questo lascia libera una posizione di manager. E io conosco un programmatore di talento che è pronto per una promozione».

«Chi, Grant?».

Sbuffai. «No, cretino. Tu».

Si dondolò sui talloni. «Non sono pronto. Sono qui da meno di un anno».

«Non importa da quanto tempo sei qui. Ciò che conta è quanto ne sai di programmazione e quanto sei bravo con le persone». E Tyler era bravo con le persone. A differenza della maggior parte dei suoi colleghi, non mi guardava dall'alto in basso perché ero un'impiegata amministrativa.

I suoi occhi si strinsero, incerti.

«Pensaci. Le Risorse Umane pubblicheranno l'annuncio la prossima settimana».

Fece un grugnito evasivo. Prendendo una mentina dalla mia ciotola di caramelle, ne attorcigliò le estremità. Aprì la bocca, prese un respiro e poi lo lasciò andare lentamente.

«Oh, giusto. Il modulo sul consumo di carburante. Vuoi che fissi una riunione con lui per domani?». Cliccai sul calendario di Jackson e cercai uno spazio libero. «Che ne dici delle due e mezza?».

Un leggero tamburellare fu la sua unica risposta. Le sue lunghe dita battevano un ritmo contro il lato dei suoi jeans.

«Tyler?» lo spronai di nuovo.

«Giusto. Certo». Distolse lo sguardo dalla mia scrivania e incontrò il mio. «Alcuni di noi... pensavo che ti sarebbe piaciuto, forse, ehm...».

«Sì?». Scrissi l'invito per la riunione e lo inviai mentre lui esitava. Lanciai un'occhiata all'orologio nell'angolo del mio schermo. Se Jackson stava uscendo ora, potevo giusto prendere il treno prima. Decisamente una buona idea, considerando i problemi che avevamo avuto ultimamente. Qualche settimana fa, papà aveva cercato di dare una mano preparando la cena, ma aveva finito per bruciare una pentola sul fuoco e far scattare l'allarme antincendio.

«C'è la serata della pinta a tre dollari, e...».

Sobbalzammo entrambi quando Jackson sbatté la porta del suo ufficio e gridò lungo il corridoio: «Coop, muovi il culo!».

Cooper uscì dal suo ufficio, con il borsone in spalla. Come Jackson, indossava una maglietta che gli fasciava il petto e finiva appena sotto il fianco di un paio di pantaloncini da ciclista attillati. I miei occhi percorsero la sua gamba tonica fino all'accenno di un rigonfiamento appena sotto l'orlo di quella maglietta. Deglutii.

«A domani». Jackson salutò svogliatamente nella nostra direzione prima di correre verso le scale e tenere la porta per Cooper. «Dopo il giro, andiamo a...». La porta si chiuse alle loro spalle, interrompendo le parole di Jackson.

Sbattei le palpebre un paio di volte e poi mi voltai di nuovo verso Tyler. «Scusa, cosa dicevi?».

Si tolse gli occhiali e li strofinò sulla maglietta. Senza gli occhiali, i suoi occhi erano screziati di macchie marroni, blu, verdi e oro, come la Terra vista dallo spazio.

«Stavo pensando di andare al pub nell'isolato accanto dopo il lavoro. Ti va di venire?».

«Mi dispiace, stasera non posso. Con chi vai?». Quando passavamo del tempo insieme alle feste trimestrali della Synergy, gli altri programmatori orbitavano intorno a Tyler come satelliti. La maggior parte di loro andava bene, ma alcuni non avrebbero nemmeno rivolto la parola a qualcuno senza la dicitura "sviluppatore" nel proprio titolo professionale. Mi passavano accanto con lo sguardo come se fossi una sorta di esotico insetto rosa, completamente al di sotto della loro attenzione.

«Oh, ehm. Non avevo ancora invitato nessun altro».

Interruppi i miei preparativi per andarmene. Era da Tyler

organizzare l'uscita intorno a me e alle mie preferenze. Un ragazzo così dolce. Se fossi stata chiunque altra, avrei colto al volo l'opportunità di passare del tempo con lui dopo il lavoro.

Ma io avevo delle responsabilità. E dei piani. «Magari un'altra sera?».

Appena annuì, mi diressi a grandi passi verso l'ascensore e premetti con forza il pulsante.

Le porte si aprirono subito, e quando mi voltai per premere il pulsante del piano, intravidi la bocca di Tyler piegata all'ingiù mentre mi guardava andare via. Gli feci un sorriso di scusa e un piccolo cenno con la mano.

Se la sarebbe cavata. Stasera sarebbe uscito con i suoi altri amici. Era come la maggior parte delle persone della nostra età che lavoravano alla Synergy: devoto e gran lavoratore con poche responsabilità fuori dall'ufficio e con un sacco di soldi per fare festa una volta finito il lavoro.

Anche se eravamo amici da quasi un anno e migliori amici da più di sei mesi, Tyler non sapeva che non ero come lui. Speravo che non pensasse che stessi inventando una scusa, come avevano fatto tutti i miei amici del college. Erano lentamente usciti dalla mia vita dopo troppi inviti rifiutati, troppe cancellazioni dell'ultimo minuto.

Ma dal momento in cui mi aveva salvato da quella maledetta spina della birra, Tyler era stato diverso. Aveva continuato a invitarmi in posti anche se la maggior parte delle volte rifiutavo. Era un buon amico. Uno che valeva la pena tenersi stretto.

L'avrei portato a pranzo il giorno dopo. Ma in quel momento, dovevo darmi una mossa per il mio secondo lavoro.

2

MENTRE IL TRENO entrava nella mia stazione a Oakland, infilai il segnalibro nel libro della biblioteca e ne accarezzai la copertina lucida. Un giorno, qualcuno mi avrebbe stretta tra le sue braccia e baciata come l'eroe in kilt del romanzo rosa aveva appena baciato la protagonista, un misto di desiderio represso e un groviglio di lingue. Sarebbe stato Cooper?

Non se era innamorato di Jamila Jallow.

Alzai lo sguardo dal petto inverosimilmente depilato sulla copertina e vidi un uomo seduto di fronte a me, con un sorrisetto stampato in faccia. Roteai gli occhi e mi alzai, cacciando il libro nella borsa. Se fossi stata un ragazzo a sbavare su Playboy, mi avrebbe dato il pugno. Ma siccome ero una donna che leggeva un romanzo rosa con una copertina allusiva, pensava di potermi guardare dall'alto in basso. Mi assicurai di colpirgli il gomito, e forte, con la mia borsa fucsia in similpelle mentre uscivo.

Facendomi largo tra la folla nel terminal, raggiunsi la strada. L'aria era ancora calda in quella serata di settembre, il sole appena visibile sopra i tetti dei bassi edifici. Camminai a passo svelto lungo le strade ampie e aperte, così diverse dai canyon oscurati dai grattacieli del centro di San Francisco. Salutai i volti familiari che incrociai: la vecchia signora Lukas che stringeva la sua borsa da bowling alla fermata dell'autobus, il robusto signor Oliveras appoggiato allo stipite del suo negozio di alimentari, i piccoli Park che facevano correre le loro macchinine sui gradini d'ingresso del loro palazzo. Avevo vissuto a Oakland per tutta la vita e, sebbene fossi andata al college e ora lavorassi a San Francisco, la East Bay era casa mia.

Proprio mentre stavo per entrare nel nostro bungalow di stucco, qualcosa tintinnò sul fianco della casa. Il cuore prese a martellarmi nelle orecchie. Di solito il nostro quartiere sembrava sicuro, ma non sarebbe stata la prima volta che qualcuno tentava di entrare. Sarebbe stato il momento perfetto perché il mio eroe delle Highlands mi venisse in soccorso con la sua claymore e mi salvasse dal ladro, ma avevo solo papà, e lui usava un bastone, non una spada.

Con la mano tremante, frugai nella borsa alla ricerca del taser — sperai che le batterie funzionassero ancora — e, dopo aver posato la borsa e sfilato i tacchi, tornai sui miei passi in punta di piedi lungo il fronte della casa.

Metallo stridette contro metallo proprio dietro l'angolo. Che il ladro avesse deciso di arrampicarsi sul tetto per entrare dalla finestra? Rabbrividii. La finestra della mia camera.

Strinsi il taser nel pugno e raddrizzai la schiena. No. Non ero una damigella indifesa in pericolo. Avevo seguito due corsi di autodifesa alla Y, ero armata e non avevo paura di proteggere me stessa e la mia casa. Scattando da dietro l'angolo, feci oscillare il taser in un arco alto per colpire il ladro al viso o al collo, come mi avevano insegnato.

Lo lasciai cadere come se scottasse, e rimbalzò sull'erba.

«Papà! Che diavolo fai?»

Mi guardò dall'alto, un piede sul piolo più basso della scala, le mani aggrappate ai lati e un'antica fila di luci di Natale multicolori avvolta intorno alla spalla.

Delle rughe gli si formarono intorno agli occhi blu ardesia. «Marlee! Sei a casa! Stavo giusto per appendere le luci.»

«Luci per cosa?» Mi strofinai il petto per impedire al cuore di sfondarmi lo sterno.

Staccò una mano dalla scala per toccare i fili che gli pendevano dalla spalla. «Le luci di Natale, ovvio.»

«Siamo a metà settembre. Non ti pare un po' presto?» Mi avvicinai, pronta a sorreggerlo nel caso avesse tolto l'altra mano dalla scala.

Il suo sorriso svanì e mi guardò con espressione assente. Poi le punte delle orecchie e le guance segnate dal tempo gli si arrossarono. «Pensavo di cominciare in anticipo?» Il modo incerto in cui la sua voce si alzò alla fine della frase mi colpì dritto allo stomaco.

«Sai che non dovresti usare la scala.» Raccolsi il taser e lo infilai nella tasca della giacca prima di cingergli la vita con un braccio. «Tieniti forte e metti giù il piede.»

Lui incurvò le spalle, ma obbedì. «Il mio bastone è laggiù.» Indicò con il mento il lato della casa dove era ancora appoggiato allo stucco. Mi assicurai che avesse entrambi i piedi per terra e tutte e due le mani aggrappate alla scala prima di lasciarlo per il tempo necessario a prendere il bastone e metterglielo in mano.

«Andiamo dentro.» Gli avvolsi il braccio attorno alla vita e lo sostenni mentre lasciava la scala e si girava verso il fronte della casa.

«Ce l'avrei fatta. Salgo su quella scala da prima che tu nascessi.»

Una caduta proprio da quella scala gli aveva frantumato una gamba e lo aveva reso invalido permanente. Chiusi gli occhi e strinsi le labbra per impedirmi di ricordargli che non potevamo permetterci un altro episodio del genere.

Invece dissi: «È quasi ora di cena e, inoltre, mancano due mesi prima di dover appendere le luci.»

Zoppicò al mio fianco fino ai gradini d'ingresso, dove si fermò. «Guarda il lato positivo,» disse, con gli occhi scintillanti, «ho già ordinato il tuo regalo di Natale. Quest'anno non arriverà in ritardo.»

———

DALLA PORTA D'INGRESSO, solo sei gradini di dimensioni normali — dodici al passo strascicato di papà — separavano il soggiorno dalla cucina, che ci accolse con l'aroma speziato di chili proveniente dalla pentola a cottura lenta. Lasciai papà appoggiato al lavello a lavarsi le mani mentre io mettevo le mie cose vicino alla porta sul retro.

Si asciugò le mani e prese la scatola del preparato per il pane di mais che avevo lasciato sul bancone. «Credo di essermi distratto.»

«Non preoccuparti.» Perché aveva deciso di appendere le luci? Aveva visto una di quelle pubblicità natalizie premature in TV e si era dimenticato la data?

Allineai i tacchi contro il muro prima di mettere la borsa del portatile nel cubicolo magenta che papà aveva costruito accanto alla porta sul retro quando avevo iniziato l'asilo. L'aveva ridipinto molte volte nel corso degli anni, sempre nelle mie sfumature di rosa preferite.

Mi feci largo per passare accanto a lui, lavarmi le mani e poi apparecchiare. A cena non avevamo più bisogno di parole; avevamo preparato i pasti insieme così tante volte nel corso degli anni che anticipavamo ciò che l'altro avrebbe fatto. Gli porsi una ciotola e lui ci versò il chili col mestolo. Ripetei con una seconda ciotola, che portai al tavolo rotondo di legno.

I miei amici del college avevano pensato che fossi strana a voler vivere a casa, ma papà era l'unica famiglia che avevo. Avevo bisogno di lui. E ora anche lui aveva bisogno di me.

«Com'è andata a scuola oggi?» mi chiese, accomodandosi sulla sua sedia scricchiolante.

«Al lavoro, papà. Al lavoro è andata bene. Cooper ha perso un'altra assistente, quindi ho dovuto trovargliene una nuova per domani.»

«Un'altra? Dev'essere uno che li tratta male.»

«Lo è. Ha grandi aspettative.» Il fatto che Cooper consumasse le assistenti temporanee più velocemente di quanto gli Oakland A's consumassero le palle da baseball era una parte fondamentale del mio piano per conquistarlo. Quando il mio capo fosse partito per la luna di miele, saremmo rimasti solo noi due. Avrei corteggiato Cooper durante pranzi intimi.

«Sei tu che gli crei aspettative irrealistiche. Quelle assistenti non saranno mai alla tua altezza.» Ebbi solo un secondo per gongolare alle sue lodi prima che mi fulminasse con: «Potresti fare molto di più con la tua laurea in informatica.»

Mi si strinse lo stomaco. Amavo vivere con papà, ma di questo, proprio di questo, avrei fatto volentieri a meno. La maggior parte dei venticinquenni aveva almeno la distanza di una telefonata; io dovevo guardare mio padre negli occhi mentre mi rimproverava per non aver realizzato il mio potenziale.

«È uno stipendio fisso, e posso scegliere i progetti speciali quando ho tempo.»

«Ma non hai mai tempo, vero?» Lo sguardo da insegnante che non ammetteva repliche di papà mi trafisse.

«Jackson mi tiene occupata.» Non aggiunsi che correre a casa per assicurarmi che papà non avesse dato fuoco alla casa o non fosse caduto — di nuovo — non mi lasciava tempo per progetti speciali.

«Quando si sposa?»

Sbattei le palpebre per il brusco cambio di argomento. «Il prossimo weekend.»

«Ci porti qualcuno?»

Non potei nascondere il rossore ardente che si diffuse dalle guance alla fronte. «Non lo so.» Per la decimillesima volta, desiderai che mia madre fosse ancora qui per parlare di queste cose. O per fare da cuscinetto tra me e papà. Lui ci provava, ma...

«Dovresti. I matrimoni sono magici.» Un ricordo scintillò nei suoi occhi. «Il nostro lo è stato.»

Per quante volte avessi sentito la storia, non lo fermai. La amavo ogni volta.

«Non avevamo soldi, ma sapevo che doveva essere speciale

per la mia Maggie. Così presi in prestito delle piante da un amico paesaggista — vasi di rose di ogni colore — e riempii il giardino di Santos. Ogni volta che sento il profumo delle rose, mi ricorda il nostro matrimonio. Alicia avrà le rose?»

«No. Le ortensie.»

«Nessun profumo.» Scosse la testa, ma poi, invece di prendere altro chili, posò il cucchiaio. «Troverai la tua magia al matrimonio.»

L'avevo sperato, ma con la novità di Jamila, il mio coraggio si era affievolito. «Lei... all'inizio avevi paura che non provasse quello che provavi tu?»

Ridacchiò. «Certo. Ero un dipendente. Ogni giorno, mentre costruivo quella dependance a bordo piscina, lei usciva in costume da bagno. A volte da sola con un libro e le cuffie. A volte con un'amica o persino con un ragazzo. Mi sono giocato un'unghia con una levigatrice a nastro mentre la guardavo nuotare con un altro tizio.» Sorrise alla visione che solo lui poteva vedere. «Era così bella. Assomigliava proprio a te, adesso.» Fissò la foto di mia madre sul muro, sopra quella che avrebbe dovuto essere la sua sedia a tavola.

Aveva quasi ragione. Condividevamo gli stessi folti capelli color miele scuro — anche se i miei non erano cotonati in stile anni '90 — e gli occhi marroni. Mentre il suo mento era arrotondato, io avevo ereditato la mascella squadrata e il grande sorriso di papà. Nell'incavo del suo collo riposava un ciondolo a forma di stella formato da minuscole scaglie di diamante. Lo accarezzai dove ora si trovava alla base della mia gola.

«Come hai capito che era quella giusta? E come ha fatto lei a capire che eri quello giusto?»

Si appoggiò allo schienale della sedia. «Un giorno, finimmo presto. Rimasi lì a pulire dopo che gli altri se ne furono andati. Passai accanto alla piscina mentre uscivo, e lei mi chiese di porgerle un asciugamano. Ero sudato, coperto di segatura, ma quando le toccai la mano, lo seppi. Seppi che volevo tenerle la mano per il resto della nostra vita.» Sorrise, ma non mi guardò. Invece, guardò di nuovo la sua foto.

Perché non ne avevamo mai parlato prima? La storia era assolutamente da svenimento. «E lei... fu in quel momento che lo capì?»

Il suo sorriso triste si trasformò in un sorrisetto. «Mi disse che lo aveva capito la prima volta che mi ero tolto la maglietta.»

«Papà!»

«Credo di sì. Finalmente vide che ciò che voleva non erano quei ragazzi dell'alta società con i loro capelli flosci e i colletti alzati. Ero io. Anche se ero un po' grezzo, la amavo come quegli altri ragazzi non avrebbero potuto. Pochi giorni dopo, mi porse una birra alla fine della giornata, e parlammo. E finalmente trovai il coraggio di chiederle di uscire.» Fissò la sua ciotola, perso nei ricordi di un matrimonio interrotto troppo presto.

Quando distolsi lo sguardo dal suo viso abbattuto, il luccichio del metallo catturò la mia visione periferica.

«Ehi, papà,» dissi, «che ne dici se stasera tiriamo fuori il telescopio? Il cielo sembra sereno.»

Prese il telefono dalla tasca e cliccò un paio di volte. «Potremo vedere Saturno. E il transito della Stazione Spaziale Internazionale è alle 20:45.» Un ampio sorriso si allargò sul suo viso mentre controllava le carte celesti.

La stretta al petto si allentò. Le luci di Natale erano state un'anomalia. Papà era lucido come sempre. «Sai che ti dico,» dissi, «tu lava i piatti e io preparo il telescopio.»

Si alzò, più in fretta di quanto avrebbe dovuto, barcollò brevemente, ma poi afferrò la sua ciotola. Appoggiandosi pesantemente al bastone, si trascinò fino al lavello. Il telescopio era troppo pesante perché potesse maneggiarlo ora, ma avrei lasciato a lui le regolazioni.

Quando portai la mia ciotola al lavello, gli diedi un bacio sulla guancia ispida. «Ti voglio bene, papà.»

«Anch'io ti voglio bene, Raggio di sole. Ma stasera non possiamo fare tardi; domani hai scuola.»

Chiusi gli occhi ed emisi un lungo sospiro dal naso. Sollevando la custodia del telescopio dal suo scaffale, scesi rumorosamente i gradini posteriori nella luce color lavanda del tramonto. Nel minuscolo giardino con i suoi cespugli di rose e le piante grasse, dove avevamo piantato l'acero giapponese per mia madre, dove papà mi aveva insegnato a lanciare e prendere una palla da baseball, e dove avevamo rivolto lo sguardo alle stelle in innumerevoli notti serene, inspirai i profumi di casa, quella che lui aveva costruito per mia madre e per me.

Mia madre era morta prima del loro terzo anniversario, ma almeno aveva conosciuto per un breve periodo un amore perfetto, da favola. Un giorno, l'avrei avuto anch'io, e avrebbe compensato il non aver avuto una madre che mi rimboccasse le coperte la notte, che mi facesse "il discorsetto", che scattasse cento foto a me e al mio accompagnatore del ballo. Per non avere un solo ricordo di lei.

Cooper non aveva neanche dovuto togliersi la maglietta perché io mi innamorassi di lui. E certo, l'avevo toccato un sacco di volte, stringendogli la mano il mio primo giorno, porgendogli documenti o il telefono in molti giorni da allora, e nessuna scintilla ancora, ma un ballo, un magico ballo di nozze, ci avrebbe uniti. Come Cenerentola e il Principe Azzurro.

3

UNA SINGOLA FRASE della mia migliore amica mi rovinò la mattinata.

Avevo appena finito la revisione del codice del mercoledì mattina (a Jackson piaceva che la facessi prima io, dato che trovavo la maggior parte degli errori che a lui e alla sua visione d'insieme sfuggivano) quando un messaggio apparve sul mio telefono. Vedendo il nome di Alicia, pensai che forse voleva andare a pranzo fuori o che aveva una domanda sull'agenda di Jackson. Cose innocue.

Invece no.

Sarebbe dovuto essere facile rispondere. A dieci giorni dal matrimonio, avrei già dovuto consegnare il biglietto ad Alicia. Avrei dovuto sapere con certezza chi avrei portato, se avessi portato qualcuno.

Avevo un piano. Avevo presunto che io e Cooper saremmo andati da soli e che finalmente avrei trovato il coraggio di dirgli cosa provavo. Avevo persino sperato di poter salire con lui fino al vigneto. Rannicchiati nell'accogliente sedile anteriore della sua Porsche elettrica, avremmo finalmente avuto quel momento a tu per tu che ci avrebbe portati dall'essere colleghi a qualcosa di più.

Ma questo era prima di Jamila.

Ora avevo due scelte: presentarmi da sola o portare un accompagnatore. In ogni caso, era un bivio di morton dove sarei finita a fissare mestamente lui e Jamila invece di mettere in atto il mio piano.

E ora la mia migliore amica mi aveva ricordato quanto fosse andato a rotoli il mio piano.

Fissai la parete di vetro dell'ufficio di Cooper in fondo al corridoio. Dopo un secondo, lui comparve, camminando avanti e indietro, con l'auricolare e una mano infilata nella tasca dei pantaloni neri eleganti. Si fermò e si strofinò un sopracciglio biondo scuro come se gli dolesse la testa. Poi si voltò e tornò sui suoi passi, scomparendo dal mio campo visivo.

Povero Cooper. Lavorava troppo, si assumeva troppe responsabilità. Raccoglieva tutta l'inefficienza di Jackson. E Jackson ne lasciava molta. Aveva bisogno di qualcuno a casa che alleviasse i suoi fardelli, che lo aiutasse a rilassarsi. Poteva farlo Jamila? Lei aveva la sua azienda, le sue preoccupazioni. Forse avevano legato grazie a quella connessione condivisa.

Un altro messaggio lampeggiò sul mio telefono.

Ci sei?

Puoi darmi un altro paio di giorni per sistemare delle cose?

Nessun problema. Devo solo dare il numero totale al vigneto entro venerdì.

Due giorni. Avevo due giorni per trovare una strategia per rispondere allo sviluppo-Jamila.

Guardando di nuovo verso l'ufficio di Cooper, colsi il movimento del risvolto dei suoi pantaloni mentre si allontanava.

Forse non era così grave come pensavo. Potevano andarci da amici, come avevano partecipato a tanti gala in passato. Erano stati tutti e tre molto uniti al college (Jackson, Cooper e Jamila), quindi Jamila aveva il suo invito al matrimonio. Forse Cooper e Jamila andavano insieme per risparmiare benzina.

La porta delle scale si chiuse con un tonfo dietro di me, subito prima che sentissi il caratteristico trascinarsi di una scarpa da ginnastica sul legno. Già sorridendo, mi voltai. «Cosa ti porta quassù?»

«Ehi.» Inquadrato dal sole di mezzogiorno che filtrava dal lucernario, Tyler si fermò davanti alla mia scrivania e fissò la bacheca di sughero alla mia sinistra. Dato che non disse altro, seguii la linea del suo sguardo fino al punto in cui finiva: sul biglietto di conferma giallo ranuncolo appuntato sulla bacheca.

«Non ti ha scritto lei di venire quassù a scocciarmi per il matrimonio, vero? Ho detto che le avrei fatto sapere entro venerdì.»

«Non... non esattamente.» Si spostò il peso su un piede e chinò la testa.

Il mio stomaco brontolò e ci misi sopra una mano. Papà stava ancora dormendo quando ero uscita di casa quella mattina. Dato che non gli avevo preparato la colazione, mi ero dimenticata di mangiare anche io.

«Vuoi andare a pranzo?» chiese Tyler, sorridendo.

Mi ero anche dimenticata di portare il pranzo al sacco. «Idea geniale.» Guardai la porta chiusa di Jackson e gli mandai un breve messaggio per dirgli che stavo uscendo. Non rispose, quindi doveva essere immerso nel codice. Afferrai la borsa e mi alzai. «Andiamo.»

Quando la porta dell'ascensore si aprì nell'atrio, Alicia stava chiacchierando con José alla postazione della sicurezza. «Oh, bene, siete pronti per andare.»

«Andare?» Cosa mi ero dimenticata?

Il mio telefono suonò con un promemoria. Prova finale abito Alicia. Chiusi forte gli occhi. Che smemorata affamata. «Cambio di programma, Tyler. Andiamo con Alicia alla prova del suo abito.»

«Oh, no. Voi avevate dei piani?» chiese Alicia. «Non preoccuparti. Posso andare da sola.»

«Neanche per sogno. Non affronterai la Signora Drago da sola.»

«Signora Drago?» chiese Tyler.

«È un vero osso duro. Ma può permetterselo. È la migliore.» Feci spallucce.

«E un'amica personale della madre di Jackson,» disse Alicia.

Insieme, camminammo verso la porta girevole, e Tyler ci fece cenno di andare per prime. «Non vedo l'ora di conoscerla.»

L'atelier da sposa non era lontano dall'ufficio di Synergy in centro. Mentre camminavamo, Alicia e Tyler parlarono di un progetto a cui lui stava lavorando. Lasciai le mie preoccupazioni per Cooper e il matrimonio alle spalle nell'edificio di Synergy e lasciai che il sole di settembre mi scaldasse il viso.

Quando raggiungemmo l'atelier, Alicia sparì nel camerino con la Signora Drago.

«Non dimenticare, ho promesso che avrei fatto una foto per Tiannah,» le gridai dietro. Tiannah, la sua migliore amica di sempre, era la damigella d'onore ufficiale di Alicia. Dato che viveva in Texas, mi ero occupata io della maggior parte degli impegni locali come le prove dell'abito.

Un'assistente ci portò da bere (una lattina di Mountain Dew per Tyler e un elegante flûte di acqua frizzante per me) e ci accomodammo su un divanetto di fronte a una pedana circondata da tre specchi.

Tyler si guardò intorno nel negozio. «Questa per me è una prima volta.»

«Hai tutti quei fratelli. E tua sorella. Nessuno di loro è sposato?»

«No. Uno è fidanzato, però.» Sorseggiò la sua bibita e deglutì come se fosse amara invece che dolce.

Mi tolsi le scarpe e raccolsi le ginocchia sotto di me. «Quando sono le nozze?»

«La prossima estate, credo?» Distolse lo sguardo, tamburellando le dita sui jeans. La sua fossetta era sparita.

Non potevo ignorare le chiare vibrazioni da "non-voglio-parlarne" che stava mandando, ma potevo provare a tirarlo su di morale. Appoggiai il bicchiere sul tavolino e gli strinsi la spalla. «Torno subito.»

Andai verso l'espositore dei cappelli nell'angolo, ne presi una bracciata e li riportai al divanetto. Li appoggiai delicatamente sul tavolino basso e presi un fascinator color foglia di tè con piume di pavone e una nuvola di veletta. Lo misi in testa e alzai le sopracciglia verso Tyler. «Che ne pensi?»

Un angolo della sua bocca si sollevò. «Non è il tuo colore.»

«Allora deve essere il tuo.» Glielo misi in testa e gonfiai la veletta. Faceva sembrare blu i suoi occhi nocciola.

Si guardò allo specchio e girò la testa da un lato all'altro. «Accidenti, che figurone.»

«Modesto, oltre che bello.» Ne presi uno rosso con piume vaporose che spuntavano come fuochi d'artificio.

«Quello,» disse Tyler, indicandolo.

Posai quello rosso e presi quello che aveva indicato lui. Era più semplice degli altri, un trio di rose di seta rosa cipria annidate in un tocco di veletta rosa pallido tempestata di perline. Me lo misi in testa e mi guardai allo specchio. Annuii. «Hai ragione. È bellissimo.»

I suoi occhi si erano scuriti sotto il suo ridicolo cappello. «Bellissima.»

La voce dell'assistente mi sorprese. «Ha bisogno di un'altra bibita?»

Tyler si tolse bruscamente il cappello. «No, siamo a posto.»

Lei sorrise a lui, e poi a me. «Allora, quand'è il grande giorno?»

«Intende Alicia?» Annuii verso il camerino. Non era suo compito saperlo? «È...»

«No, intendevo voi due. Sarete splendidi insieme.»

«Oh, no. No.» La mia risata fu troppo acuta, sull'orlo dell'isteria. «Siamo solo amici. Colleghi.»

«Solo amici.» Tyler raccolse i cappelli e li riportò all'espositore.

«Peccato,» disse l'assistente. Stava forse fissando il suo sedere?

Okay. Era un bel sedere, magro e sodo sotto i jeans. Mi schiarii la gola. «Amici.»

Le voci alte dal camerino catturarono la mia attenzione. «Torno subito, Tyler.» Mi infilai dietro la tenda di velluto rosa.

Alicia sembrava pallida, come quando aveva le nausee mattutine qualche settimana prima, e non riusciva a ricacciare indietro tutte le lacrime che le brillavano negli occhi. La Signora Drago tirava la cerniera, accigliandosi alla vista della seta ricoperta di pizzo che tirava.

«Che succede?» chiesi, facendo scorrere la pesante tenda per chiuderla dietro di me.

«Non… non si chiude. Credo di essere ingrassata.» Alicia tirò su col naso.

«Niente lacrime sul vestito,» sbottò la Signora Drago. Le sue narici si allargarono, ricordandomi perché l'avevo soprannominata la Signora Drago. Oltre alla sua personalità spumeggiante, sembrava sempre sul punto di sputare fiamme dal naso. Afferrò un fazzoletto da una scatola vicina e lo ficcò in mano ad Alicia prima di rivolgere la sua attenzione alla cerniera, che si era bloccata all'altezza della vita di Alicia.

Ora desideravo aver accettato lo champagne che la sua assistente mi aveva offerto.

«Certo che sei ingrassata,» dissi, stringendo le mani per trattenermi dal graffiare la rigida cotonatura bionda della Signora Drago. «Sei incinta di quattro mesi. La sarta non avrebbe dovuto prevederlo?»

«L'abbiamo fatto. Questo è più peso di quanto avessimo previsto,» ringhiò la donna.

Alicia aveva il pancino più piccolo e adorabile. Se fosse stato mio e del mio vero amore, l'avrei illuminato al neon.

«Cosa possiamo fare per l'abito?» chiesi. La mia amica solitamente imperturbabile, che di norma sarebbe stata in grado di risolvere questo problema, era... perturbata.

«Mi lasci vedere alcune...» la Signora Drago guardò dall'alto in basso, «opzioni.» Dopo che fu sgusciata via dietro la tenda, Alicia si premette il davanti del vestito al petto. Potevo già dire che il tessuto non sarebbe bastato neanche lì. Il suo pancino non era l'unica parte di Alicia ad essersi espansa.

«Vedi? Andrà tutto bene,» dissi, prendendo un altro fazzoletto dalla scatola. «Ha detto che aveva delle opzioni.»

Una lacrima scivolò sulla guancia di Alicia, sciogliendo un po' del suo mascara. Gliela asciugai.

«Mi avevano detto che a quattro mesi si sarebbe visto appena. Avrei dovuto mangiare più insalate.»

«No, tesoro, il tuo corpo è meraviglioso. Stai facendo crescere una nuova vita lì dentro. Le cose saranno un po' strane. Ma andrà tutto bene.» Mi sarei assicurata di questo.

«Ehi, va tutto bene lì dentro?» La voce bassa di Tyler arrivò da dietro la tenda.

«Sì,» disse Alicia.

«No,» dissi io contemporaneamente, facendo fare un sorriso ad Alicia. «Usciamo tra qualche minuto. Magari potresti andare a prendere dei panini... e del cioccolato?»

«Ci penso io,» disse lui.

Alicia aveva appena finito di soffiarsi il naso quando tornò la Signora Drago. In una mano teneva un pezzo di spandex bianco ultraresistente. Nell'altra, stringeva una gruccia con un abito a sirena di pizzo elasticizzato dall'aspetto floscio.

Scosse lo spandex verso Alicia. «Guaina modellante pancia piatta.»

Sia io che Alicia lo fissammo inorridite. Se mai fossimo riuscite a farglielo indossare, avrebbero dovuto tirarla fuori con le pinze idrauliche, il che avrebbe prosciugato tutta la sensualità dalla sua prima notte di nozze. Ammesso che non fosse svenuta alla cerimonia per mancanza di ossigeno.

«Non farà male al bambino?» chiese Alicia.

«Le mettiamo sempre alle spose,» disse la Signora Drago. Non aveva risposto alla domanda, ma non avrei comunque accettato consigli prenatali da lei.

«Qual è l'altra opzione?» chiesi, squadrando l'abito sulla gruccia.

«Questo è il nostro abito d'emergenza. È molto versatile.»

Abbassai il mento e lo fissai. Versatile, forse. Svalorizzante, decisamente. Quel pizzo elasticizzato non avrebbe nascosto nulla. Un conto era celebrare il corpo incinto di Alicia, un altro era evidenziare solo il pancione e il seno super-taglia. Probabilmente a Jackson sarebbe piaciuto. Sua madre conservatrice sarebbe stata meno entusiasta.

Le dita di Alicia si strinsero sul corpetto del suo abito per un momento prima che iniziasse a sfilare le braccia dalle maniche.

Le posai una mano sul braccio, fermandola. «No. Ci dev'essere una terza opzione.» Lanciai alla Signora Drago lo sguardo d'acciaio che usavo quando dicevo a Jackson che doveva incontrarsi con l'amministratore delegato. «Non può allargare il tessuto del vestito di Alicia?» Aveva provato dozzine di abiti la primavera scorsa, quando si erano fidanzati, e questo era quello che amava. Non sapevo nulla di cucito, ma: «Sono sicura che possiamo farlo funzionare.»

La Signora Drago tirò l'abito di lato dal fianco di Alicia per mostrarmi le cuciture interne. «Non c'è tessuto extra con cui lavorare. E ordinare la taglia successiva richiederebbe due mesi.»

Nello specchio, gli occhi di Alicia si arrossarono e divennero di nuovo lucidi.

«Allora faccia un... un innesto. Sa, prenda del tessuto da qualche altra parte e lo aggiunga.» Lo facevano con la pelle; sicuramente esisteva un concetto simile nelle modifiche sartoriali.

Arricciò il labbro. «Suppongo che potremmo aggiungere un paio di pannelli ai lati. Finché terrà le braccia abbassate, non si noterà troppo.»

«Siete il miglior atelier da sposa di San Francisco. Sono sicura che potete fare in modo che non si noti affatto,» dissi con un tono dolce come il miele. «Audrey ne sarà così contenta.»

La Signora Drago strinse le labbra rosse, si accigliò per un momento guardando il busto di Alicia, e poi afferrò il metro da sarta che aveva al collo. «Non possiamo deludere Audrey,» borbottò.

Il campanello alla porta d'ingresso tintinnò. «Vi lascio a sistemare. Faremo la foto la prossima volta.» Strinsi la mano di Alicia e scivolai fuori dalla tenda.

Tyler mi raggiunse al divanetto, con un sacchetto di carta in mano.

Tesi le mani, agitando le dita. «Dammi un panino.»

«Non dobbiamo aspettare Alicia?»

«Ci metterà un minuto.»

«Ho preso il tuo preferito, tacchino e avocado.»

Il mio stomaco brontolò. «Grazie. Sei fantastico.»

I primi morsi del mio panino furono divini. Si era persino ricordato della senape piccante che preferivo alla disgustosa maionese che di solito ci mettevano. Rialzai la testa solo quando Tyler parlò.

«Immagino che non avremo molte altre giornate come questa.»

Guardai fuori dalla finestra il sole di settembre. «Immagino di no. Presto sarà autunno.»

«No.» Appoggiò il panino sulle gambe. «Intendo, noi tre.»

«Perché no? Siamo amici da quando vi siete trasferiti qui.» A differenza degli altri programmatori, Tyler era stato amichevole (e non in modo inquietante o provandoci con me, ma trattandomi da pari) fin da quando l'avevo conosciuto. Lui e Alicia avevano lavorato insieme a un grosso progetto nell'ufficio di Synergy ad Austin, dove avevano conosciuto Jackson. Ad Austin, Tyler era diventato il pupillo di Jackson, e Alicia la sua ragazza.

Tyler si era trasferito all'inizio dell'anno, e avevamo legato a una delle feste trimestrali di Synergy. Dopo che Alicia si era trasferita qui in modo permanente qualche mese dopo, eravamo diventate subito amiche. Da allora eravamo un triumvirato, specialmente quando Jackson viaggiava.

Era difficile per me mantenere le amicizie, dato che papà occupava gran parte del mio tempo libero, ma questi due erano rimasti per più di sei mesi. Per quanto amassi mio padre, avevo bisogno anche di amici.

Tyler abbassò lo sguardo sul suo panino. «Pensavo solo che con Alicia che passerà più tempo con Jackson, noi tre potremmo non stare più tanto insieme.» Staccò un cetriolino dal panino.

Mandai giù l'ultimo boccone del mio panino. Aveva ragione: una volta sposati, Alicia e Jackson avrebbero passato più tempo insieme come famiglia. Sicuramente non avrei perso completamente la mia amica. Saremmo comunque uscite insieme quando non era impegnata in cose da coppietta con suo marito.

O no?

Guardai verso la tenda. Accanto, un ritratto di un doppio matrimonio catturò la mia attenzione. Proprio come le sorelle in Orgoglio e Pregiudizio con Colin Firth.

Era troppo tardi per un doppio matrimonio, ma le uscite a quattro erano sempre una possibilità. Sarebbe stato perfetto: Jackson e il suo migliore amico, Cooper, e Alicia e io. Forse un giorno sarebbero stati damigella d'onore e testimone al nostro matrimonio. Cooper sarebbe stato magnifico in un tight grigio come gli sposi nel ritratto.

«Marlee?» La voce di Tyler interruppe la mia visione.

«Cosa c'è?»

«Saremo sempre amici, vero?» Mi sorrise, ma la sua fossetta era sparita.

«Certo che lo saremo. Mi annoierei da morire se non venissi a trovarmi. E…» strinsi gli occhi, «quando otterrai quella posizione da manager, dovrai venire più spesso.»

«Non sono pronto per…»

«Certo che lo sei. Devi solo farti coraggio e chiedere quello che vuoi.»

Proprio come dovevo fare io.

Era ora di fare sul serio con il Piano Coraggio-per-Cooper.

4

AVEVO IMPARATO una o due cose sui nostri dirigenti lavorando alla Synergy negli ultimi tre anni.

Harris Weston, il nostro CEO, aveva un'allergia alle arachidi così grave da non potersi imbarcare su un aereo di linea.

Jackson, il mio capo, non riusciva a stare fermo per più di venti minuti, a meno che non stesse programmando.

E Cooper Fallon andava in palestra alle sei e mezza ogni mattina.

Spinsi la porta a vetri della sala fitness al primo piano della Synergy e mi morsi quasi la lingua quando lo vidi alla chest press. La sua canottiera rivelava i risultati del suo uso quotidiano dell'attrezzo: spalle larghe e arrotondate dai muscoli, pettorali sodi, braccia definite che sembravano uscite da una rivista di fitness.

Il viso non era l'unica cosa che avevo in comune con mia madre.

«'Giorno, Cooper» gridai dall'altra parte della stanza.

«Marlee» disse lui, espirando.

Wow. Era troppo presto per essere così eccitata. Distolsi a fatica lo sguardo dai suoi deltoidi e srotolai il mio tappetino da yoga. Quando avevo scoperto per la prima volta la sua abitudine di allenarsi, avevo provato a condividere l'area pesi. Okay, avevo fatto la finta tonta e gli avevo chiesto di insegnarmi a usare gli attrezzi finché non era sembrato irritarlo. Non ne andavo fiera. Ma lo yoga mi valorizzava di più. Niente sudore né sforzo, e i miei pantaloni da yoga mi facevano un bel sedere. Iniziai con qualche esercizio di stretching che mi permetteva di guardarlo mentre spingeva le maniglie avanti e indietro.

Mamma mia.

Chiusi gli occhi per scacciare il suo fisico così conturbante. Peccato che fosse impresso sulle mie palpebre. Feci un respiro profondo e purificatore ed espressi l'intento per la mia pratica: Sii forte per papà… e aggraziata per Cooper, così mi noterà davvero.

Non era esattamente ciò che la mia insegnante di yoga aveva in mente.

Iniziai i miei saluti al sole, allungandomi verso le luci fluorescenti e poi giù fino alla superficie rosa del mio tappetino. Eseguii posizioni di forza: il Guerriero, l'Affondo Alto, la Montagna. Rientrai la pancia, espansi il petto e mi tenni dritta.

Nel frattempo, Cooper gonfiava le guance mentre spingeva le maniglie per sollevare l'alta pila di pesi. Una goccia di sudore gli scivolò lungo lo zigomo e rimase appesa alla sua mascella scolpita. Aggrottò la fronte, concentrato sulle sue ripetizioni.

Il suo viso aveva mostrato la stessa espressione di furia concentrata il giorno in cui mi ero innamorata di lui.

Durante la mia seconda settimana di lavoro, il giorno in cui aveva in programma una riunione con Weston, il CEO, Jackson era sparito. Non si era solo addormentato, era proprio sparito. Non avrei mai dimenticato lo sguardo truce sul viso di Cooper quando ringhiò: «Andiamo a cercarlo».

Ero terrorizzata. Spaventata che fosse successo qualcosa al mio capo, preoccupata di perdere il lavoro e disperata all'idea di non poter più rifarmi gli occhi su Cooper.

Ma lo trovammo. Dietro il magazzino più malfamato che avessi mai visto. Un topo marrone e rognoso era addirittura corso lungo il muro dietro a Jackson mentre un Escalade rialzato e pieno di fronzoli si allontanava a tutta velocità.

Ero rimasta a una certa distanza, fuori dalla portata della loro conversazione sussurrata. Quando Cooper strinse la mano sulla spalla del suo amico e Jackson ricambiò con un debole sorriso, entrambi con gli occhi lucidi, quasi crollai lì, dietro quel magazzino disgustoso. Non avevo mai avuto un'amicizia del genere. Non avevo mai avuto un amico che sarebbe venuto a cercarmi nella parte più sordida della città che avessi mai visto e, senza giudicare, mi avrebbe riportata al mio posto.

Dopo aver riportato Jackson nel suo ufficio, Cooper rivolse la sua attenzione a me.

«Posso contare sulla sua discrezione, Marlee?»

«C-certo». Avevo firmato un accordo di riservatezza quando mi avevano assunta ma, più di ogni altra cosa, adoravo lavorare per Jackson. Era divertente, gentile ed energico. E prendermi cura degli altri mi veniva naturale.

«Grazie. Per questo e per il suo aiuto oggi». Cooper fissò le sue lucide scarpe brogue. «Jackson ha delle tendenze... autodistruttive. L'autorità, Weston in particolare, a volte le scatena».

Ciò che disse dopo mi si impresse a fuoco nel cervello.

«Lei e io» mi ipnotizzò con il suo sguardo blu ghiaccio «ora siamo partner nel tenerlo al sicuro».

Partner. Mi aveva conquistata. Avrei fatto qualsiasi cosa mi avesse detto, commesso qualsiasi crimine, gli avrei dato tutti i soldi che avevo – non che ne avesse bisogno – per essere sua partner. Per avere, un giorno, il suo sguardo su di me come lo aveva posato su Jackson, con l'amore che brillava nei suoi occhi.

Perché un uomo così devoto a un amico avrebbe offerto alla sua amata esattamente ciò che desideravo: una storia d'amore epica. Una in cui sarebbe corso in mio soccorso ogni volta che ne avessi avuto bisogno. In cui ogni giorno sarebbe stato fatto di cioccolatini e fiori. Una favola che diventava realtà.

Partner. Lo sognavo da quel giorno. Che saremmo diventati più che partner-badanti. Che mi avrebbe vista come io vedevo lui. Come un'anima gemella.

Guardai dall'altra parte della palestra verso di lui. Si era spostato alla leg press, il che mi metteva direttamente nel suo campo visivo. Le carrucole sibilavano.

Appoggiai con forza un piede sul tappetino, sollevai e afferrai l'altro piede dietro di me e mi piegai in avanti nella posizione del Ballerino, immaginando quanto fosse aggraziata la nostra insegnante quando la eseguiva. Contrassi gli addominali e formai un angolo di novanta gradi tra la gamba e l'addome, continuando fino al braccio teso. Fissai lo sguardo lungo le dita estese. Il mio busto era sospeso sul tappetino. Ero grazia, sicurezza, equilibrio.

Fino a quando non spostai lo sguardo su Cooper per assicurarmi che mi stesse squadrando.

Il leggero movimento della testa mi fece perdere l'equilibrio. Annaspai per un secondo, mulinando disperatamente le braccia per ritrovare la stabilità, ma non ci fu niente da fare. Caddi in avanti e riuscii appena a colpire il tappetino con la spalla invece che con il mento. Mi sfuggì un gemito. Bella mossa, Marlee.

Senza interrompere il sibilo ritmico della macchina, mi gridò: «Tutto bene, Marlee?»

Cercando di riprendermi dalla mia figuraccia con lo yoga, raddrizzai le braccia, sollevando la parte superiore del corpo nella posizione del Cobra. «Benissimo» stridetti.

PIÙ TARDI QUELLA MATTINA, la parete di vetro dell'ufficio di Jackson rivelò i segnali di allarme: la gamba che si muoveva nervosamente, la penna che roteava, l'espressione assente. Era ora di farlo muovere. Dopo la sua riunione delle dieci e mezza, aprii la porta e feci capolino nel suo ufficio.

«Andiamo a fare una passeggiata» dissi.

Jackson mi guardò come se gli avessi appena detto che la scuola era finita per le vacanze estive. «Sei la migliore, Marlee».

«Lo so. Andiamo». Doveva scaricare un po' della sua energia prima della sua colazione di lavoro. Si infilò un pile sopra la maglietta dei Ramones e camminò al mio fianco verso gli ascensori. Fuori, ci dirigemmo verso il parco. Mentre il cemento lasciava il posto al trifoglio e all'erba, la tensione si allentò dalle sue spalle e la ruga tra le sue sopracciglia si distese.

«C'è qualcosa di cui vuoi parlare, capo?» chiesi. Tenevo lo sguardo fisso sul sentiero lastricato per evitare di impigliare i miei tacchi a spillo bassi e neri nelle fessure — l'ecopelle si sarebbe staccata subito — ma lui si irrigidì.

«Non proprio».

Era una sua prerogativa. Ero la sua assistente, non la sua terapista, e se non voleva parlare dello stress che stava facendo riacutizzare il suo ADHD, per me andava bene.

Si mise le mani in tasca e si allontanò dal sentiero, verso una scultura di un uomo e due orsi — o cani, non ero mai sicura di cosa fossero esattamente. Meditava sempre su un masso dalla cima piatta da quelle parti.

Mentre lui si concentrava sul suo Om, io mi sedetti su una panchina e riflettei sul mio problema: Cooper. E qualsiasi cosa stesse succedendo con Jamila. Avevo preso in prestito una copia di un tabloid locale dalla nuova stagista di Cooper, e ora lo tirai fuori dalla borsa. Copriva un gala a cui Cooper aveva partecipato con Jamila e una grande foto nel servizio li mostrava sul red carpet. Con i tacchi, lei era alta quanto Cooper, e la sua pelle scura brillava contro l'abito bianco. Lui le teneva la mano sulla parte bassa della schiena — qualcosa che avevo immaginato facesse a me almeno una volta al giorno negli ultimi tre anni — e i loro sorrisi naturali suggerivano che uno dei due avesse appena raccontato all'altro uno scherzo segreto.

Ma ciò che catturò la mia attenzione fu la didascalia sottostante: Con le campane nuziali che suonano per Jackson Jones (a sinistra), lo scapolo più ambito di San Francisco, Cooper Fallon, seguirà presto il suo socio all'altare con la regina della tecnologia Jamila Jallow?

A malapena degnai di uno sguardo la foto più piccola di Jackson e Alicia e la speculazione della didascalia sul suo pancione.

Campane nuziali? Ma che diavolo?

Sentii un fruscio sulla ghiaia e Jackson mi raggiunse, un sorriso fanciullesco sul viso e le mani che dondolavano libere lungo i fianchi. Indicò il tabloid che stringevo. «Alicia è fantastica».

Cancellai l'indignazione dal mio viso e gli sorrisi. «Lei è sempre fantastica, ma in questa foto siete bellissimi entrambi. Vuoi che ne richieda una copia al giornale?»

Lui sbirciò la pagina da sopra il mio braccio. «Sì. Ma cosa dicono di Cooper e Jamila?»

Deglutii. «Che con il tuo matrimonio stai dando loro delle idee. Idee di fidanzamento».

Lui sbuffò. «Sono amici. Niente di più. Nessuna scintilla».

Le sue parole non mi confortarono come avrebbero dovuto. Quando Jamila accompagnava Cooper agli eventi ufficiali, era sempre splendida in un abito da sera taglia quaranta, con i capelli corti e sicuri di sé e un collo sottile che metteva in mostra le sue scintillanti collane gioiello. Così diversa da me, con la mia corporatura media, i lunghi capelli castani e una sola collana. Accarezzai il mio ciondolo, tracciandone i bordi appuntiti. Era la partner perfetta per lo stile di vita di Cooper. Non c'era modo per me di competere con lei, se era quello che lui voleva. Chiusi il tabloid con forza.

«Senti, Marlee». Jackson si sedette accanto a me sulla panchina. «So che tu provi... dei sentimenti per lui. Penso che sareste una coppia fantastica».

Smisi di respirare. Avevamo sempre girato intorno all'argomento, evitandolo come io avrei evitato di guardare direttamente il sole attraverso il telescopio di papà. Avrei potuto negare, e lui avrebbe lasciato perdere. Ma era mio amico oltre che mio capo. «Grazie».

«Visto che lui porterà un'accompagnatrice al matrimonio, forse dovresti farlo anche tu. Ballare un po'? Fargli vedere cosa si perde?» Mi diede una gomitata.

L'immagine di me e Cooper che andavamo separati al matrimonio ma finivamo insieme, proprio come Cenerentola e il suo principe, mi aveva ossessionata. Ma forse aveva ragione. Andare al ballo con un altro accompagnatore aveva funzionato per Amy Adams in Come d'incanto. E io avevo già combattuto contro una signora drago.

Ma chi sarebbe venuto con me? Mancavano nove giorni al matrimonio. Da quando avevo incontrato Cooper, non ero uscita seriamente con nessuno. Nessuno era stato alla sua altezza.

«Pensaci, okay?» Si alzò. «Andrew non porta nessuno. Verrebbe con te».

Un appuntamento con il fratello di Jackson mi sembrava vagamente incestuoso. Ma quale altra opzione avevo?

«Ci penserò». Infilai il braccio sotto il suo mentre tornavamo verso l'ufficio. «Ora, e tu? Ti senti meglio?»

Jackson appoggiò la sua mano sulla mia. «Molto meglio. Non so cosa farei senza di te».

«Oh, io sì» dissi in tono scherzoso. Elencai le cose sulle dita. «Ti perderesti ogni riunione e manderebbero in rovina l'azienda senza di te. Moriresti di fame perché ti dimenticheresti di mangiare. Andresti in prigione per evasione fiscale. Ah, e non staresti con Alicia».

Come al solito, protestò. «Sono stato io quello che ha implorato il perdono».

«Ma ti ho dato io l'idea. Senza i miei fantastici consigli, non l'avresti mai riconquistata». Avrei voluto vedere tutti i miei migliori consigli su come farsi perdonare, presi dai romanzi rosa, messi in azione, ma lui l'aveva fatto ad Austin.

Attraversai la porta girevole e lui mi incontrò dall'altra parte. «Hai ragione». Rivolse uno sguardo speranzoso al fattorino alla reception. «C'è da mangiare?»

«Certo che c'è da mangiare» dissi. «Hai una colazione di lavoro con il signor Weston».

Il suo sorriso si afflosciò. «Weston». La relazione tra il CEO della Synergy e Jackson era una che io in pubblico definivo impegnativa. In realtà, erano come cane e gatto.

«Ma ho ordinato il tuo panino preferito al pollo e chipotle. Con patatine. Me lo porti su?» Firmai per il cibo e Jackson prese i sacchetti dal fattorino.

Quando le porte dell'ascensore si chiusero dietro di noi, Jackson alzò lo sguardo dal pavimento. «C'è modo che tu possa—»

«No».

«Ma non sai cosa io—»

«No». Si sbagliava. Lo sapevo.

«Ma se per caso—?»

«Neanche per sogno. Tra dieci giorni vai in luna di miele. Devi incontrarlo prima di partire. E l'ho programmato durante il pranzo così sarete entrambi di umore migliore. Ho ordinato i biscotti».

Le spalle di Jackson si afflosciarono. Ma poi il suo viso si illuminò. «Con gocce di cioccolato fondente?»

«Certo».

«Ti amo, Marlee».

Se solo il suo socio provasse lo stesso.

5

DOPO AVER SISTEMATO Jackson e il signor Weston nel suo ufficio, presi il pranzo e il mio romanzo e andai nella sala relax al sesto piano. Punzecchiai un quadrato del mio sandwich con burro d'arachidi e marmellata nel suo contenitore di plastica graffiato, lo stesso che usavo da bambina. E proprio come allora, avevo lasciato a papà un sandwich identico. Sperai che si ricordasse di mangiarlo.

«Eccoti.»

Grazie a Marie Curie, era Alicia e non Cooper ad avermi beccata con il mio pranzo deprimente. Sorrisi raggiante alla mia amica. «Ehi. Avevi bisogno di lui? È in riunione con Weston.»

«No, sono venuta a cercare te.» Sebbene indossasse un badge da visitatore, la sicurezza non richiedeva mai una scorta per la fidanzata di Jackson.

Lo stomaco mi si attorcigliò. «Prometto che ti darò il biglietto di conferma entro domani.» Se solo avessi avuto il coraggio di chiedere a Cooper di venire con me, forse non sarei stata sul punto di segnare un triste 1 sulla riga Invitati presenti. Ancora più triste che pranzare da sola sarebbe stato sedere abbandonata al tavolo d'onore a guardare Cooper ballare tutta la notte con Jamila Jallow.

«No, non sono venuta a tormentarti per quello. Sebbene, di solito, tu non sia così... spontanea.» Alicia lo disse come se la parola avesse un cattivo sapore. A parte innamorarsi di Jackson, Alicia, una pianificatrice fino al midollo, non aveva mai fatto una cosa spontanea in vita sua. «Sono venuta a ringraziarti per ieri. Non so cosa avrei fatto senza di te.»

«Ci vuole una stronza per combatterne un'altra.» Punzecchiai il mio sandwich e un po' di marmellata fuoriuscì.

«Marlee.» Pronunciò il mio nome in modo così secco che alzai lo sguardo. «Non sei una stronza. Sai quello che vuoi e fai ciò che serve per ottenerlo.»

Mi afflosciai sulla sedia. Se solo fossi abbastanza coraggiosa da conquistare Cooper.

I suoi occhi azzurri erano velati di lacrime quando disse: «Ma sotto quella grinta, sei la persona più generosa e resiliente che conosca.»

Sorrisi alla mia migliore amica. Avevamo questo in comune. Aveva preso con sé suo nipote quando aveva perso la sorella. Alicia difendeva Noah, che aveva anche lui l'ADHD, con una determinazione che speravo un giorno di poter emulare per qualcuno che amavo. Poteva sembrare morbida all'esterno, ma dentro Alicia era tutta d'acciaio.

«Permesso, Alicia.» Cooper le era apparso alle spalle, dove lei era ferma sulla soglia. Si fece da parte e tutto il calore del suo sorriso si gelò.

«Come va il Suo lavoro per Jamila?» le chiese. Mi bloccai a quel nome.

«Quasi finito. Concluderemo il progetto prima del matrimonio.»

«Bene.» Gli occhi azzurri di Cooper erano stati freddi e riflettenti come la Millennium Tower, ma si scaldarono quando mi notò. «Buon pomeriggio, Marlee.» Allungò la mano verso il frigorifero e tirò fuori uno dei suoi disgustosi frullati verdi.

Richiusi di scatto il coperchio del contenitore del mio sandwich e ci appoggiai sopra un gomito. «Ehi, Cooper. Come ti trovi con Kim?»

«Oh.» Il suo sorriso vacillò. «Va bene.»

Non andava affatto bene. A differenza della sua predecessora, la scansafatiche sboccata che sbatteva le ciglia, l'assistente amministrativa temporanea di oggi era rimasta seduta tranquillamente alla sua scrivania per tutta la mattina. Ma dopo quattro ore, non riusciva ancora a scrivere correttamente il nome di Cooper e in qualche modo era riuscita a fissargli una riunione con un partner chiave a Boston mentre lui avrebbe dovuto essere a una conferenza a Los Angeles. Probabilmente sarebbe durata ancora qualche giorno, che era tutto ciò di cui avevo bisogno.

«Fantastico.» Gli rivolsi il mio sorriso più smagliante. «Bell'allenamento stamattina?»

«Non male.»

Perché non riuscivo mai a pensare a niente di intelligente da dire quando ero con lui? Nella mia mente, io sarei stata Katharine Hepburn e lui Spencer Tracy, e tutti intorno a noi sarebbero rimasti sbalorditi dalle nostre battute argute. O avremmo avuto almeno una conversazione significativa. Almeno una volta. In realtà, eravamo finalisti nella gara per i Colleghi Più Imbarazzanti.

«Beh.» Lanciò un'occhiata di sbieco ad Alicia prima di sollevare il suo frullato verso di me in un brindisi. «A dopo.»

Quando si voltò, osservai quelle gambe avvolte nei pantaloni khaki e quel sedere sodo attraversare il corridoio finché non si sedette dietro la sua scrivania. Dopo averlo visto in tenuta da allenamento quella mattina, era facile immaginare cosa ci fosse sotto l'abbigliamento informale da ufficio.

Afferrai il mio libro e mi sventolai mentre mi abbandonavo per qualche secondo a una fantasia: io che entravo nel suo ufficio, Cooper che premeva il pulsante sul muro per abbassare le tende. Io che attraversavo la stanza fino a dove era seduto, lui che mi tirava in grembo. La solida pressione di...

Alicia si schiarì la gola. «Marlee, questa cotta non è sana.

Penso che tu ti stia aggrappando a qualcosa in cui nemmeno tu credi più.»

Mi guardai intorno per assicurarmi che fossimo ancora sole. «L'ho sentito dal primo giorno che l'ho visto. Vero amore. E ci credo ancora. Tu и Jackson ne siete la prova.»

Lei ridacchiò. «Di certo non è stato vero amore la prima volta che ho incontrato Jackson Jones. Lui odiava tutto ciò che rappresentavo, e io pensavo che fosse uno stronzo.»

«Jackson non è esattamente materiale da colpo di fulmine. Può essere un po'…» Cercai la parola giusta per descrivere il mio capo. Lo adoravo, ma altri, specialmente Weston, lo trovavano difficile.

«Arrogante? Autoritario? Spinoso?»

«E tu lo ami nonostante tutto. Cooper, d'altra parte, è impeccabile.» Accarezzai il mio ciondolo.

«Penso che tu lo stia idealizzando un po'. È un blocco di ghiaccio finché non esplode con quella sua rabbia.»

«Non la sfogherebbe mai su di me.» Lei non condivideva la mia ammirazione per Cooper. Lo rispettava professionalmente ed era cordiale con lui. Anche se mi aveva detto che pensava che Cooper le portasse rancore per avergli portato via il suo migliore amico. Pensavo che fossero tutte stronzate. Cooper Fallon era perfetto. La mia fantasia fatta persona.

«Inoltre, porterà Jamila al matrimonio.»

Digrignai i denti. «Lo so.» Rimisi il sandwich nella mia scatola da pranzo vintage di Barbie e condussi Alicia fuori dalla sala relax fino alla mia scrivania.

La porta di Jackson si aprì. Dopo aver guardato il signor Weston uscire con passo disinvolto e attraversare il piano verso il proprio ufficio d'angolo, ci appoggiammo entrambe al bordo della mia scrivania. Potevo quasi sentire il calore che ribolliva dall'ufficio di Jackson per via del loro scambio di battute.

«Credo che tornerò nell'ufficio di Jamila,» disse Alicia. «Lo chiamerò più tardi per sentire come sta.»

«Buona idea. Cercherò di liberargli un'oretta questo pomeriggio, così potrà passare un po' di tempo a tu per tu con il sacco da boxe in palestra.»

«Mi salvi la vita, Marlee.»

«È quello che faccio. Ci vediamo domani a pranzo?»

«Oh.» Il sorriso di Alicia vacillò. «Jamila riceverà un premio per l'innovazione a un pranzo di gala domani. Ho detto a Jackson che sarei andata con lui.»

«C-ci sarà anche Cooper?»

«Sì.» Le sue labbra si tesero per un istante. «Mi dispiace tanto saltare il nostro ultimo pranzo del venerdì prima del matrimonio.»

Feci un gesto con la mano come a dire che non importava. «Non preoccuparti. Certo che dovresti andare con Jackson. Chiamami se hai bisogno di servizi da damigella questo weekend.»

«C'è sempre qualcosa. Non vedo l'ora che sia tutto finito.» Si staccò dalla mia scrivania e si diresse verso le scale.

La guardai andare via, la leggerezza che avevo provato prima si affievolì come una stella nana bruna. Anche se non voleva il sontuoso matrimonio dell'alta società che la madre di Jackson aveva pianificato, stava per sposare il suo vero amore. E Tyler aveva ragione: una volta sposata, Alicia avrebbe avuto sempre meno tempo per me, man mano che la sua vita si intrecciava con quella di Jackson. E con quella del migliore amico di Jackson.

Se io e Cooper ci fossimo messi insieme, sarebbe stato così facile passare del tempo con Alicia. Sarei andata con lui ai pranzi di gala per i premi all'innovazione. Saremmo usciti a quattro. Weekend di coppia al mare. Forse i nostri figli un giorno avrebbero giocato insieme.

Ma non se lui invece voleva Jamila.

Sprofondando sulla sedia, ficcai la scatola del pranzo nel cassetto con la borsa.

A un cigolio deliberato del pavimento dietro di me, mi voltai e vidi Tyler con in mano un sacchetto di carta bianco.

«Cosa ci fai qui?»

Mi porse il sacchetto. «Io... mi era avanzato un biscotto dal pranzo.»

«Per me?»

«È doppio cioccolato, cocco e macadamia.»

«È il mio preferito!» Sorrise quando afferrai il sacchetto e sbirciai dentro. «Ne vuoi metà? Aspetta. Sei allergico.» Ero stata attenta a riempire la mia ciotola solo con caramelle prodotte in stabilimenti senza frutta a guscio da quando l'avevo scoperto. Ne spezzai un pezzo e me lo misi in bocca. Una noce burrosa e cremosa mi si sciolse sulla lingua. Paradiso. «Perché hai preso questo tipo?»

Si spinse gli occhiali sul naso. «Ehm...» Il suo sguardo passò dal caratteristico biglietto di conferma giallo sulla mia bacheca e poi di nuovo a me. Le parole successive uscirono tutte d'un fiato. «Alicia ha detto che non avevi ancora un accompagnatore per il matrimonio. Io ci vado e ho pensato che forse... forse ti sarebbe piaciuto venire su con me. Potremmo, ehm, stare insieme. Al matrimonio.» Tamburellò il dito medio contro la coscia.

Stare insieme? Al matrimonio? Intendeva andarci con il mio migliore amico di lavoro come mio accompagnatore?

Sospirai. Era solo colpa mia se la mia vita si era ridotta a questo.

Ma poi inclinai la testa, riflettendo. Cosa sarebbe stato più triste: andarci da sola o andarci con il mio amico?

A differenza del resto degli sviluppatori, lui mi vedeva. Mi ascoltava. Era premuroso. Considerato. Mi prendeva da bere alle feste aziendali quando ero impegnata. Mi portava i biscotti. Ingoiai l'ultimo delizioso boccone alla nocciola.

Sentivo un bruciante bisogno di guardare Cooper per sapere se mi stesse osservando — noi — ma non potevo. Nessun suono proveniva dal suo ufficio. Quando la speranza brillò negli occhi nocciola di Tyler, indurii lo sguardo. «Come amici, giusto?» Non potevo permettere che sentimenti che andassero oltre l'amicizia interferissero con il mio Piano Sii-Coraggiosa-per-Cooper.

«Oh, ehm, sì. Amici.»

Forse Jackson aveva ragione, e vedermi con un accompagnatore sarebbe stata la spinta di cui Cooper aveva bisogno per iniziare a pensarmi come qualcosa di più di una collega off-limits. Sarebbe stato geloso quando sarei entrata nella sala con Tyler, ridendo per qualcosa che lui aveva detto? No, Tyler avrebbe riso per qualcosa che io avrei detto. E io avrei guardato Cooper, e lui si sarebbe chiesto cosa avessi detto di così divertente, e avrebbe voluto sentirlo, e mi avrebbe chiesto di ballare. La mano di Cooper nella mia. Magia.

«Allora sì, va bene.»

Mi rivolse un sorriso che gli creò una fossetta sulla guancia. «Fantastico.» Soffiò via una folata d'aria. «Posso…?» Indicò il biglietto di conferma. Glielo porsi. Lui prese una penna dal portapenne sulla mia scrivania. «Bistecca, aragosta o vegetariano?»

«Aragosta.» Il matrimonio di Alicia con il rampollo dei Jones di San Francisco non era una grigliata in giardino.

Me lo mostrò. Aveva segnato la casella e scarabocchiato in fondo, Posto a sedere con Tyler Young. Infilandoselo nella tasca dei jeans, disse: «Lo darò ad Alicia.»

Annuii proprio mentre Jackson emergeva dal suo ufficio.

«Eccoti, Tyler. Smettila di flirtare con Marlee e vieni qui.» Ancora nervoso per via di Weston, a quanto pareva. Jackson girò sui tacchi e rientrò nel suo ufficio.

Con la faccia rossa, Tyler fece spallucce e lo seguì di corsa.

Raddrizzai la collana. Il mio piano per conquistare Cooper non era affatto deragliato. Anzi, era appena iniziato.

6

MENTRE LE ORE che precedevano il fine settimana del matrimonio passavano, Cooper sembrava... strano.

Dalla porta aperta del suo ufficio, lo guardavo mentre fissava accigliato lo schermo del computer senza toccare la tastiera o il mouse. Il suo telefono era squillato più volte, ma lui non aveva risposto. Kim, l'incompetente stagista, continuava comunque a inoltrargli le chiamate.

Un silenzio carico d'attesa avvolgeva il sesto piano. Il giorno prima, Alicia e Jackson erano partiti per il vigneto per terminare i preparativi sul posto. Nessuno degli altri dirigenti era venuto in ufficio; stavano trasformando i festeggiamenti del matrimonio in un weekend lungo di tre giorni. E il personale di supporto aspettava che scoccasse mezzogiorno per staccare.

Mi ero fatta un mio piano, l'avevo scritto con un pennarello indelebile su un foglio a righe di un blocco per stenografia. Non mi presi nemmeno la briga di aprire il cassetto per rileggerlo, dato che avevo imparato a memoria quella semplice lista.

1. Ballare con Cooper al matrimonio.
2. Fare da assistente a Cooper durante la luna di miele di

Jackson. Lavorare fino a tardi. Legare davanti a del cibo da asporto.

3. Baciare Cooper Fallon.

Piccole, semplici tappe, proprio come raccomandava Alicia, la persona più organizzata che conoscessi. Cominciava con un tocco — avevo preso spunto dalla storia dei miei genitori — e finiva con un bacio. La messa a fuoco della telecamera si sarebbe ammorbidita, i violini si sarebbero levati in volo, le creature del bosco si sarebbero radunate per farci una serenata. D'accordo, magari non quello, ma sarebbe stato un Bacio del Vero Amore. Con tanto di scintille.

E poi saremmo vissuti per sempre felici e contenti.

La sua linea squillò. Di nuovo. Prima che la stagista potesse rispondere e passare la chiamata a Cooper, ancora impietrito alla sua scrivania, risposi io.

«Ufficio di Cooper Fallon. Parla Marlee Rice.»

«Oh, Marlee, grazie a Dio. Pensavo che non sarei mai riuscita a prendere la linea. Sono Jamila. Puoi dirgli di chiamarmi appena ha un minuto? Ho una piccola crisi qui.» Ridacchiò, come se mangiasse crisi a colazione.

Avrei voluto non aver risposto.

D'altra parte, forse la crisi era che dopotutto non poteva andare al matrimonio. Lasciando Cooper senza accompagnatrice.

«Certo.» Dopo aver riattaccato, mi diressi verso la porta di Cooper. «Ehi. Tutto bene?»

Trasali e fece un salto sulla sedia. «Merda, che ore sono?»

«Non preoccuparti, non è nemmeno mezzogiorno. Ma stai bene? Sembri… distratto.»

Sbatté le palpebre, guardandomi. «Sto bene.»

«Niente di cui vuoi parlare?»

«Sto bene.» I lineamenti duri del suo viso si addolcirono. «Davvero.»

Mi morsi il labbro. Qualcosa lo tormentava. Se solo me lo

avesse detto. Avrei voluto chiedergli di Jamila. Ma la domanda mi si bloccò in gola.

«Tu come stai?» chiese. «Pronta per questo fine settimana?»

Puoi scommetterci. «Non devo fare nulla di difficile. Solo sistemarle il retro del vestito all'inizio della cerimonia.»

«E assicurarti che si presenti.» Diede un'occhiata fuori dalla finestra mentre ridacchiava.

«Non credo ci sia pericolo di una sposa in fuga. O di uno sposo. Sono anime gemelle.» Sospirai. «Proprio come mia madre e mio padre.»

«Come sta Will? Viene?»

«No, ho pensato che un intero fine settimana sarebbe stato troppo per papà.» Anche se ultimamente stava meglio. Forse aveva solo sbagliato a prendere le medicine quel giorno che aveva provato a salire sulla scala.

«Peccato. Mi piace sempre parlare di fisica con lui.»

«E a lui piace parlare con te.» Due settimane prima, quando avevo portato papà alla festa per il matrimonio di Jackson e Alicia, avevo trovato mio padre e Cooper a parlare di meccanica quantistica. Cooper non aveva battuto ciglio quando a papà non era venuto in mente il termine diagramma di Feynman; glielo aveva semplicemente suggerito e aveva continuato a chiacchierare di bosoni. E fu in quel momento che capii che era finalmente ora di agire e dare seguito alla mia cotta. Non molti uomini avrebbero accettato una compagna che arrivava in pacchetto con un padre e i suoi problemi di salute. Ma sapevo che Cooper lo avrebbe fatto.

Il suo telefono vibrò sulla scrivania. Ma non allungò subito la mano per prenderlo. «Avevi bisogno di qualcosa, Marlee?»

Oh. Giusto. «Ha chiamato Jamila. Ha chiesto che la richiamassi. Qualcosa riguardo a una crisi. Una piccola crisi,» mi affrettai ad aggiungere quando le sue sopracciglia si aggrottarono.

«Grazie.»

Mi ero già voltata per andarmene quando la sua voce mi fermò. «Mi concederai un ballo al matrimonio? Il primo dopo il nostro brindisi?»

Una scintilla di gioia mi percorse. Stai calma. Senza nemmeno voltarmi, dissi, con tutta la disinvoltura di cui fui capace: «Certo.»

Forse ancheggiai un po' di più del solito mentre tornavo alla mia scrivania. Non mi infastidì neanche quando si illuminò la sua linea e capii che stava chiamando Jamila. Mi aveva chiesto di ballare. La prima fase era in coda.

Scorsi le e-mail nella casella di posta di Jackson, ne segnalai alcune per la sua risposta e feci sapere ai mittenti che sarebbe stato via per le tre settimane successive. Fiji. Alicia mi aveva mostrato foto di acque turchesi e spiagge di sabbia finissima. Forse un giorno Cooper mi avrebbe portata in quel rifugio caraibico dove scappava ogni volta che aveva tempo.

La sua porta si aprì e lui uscì, il colore era tornato sulle sue guance e un sorriso segreto gli solleticava gli angoli della bocca. La borsa del portatile gli pendeva dalla spalla.

«Stai uscendo?» chiesi, inutilmente.

«Jamila mi ha chiesto di passare da casa sua a prendere una cosa, ma partiremo presto.» Fece un cenno con il mento verso la mia valigia e il portabiti. «Ti serve un passaggio?»

Il mio sorriso di circostanza minacciò di spegnersi. Aveva le chiavi di casa di Jamila. La conosceva abbastanza bene da poter trovare l'oggetto che lei aveva dimenticato. E mi aveva appena chiesto di fare il terzo incomodo. Un'immagine mi balenò nella mente: io seduta non sul sedile anteriore, ma sul sedile posteriore della Porsche di Cooper, mentre loro parlavano e ridevano finché non si fossero ricordati di me e Jamila si fosse voltata, con la pietà negli occhi, per includermi nella conversazione.

La porta delle scale si chiuse con un tonfo poco prima che sentissi il trascinarsi deliberato di una scarpa da ginnastica sul legno duro dietro di me.

«Ehi, Marlee. Cooper.» Tyler attese che gli prestassi attenzione. «Pronta per andare?» Invece della sua solita maglietta, indossava una camicia bianca con i jeans. Le maniche, arrotolate fino al gomito, mostravano una pelle abbronzata e una spolverata di peli dorati.

Il cuore mi fece un balzo alla vista del mio salvatore dal ruolo di terzo incomodo.

«Sì.» Mi voltai verso Cooper, il mio sorriso non più di circostanza ma reale. «Mi dà un passaggio Tyler.»

«Oh?» Inarcò le sopracciglia e guardò prima me, poi lui.

Mi alzai e presi il portabiti dall'appendino dietro la mia scrivania. Tyler estrasse la maniglia del mio trolley.

«Aspetta!» Corsi in cucina e tornai con una lattina fredda di Mountain Dew che avevo nascosto nel frigo. La porsi a Tyler. «Per il viaggio.»

Il suo sorriso si allargò. «Grazie.»

Tyler trascinò la mia valigia di un rosa avvilente verso l'ascensore. Le porte dell'ascensore si aprirono, e noi entrammo. Tyler mise una mano davanti alla porta. «Scendete?»

Cooper aggrottò la fronte. «Prendo il prossimo.»

Dall'interno dell'ascensore, intravidi Cooper che ci guardava, la fronte corrugata e il labbro inferiore stretto tra i denti. Mentre la porta si chiudeva, gridò: «Non dimenticare il nostro ballo.»

Un brivido di euforia mi attraversò la pelle.

Poi guardai Tyler con la coda dell'occhio. Un'espressione accigliata, simile a quella di Cooper, gli solcò il viso per un secondo, prima che si voltasse verso di me. La sua postura era rilassata, ma le nocche sulla mia valigia erano bianche. «Sei pronta?»

«Altroché.» Il conto alla rovescia era finito e il mio piano era pronto per il lancio.

7

TYLER FISSAVA le porte chiuse dell'ascensore. «Ti piace Cooper, non è vero?»

Avvampai. «Cosa? No. Lavoriamo insieme, tutto qui.» Solo Alicia e Jackson sapevano della mia cotta. Essendo il braccio destro di Jackson, dovevo mantenere una certa immagine e preferivo che i miei colleghi non sapessero dei miei sentimenti tutt'altro che professionali.

Ma, maledizione, Tyler lo sapeva. «No, a te piace.» Fece una smorfia. «Vedo come lo... come lo guardi. Come hai fatto poco fa.»

«È solo una cotta.» Giocherellai con la cerniera della mia borsa. «Lui non lo sa nemmeno. O fa finta di non saperlo.»

La sua voce era gentile quando parlò di nuovo. «Ehi, siamo amici, giusto?»

Mi voltai verso di lui. Sorrise quando il mio sguardo incrociò il suo, ma non riuscii a capire se fosse tristezza o pietà a incurvargli gli angoli degli occhi. «Sì. Amici.»

Annuì. «Gli amici si aiutano a vicenda. Vuoi che ti aiuti?»
«Aiutarmi?»

«Sai, fare finta di essere... più che amici. Attirare l'attenzione di Cooper su di te. Fargli vedere come ti vedo io... come ti vedono tutti gli altri.» Un dito tamburellò sul manico della mia valigia rosa.

«Intendi dire che facciamo finta di stare insieme-insieme e cerchiamo di farlo ingelosire?» Era quella la spinta di cui Cooper aveva bisogno? Era competitivo, quello lo sapevo. Non riuscivo a decifrare il profilo di Tyler. Era davvero serio?

«Sì.»

«Davvero? Lo faresti per me?»

La sua voce era tesa. «Ho detto di sì.»

Se a lui non dispiaceva fingere per quel weekend, come potevo rifiutare la sua offerta? «Ok.»

Mi lanciò un'altra rapida occhiata. «Ok?»

«Facciamolo,» dissi. Forse io e lui avremmo potuto ballare sulle note di "With a Little Help from My Friends" dei Beatles.

«Dovremmo avere un nome in codice.»

«Un nome in codice?»

«Sai, se dobbiamo dire qualcosa e ci sono altre persone intorno. Come per i progetti software.»

«Oh. Io pensavo di chiamarlo Piano Dacci-Dentro-per-Cooper.»

Lui arricciò il naso. «Che ne dici di Operazione... Operazione Principe Azzurro?»

Squittii e mi strinsi in un abbraccio. Se non fosse stato per la telecamera nell'ascensore, gli avrei dato un bacio sulla guancia. «È perfetto! E grazie, davvero. Spero non sia troppo imbarazzante per te. Sai, fingere di essere il mio ragazzo.»

Un angolo della sua bocca si sollevò. «Me la caverò.»

———

LA LOCANDA, con il suo sfondo di ettari di filari ordinati, era identica alla brochure che Alicia e io avevamo studiato attentamente insieme.

«Wow.» Tyler si appoggiò alla fiancata della sua Mustang e si guardò intorno. Lei non doveva avergli mostrato le brochure.

Il viaggio di due ore fino al vigneto era volato tra i giochi da viaggio. Avevamo giocato al gioco della canzone — Tyler conosceva troppi testi di canzoni emo; al gioco dei film — l'avevo stracciato, dato che conoscevo ogni commedia romantica mai girata; e al classico gioco dell'alfabeto. Ero quasi dispiaciuta quando avevamo imboccato la svolta per il luogo del matrimonio. Ma ormai eravamo qui, e l'Operazione Principe Azzurro era ufficialmente iniziata.

«Lo so, non è elegante?» Feci il giro del cofano per mettermi accanto a lui.

Le pareti di stucco bianco dell'edificio a due piani erano interrotte da portoni e finestre ad arco che rivelavano un portico avvolgente con sedie Adirondack rosse e lucide. Gli ospiti si rilassavano con bicchieri di vino e un paio di camerieri si muovevano tra loro. Fiori di fine estate color scarlatto, limone e arancione-tramonto traboccavano dai vasi posti alle finestre e agli ingressi.

«Jay ospita tutti, non solo me, vero?» Aprì il bagagliaio.

«Già.» Jackson aveva prenotato un hotel vicino per gli ospiti comuni come Tyler, mentre il gruppo del matrimonio alloggiava nella locanda del vigneto. Tirai fuori la mia sacca porta abiti da sopra le valigie.

Lui salì i gradini e mi tenne aperta la porta. Ecco Tyler, il mio gentiluomo del sud all'antica. Teneva aperte le porte anche quando non fingeva di essere il mio accompagnatore.

Quando i miei occhi si abituarono dall'abbagliante luce del sole esterno all'interno più scuro, vidi qualcosa che mi rese ancora più grata della presenza di Tyler alle mie spalle.

Jamila Jallow si girò di scatto verso di noi al rumore delle ruote della mia valigia sul pavimento di piastrelle. «Marlee Rice,» disse, sorridendo, «è un piacere rivederti. Il tuo stile è da morire. Adoro le tue scarpe.»

«Grazie.» Erano solo delle imitazioni di décolleté Manolo Blahnik rosa petalo. Niente di favoloso come le sue Jimmy Choo tempestate di lustrini.

Cooper si avvicinò per mettersi al suo fianco. Avrei voluto

sapere se la chiave che aveva dato a Jamila corrispondeva alla sua o se avessero stanze separate.

«Ciao, Marlee. Tyler.» Ci strinse la mano. «Mila, questo è Tyler Young, uno dei nostri sviluppatori. Non ti dirò quanto sia talentuoso. Non vorrei che cercassi di rubarcelo.»

La sua risata fu forte e sfacciata. «Nemmeno io proverei a rubare uno dei programmatori preferiti di Jackson al suo matrimonio.» Si aggrappò al braccio di Cooper. Avrei voluto poterlo fare io.

Tyler strinse la mano a Jamila. «È un onore conoscerla, signora Jallow. Ho letto il suo post sul blog la settimana scorsa. Le sue idee sull'apprendimento automatico sono fonte di ispirazione. Mi piacerebbe parlarne con Lei, prima o poi.»

«Per favore, chiamami Jamila o Mila. Cooper, girati dall'altra parte.» Sfilò un biglietto da visita dalla sua minuscola borsa firmata e lo porse a Tyler. «Nel caso non riuscissimo a parlare questo weekend, chiamami e organizzeremo qualcosa.»

Tyler aveva la stessa faccia da fan sfegatato che faceva in presenza di Jackson. E come dargli torto? Lei era brillante, elegante, posata, divertente e troppo dannatamente gentile. Volevo odiarla, ma non ci riuscivo.

Cooper le toccò il braccio, accendendo una fiamma di gelosia nel mio cuore. «Giù le mani dal pupillo di Jackson. Andiamo, prendiamoci un drink prima delle prove.»

Si scambiarono un'occhiata e poi lei ci sorrise. «A più tardi.» Si diressero verso le scale. Nessuna coppia poteva essere più diversa nell'aspetto: i colpi di sole biondi di Cooper, la pelle leggermente abbronzata e gli occhi blu ghiaccio contrastavano con i capelli d'ebano di Jamila, la pelle scura e gli occhi profondi, quasi neri. Ma si completavano, la loro regale sicurezza di sé, i loro anni di amicizia li legavano in un modo che non avevo mai sperimentato. Erano perfetti l'uno per l'altra. E io restavo fuori dalla loro bolla di storia condivisa, di amicizia di lunga data, di privilegio guadagnato con intelligenza e successo. Perché Cooper avrebbe dovuto scegliere me, la povera versione "prima" di Cenerentola, invece del fascino di Jamila?

Tyler mi diede un colpetto. Il suo sorriso sembrava forzato. «Andiamo a fare il tuo check-in.»

«Oh. Giusto.» Ero lì per Alicia e dovevo prepararmi per le prove. Anche se guardare Cooper con Jamila mi faceva venire voglia di nascondermi in camera per tutto il weekend.

Dopo aver fatto il check-in, Tyler portò le mie borse fino alla mia stanza. Mise la valigia appena dentro la porta prima di voltarsi per andarsene. Il pensiero di guardare Jamila con Cooper alle prove — o peggio, di sedermi da sola a cena — mi fece rabbrividire.

«Ci vediamo alla cena di prova, vero?» La mia voce era più acuta di quanto avrei voluto.

«Certo.» Il suo viso era cautamente inespressivo. «A meno che tu non voglia…»

«No!» Tesi una mano. «Siamo amici, giusto?»

Strinse la mia mano nella sua, più grande, le sue lunghe dita si avvolsero attorno al dorso della mia. La sua stretta calda e rassicurante allentò la tensione che mi aveva oppresso il petto dal nostro incontro con Cooper e Jamila.

Apparvero le sue fossette. «Amici. E accompagnatori al matrimonio. E compagni di bevute, giusto?»

«Siamo in un'azienda vinicola.»

«Credo che avremo bisogno di molto vino per superare questa situazione.»

«Cosa, intendi la finzione?»

Sul suo volto si dipinse quell'espressione che faceva a volte. Non l'avevo ancora decifrata. Una contrazione degli occhi e della bocca, quasi una smorfia di dolore. Ma sparì in un secondo e le sue parole non la rispecchiavano. «No, quello sarà facile. Sono solo preoccupato per la famiglia di Jay. Alicia dice che possono essere un po' pesanti.»

«Oh. Sei così dolce a preoccuparti per Alicia. Starà bene. E anche noi. Come hai detto tu, il vino ci aiuterà a superare tutto.»

«Non è una citazione da 'You and Me Against the World' di Helen Reddy?»

«È una delle preferite di mio padre. Pensavo conoscessi solo musica emo alt-rock. Ma credo che lei dicesse che sarebbero stati i ricordi a farci andare avanti.»

«Ricordi, vino, amici. Va tutto bene.»

Quel sorriso. Quelle fossette. Sì, ce l'avremmo fatta. Anche se Cooper stava con Jamila, un weekend con il mio amico Tyler sarebbe stato uno spasso.

8

LA VISTA MI SI ANNEBBIÒ. Avendo vissuto con papà durante l'università, non avevo partecipato a molti giochi alcolici. Tutto quello che sapevo era che non capivo questo gioco, e che avevo già perso.

«Gelsomino.»

«Nettarine.»

«Petrolio,» disse Tyler con un sorriso sicuro di sé.

«Sbruffone,» disse Jamila.

Annusai il mio bicchiere. Vino. Sapevo che se l'avessi assaggiato, avrebbe saputo di... vino. Anche se forse mi ero già bruciata le papille gustative con tutto quello che avevo bevuto. Spinsi il bicchiere dall'altra parte del piatto da dessert. Merda, era quello il suo posto? Lanciai un'occhiata alla postazione di Jamila. Aveva messo il calice da vino dall'altra parte del bicchiere dell'acqua. Corressi il mio errore. La cena di prova, con tutte quelle forchette e quei bicchieri eleganti, era decisamente fuori dalla mia portata.

«Come hai imparato a conoscere il vino?» gli chiese Jamila. «Dai tuoi genitori?»

«No.» Ridacchiò. «La mia famiglia è più da Shiner Bock che da Riesling.»

Lei posò il bicchiere e si sporse in avanti. «Texas?»

«Nato e cresciuto a Dallas.»

«Sei lontano da casa, cowboy. Ti manca?»

«No. Adoro stare qui. Le opportunità. E poi, a casa eravamo sempre un po' stretti.»

«Tyler viene da una famiglia numerosa. Quattro fratelli e una sorella,» disse Cooper. «La maggior parte di loro erano atleti universitari, e uno è un giocatore di baseball professionista.» Cooper era capace di fare così, tirare fuori fatti interessanti su quasi chiunque alla Synergy. Teneva così tanto all'azienda. Così premuroso e generoso.

Ma quando mi voltai verso Tyler, lui non stava brillando di ammirazione come me. Si tolse gli occhiali e li ispezionò, le labbra ridotte a una linea sottile.

«Che squadra?» A quanto pare Jamila non si era accorta che la bolla felice di Tyler era scoppiata.

«Minnesota,» disse lui.

«Mamma e papà devono essere così fieri.»

Altra tensione gli irrigidì la mascella. «Lo sono. Anche se sarebbero più felici se giocasse más vicino a casa.»

«Quest'anno hanno mancato i playoff per un pelo,» fu l'aggiunta di Andrew, il fratello di Jackson, alla conversazione.

Sam, la sorella di Jackson, trascinò una sedia e vi si lasciò cadere. «Sammy!» Andrew si voltò verso di lei. «Sei scappata allo Scapolo Numero Ventidue?»

«Perché mai avrebbe dovuto pensare che sarei andata d'accordo con un banchiere?» Si tirò giù la gonna per coprirsi le ginocchia.

«Perché ha già provato con imprenditori, amministratori delegati, direttori informatici, direttori tecnici, persino un paio di figli di papà. È alla disperata.»

«Ho solo ventiquattro anni. E forse non mi interessa trovare un partner. Né adesso, né mai. L'ho presentato a Nat e me la sono filata.» Fece un cenno con la mano verso l'altro capo della sala dove, infatti, la più giovane dei Jones chiacchierava con un ragazzo carino in un abito dall'aspetto costoso.

Ah. Sapevo che esistevano donne così —Alicia diceva che prima di incontrare Jackson, era una di loro— ma per me era difficile immaginare di non desiderare il vero amore, quello che ti faceva sentire le scintille quando vi toccavate, quello che ti faceva arricciare le dita dei piedi quando vi baciavate.

«Conosci la mamma. Cerca sempre di espandere l'impero dei Jones, o in modo organico» —Andrew fece un cenno ad Alicia al tavolo accanto, che si teneva una mano sulla pancia— «o tramite acquisizione. E poi, che male c'è? Magari uno di loro si rivelerà una perla rara.»

Lei roteò gli occhi. «L'unica perla a cui sono interessata è il linguaggio di programmazione Ruby. Nostra madre può tenersi i suoi cavalieri erranti e i suoi Principi Azzurri.»

Sobbalzai quando Tyler mi sussurrò all'orecchio. «Credo che questo sia il nostro segnale.»

«Il nostro segnale?»

Si alzò e mi tirò su tenendomi per mano. Barcollai e mi afflosciai contro il suo fianco. Oh. Ero più instabile di quanto pensassi. Stupido vino.

«Devo mettere a letto Marlee.» E ammiccò davvero con le sopracciglia in direzione di Cooper. «Domani è una giornata importante.»

Guardai Cooper di sottecchi. Le sue sopracciglia folte si inarcarono. «Buonanotte. Ci vediamo domani.»

Dannazione. A parte l'inarcamento delle sopracciglia, era impassibile.

Mentre ci allontanavamo, Tyler mi sussurrò all'orecchio: «Ti dispiace se ti tocco il fianco?»

Faceva parte del finto appuntamento? O si stava comportando da amico, impedendomi di cadere? Tutto era diventato sfocato ai margini. «Uhm… va bene.»

La sua mano scivolò dalla mia spalla alla base della mia schiena, dove si fermò. L'alcol doveva avermi mandato in tilt le terminazioni nervose, perché una scia formicolante di scintille seguì la sua mano fino al punto in cui si posò sulla curva superiore del mio sedere. Mi guidò tra i tavoli verso la porta come se mi toccasse in quel modo ogni giorno.

«Tutto bene?» mormorò al mio orecchio; il suo respiro caldo mi fece venire la pelle d'oca sul collo.

«Quello non è il mio fianco,» sussurrai.

Si guardò alle spalle. «Credo che abbia funzionato, però. Ti sta fissando il sedere.»

Probabilmente perché era fosforescente per via dei brividi che il tocco di Tyler aveva scatenato. Era passato troppo tempo —tre anni— da quando avevo lasciato che qualcuno si avvicinasse così tanto.

L'intera situazione era strana. Ero uscita con amici maschi prima d'ora, compreso Tyler. Partite di baseball, bar, una volta persino a una raccolta fondi elegante con Jackson. Ma non avevo mai finto di uscire con qualcuno. Stavamo facendo bene? Sembrava giusto —fisicamente— dato che la mia pelle faceva i salti di gioia ogni volta che Tyler mi toccava. Ma più in profondità, oltre le mie terminazioni nervose formicolanti, sembrava sbagliato. Anche se avesse funzionato e Cooper mi avesse detto che lui e Jamila erano solo amici e che poteva amarmi, mi sarei pentita della bugia che avevo detto per spronarlo?

Quando la porta del ristorante si chiuse alle nostre spalle, feci un passo indietro. O almeno ci provai. Quando lasciai la sicurezza del sostegno di Tyler, urtai contro il muro. Lui allungò le mani verso di me, ma si fermò quando alzai una mano e rimasi in piedi, appoggiata al muro.

«Grazie,» dissi. «Sto bene.» Aggrappandomi alla ringhiera, mi intrappolai la lingua tra i denti e salii le scale con cautela. Stupido vino. Stupidi tacchi.

Riuscii a rimanere in piedi e attraversai la sala degustazione fino alla porta, che lui mi aprì con un gesto enfatico. Fuori, inspirai a fondo una boccata d'aria fresca notturna per smaltire la sbornia. Non funzionò. Senza il sostegno di Tyler o del mio nuovo migliore amico, il muro, l'orizzonte si inclinò e barcollai sui tacchi.

«Devo sedermi.» Noncurante dello sporco sul mio vestito del

negozio dell'usato, mi lasciai cadere sul gradino più alto della veranda.

«Stai bene?» Il gradino tremò quando Tyler ci si lasciò cadere sopra.

«Sono più una tipa da birra. Quel vino mi è andato dritto alla testa.» Guardai le stelle per ritrovare l'equilibrio e individuai Pegaso. La sua forma a diamante mi ricordò qualcosa di cui avevamo parlato prima.

«Quindi tuo fratello è un giocatore di baseball professionista? Perché non lo sapevo?»

Distolsi lo sguardo dal cielo giusto in tempo per vedere la sua mascella indurirsi. «Non parlo molto della mia famiglia.»

«Oh.» Gli strofinai il braccio. «Scusa se ho tirato fuori l'argomento. Anche tu facevi sport?»

Si appoggiò al mio tocco. «No. Cioè, mi piaceva giocare con i miei fratelli. E nelle squadre del liceo. Ma una volta che ho iniziato a programmare, ho capito che quella era la mia strada. Ottenere un lavoro alla Synergy, lavorare con Jay, quello è stato un sogno diventato realtà. La mia versione delle Olimpiadi.»

«Sono sicura che anche la tua famiglia sia fiera di te. Sei un programmatore eccezionale in un'azienda in rapida crescita. Te la sei cavata bene.»

L'angolo della sua bocca si contrasse. «Non è facile essere il nerd in una famiglia di atleti. Gli sport sono molto più facili da capire del software.» Sorseggiò il suo vino. «Non ha aiutato il fatto che ho detto a mio fratello di finire l'università prima di entrare nel draft.»

Ah.

Certo, papà mi assillava perché non raggiungevo il mio potenziale, ma non mi aveva mai paragonata a nessun altro. Mi avrebbe sostenuto anche se avessi avuto un fratello superstar. E mi aveva spronato con insistenza a finire l'università, anche dopo che Jackson mi aveva assunta.

«Io capisco il software. E so che stai spaccando alla Synergy. Pensi di rimanere per un po'?» I programmatori nella Bay Area tendevano a essere di passaggio, arrampicandosi sulla scala salariale.

«Sì. Non riesco a immaginare di volermene andare.»

«Bene. Penso ancora che dovresti candidarti per quella posizione di manager.»

Abbassò la testa. «Non lo so. Ho ancora molto da imparare sul software prima di iniziare a dire agli altri cosa fare. E tu? Hai mai pensato di unirti a noi al quarto piano?»

Certo che ci avevo pensato. Ma programmare a titolo ufficiale significava orari meno flessibili. «Non posso. Devo tornare a casa da papà.»

«Perché?»

Merda. Inspirai l'aria fresca della notte per far funzionare meglio il cervello. Non intendevo parlare a Tyler dei problemi di papà. Quando dicevo agli amici che dovevo prendermi cura di lui, non mi credevano mai. Anche se lo incontravano in una delle sue giornate no, mi chiedevano perché fosse un problema mio, porque non potesse vivere in una casa di riposo. Ad ogni modo, pensavano che stessi inventando scuse e smettevano di invitarmi a uscire. Nessuno capiva. Tranne Alicia, che doveva prendersi cura di suo nipote. Finora, Tyler era stato insistente. Continuava a invitarmi ad aperitivi, squadre di softball e feste. Ma forse se gli avessi parlato della mia vita domestica, avrebbe rinunciato anche lui a me. E io volevo tenermi stretto Tyler. Specialmente ora che la vita di Alicia stava cambiando.

«Oh, sai, si sente solo a casa tutto il giorno. Se non torno a casa in orario, potrebbe iniziare a guardare i telegiornali via cavo. E allora dovrei iniziare a interessarmi di politica.»

Tyler ridacchiò. «Non sia mai.»

Crisi scampata. Mi alzai. «Miaccompagni alla locanda?»

Mi lanciò un'occhiata valutatrice che mi fece venire i brividi lungo il collo.

Gli diedi un colpetto sul braccio. «Non intendevo in quel senso, tu—tu. Non sono sicura di riuscire a tornare indietro senza storcermi una caviglia.»

«Certo, Lady Rice.» Si alzò in piedi e mi fece un finto inchino e un altro gesto enfatico con il braccio mentre mi offriva il gomito. Infilai la mano e gli strinsi il bicipite. Il suo bicipite duro come la roccia.

La notte era serena, con una luna gibbosa calante a illuminare il sentiero verso la locanda. Una brezza fresca sospirava attraverso il vigneto alla nostra destra, sollevando il dolce aroma dell'uva caduta che era sfuggita alla vendemmia. La mole e il calore di Tyler mi proteggevano dal freddo che non avevo previsto quando avevo lasciato la locanda prima, con il mio vestito leggero.

Le luci della locanda brillavano davanti a noi. Come si concludeva un finto appuntamento? Con un finto bacio? O uno vero? Il mio cervello, appiccicoso di vino, si bloccò sulla domanda. Che sensazione avrebbero dato le sue labbra sulle mie? Ci sarebbe stata una scintilla come quando mi aveva toccato il sedere?

Mi morsi l'interno della guancia per concentrarmi. No, questo era Tyler. Niente baci. Né altro vino a ingarbugliarmi i pensieri.

Finalmente, raggiungemmo la veranda della locanda.

«Bene, questa sono io,» dissi, lasciando il suo braccio e appoggiandomi alla ringhiera delle scale per avere un sostegno.

Lui si ficcò le mani in tasca. «Hai bisogno che ti accompagni in camera?»

«No.» Sporsei il mento e, come prova, lasciai la ringhiera. Sorprendendo persino me stessa, rimasi in piedi. «Grazie.»

«Chiedevo solo.» Alla luce del lampione, le pupille di Tyler avevano quasi consumato le iridi color nocciola.

«Non proverai a tornare al tuo hotel in macchina, vero?»

«No, troverò un passaggio da qualcuno. Non preoccuparti per me.» Abbassò lo sguardo sulle sue Vans.

Ora mi dispiaceva essere stata così brusca. Ci eravamo divertiti, e non era stato imbarazzante... fino a quel momento. Ed era colpa mia. «Gli amici si preoccupano l'uno per l'altro. Quindi stai attento stasera. Non vorrei che succedesse qualcosa al mio cavaliere per il matrimonio.»

Questo lo fece alzare lo sguardo e sorridere. «A domani, cavaliere per il matrimonio.»

Non potei fare a meno di sorridere a mia volta. «Buonanotte, cavaliere per il matrimonio.»

«Bevi un po' d'acqua,» fu l'ultima cosa che sentii mentre salivo i gradini, aggrappandomi alla ringhiera.

9

QUATTROCENTO PAIA di occhi ci fissavano, lì in piedi sul palco della sala ricevimenti; io nel mio abito da damigella giallo paglierino e Cooper, nel suo smoking, così attraente da volerlo assaggiare. Malgrado i suoi anni di pratica nel parlare di fronte a un pubblico, il sorriso di Cooper sembrava forzato, rigido. Forse anche lui risentiva dei postumi del vino della sera prima.

Gli rivolsi un sorriso incoraggiante e mormorai: «Ce la possiamo fare».

Tiannah, seduta accanto ad Alicia al tavolo d'onore, e Andrew, dall'altra parte di Jackson, avevano già fatto i loro brindisi. Ora toccava a noi, il momento che avevo pianificato per settimane.

Sollevando il mio bicchiere di ginger ale, mi sporsi verso il microfono. «Siamo qui stasera per celebrare il matrimonio di Alicia e Jackson con l'aiuto di tanti familiari e amici, compreso l'intero consiglio di amministrazione di Synergy». Feci un cenno verso il tavolo dei VIP alla mia sinistra e attesi l'applauso di cortesia.

«E noi siamo» —Cooper mi passò un braccio sulle spalle con nonchalance, facendomi venire le farfalle nello stomaco— «qui in qualità di amico di vecchia data di Jay...»

«... e di amica più recente di Alicia». Le sorrisi. Poverina, era circondata dalla famiglia spaventosamente ricca di Jackson e dall'élite tecnologica di San Francisco, e non poteva nemmeno rilassarsi con un po' di champagne. Ma lo stress di una gravidanza inaspettata, di una nuova città e di una nuova famiglia che viveva sulle pagine delle riviste di economia non la opprimeva, quella sera. Praticamente fluttuava, beata per essersi unita alla sua anima gemella.

«Conosco Jay da quando eravamo compagni di stanza al college. Grazie a Jay, ho imparato ad apprezzare le auto sportive europee» —Cooper fece una pausa per la risata scrosciante del pubblico— «e grazie a me, Jay conosce a memoria ogni battuta di Casablanca. Insieme, abbiamo trasformato l'idea di Jay in un'azienda Fortune 1.000 con uffici in tutto il mondo. E di tutte le aziende di software, in tutte le città, in tutto il mondo, Alicia entra proprio in quella di Jay». Fece un'altra pausa per la risatina di apprezzamento degli ospiti. «Sebbene fosse altamente inappropriato che si innamorasse di una consulente...»

«...è stato anche incredibilmente romantico» dissi. «Quando li ho visti insieme per la prima volta, ho capito che erano cotti a puntino».

«Jay non è noto per la sua concentrazione» disse Cooper. «Credo che l'unica cosa che gli abbia permesso di superare il primo anno di lettere siano state le mie pantomime dei riassunti dei libri che non voleva leggere».

Jackson gridò: «Avreste dovuto vederlo fare Il cacciatore di aquiloni».

Il sorriso di Cooper era affettuoso mentre si rivolgeva di nuovo alla folla. «Ma da quando ha incontrato Alicia, ha mostrato una nuova dedizione. L'anno scorso, lui e Alicia hanno guidato il nostro team al lancio di prodotto di maggior successo nella storia di Synergy». Dalle tavolate dei dipendenti di Synergy e dal consiglio di amministrazione si levarono applausi. Il prezzo delle azioni era salito del venticinque per cento negli ultimi nove mesi. «Alicia è l'unica persona che io abbia mai incontrato in grado di tenere Jay in riga. So per certo che io non ci sono mai riuscito».

«Come ogni coppia, hanno avuto i loro alti e bassi» dissi, «ma non ho mai visto due persone più innamorate, non dopo i miei stessi genitori. Quindi non potrei essere più felice che il mio capo abbia incontrato una partner così eccezionale, e che la mia amica abbia trovato l'amore della sua vita. Alziamo tutti i calici per molti anni di felicità a venire».

Cooper disse: «E salute a voi, ragazzi».

Tutti gli invitati levarono i loro bicchieri per il brindisi, Jackson e Alicia si baciarono e il brusio della conversazione riprese.

Quando scendemmo dal palco, mi voltai verso Cooper, mi alzai in punta di piedi e lo abbracciai, cercando di farlo sembrare spontaneo anche se lo stavo pianificando da giorni. «Grazie mille, Cooper. Non ce l'avrei fatta senza di te» gli sussurrai all'orecchio. Dolce Ada Lovelace, aveva un profumo così buono. Menta, champagne e la perfezione di un eroe da romanzo rosa. Dopo un abbraccio troppo lungo, tornai a malincuore sui talloni e mi allontanai da lui.

La cantante si avvicinò al microfono, la band cominciò a suonare e Jackson fece volteggiare Alicia sulla pista da ballo.

«Sembrano così felici». Non avevo mai visto Jackson così rilassato, così contento. Alicia era come la musica nelle sue cuffie, lo calmava, lo teneva concentrato. Potevo essere io così per Cooper? Un giorno, la piccola ruga tra le sue sopracciglia si sarebbe distesa quando ero vicina?

Non quella sera. Il solco era profondo quando disse: «Pensi? Io trovo che sembri… stanco».

«No! Be', forse un po'». Alicia era quella che sembrava stanca. L'avevo vista prima che la truccatrice le coprisse le occhiaie scure. «Hanno lavorato sodo per organizzare tutto questo e per concludere il lavoro in modo da poter partire per le Fiji».

«E sarò io a dovermi sobbarcare il lavoro extra mentre lui è via» brontolò.

Ah. Ecco cosa lo rendeva così scontroso.

«Ti aiuterò io mentre è via». Faceva tutto parte del piano. «Non ne vale la pena per vederli così felici?».

Tyler si avvicinò a noi e gli afferrai un braccio per tirarlo più vicino. «Tyler, non trovi che sembrino felici?».

«Mai visti così felici». Sollevò il suo bicchiere di champagne. «Che tutti noi possiamo sposare gli amori della nostra vita». Nella luce sopra la pista da ballo, il verde spiccava sugli altri colori dei suoi occhi nocciola.

«Cin cin». Lanciai un'occhiata a Cooper. Il suo bicchiere pendeva dalle sue dita lungo il fianco, e lui guardava la coppia accigliato.

La canzone finì e, mentre tutti applaudivano, Alicia e Jackson ci fecero cenno di raggiungerli sulla pista da ballo.

Tyler mi toccò il braccio. «Balliamo, mia cavaliera?».

«Oh. Io, ehm...». Il rammarico sul mio volto era genuino. Avrei preferito di gran lunga restare a parlare con Tyler, che sembrava davvero divertirsi, piuttosto che con lo scontroso Cooper. Ma era il secondo passo del piano. «Questo ballo è per Cooper».

Per un attimo, gli angoli della bocca di Tyler si tesero, ma poi la sua espressione si schiarì, tornando al suo solito modo affabile. «Va bene. Ma ricorda, Fallon, stasera Marlee è la mia dama».

Le punte delle mie dita formicolavano. Tyler era bravo in questa cosa del finto appuntamento.

A quanto pare, io no. Scossi le dita.

Quando Cooper mi porse la mano, la presi e lo seguii al centro della pista. Sollevò le nostre mani intrecciate e mise l'altra sulla mia schiena. Sulla mia schiena nuda, sopra il mio abito di raso scollato. I suoi occhi si spalancarono mentre faceva scivolare la mano più in basso, trovando finalmente il tessuto nell'incavo della mia schiena, appena sopra il punto in cui la mano di Tyler mi aveva sfiorato il sedere la sera prima. Sotto il peso della sua mano, il tessuto sottile si attaccò alla mia pelle umida di sudore. Probabilmente era per questo che non ero scoppiata negli stessi brividi che avevo provato la sera prima quando Tyler mi aveva toccata lì.

«Non vorremmo far ingelosire il tuo accompagnatore, vero?».

Mi sforzai di ridere. Ugh. Che ironia.

«Suppongo che stasera non sia il momento di metterti in guardia sulle sfide di uscire con un collega». I suoi occhi erano fissi su Alicia e Jackson.

Sollevai il mento. «Per loro ha funzionato. Sono più felici di una coppia di eliofisici durante un'eclissi solare».

«Giusto». Abbassò lo sguardo su di me. «Te lo dico perché ci tengo a te, Marlee».

«Tu... ci tieni?». Trattenni il respiro e aspettai. Poteva essere sul punto di dirmi che provava qualcosa per me?

«Come a un fratello maggiore».

Merda. Be', potevo lavorarci su. «Jackson è come un fratello per me. Tu sei come il migliore amico di mio fratello». Uno dei miei cliché romantici preferiti. E se l'eroina era insistente, l'amico del fratello finiva sempre per innamorarsi di lei.

Chiaramente, Cooper non aveva letto nessun romanzo sull'amico del fratello. «Ad ogni modo, se dovesse... succedere qualcosa tra te e Tyler, sarebbe difficile, imbarazzante, per te vederlo al lavoro ogni giorno. Farebbe male stargli così vicino e sapere che non potrete mai stare insieme».

I miei piedi smisero di muoversi. Mi stava mettendo in guardia sulle relazioni tra colleghi perché era quello che stava trattenendo lui? Aveva evitato di iniziare qualcosa con me perché aveva paura delle ripercussioni sul lavoro? Jamila era solo una distrazione per lui? Il mio cuore, ogni organo del mio corpo, si riempì di speranza. «Io continuerei a sperare. Che potremmo risolvere e stare insieme. Un giorno».

A quelle parole, i suoi occhi blu ghiaccio si sciolsero un po'. «Ecco cosa amo di te, Marlee. Sei un raggio di sole nei momenti bui. Grazie». Si chinò per baciarmi sulla guancia. Trattenni uno strilletto. Aveva detto "amo" e mi aveva baciata, anche se le sue labbra erano fredde e rigide.

La canzone finì e mi staccai da lui per applaudire la band. La testa mi girava e non sentivo più i piedi. Fluttuai verso Tyler ai margini della pista da ballo.

«Grazie, Tyler, per avermi assecondata. E grazie a te, Marlee».
Cooper annuì, quasi un inchino da principe.

Tyler posò una mano possessiva sulla pelle nuda della mia schiena —zing!— e mi baciò sulla guancia. L'altra, non quella che Cooper aveva appena baciato, e più vicino alla mia bocca, tanto che le mie stesse labbra fremettero di anticipazione. La tenerezza in quel breve tocco mi fece sciogliere. Cooper avrebbe potuto imparare una cosa o due.

«Ottimo lavoro con il brindisi, a proposito. Ne stanno parlando tutti» disse Tyler. Mi tirò a sé e guardò Cooper, con le sopracciglia alzate, nel giusto equilibrio tra amichevole e un giù-le-mani-dalla-mia-ragazza.

«Grazie» dissi. «Lavoriamo bene insieme, non trovi, Cooper?».

Lo sguardo di Cooper si soffermò sulla mano di Tyler sul mio fianco. «Mhm. Devo trovare Jamila. E qualcosa da bere. Divertitevi». Si voltò e si diresse a grandi passi verso il bar.

Quello non era finito così bene.

Tyler massaggiò un cerchio sulla mia schiena. «Sembrava che abbiate avuto un momento speciale là fuori». Fece un cenno verso la pista da ballo.

L'euforia del ballo svanì. «Non lo so. Mi ha chiamata 'un raggio di sole'. Che cosa pensi che significhi?».

Tyler si rilassò. «Penso che significhi che sei stupenda in quel vestito. Con i capelli raccolti, sembri, uhm… quella principessa, mia sorella aveva una bambola che indossava un grande vestito giallo».

«Belle? De La Bella e la Bestia?».

«Proprio lei».

«Ah. Sei il più dolce accompagnatore di nozze di sempre». Lo abbracciai.

Lui si scostò. «Dolce?».

«Assolutamente».

«Nessun ragazzo vuole essere chiamato dolce. O carino».

«Ma tu sei entrambe le cose».

Alzò gli occhi ai faretti sopra il palco. «Balli con me?».

«Certo».

Poco prima di entrare in pista, notai l'undicenne dinoccolato Noah seduto da solo a un tavolo. Le sue nonne si erano unite alle danze: la madre di Alicia con Jackson e la sua matrigna con Alicia. C'erano molti altri bambini al matrimonio — un gruppo di giovani cugini Jones — ma si affollavano attorno al tavolo della torta, lasciando Noah da solo. La serata doveva essere strana per Noah, segnando la transizione ufficiale per lui e Alicia nella famiglia Jones, e il mio cuore si strinse per quel ragazzino che aveva subito così tanti cambiamenti nell'ultimo anno. E che aveva perso sua madre, proprio come me. Mi fermai accanto a Noah, costringendo Tyler a fermarsi.

«Ehi, Noah» dissi. «Io e Tyler andiamo a ballare. Vuoi venire con noi?».

Le sue orecchie diventarono rosa e scosse la testa, facendo volare le lunghe ciocche biondo scuro sul suo viso. «No, grazie». Noah, mi aveva detto Alicia, aveva una piccola cotta per me da quando gli avevo fatto da babysitter qualche mese prima.

Tyler si accovacciò di fronte a lui. Parlò a bassa voce, ma lo sentii dire: «Ascolta, amico mio, quando una bella ragazza ti chiede di ballare, tu dici di sì. Potrebbe non chiedertelo più».

Noah deglutì e annuì, con gli occhi spalancati. Gli porsi la mano, lui la prese e ci seguì sulla pista da ballo, dove la band suonava un brano pop degli anni Sessanta. Tyler si lanciò in un ridicolo ancheggiamento da ragazzo di confraternita, e Noah ed io ridacchiammo e ballammo a ritmo.

Mentre ballavamo, i miei occhi si posarono su Alicia e Jackson, che si erano di nuovo messi in coppia, ondeggiando lentamente fuori tempo rispetto alla canzone veloce. Mi ricordarono la foto del matrimonio dei miei genitori. Il loro matrimonio non era stato affatto sfarzoso, ma le espressioni sui loro volti erano molto simili a quelle dei miei amici. Puro amore splendeva dagli occhi azzurri di Alicia mentre guardava suo marito. Sospirai con tutto il corpo.

Qualche canzone dopo, ero sudata e i miei capelli cominciavano a sfuggire all'acconciatura rigida di lacca, quando la band passò a "Something" dei Beatles. Alicia si avvicinò e chiese a Noah: «Ehi, campione. Balli con me?».

«Certo». Mentre si allontanavano volteggiando, Alicia mi sorrise in segno di ringraziamento da sopra la testa del figlio.

Tyler si avvicinò e mi prese la mano destra. Esitò un momento e poi fece scivolare il braccio lungo la mia schiena, tirandomi a sé finché non rimasero solo pochi centimetri a separarci. «Va bene?» chiese.

«Benissimo». Ma era più che benissimo. Tyler era caldo quanto me e la sua camicia bianca con colletto sbottonato sul collo gli si attaccava alla pelle. Il profumo del suo dopobarba — cedro e agrumi — si sprigionò a distanza ravvicinata. Guardai in alto nei suoi occhi, un caleidoscopio di smeraldo, ambra e zaffiro. Un accenno di barba ammorbidiva la sua mascella forte. Quando le luci del palco colpirono il suo viso, la sua bellezza mi colpì come una palla da dodgeball nello stomaco. Non l'avevo mai veramente guardato prima. Di certo non così da vicino.

«Mmm-hmm».

«Cosa c'è?» chiese.

«Stavo solo concordando con te».

«Non ho detto niente».

«Oh». Se avessi bevuto, avrei dato la colpa al vino. Poi notai che avevamo annullato i pochi centimetri tra i nostri corpi, e la seta gialla che copriva il mio seno premeva proprio contro il cotone sottile della sua camicia.

Tyler guardò oltre la mia spalla. «Preparati per la fase due».

«Cosa?».

«Operazione Principe Azzurro. La fase uno era il ballo». Ci guidò in un quarto di giro e fece un respiro profondo. «Pronta?».

«Per co…».

Mi baciò.

E il mondo si fermò.

Voglio dire, il mondo continuava a girare intorno a noi, e il cantante canticchiava: «Don'voglio lasciarla adesso», e le altre coppie continuavano a ondeggiare, e le luci colorate sfrecciavano.

Ma per me, tutto svanì tranne il tocco morbido delle labbra di Tyler sulle mie e le sue braccia che mi sorreggevano su quella pista da ballo. Potevano essere passati cinque secondi, cinque minuti o cinque ore, perché il tempo si era fermato mentre i miei occhi si chiudevano e le nostre labbra si incontravano.

Alla fine, si allontanò dolcemente e io aprii gli occhi. La mia mano destra era impigliata tra i capelli sulla sua nuca, e lui mi fissava in viso. Il suo petto si alzava e si abbassava come se avesse fatto una rampa di scale di corsa. O forse era il mio petto ad ansimare.

Poi i suoi occhi scattarono alla mia destra, dove Cooper ci guardava da sopra la spalla di Jamila.

10

MENTRE TYLER e io ruotavamo al centro della pista da ballo, il sudore mi inumidiva la fronte e i piedi mi dolevano, ma non ricordavo l'ultima volta che mi ero sentita così tanto la protagonista di un musical di Rodgers e Hammerstein. Se fossi stata intonata, sarei scoppiata a cantare.

Mio padre non aveva mai avuto i soldi o il tempo per mandarmi a lezioni di ballo, ma aveva arrotolato il tappeto del salotto per insegnarmi i passi base sulle note di "Could I Have this Dance" di Anne Murray. Per quanto fantasticassi di essere una principessa a un ballo, avrei avuto bisogno di lezioni degne di Mia Thermopolis impartite da Julie Andrews in persona per arrivarci. Ma quella sera, Tyler era il mio Fred Astaire personale, e mi faceva volteggiare come se fossi Ginger Rogers.

La band attaccò con "Can't Help Falling in Love" di Elvis Presley, e Tyler mi fece girare su me stessa per poi tirarmi di nuovo contro di lui. La mia gonna gialla di chiffon si aprì intorno alle mie caviglie e si attorcigliò alle gambe dei suoi pantaloni.

«Sei una specie di gigolò da matrimoni?» gli chiesi.

«Cosa?» Mi rivolse un sorriso perplesso mentre schivava abilmente una coppia di damigelle che piroettavano.

«Ti ingaggiano per ballare con le damigelle d'onore e le zie zitelle?»

Tyler canticchiò e mi condusse sotto i riflettori al centro della pista.

«Sei un ballerino favoloso. Io sono una ballerina terribile, e mi hai fatto fare bella figura per tutta la sera.»

«Facevi già bella figura.» Ci fece roteare in una giravolta veloce. «Io ti ho solo fatto sembrare aggraziata.»

Sbuffai. Aggraziata.

«Mia madre,» disse lui.

«Cosa?»

«Mia madre ha insegnato a ballare a tutti noi ragazzi. Diceva che non voleva che la mettessimo in imbarazzo al ballo scolastico madre-figlio.»

Immaginai Tyler e quattro fratelli identici a lui vestiti in abito elegante e allineati come a un buffet. Che bocconcini. Ma comunque… «Povera tua madre.»

«Eravamo più bravi a bloccare e placcare che a ballare il foxtrot, ma ce la siamo cavata.»

Quando la canzone finì e il cantante annunciò una pausa di quindici minuti, l'euforia del ballo svanì, facendomi pulsare i piedi nei miei sandali esili.

«Devo sedermi,» gemetti.

«Oh. Giusto. Scusa.» Tyler mi offrì un braccio a cui appoggiarmi e mi condusse a un tavolo.

«Nessun motivo per scusarti.» Mi lasciai cadere su una sedia. «Non ricordo di essermi mai divertita così tanto a un matrimonio.»

Lui sorrise. «Acqua o champagne?»

«Acqua, per favore.»

«Torno subito.»

Lo guardai camminare verso il bar. La camicia elegante gli aderiva alla pelle, sgualcita nel punto in cui il mio palmo sudato gli aveva afferrato la spalla. Aveva il viso arrossato, ma sorrideva, la sua postura rilassata e disinvolta. Finché Cooper non gli si avvicinò da dietro e gli disse qualcosa. Tyler si girò di scatto.

Il mio telefono vibrò nella tasca del vestito, lo tirai fuori e aprii l'app dei messaggi.

PAPÀ

Vado a letto. Spero che tu ti stia divertendo alla festa.

Mi sto divertendo. Buonanotte. Ti chiamo domattina.

Persino il dolore pulsante ai piedi si attenuò. Papà se l'era cavata alla grande questo fine settimana. Tutte quelle piccole défaillance che aveva avuto nelle ultime settimane erano parti perfettamente normali del processo di invecchiamento. Ed eccomi lì, al matrimonio dei miei amici, a ballare come qualsiasi altra venticinquenne, non seduta a casa come una reclusa senza amici.

«Festa fantastica.» Jamila Jallow si accomodò sulla sedia di fronte a me, distogliendo la mia attenzione dal telefono. Il suo abito magenta attillato non mostrava una piega, e solo la lucidità della sua pelle suggeriva che avesse ballato quasi quanto me.

«È come un ballo delle favole.» Con i piedi, frugai sotto la sedia in cerca dei miei sandali. Li trovai e ci infilai le dita. Non potevo parlare con l'elegante Jamila a piedi nudi.

Lei si appoggiò allo schienale della sedia, agganciando il braccio alla spalliera. «Mi piaci, Marlee. E da quello che dice Cooper, sei sveglia come una volpe.»

«Grazie.» Mi raddrizzai sulla sedia.

«Posso essere sincera con Lei? Da donna in carriera a un'altra?»

Sbattei le palpebre. Jamila Jallow, CEO della sua azienda e superdonna a tutto tondo, voleva darmi dei consigli? «C-certo.»

Si chinò in avanti, i gomiti sulle ginocchia. Quando il suo sguardo mi percorse, mi sentii trasparente, esposta. «Il software è un mondo di uomini. Per ora. Questo significa che deve usare la testa. E quei suoi begli occhi castani.» Fece una pausa di qualche secondo.

Era il consiglio di carriera più strano che avessi mai sentito. «Mmm-hmm?»

«Penso che una qualche fantasia Le stia impedendo di vedere ciò che ha di fronte. E ciò che potrebbe essere.»

Stava parlando della mia cotta? «Perché pensa che sia solo una fantasia? Non pensa che potrei…»

«Penso che Cooper Fallon sia un uomo complicato. Ma Lei è giovane. Di talento. Quel suo cervello è sprecato a gestire agende e compilare note spese.» Ripeteva le parole di mio padre.

«Non faccio solo…»

«Potrebbe fare di più.» Il suo tono mi zittì. Immaginai che funzionasse anche in sala riunioni. Dalla sua pochette, tirò fuori un biglietto da visita e me lo porse. «Qualsiasi cosa Le serva – un consiglio, un mentore, un nuovo lavoro» – respinse la mia protesta con un gesto della mano – «mi chiami. Quando sarà pronta.»

Infilai il biglietto nella tasca della gonna. Non ne avrei avuto bisogno, ma era stato gentile da parte sua offrire.

Lei guardò verso il bar, e io seguii il suo sguardo fino a trovare Cooper e Tyler che venivano verso di noi, con i drink in mano. «Non me lo ha chiesto, ma Le darò anche un consiglio personale. Si tenga stretto Tyler con entrambe le mani. Quel ragazzo è speciale.»

Si alzò proprio mentre Cooper raggiungeva il tavolo. Lui le porse un bicchiere di champagne.

«Sai cosa ci starebbe benissimo con questo? Un'altra fetta di torta.» Stava forse facendogli gli occhi da cerbiatta?

«Certo,» disse lui. Fece un cenno a me e Tyler e si allontanò, con un braccio attorno alla vita stretta di Jamila.

Jamila mi aveva appena messo in guardia da Cooper con la scusa di darmi consigli di carriera? Stava cercando di risparmiarmi una delusione perché lei e Cooper stavano insieme o stava cercando di depistarmi perché si sentiva minacciata? O stava cercando di soffiarmi alla Synergy? Un dolore mi pizzicò la fronte. Presi il bicchiere d'acqua da Tyler e lo tracannai.

«Tutto bene?» Tyler si accomodò sulla sedia di Jamila.

«Benissimo.» Mandai giù altra acqua e lo osservai da sopra l'orlo del bicchiere. Speciale, lo aveva definito lei. Era dolce. Un po' goffo. L'esatto opposto di Cooper Fallon. La sicurezza avvolgeva Cooper in un'aura dorata. Valutava ogni situazione e poi agiva con autorità. Si muoveva persino con la grazia fluida di un leone.

Tyler faceva roteare il suo flute di champagne sul tavolo. Seguiva Jackson come un cucciolo. Uno goffo con le zampe troppo grosse. Ascoltava più di quanto parlasse, e troppe delle sue frasi finivano con un'inflessione interrogativa. Era adorabile in un amico, ma in un amante? Non era quello che volevo.

Non importava quanto ci stessimo divertendo, o quanto fosse un eccellente ballerino Tyler, semplicemente non c'era paragone.

———

DOPO ESSERCI RIUNITI per salutare Alicia e Jackson prima della loro partenza, il pizzicore alla fronte si trasformò in un vero e proprio mal di testa, così zoppicai fino al tavolo d'onore per sfuggire alla musica alta. Tyler andò in cerca di un ibuprofene.

Tirai fuori il telefono dalla pochette. Nessun nuovo messaggio da papà o dalla nostra vicina, Alma, che aveva passato la serata con lui. Mi avrebbe detto se papà avesse avuto problemi di cui non mi aveva parlato.

Quando alzai lo sguardo dal telefono, Cooper era in piedi a qualche posto di distanza, rigirandosi tra le dita una boutounnière. All'inizio pensai che se la fosse appena tolta, ma poi notai che la sua era ancora appuntata al bavero, ammaccata dal ballo. Con Jamila. Quella che aveva in mano aveva una calla bianca, il che la identificava come quella di Jackson.

«Pensa che la vorrà?» gli chiesi. Ne dubitavo; le uniche cose che Jackson collezionava erano magliette vintage. E macchine.

Cooper trasalì e alzò lo sguardo. Si massaggiò la nuca. «Mmm, forse.» Si infilò il fiore nel taschino della giacca. «Glielo tengo, non si sa mai.»

È così premuroso. Anche se Jackson avrebbe probabilmente riso del suo sentimentalismo, Cooper stava per conservare questo ricordo del suo matrimonio per il suo amico. Un'altra cosa che avevamo in comune: io conservavo il mio corsage secco del ballo di fine anno nel cassetto sotto il sedile vicino alla finestra nella mia camera da letto.

Entrambi avevamo altri accompagnatori, ed era quasi mezzanotte, ma non potevo lasciarmi sfuggire questa occasione. Ignorando il dolore ai piedi, feci i pochi passi per raggiungerlo. «Vuole bere qualcosa più tardi alla locanda? Possiamo parlare e rilassarci.» La sua fronte corrugata mi disse che aveva qualcosa per la testa. Forse saremmo finalmente andati oltre le conversazioni imbarazzanti che sembravamo sempre avere e avremmo parlato di qualcosa di significativo.

«Grazie, ma no.» Il suo sguardo si posò sul bouquet di Alicia, anch'esso abbandonato sul tavolo. «Mila deve tornare a casa stasera.»

Tutta la mia felicità derivata dal ballo si dissipò, lasciandomi un pesante nodo allo stomaco. Stava tornando a casa con Jamila.

«Non resta? Ad Alicia e Jackson mancherà al brunch domattina. Non li vedrà prima che partano per la luna di miele.»

«No, io… non posso.» Distolse lo sguardo dai fiori e incrociò i miei occhi. «Dica a Jay di fare buon viaggio. Ci vediamo in ufficio lunedì.»

Annuii ma strinsi i pugni. I miei piani di parlare con Cooper, di confessare finalmente la mia cotta e vedere se provava qualcosa di simile a quello che provavo io, erano andati completamente a monte. Tutto ciò che potevo fare era passare alla seconda fase del piano lunedì.

«Guida con prudenza.» Mi sforzai di sorridere.

Lui si girò e si diresse a passo svelto verso il tavolo dove si trovava Jamila, alta, elegante e, a differenza di me, ancora con le scarpe, a parlare con alcuni dirigenti della Synergy. Le mise una mano sulla parte bassa della schiena e si chinò per sussurrarle qualcosa all'orecchio. Lei gli avvolse un braccio attorno alla vita e gli offrì la guancia per un bacio. Accidenti. Sembravano così a loro agio insieme. Come amanti.

«Che c'è?»

Serrando la mascella e i pugni, provai a sorridere a Tyler, che si era avvicinato mentre li stavo fissando. «Niente.» Ma lanciai un'occhiata verso dove Cooper e Jamila stavano, abbracciati.

Lui seguì il mio sguardo e inclinò la testa di lato, osservandoli. Poi mi porse due compresse arancioni e una bottiglia d'acqua.

Ingoiai le pillole, desiderando che potessero intorpidire anche la mia gelosia.

«Sediamoci finché non fanno effetto.» Il suo tono era così gentile da farmi pungere gli occhi di lacrime.

«Okay.»

Tyler si sedette sulla sedia accanto a me e indicò i miei piedi. «Ti dispiace se...?»

«Vuoi toccarmi i piedi? Ma sono sudati.»

«E fanno male.» Mi afferrò la caviglia e appoggiò il mio tallone sul suo ginocchio. La sua mano accarezzò il solco rosso sulla mia caviglia dove il cinturino aveva scavato. «Va bene?»

«S-sì.» Le sue mani erano calde, e applicò la giusta quantità di pressione per alleviare il dolore che quelle scarpe diaboliche avevano lasciato.

Continuò a scendere lungo il collo del piede e passò la mano sul segno del cinturino sopra le dita. Mi appoggiai allo schienale della sedia.

«Ti fa ancora male la testa?» chiese.

«Mmm-hmm.»

Premette un pollice tra il mio alluce e il secondo dito, applicando pressione. Lasciare che un amico, un collega, mi toccasse i piedi era strano. Ma mentre premeva tra le mie dita, il dolore alla testa diminuì. Da quando l'ibuprofene funzionava così in fretta?

«Cosa… cosa stai facendo?»

«Vuoi che smetta?»

«No! Sta aiutando.»

Lui sogghignò. «Lo pensavo. Puoi fidarti di me.»

E mi fidavo. I suoi pollici si mossero sulla parte superiore del mio alluce, e poi sotto, sulla pianta del piede. La musica della band svanì, e così fecero gli altri invitati al matrimonio. La tensione abbandonò i miei muscoli, e mi sciolsi sulla sedia.

Mi aveva sorpreso due volte stasera. Prima con le sue doti di ballerino, e ora con un massaggio ai piedi da professionista. Quali altri talenti nascosti possedeva? Cos'altro non sapevo del mio amico, Tyler Young?

Lasciando il mio piede, ormai privo di ossa, sul suo ginocchio, afferrò l'altro, accarezzandomi il polpaccio. Usò le stesse lunghe carezze lungo la caviglia e sul collo del piede, alleviando i muscoli tesi sottostanti.

Spostò le mani sull'arco del mio piede e lavorò un punto lì. Delicatamente all'inizio, poi aumentando lentamente la pressione. Il muscolo si rilassò e divenne malleabile. Non sapevo nulla di bioenergia, chi o prana, ma qualcosa di mistico stava accadendo nel mio piede.

Non solo nel mio piede. Un formicolio mi risalì la caviglia e si fermò alla giuntura delle cosce. Pulsante. Riscaldante. Abbassai lo sguardo per controllare che le sue mani fossero ancora sul mio piede e non fossero salite sotto la gonna, dove dita fantasma mi toccavano. Mentre mi muovevo sulla sedia, la mia pelle si surriscaldò.

«Ti senti bene?» Teneva la testa bassa, gli occhi sul mio piede.

«Sì.» La mia voce uscì acuta e ansimante. Lasciai che i miei occhi si chiudessero mentre premevo le cosce l'una contro l'altra. Una sensazione di umido superò l'insufficiente barriera del mio perizoma, e osai stringere un po' più forte. Le mani di Tyler si spostarono dall'arco plantare al centro del mio piede. I suoi pollici premettero verso le dita. Il formicolio si intensificò. Il polso mi rombava nelle orecchie e presi una boccata d'aria. Questo non era un massaggio ai piedi rilassante. Era puro preliminare.

Continuò a massaggiare la pianta del mio piede, e quando premette contemporaneamente sull'arco, il mio centro vuoto si contrasse. E si contrasse e si contrasse ancora finché un calore si diffuse nel mio basso ventre.

Espirai con un respiro tremante. Questa era una stregoneria da massaggio.

Tyler fermò le mani sui miei piedi. «Meglio ora?»

«Gnnh.»

Tenni gli occhi chiusi, ma sentii il sorriso compiaciuto nella sua voce. «Pronta per concludere la serata?»

«Non sono sicura che il mio corpo funzioni più. È stato un bel massaggio ai piedi.»

«Potrei portarti in braccio.»

Aprii un occhio a fessura. Con quelle braccia sorprendentemente forti, poteva farlo anche lui. E – un brivido mi attraversò – avrebbe causato ogni sorta di pettegolezzo ridicolo. Ma poi ricordai che Cooper se n'era andato. L'operazione Principe Azzurro era finita. Il piccolo brivido tremolò e morì.

«No, sto bene.» Raccolsi le scarpe diaboliche – mi sarebbe piaciuto bruciarle più tardi – e la mia pochette. Potevo affrontare la breve passeggiata fino alla locanda a piedi nudi.

Lui mi offrì il braccio. «Andiamo, accompagnatore per il matrimonio?»

Era solo questo: un accompagnatore per il matrimonio. Temporaneo. A tempo determinato. Saremmo tornati in città insieme domani, ma solo come amici. Al lavoro lunedì, l'avrei forse visto in mensa e l'avrei salutato con la mano. Niente più balli o massaggi ai piedi scandalosamente intimi. Sicuramente niente più baci. Meglio fermare la finzione ora. Tenni il braccio lungo il fianco e raddrizzai le spalle. «Andiamo.»

Fuori dalla mischia disperata dei festaioli rimasti, il mondo era buio e silenzioso. Una leggera brezza frusciava tra le foglie secche delle viti e mi fece venire la pelle d'oca sulle braccia.

«Guarda un po' là.» Tyler si fermò, e mi fermai anch'io.

«Cosa?» Sbirciai lungo il sentiero, pensando che avesse avvistato una coppia che si baciava. Era lì che era la mia mente.

«Non vedevo così tante stelle da quando ho smesso di bighellonare per i pascoli.»

Alzai gli occhi al cielo notturno. Lontano dalla nebbia e dalle luci della città, era visibile persino la macchia della Via Lattea. Come mi aveva insegnato papà, mi orientai. «Guarda, c'è Andromeda.»

«Dove?»

«Vedi la Via Lattea? Ora guarda in basso e vedrai una W. Quella è Cassiopea. Appena a destra, sette o otto stelle formano una specie di triangolo curvo con la punta rivolta verso l'orizzonte. La vedi?»

«Sì. Hai freddo?»

«Solo un po'.» Stavo congelando. La giacca di Tyler, calda del suo corpo, si posò sulle mie spalle. Profumava persino di lui. Mi ci rannicchiai dentro.

«Qual è la sua storia?» chiese.

«Di chi?» La mia mente era diventata tutta sfocata come la Via Lattea.

«Andromeda. Quando abbiamo studiato mitologia a lezione di inglese, ero troppo impegnato a guardare Vanessa Brown per prestare attenzione.»

Sbattei le palpebre. «Che peccato. Ti sei perso una bella storia. E ha anche un lieto fine.»

Tyler sbuffò. «Vanessa era molto più interessante della mia insegnante di inglese. E poi, pensavo che tutti i mortali venissero trasformati in cigni o orsi.»

«Alcuni sì. Non Andromeda.»

«Raccontami di lei.» Si avvicinò, il suo corpo solido contro il mio braccio.

«Andromeda era una principessa e la figlia della regina Cassiopea.»

«Perché Cassiopea è una W? È stata trasformata in un serpente?»

«Eh? No, è seduta su una sedia. Ci arrivo.»

«Okay.»

Mi aggrappai al suo braccio per rimanere in equilibrio mentre guardavo il cielo. «Cassiopea era molto bella e anche molto vanitosa. Se ne vantava e fece arrabbiare Poseidone.»

«Poseidone era il dio del mare, giusto?»

«Giusto. Così Poseidone mandò un mostro marino a terrorizzare il suo popolo. Cassiopea trovò un oracolo che le disse che l'unico modo per sconfiggere il mostro era sacrificare la sua unica figlia, Andromeda. La incatenarono a una roccia sulla spiaggia, e Andromeda attese che il mostro marino venisse a divorarla.»

«Non sembra un lieto fine.»

«Ssh. Appena in tempo, arrivò Perseo. È quello a sinistra di Andromeda – sembra un omino stilizzato senza braccia – e uccise il mostro. Liberò Andromeda, si innamorò di lei e salparono per vivere… felici e contenti.»

«Lontano dalla suocera cattiva. Perfetto.» Il suo braccio mi avvolse, sopra la sua giacca. «Allora perché Cassiopea è seduta su una sedia?»

«Poseidone era ancora arrabbiato con lei, così la incatenò a una sedia nel cielo.»

«Perverso.» Il suo respiro mi solleticò l'orecchio.

«Cosa?»

«Niente.» Si allontanò, lasciando il mio corpo gelato nonostante la sua giacca, ma afferrò la mia mano nella sua, più grande e calda. Ricominciò a camminare lungo il sentiero buio e, con un ultimo sguardo alle storie nel cielo, lo seguii. Ci fermammo appena fuori dal cono di luce che circondava la locanda.

«Mi sono divertito stasera,» disse.

«Anch'io.» Anche se amavo i matrimoni, i ricevimenti di solito mi rendevano infelice. La coppia passava la notte in una bolla di felicità, e io ero bloccata fuori. Stasera, io e Tyler avevamo creato la nostra bolla personale.

«Forse potremmo… rifarlo qualche volta?» Non riuscivo a vedergli il viso nell'oscurità, ma il suo tono si sollevò pieno di speranza.

«Fare cosa?»

«Fingere di uscire insieme. O uscire. Per davvero.»

Accidenti. «Tyler…»

«Non dirlo.» La sua voce era un rombo basso.

«Ma…» non volevo che fosse arrabbiato, o deluso, o qualunque cosa indicasse quel ringhio. Mentre mi avvicinavo a lui – non sapevo se per prendergli la mano o per abbracciarlo perché il mio corpo semplicemente andò – il mio piede affondò inaspettatamente nel prato morbido, e inciampai. Con un gesto felino, mi afferrò e mi avvolse tra le sue braccia. Stare così vicino a lui era ancora più inebriante che indossare la sua giacca. Ripensai al bacio sulla pista da ballo. Era stato un bacio dolce, a bocca chiusa, a uso e consumo del pubblico. Ma era stato tutt'altro che casto. Il calore ribolliva appena sotto la superficie. Mi chiesi se quel calore sarebbe divampato in una fiamma se ci avessimo riprovato, qui al buio.

Mi tirai indietro sui talloni. Non potevo. Volevo Cooper, non il mio amico, non importava quanto fosse carino, non importava quanto magica avesse reso quella serata. Dovevo tenere gli occhi sull'obiettivo. E le labbra per me.

Ma Tyler si era rivelato molto più di quanto avessi pensato. Speciale, aveva detto Jamila. Un mix inaspettato di Gene Kelly e massaggiatore tantrico, l'accompagnatore più attento che avessi mai avuto, anche se era tutta una finzione.

Quel bacio. Era stato solo per scena, o le sue labbra erano davvero così ammalianti come sembravano?

Era sbagliato, ma dovevo saperlo.

Mi sollevai sulle punte dei piedi.

E lo baciai.

Avevo proprio ragione. Doveva esserci un incantesimo sulle sue labbra. Fece tremare tutto il mio corpo e le mie ginocchia smisero di funzionare. Forse Tyler mi stava sorreggendo. O forse stavo fluttuando perché Poseidone mi aveva bloccata nel cielo.

La sua lingua toccò timidamente il mio labbro inferiore, e lo lasciai entrare. Sapeva di quello che odorava: agrumi, champagne e desiderio. Feci scivolare una mano dietro la sua schiena lungo il tessuto liscio della sua camicia, accarezzando i muscoli sodi sottostanti. Con l'altra, tracciai l'arco del suo collo prima di intrecciare le dita tra i suoi capelli. Mi strinse più forte, e mi persi.

Non so per quanto tempo ci baciammo mentre le stelle giravano nel cielo intorno a noi. Tyler si staccò per primo, lasciandomi le labbra vibranti. Eravamo entrambi ansimanti, il suo respiro caldo sul mio viso.

«Andava bene?» chiese. Se non fosse stato così buio, ero sicura che la risposta sarebbe stata chiara nei miei occhi vitrei e nelle mie guance arrossate.

«Meglio che bene.» Ignorai le luci rosse lampeggianti, le sirene che mi dicevano di fermarmi, e mi lanciai per averne ancora. Altri fuochi d'artificio. Altro piacere da sciogliere il cervello. Mi premetti contro di lui, strofinando spudoratamente le mie parti morbide contro le sue corrispondenti parti dure. Per quanto sensibilizzata mi avesse reso quel massaggio ai piedi, probabilmente avrei potuto raggiungere l'orgasmo completamente vestita. Cosa che non facevo da... be', da quel sexy massaggio ai piedi. Ma prima di allora, dal liceo. Feci scivolare la mano lungo il suo petto, il mio cervello in pappa che ignorava la mia precedente risoluzione di rimanere concentrata. Che male c'era in una piccola sessione di baci appassionati tra amici, in fondo?

Proprio mentre la mia mano raggiunse la cintura dei suoi pantaloni, lui sussultò e si allontanò. «Aspetta. Fermati.»

«Fermarmi?» Il mio cuore batteva all'impazzata, vai-vai, vai-vai.

«Siamo amici, giusto?»

«Amici.» Annuii.

Risposta sbagliata. «Amici.» Il chiaro di luna illuminò il suo sorriso amaro. «'Notte, Marlee.»

Dandomi le spalle, si infilò le mani in tasca e si diresse lungo il sentiero che portava al parcheggio. La brezza fredda si insinuò attraverso la parte anteriore aperta della giacca di Tyler, raffreddando la mia pelle accaldata e spegnendo il mio desiderio. Mi trascinai su per le scale fino alla mia stanza solitaria alla locanda.

11

NO, non mi sono rigirata nel letto tutta la notte. Sono scivolata nel sonno beato di chi ha la coscienza pulita. Non di certo quello di una che aveva tentato di aggiungere qualche benefit alla sua amicizia con un ragazzo dolce pochi secondi dopo avergli detto che non poteva uscire con lui.

«Marlee, stai bene?» mi chiese Andrew mentre prendevo un muffin con gocce di cioccolato dal buffet del brunch nella sala comune della locanda.

«Sto bene» borbottai con un boccone di muffin. Il fratello di Jackson era la terza persona che me lo chiedeva nei cinque minuti in cui ero stata di sotto per il brunch post-matrimonio.

Sbirciò le occhiaie bluastre sotto i miei occhi, che avevano spinto il mio correttore ad alzare bandiera bianca. «Posso portarti una tazza di caffè?»

«La più grande che riesci a trovare. Per favore.»

Ora che se n'era andato, potevo rintanarmi in un angolo e fare l'asociale. Non avrei dovuto parlare con Jackson o Tyler o...

Una mano mi afferrò il braccio, unghie rosa si strinsero attorno alla manica del mio cardigan. «Eccoti.»

Alicia.

Mi condusse a grandi passi verso una coppia di poltrone con le orecchie in un angolo, lontano dalla folla del buffet. Ma la sua voce fu gentile quando disse: «Sembri... stanca».

Ero così stramaledettamente stanca che la gente me lo dicesse. «Anche tu.»

Lei sbuffò. «Io ho una scusa. Tutti si aspettano che una sposa sembri esausta la mattina dopo la prima notte di nozze.»

Sgranai gli occhi. «Ooh. Davvero ti ha tenuta sveglia tutta la notte?»

Le sue guance diventarono rosso fuoco, ma poi i suoi occhi si fecero sognanti. «Abbiamo dormito un po' stamattina.»

«Ok, adesso voglio qualche dettaglio.» Forse vivevo la mia vita sessuale per interposta persona tramite Alicia. Almeno una di noi faceva sesso che non richiedeva batterie.

Scosse la testa. «Ho bisogno di sapere cosa sta succedendo tra te e Tyler.»

«Oh.» Deglutii per cercare di sciogliere il nodo che avevo in gola.

Roteò la testa da una parte all'altra. «Senti, non so per quanto potremo parlare senza essere interrotte. Quando Tyler mi ha dato la tua conferma di partecipazione, ho pensato che "posto con Tyler" significasse che sareste venuti al matrimonio come amici. E poi tu... lui... ti ha baciata. Cosa sta succedendo?»

«L'hai visto.» Avevo sperato di no. Che fosse stata talmente chiusa nella sua bolla di felicità con Jackson da non accorgersene.

Le sue labbra si strinsero in una linea sottile.

Ora toccava a me controllare che nessuno ci stesse ascoltando. Abbassai comunque la voce. «Stavo... stavamo cercando di far ingelosire Cooper. Fingendo di stare... insieme.»

«Tyler era d'accordo?»

«L'ha proposto lui!» sibilai.

Si afflosciò sulla sedia. «Non credo che lui...»

Una rabbia irrazionale e bruciante mi invase. Mi sporsi verso di lei e sibilai: «Tu non conosci Cooper. C'era una connessione tra noi mentre ballavamo. Era come se mi stesse dicendo che l'unica ragione per cui non poteva uscire con me era perché siamo colleghi.» Strinsi il mio ciondolo, caldo contro l'incavo della mia gola.

«Sai che non ha tutti i torti.»

«Oh, quindi per te va bene ma per me no?» Come poteva la mia amica, la mia migliore amica, infrangere i miei sogni in quel modo? «Non pensi che io meriti la favola? Per tutta la vita non ho desiderato altro che il tipo di amore che avevano i miei genitori. Di quelli che leggi nei libri. E Cooper è quello giusto per me. Sai che ho una cotta per lui da anni. E ora potrebbe finalmente diventare tutto vero.»

«Marlee.» Mi strinse con le dita la mano con cui mi aggrappavo al bracciolo. «Sai che voglio che tu sia felice. E che tu trovi la tua persona perfetta come ho fatto io. Voglio solo dire che Cooper è meno flessibile sulla politica aziendale, su tutto, in realtà, di quanto non lo sia Jackson. L'apparenza di... di una relazione sconveniente potrebbe impedirgli di corteggiare qualcuno.»

Ed era quello che aveva detto mentre ballavamo. Era davvero così freddo da poter reprimere i suoi sentimenti per qualcuno, per me, a causa della politica aziendale?

«Non gli faccio neanche rapporto.» La mia voce era debole, un filo.

Mi rivolse un sorriso triste. «Non importerebbe.»

Una relazione con Jamila non aveva barriere del genere. «Pensi che lui e Jamila stiano insieme?»

Scosse la testa. «Non lo so. Ho sempre pensato che fossero solo buoni amici. Ma gli amici possono diventare qualcosa di più.» Lasciò che quel pensiero si depositasse nel mio cervello per qualche secondo e poi disse: «A proposito di...»

Non ebbe bisogno di finire la frase perché il muffin diventasse un buco nero infinitamente pesante nel mio stomaco.

«O tu e Tyler siete attori migliori di quanto avrei mai creduto, o lì c'è una scintilla genuina.»

Abbassai lo sguardo sulla mia gonna a fiori rosa. «Qualcosa c'è, ok. E io... l'ho baciato. Più tardi. In privato. E ho provato a... credo di averlo turbato.»

«Ma perché, Marlee? Perché baciare Tyler se sei interessata a Cooper?»

Tracciai una rosa sulla mia gonna. «Sono passati tre anni dall'ultima volta che sono stata così vicina a un ragazzo. I miei ormoni hanno sopraffatto il mio cervello.» Quegli ormoni avrebbero mandato a puttane la nostra amicizia se non li avessi tenuti sotto controllo.

«Eccoti.» Andrew mi porse una tazza di caffè.

Gliela presi. Nero. Lo sorseggiai e rabbrividii per l'amarezza. «Grazie.»

Disse Alicia: «Andrew, ti dispiacerebbe prendermi un bicchiere di succo, per favore?»

«Nessun problema. Cognatina.» Sorrise e si allontanò.

Il suo sorriso scomparve quando mi guardò. «Il bacio? Quello privato?»

Posai il caffè amaro sul tavolino. «Mi ha fatto un massaggio ai piedi. Credo che sia stata una specie di voodoo. È una cosa texana? Avrei giurato che sembrava che mi avesse messo le mani sulle...» Abbassai lo sguardo sul mio grembo.

«Non l'ha fatto.» I suoi occhi azzurri si spalancarono.

«No! Certo che no.» Anche se, per un secondo, avevo desiderato che lo facesse.

«E poi hai provato a...?»

«Ad arrampicarmi su di lui come su un albero. Ma mi ha fermata.» Mi lisciai la gonna. Avevo esagerato e fatto incazzare il mio amico.

«Tu sei mia amica, e ti voglio bene, Marlee. Ma anche Tyler è mio amico.» Mi strinse più forte la mano. «Non farlo soffrire.»

«Non lo farò. Promesso.» E l'unico modo per mantenere quella promessa era mettere Tyler nella friend zone. E tenercelo. Senza permessi di visita alla zona "più che amici".

La mia promessa fluttuava ancora nell'aria tra di noi quando Tyler e Sam si avvicinarono. Tenendo una lattina di Mountain Dew in una mano, mi porse una tazza di caffè. «Giorno.»

Non aveva un aspetto molto migliore del mio. Una barba corta gli copriva le guance e il mento, e le sue palpebre calavano su occhi iniettati di sangue. Indossava una camicia a quadri sbottonata sopra una maglietta blu scuro con scollo a V, che lasciava intravedere alcuni peli castano scuro alla base della V. Mi chiesi se gli coprissero tutto il petto come un tappeto o se fossero radi, sparsi strategicamente sui pettorali e... più in basso. Strinsi le cosce e abbassai lo sguardo nel mio caffè. L'aveva macchiato con latte e, presi un sorso e sospirai, zucchero.

«Giorno» disse Alicia. «Sam, ti sei divertita ieri sera? Non ti ho vista dopo le foto.»

«Oh, sono tornata alla locanda. Ho avuto un'idea per la mia ricerca. Quindi, sì, mi sono divertita.»

Alicia rise. «E tu, Tyler? Serata divertente?»

Tenni gli occhi fissi sulla fluidodinamica dei lipidi che vorticavano nel mio caffè, senza osare alzare lo sguardo.

«Sì. Marlee è una brava»... non dirlo, non dirlo... «ballerina.»

Alzai lo sguardo su di lui. Un sorriso gli aleggiava sulle labbra quando ricambiò il mio sguardo. Amici. Forse potevamo farcela.

«Tyler!» Jackson si era avvicinato dall'altro lato, facendomi quasi versare il caffè. Afferrò la mano di Tyler e lo tirò a sé in un abbraccio da bro con l'altro braccio. «Sei appena arrivato?»

«Sì.»

Jackson si strofinò le mani, sorridendo. «Allora. Chi ha fatto qualcosa di cui si è pentito ieri sera? Mi sposo solo una volta, quindi ho bisogno che le storie siano epiche. Voglio che la gente parli di questo weekend per il resto della nostra vita. Tyler? Marlee? Tu no, Sam; non voglio sentire delle dissolutezze della mia sorellina.»

Prima che potessi borbottare una bugia, Andrew arrivò di corsa con un bicchiere di succo, che porse ad Alicia. «Stai attenta, Sam. Mamma è sul piede di guerra. Ha sentito che hai lasciato il ricevimento presto ieri sera.»

«Stavo lavorando al mio progetto di tesi. È molto più importante dell'ennesima festa. Senza offesa, Jackson.»

«C'erano vino e balli. Non era solo un'altra festa, vero?»

Jackson si rivolse ad Alicia. Lei gli pose una mano consolatoria sull'avambraccio.

Andrew diede una gomitata a sua sorella. «Ehi, Sam, forse potresti dire a mamma che sei scappata con Tyler. Siete entrambi dei nerd dell'informatica. Potrebbe crederci.»

Lei si allontanò da lui, arricciando il naso. «Tyler sta con Marlee.»

«Tyler e Marlee?» Jackson ridacchiò. «Sono solo amici.»

Doveva essere stato l'unico a non aver visto il nostro bacio sulla pista da ballo. Cosa avrei detto? Non potevo mentire a Jackson. «Noi...»

«Credo che gli amici siano i migliori amanti.»

Ci voltammo tutti con gli occhi sgranati verso Sam, che l'aveva detto. La conoscevo da tre anni e non aveva mai avuto una relazione seria. Cosa ne sapeva lei di amanti?

«Qualcuno che ti conosce e a cui piaci già. Che si prende cura di te come persona. E poi ci aggiungi le componenti romantiche e sessuali. È come avere un programma che funziona già bene e aggiungerci una nuova funzione. Cosa potrebbe esserci di meglio? Io vorrei essere amica del mio partner.»

Non potevo, non volevo, guardare Tyler. Avevo cercato di aggiungere una funzione alla nostra relazione, ma era una che non le apparteneva. Come cercare di aggiungere una funzione di previsioni meteo a un'app per prendere appunti.

«Ho bisogno... cioè, vado a prendere da bere.» Lasciando la sua bibita su un tavolo vicino, Tyler si allontanò a grandi passi senza guardarsi indietro. Senza guardare me.

Jackson si girò verso di me, con le sopracciglia che gli si inarcavano fino all'attaccatura dei capelli. «Cosa sta succedendo?»

«Niente. Io... Scusatemi.» Alicia poteva raccontargli tutto. Dovevo sistemare le cose con il mio amico. Seguii Tyler fuori, sulla veranda.

Stava in piedi vicino alla ringhiera, affacciato sul vigneto. Metendomi accanto a lui, feci un respiro profondo di aria profumata d'uva.

«Ieri sera io... ho esagerato. Ho fatto un errore.» Deglutii. «La nostra amicizia è importante per me, e non avrei dovuto farlo. Mi dispiace.»

«Mi dispiace anche a me. Ho superato un limite baciandoti. Mi sono lasciato prendere la mano dall'Operazione...»

«Lo so. Va bene. E se non vuoi più continuare, per me non c'è problema.» L'Operazione Principe Azzurro era sembrata solo un altro gioco divertente quando l'aveva proposta all'inizio del weekend. Ma si era rivelata un divertimento pericoloso. Come giocare con i fiammiferi.

«No, va bene. Siamo amici. Gli amici si aiutano a vicenda. Voglio aiutarti.» Quando si girò verso di me, sembrava di nuovo il mio amico. Nessuna ruga di rabbia tra le sopracciglia, nessuna piega triste sulle labbra. Sorrise, anche se la fossetta non si vedeva.

La finta frequentazione stava aiutando? Ripensai allo shock sul volto di Cooper dopo che Tyler mi aveva baciata. Non era stata proprio gelosia, ma era un buon inizio. Forse se avessi passato un po' di tempo di qualità con il mio sostituto del fidanzato a batterie, sarei riuscita a tenere a freno i miei ormoni e le mani a posto lontane da Tyler. E allora Cooper si sarebbe reso conto che eravamo perfetti l'uno per l'altra.

«Grazie. Sei il migliore.»

«Carly Simon, "Nobody Does It Better".»

Per la prima volta quel giorno, risi. Ma mi ricordò che dovevamo passare due ore da soli in macchina, per tornare in città. Quanto sarebbe stato imbarazzante? Peggio ancora, potevo fidarmi di me stessa da non allungare la mano verso la sua sopra la console?

Distanza. Era quello di cui avevo bisogno. E un orgasmo in solitaria o due. Poi sarei potuta essere sua amica e finta fidanzata davanti a Cooper.

«Ehi, non ti dispiace se torno con Sam? Me l'ha offerto mentre ci stavamo preparando ieri.» Non era nemmeno una bugia. Avevamo fatto le nerd sulla fantascienza in TV, e mi aveva chiesto se domenica sera avrei guardato un paio di episodi di Battlestar Galactica con lei.

Il sorriso di Tyler svanì. «Nessun problema. Stavo pensando di tornare prima comunque.»

Ebbi una fitta al cuore, ma dissi: «Ho alcuni ultimi doveri da damigella da sbrigare. Ci vediamo al lavoro lunedì?»

«Certo.» Si girò sulla punta della scarpa da ginnastica e si diresse verso i gradini che portavano al parcheggio. Nessun sorriso, nessun abbraccio, nemmeno una pacca amichevole sulla spalla.

Me lo meritavo. Ma avrei cercato di farmi perdonare. A partire da lunedì.

12

«EHM, COOPER?» mi appoggiai allo stipite della porta del suo ufficio alle otto e mezza di lunedì mattina.

Teneva gli occhi fissi sullo schermo e premette un tasto sul computer. «Sì, Marlee?»

«Ho una buona e una cattiva notizia.»

Alzò di scatto la testa, con gli occhi sgranati nel viso pallido. «Jackson sta bene? E Alicia?»

«Oh.» Feci una smorfia. «Certo che stanno bene. Non è niente di così drammatico.» Si rilassò sulla sedia. «La buona notizia è che Kim, la supplente che odiavi la settimana scorsa, ha chiamato per dire che non tornerà. La cattiva notizia è che oggi non hai un'assistente.» Soppressi la risatina euforica che minacciava di sfuggirmi. La seconda fase del mio piano era scattata con fin troppa facilità.

Appoggiò i gomiti sulla scrivania in ciliegio ricoperta di vetro, chinò la testa e si tirò le radici biondo scuro dei capelli. Vederlo così vulnerabile mi fece venire voglia di avvicinarmi, tirargli indietro la testa e dargli un bacio lungo e lento. Mi chiesi se le sue labbra avessero il sapore di agrumi come quelle di Tyler. Scacciai entrambi i pensieri — specialmente il ricordo del bacio di Tyler — e feci qualche passo nel suo ufficio, con i tacchi che affondavano nel morbido tappeto antico. «Perché sei così duro con loro, comunque?»

«Con chi? Le supplenti?» Quando annuii, si massaggiò la nuca. «In realtà, è colpa tua.»

Presi fiato per ribattere. Ero stata a dir poco gentile con ognuna delle sue supplenti, sottraendo tempo al mio lavoro per formarle e aiutarle con le richieste assurde di Cooper. Quell'uomo esigeva la perfezione da tutti — be', da tutti tranne Jackson, che era un caso perso in tutto tranne che nella programmazione; per tutto il resto, aveva me — ed era troppo da chiedere a una supplente che guadagnava diciotto dollari l'ora e frequentava i corsi serali.

«Come osi...»

Mi fermò alzando le mani, con i palmi rivolti verso di me. «Volevo solo dire che l'asticella che hai fissato è troppo alta. In confronto a te, sembrano tutte incompetenti.»

Quasi, quasi mi sentii in colpa per averle preparate al fallimento. «È difficile iniziare qualcosa di nuovo. Devi dare una possibilità alle persone.» Dai una possibilità a me.

Scosse la testa. «Tu sei stata fantastica fin dal primo giorno. Il tuo primo giorno» — Cooper elencò i punti sulle dita — «hai rintracciato Jay nel suo appartamento dove stava smaltendo una sbornia, l'hai costretto a farsi una doccia e a vestirsi, e l'hai fatto arrivare qui, in orario, con un caffè in mano, per una presentazione al consiglio. Io non ci sarei riuscito, e lo conosco da più di dieci anni.»

Non potevo credere che se lo ricordasse. «Ho pensato che fosse necessario. Se lo avessero licenziato, sarei rimasta senza lavoro.»

«Se solo potessi clonarti...»

«Be', non puoi. Non provare nemmeno a chiedermi un tampone della guancia. Ma ho un'idea.» Portata a termine la prima fase, con il successo del nostro ballo ancora da determinare, era il momento di passare alla fase due: la vicinanza forzata, uno dei miei cliché preferiti dei romanzi rosa. «Visto che Jackson è via per tre settimane, mi annoierò a morte. Quindi, mentre è via, sarò la tua assistente ad interim. Ti organizzerò tutto. Selezionerò anche alcuni candidati per te. Forse riusciremo finalmente a trovare la persona giusta per te. In modo permanente.»

«Non devo fare niente? Ti occuperai tu di tutto?»

«Non vuoi fare il colloquio ai candidati?»

Diede un'occhiata al suo schermo. Ero sicura che fossero arrivate venti email nei cinque minuti in cui avevamo parlato. «Non se non sono obbligato.»

«Ti fidi di me per assumere un'assistente permanente per te?» A quel punto mi sentii davvero in colpa per quella fiducia mal riposta.

«Assolutamente.»

«Ok, allora. Ti troverò qualcuno di eccezionale. Promesso.» Avrei rimediato al sabotaggio.

Il suo volto si illuminò. «E nel frattempo, avrò te per tre settimane?»

Potresti avermi per sempre, se solo me lo chiedessi. Mi toccai il ciondolo e annuii, pensando a cubetti di ghiaccio e brezze invernali per impedire alle mie guance di arrossire.

«Affare fatto» disse.

Guardò di nuovo il monitor e poi me, con un sorriso ironico sulle labbra. «Guarda caso, ho una riunione nella sala conferenze nord-ovest tra dieci minuti. Puoi caricare la presentazione e avviare la videoconferenza con il team di Austin? Per favore?»

Trattenni un sospiro. «Certo.» Mi voltai per andarmene.

Mi chiamò: «Il pranzo lo offro io.»

Lo sbirciai da sopra la spalla. «Finché sarò la tua assistente, il pranzo lo offri tu tutti i giorni. Con il dolce.»

Ridacchiò. «Sei una dura negoziatrice, signorina Rice.»

«Ti faccio vedere io chi è duro» borbottai a bassa voce mentre uscivo nel corridoio e per poco non mi scontrai con un petto ampio coperto da una T-shirt sbiadita di Donkey Kong. Merda, perché doveva beccarmi proprio mentre uscivo dall'ufficio di Cooper?

«Scusa» squittii, bloccandomi di colpo.

La mascella di Tyler si contrasse per un secondo, ma poi

sorrise. «Ehi, sono contento che tu sia tornata. Com'era Battlestar Galactica?

«Bello. Sam aveva un sacco di opinioni al riguardo. Ci siamo divertite.» Non era come uscire con Tyler o Alicia, ma farsi nuove amiche era una buona cosa. Specialmente dopo aver baciato il tuo amico al matrimonio dell'altra tua amica.

Ci voltammo insieme e camminammo verso la sala conferenze, parlando del tempo, di fantascienza, di qualsiasi cosa tranne di come avessimo quasi rovinato la nostra amicizia spingendoci troppo oltre.

Lui si accomodò su una sedia mentre io preparavo la presentazione e la proiettavo sullo schermo. Dopo qualche minuto, Cooper entrò a grandi passi. «Siamo pronti, Marlee?»

«Pronti. Devi solo cliccare il pulsante di chiamata.» Diedi un'ultima occhiata alla stanza. Era tutto in ordine.

Proprio mentre mi preparavo a sgattaiolare fuori, Tyler si appoggiò allo schienale della sedia. «Marlee, hai portato la mia giacca?»

Il mio rossore fu naturale mentre lanciavo un'occhiata a Cooper. «È alla mia scrivania. Grazie ancora per avermela prestata.»

«Quando vuoi.» Tyler infuse il suo sguardo di calore, e ciò alimentò il fuoco sulle mie guance. Era così bravo in questa cosa della finta frequentazione, che stava rendendo brava anche me.

Chiudendo piano la porta dietro di me, mi aggrappai alla maniglia fredda per un secondo, cercando di rallentare il polso e smettere di risplendere come una gigante rossa. Eravamo tornati a recitare, tutto qui.

Un'ora dopo, quando tutti uscirono dalla sala conferenze, avevo organizzato l'agenda di Cooper, l'avevo codificata per colore e l'avevo sia stampata che aggiornata sul suo telefono. Avevo bloccato un'ora per "Pranzo con Marlee" ogni giorno in cui non aveva impegni. Non scherzavo riguardo ai pranzi. Avrei sfruttato al massimo le mie tre settimane con Cooper. Senza le occhiatacce di Alicia e Jackson, avrei finalmente trovato il

coraggio di mostrargli cosa provavo, e i pranzi fuori dall'ufficio —
e le cene da asporto lavorando fino a tardi — erano l'occasione
perfetta.

Tyler fece una gran scena nel recuperare la sua giacca mentre
passava dalla mia scrivania, e mi fece uno dei suoi occhiolini
texani. Ma un collega lo stava aspettando alla porta delle scale,
quindi non si soffermò alla mia scrivania.

Invece di andare direttamente nel suo ufficio, Cooper si
appoggiò con un fianco coperto dai pantaloni color cachi alla mia
scrivania. Sollevò il telefono. «Grazie per avermi sincronizzato il
calendario.»

«Nessun problema. Anche a Jackson piace avere una copia
cartacea, quindi l'ho messa sulla tua scrivania. Fammi sapere se in
futuro non la vuoi stampata.»

«Va bene, grazie.» Diede un'occhiata oltre la mia spalla verso
la porta delle scale, dove Tyler e il suo collega stavano parlando. A
bassa voce, Cooper disse: «Sembra esausto. È colpa tua?»

Colpa mia? Stava meglio di domenica mattina. Mi aveva
persino fatto quel suo occhiolino ammiccante. «Cosa vuoi dire?»

«Hai tenuto il nostro ragazzo sveglio fino a tardi?» mi chiese,
fissando insistentemente la giacca di Tyler, appoggiata sul suo
braccio.

Santo Sir Isaac Newton.

Cercai la mia bottiglia d'acqua ma la mancai, rovesciandola
sulla scrivania. Scattando in piedi dalla sedia, presi un rotolo di
carta assorbente dal cassetto e iniziai ad asciugare il disastro.

«Non posso credere...» dissi, a voce troppo alta, prima che
Cooper mi facesse un gesto per calmarmi. Continuai sussurrando
a voce troppo alta: «Primo, non sono affari tuoi con chi io...»
Anche se avrei voluto che lo fossero. «Secondo, non andiamo a
letto insieme.» La porta delle scale si chiuse con un tonfo alle mie
spalle, e io sussultai.

«Davvero.» La voce di Cooper era piatta, scettica.

Fingere di uscire insieme era una cosa. Fingere di andarci a
letto era un passo di troppo. Cooper era un gentiluomo tale da

non mettersi in mezzo a una relazione seria. «Davvero. È una cosa informale. Stiamo vedendo se vogliamo essere più che amici.»

«Sembrava che ve la foste intesa con tutto quel ballare.»

Era forse un barlume di gelosia nei suoi occhi? Che l'Operazione Principe Azzurro avesse funzionato?

«Noi, ehm, ce la stiamo prendendo con calma.» Quello era vero. Speravo che potessimo dimenticare come avessi provato a rovinare tutto trasformando il nostro finto bacio in una vera sessione di pomiciate. Non potevo permettere che succedesse di nuovo.

Fece spallucce. «Sembravi felice.»

Cooper mi stava facendo venire il torcicollo con il suo discorso sul non uscire con i colleghi seguito da "Sembravi felice". Ma lo ero stata? Non avevo ancora messo in ordine le mie emozioni del fine settimana. Erano aggrovigliate dentro di me come le foto non ancora riviste sul mio telefono. Gettai la carta fradicia nel cestino e lo fulminai con lo sguardo. «Non dare nulla per scontato.»

Fece una smorfia. «Marlee, sai che io...»

Il mio telefono squillò, e un'occhiata mi disse che era la linea di Jackson. Alzai un dito e presi la cornetta.

Uno starnuto arrivò attraverso il telefono, seguito da un naso che tirava su. «Marlee, sono Audrey Jones. Ho bisogno del suo aiuto.»

Perché mi stava chiamando la madre di Jackson? Un brivido mi percorse. «Jackson e Alicia stanno bene?» Cooper si era staccato dalla mia scrivania, sul punto di tornare nel suo ufficio, ma si bloccò.

«Certo. Sono sicura che stiano bene. Sono io» — starnutì di nuovo — «a non stare bene.»

«Cosa c'è che non va?» Feci segno a Cooper di andare e mimai con le labbra: Stanno bene.

«Stiamo tenendo il loro gatto, Tigger, mentre sono in luna di miele, e i miei... i miei» — un altro starnuto — «i miei antiallergici non stanno funzionando. Le dispiacerebbe tenerlo lei per noi?»

Un gatto. A casa nostra. Con papà. Chiusi gli occhi e scossi la testa. Ma Alicia adorava quel gatto. Così dissi: «No, signora Jones. Non mi dispiace affatto.»

«Grazie. Posso mandarlo con un autista al suo ufficio? Pensa di poter uscire prima per portarlo a casa?»

Avrei saltato il mio primo pranzo con Cooper, ma immaginai Alicia, finalmente senza preoccupazioni, sulla spiaggia alle Fiji. «Andrà benissimo. Grazie.»

Dopo aver riattaccato, bussai allo stipite della porta di Cooper.

«Scusa, dovrò rimandare il pranzo. La madre di Jackson è allergica a Tigger e me lo sta mandando a casa. Ora.»

Aggrottò la fronte. «Povera Audrey.»

«Povera Marlee. Cosa ci faccio con un gatto?» Non avevamo mai avuto nemmeno un pesce.

«Hai mai conosciuto Tigger? Adora tutti. E dorme tutto il tempo. Prepara la sua cuccia vicino a una finestra soleggiata e non sentirai un rumore per tre settimane.»

Feci un verso evasivo. Speravo che il gatto non causasse problemi. Ne avevo già abbastanza da gestire a casa.

Mi voltai per andarmene. «Chiamami se hai bisogno di qualcosa.»

«Mh-mh.» Aveva già di nuovo il naso nello schermo del suo computer.

Tornai trascinando i piedi alla mia scrivania per fare i bagagli. Il punteggio era Fato - 2, piani romantici di Marlee - 0.

———

QUELLA SERA, mentre mi lavavo le braccia piene di graffi nel lavandino della cucina, calcolai mentalmente le ore che avrei dovuto passare con Tigger fino al ritorno di Jackson e Alicia dalla loro luna di miele. Sotto il tavolo della cucina, il gatto si leccava una zampa con noncuranza e se la passava sull'orecchio.

«Quattrocentocinquantasei ore, gatto. Non possiamo essere amici per così tanto tempo?»

Girò le orecchie all'indietro e mi soffiò contro.

Forse dovrei passare più tempo in ufficio. Questo ridurrebbe al minimo il tempo con Tigger e massimizzerebbe quello con Cooper. Ma allora chi si prenderebbe cura di papà? «Ok, forse amici è chiedere troppo. Non possiamo semplicemente ignorarci a vicenda?»

Si alzò, mi voltò la schiena tigrata arancione e si riaccovacciò, con la coda fremente rivolta verso di me. Chiusi gli occhi e sospirai dal naso.

Entrò papà. «Raggio di sole, con chi parlavi?»

«Solo con il gatto.»

Aggrottò la fronte. «Non abbiamo un gatto.»

Quella familiare sensazione mi colpì come una scarica di Taser al petto. «Papà, ricordi, ti ho parlato di Tigger quando sono tornata a casa. Lo stiamo tenendo per Jackson e Alicia.»

La sua espressione non cambiò, ma disse: «È vero. Beh, buonanotte.»

Una piccola défaillance. Era solo quello. Era stato bene durante il fine settimana. Bene tutto il giorno. Non stavo perdendo mio padre. Era stanco e se n'era dimenticato.

Fissai il gatto che non voleva essere a casa nostra più di quanto io volessi che ci fosse.

«Guastafeste» ringhiai. Se non fosse stato per Alicia e Noah, che adoravano quel gatto, sarebbe fuori a calci nel suo peloso sedere. Meno male che c'era l'Operazione Principe Azzurro. Mi avrebbe dato la distrazione di cui avevo bisogno per superare i successivi diciannove giorni.

13

«GRAZIE, MARLEE. APPREZZO IL SUO AIUTO». Cooper non alzò lo sguardo dal monitor mentre parlava.

Quel mercoledì pomeriggio, non avevo fatto alcun progresso con lui, nemmeno come sua assistente non ufficiale. Avevamo passato parecchio tempo insieme, ma le meteore d'affetto che gli lanciavo continuavano a ridursi in cenere nella fitta atmosfera di professionalità di cui si circondava.

In piedi davanti alla sua scrivania, inclinai la testa di lato. «Le serve altro?». Non sembrava neanche lontanamente stressato come prima del matrimonio. Ma c'era qualcosa nelle sue spalle curve, lui che le teneva sempre dritte come un generale a quattro stelle, e nel modo in cui il suo petto sembrava quasi cullare il suo cuore. Avrei voluto passargli le dita tra i capelli, spianargli le rughe sulla fronte. Avrei voluto sfilargli le scarpe eleganti e offrirgli un massaggio ai piedi degno di Tyler, ma avevo dita babbane.

Jamila lo aveva ferito? Anche loro avevano litigato alla fine del weekend di nozze? Nemmeno io riuscivo a convincermene. Lo aveva chiamato ogni giorno, anche se le loro conversazioni erano state brevi.

Cooper era stato così sin dal matrimonio: conciso. A pranzo, oggi, era andato tutto bene finché avevamo parlato di lavoro. Aveva parlato del suo imminente viaggio negli uffici della East Coast fino a che non avevo quasi spiaccicato la faccia sulla mia insalata Cobb. Ma quando gli avevo chiesto cosa facesse la sera mentre era in viaggio, mi aveva guardata con la testa inclinata di lato e aveva detto una sola parola: «Lavoro».

Avevo insistito. Di sicuro aveva un ristorante o un bar preferito a New York. Un posto dove lui e Jackson erano andati in uno dei loro tanti viaggi. Ma la sua bocca si era serrata più della guarnizione della portiera della sua Porsche, e aveva borbottato di non avere tempo per i divertimenti.

Si schiarì la gola.

Ops. Da quanto tempo ero lì in piedi a fissarlo? «Quindi nient'altro?».

«No. Grazie».

Stringendomi il tablet al petto, mi voltai e attraversai il suo morbido tappeto fino alla porta. Era esattamente ciò di cui aveva bisogno: divertirsi. Lasciarsi andare, rilassarsi. Potevo aiutarlo in quello. Se solo me lo avesse permesso. Come potevo convincerlo a lasciarsi aiutare con l'Operazione Hakuna Matata?

Concentrata sui miei pensieri, non notai il visitatore in piedi presso la mia scrivania finché non gli fui quasi addosso.

«Tyler! Non sapevo che saresti salito».

«Ehi». Prese una caramella alla ciliegia dalla ciotola sulla mia scrivania e la rigirò tra le dita. Quelle dita. Non ci avevo mai pensato due volte prima, e ora mi ci fissavo nei momenti più strani. Perché?

Sbattei le palpebre e mi sedetti sulla sedia, tenendo gli occhi sul suo viso piuttosto che su quelle mani pericolose. «Cosa posso fare per te?».

Incrociò il mio sguardo e, dopo un secondo, gli angoli della sua bocca si piegarono all'insù. «Non ti ho vista in mensa ultimamente. Come stai?».

«Bene. Impegnata. Ehm...» controllai alle mie spalle che la porta dell'ufficio di Cooper fosse chiusa, «sto ancora lavorando all'Operazione Principe Azzurro. Siamo andati a pranzo insieme».

Si mise la caramella in bocca e parlò tenendola lì. «Bene. Contento che stia funzionando».

«Non direi che sta funzionando. Non ho fatto molti progressi». Rientrai nel mio computer e diedi un'occhiata alla dozzina di e-mail arrivate mentre ero nell'ufficio di Cooper.

«C'è qualcosa che posso fare?».

Le dita di Tyler tamburellavano contro il lato della sua gamba. Niente dita! Questo periodo di astinenza sessuale mi stava davvero dando alla testa. Forse avevo bisogno di un nuovo vibratore. Le mie ultime sessioni con Il Cooper – sì, davo un nome ai miei sex toy – erano state poco entusiasmanti. «No, grazie. Continuerò a provare. Sono passati solo pochi giorni».

«Allora non ti trattengo». Ma non se ne andò. Aprì la bocca e poi la richiuse. E questo attirò il mio sguardo sulle sue labbra. Macchiate di rosa dalla caramella alla ciliegia, quelle labbra mi avevano baciato fino a farmi perdere la testa sabato sera. No! Assolutamente vietato pensare di baciare il mio amico.

Per il telescopio Keplero, dove potevo guardare? Il suo naso. Non provavo alcun sentimento sessuale per il suo naso. Aveva un bel naso. Dritto. Si sarebbe premuto contro il mio collo mentre lui...

Deglutii e raddrizzai una pila di fogli sulla mia scrivania. «Tyler, di cosa hai bisogno?».

«U-un gruppo di noi esce stasera. Per un happy hour». Tamburellò sulla coscia. «Vuoi venire? Non... non se sei impegnata. Allora dovresti andare a fare quello».

«Fare cosa?».

«Qualunque cosa tu abbia in programma».

«Oh». Una volta ero spontanea. Ai tempi del college, andavo nella stanza del dormitorio di un amico dopo le lezioni a giocare ai videogiochi. O a bere una birra con Jackson dopo il lavoro. Ma il mercoledì, Alma andava alle prove del coro, e odiavo l'idea di lasciare papà da solo. In più, non si sarebbe mai ricordato di dare da mangiare a Tigger. E chissà quali diavolerie avrebbe combinato un Tigger famelico?

Ma il pensiero di dire di no a Tyler, proprio mentre stavamo ricucendo l'amicizia che avevo quasi mandato in frantumi durante il fine settimana, mi provocò delle fitte gelide allo stomaco. Si era sforzato chiedendomi di unirmi a lui e ai suoi colleghi. Dovevo provarci anch'io.

«Stasera non posso. Devo organizzarmi in anticipo per papà e Tigger». Lui sbatté le palpebre un paio di volte, ma prima che potesse esprimere le domande che vidi formarsi dietro quegli occhi nocciola, continuai in fretta. «Che ne dici di domani? Potrei chiedere alla mia vicina di tenerli d'occhio».

Le sue spalle si afflosciarono. «Mio fratello arriva in città domani. Andiamo a cena».

«Oh. Beh, allora…».

Scosse la testa. «Vieni. Vieni con noi. Raleigh non è così male».

«Quale dei due è Raleigh?».

«Giocava a football alla SMU. Ora lavora nelle vendite».

Non volevo fare il terzo incomodo a cena con suo fratello. Ma non volevo nemmeno dirgli di no.

«Non ti dispiace davvero?».

La sua bocca si contrasse, ma poi disse: «No. Gli farò promettere di comportarsi al meglio».

«Okay».

«Okay». Il suo tono si alleggerì. «Passo a prenderti qui domani alle sei».

Annuii. Quando si voltò e si diresse verso le scale, mi girai deliberatamente dall'altra parte. Raleigh non era l'unico a doversi dare una regolata.

———

LA SERA SEGUENTE, Tyler arrivò alla mia scrivania con cinque minuti di anticipo, e io non ero pronta. Non perché avessi bisogno di agghindarmi per uscire con il mio amico di lavoro e suo fratello. E nemmeno perché non fossi emotivamente pronta a trovarmi di nuovo in un contesto sociale con il mio amico dopo che aveva scatenato i miei ormoni in astinenza da sesso. Okay, questa poteva essere una bugia.

Ciò che mi rendeva più impreparata era il fatto di non essere sicura che papà stesse bene.

Era stato bene da quando ero tornata dal matrimonio. Anzi, quella mattina mi aveva augurato buona giornata al lavoro, non a scuola. Ma quando lo avevo chiamato verso le cinque e mezza, mezz'ora prima che la nostra vicina Alma dovesse passare, mi aveva chiesto tre volte quando sarei tornata a casa.

Avevo chiamato Alma e le avevo chiesto di passare prima per controllarlo. Dopo una ventina di minuti, mi aveva richiamata e mi aveva assicurato che stava bene. Dalla sua finta allegria, sospettai che avesse fatto qualcosa per farlo stare bene, come convincerlo a scendere dal letto o aiutarlo a trovare il suo bastone, forse entrambe le cose. E la parte fastidiosa? Potevo sentire quel coglione di Tigger che le faceva le fusa in sottofondo. Lo aveva chiamato lindo.

Quindi, quando Tyler salì le scale proprio mentre riattaccavo con Alma, non ero pronta a essere la divertente amica di lavoro che dovevo essere. E si vedeva.

«Che c'è?». Si tamburellò le dita contro i jeans.

«Niente. Sto bene».

«Qualcosa non va. Puoi dirmelo».

«È mio padre. Mi è sembrato strano quando l'ho chiamato per sapere come stava». Non gli avevo ancora detto nulla delle sbandate di papà. Se lo avessi detto ad alta voce, sarebbe potuto sembrare peggio di quello che era. E avrebbe anche potuto essere vero.

«Strano?».

«Solo… confuso. Gli succede a volte».

«Vuoi annullare per stasera?». Si infilò le mani nelle tasche dei jeans.

Avrei potuto. Forse sarei dovuta tornare a casa per controllare papà di persona. Ma così avrei infranto la promessa fatta al mio amico. Inoltre, Alma aveva detto che stava bene. E aveva il mio numero nel caso le cose fossero cambiate.

«No, va bene così. Dove incontriamo tuo fratello?».

«In un ristorante italiano tra qui e il suo hotel. Non è lontano. Vuoi andare a piedi?».

Alzai lo sguardo verso il lucernario. Niente pioggia. «Certo».

Fuori dalla porta girevole dell'edificio della Synergy, la nebbia aveva cominciato a scendere, fredda e appiccicosa. I fanali posteriori delle auto bloccate nel traffico brillavano nella foschia. Impiegati e turisti si spintonavano sul marciapiede.

Tyler mi offrì il braccio. «Andiamo».

Infilai la mano nel suo braccio, lasciandomi avvolgere dal suo confortante calore. Mi guidò verso il parco, nella stessa direzione in cui avevo camminato con Jackson un paio di settimane prima. Forse potevamo tornare a come eravamo allora, prima che rendessi le cose strane.

«Puoi dirmi di farmi gli affari miei, ma cos'ha tuo padre?», chiese.

O forse no. Sfilai la mano e la ficcai nella tasca del mio cappotto. Ma se dovevamo fidarci l'uno dell'altra, dovevo confidarmi.

«Lo hai conosciuto alla festa di fidanzamento di Jackson e Alicia. Usa un bastone. Perché si è rotto una gamba un paio di anni fa e non è guarita del tutto. Ha provato a tornare al lavoro, ma non... non ha funzionato. I suoi antidolorifici a volte lo rendono confuso. Quindi ora è sempre a casa. Mi preoccupo per lui».

Ci fermammo all'incrocio, e Tyler mi scrutò, i suoi occhi scuri nella penombra della strada. «Ti sentiresti meglio se andassi a casa?».

Sì. No. «Sta bene, davvero. La nostra vicina è con lui».

«Ma tu come stai? Prendersi cura di un genitore disabile è pesante».

«Io? Io sto bene. Si è sempre preso cura di me. Ora è il mio turno. Ce la caviamo». Feci un respiro profondo. Non gli avevo mai detto neanche il resto, riuscendo sempre a cambiare argomento prima che venisse fuori lei. «Mia madre è morta quando ero piccola».

Il semaforo cambiò e attraversammo la strada. Una volta dall'altra parte, allungò il braccio sulle mie spalle e mi strinse a sé in un abbraccio di lato, solo per un secondo, come fanno i ragazzi tra loro. Poi si mise le mani nelle tasche del cappotto. «Mi dispiace».

«Grazie». Parlare di mia madre morta era sempre un guastafeste, così dissi: «Tu hai una famiglia numerosa, giusto? Quattro fratelli?».

«E una sorella». Fissò davanti a sé, lungo il marciapiede. «Raleigh, anzi, tutta la mia famiglia, può essere un po'...». Sbuffò, il suo fiato visibile nell'aria gelida per un secondo prima di fondersi con la nebbia. «Pesante. Scherziamo molto, di solito a spese l'uno dell'altro». Si fermò davanti a un ristorante con la facciata in vetro, dove i camerieri fluttuavano tra tovaglie bianche e luccicanti accenti metallici. «È qui. Solo...». Fece una smorfia. «Ignora tutto quello che dice».

Mi tenne aperta la porta ed entrai. Non ebbi nemmeno bisogno di indovinare chi potesse essere Raleigh. In piedi nella piccola sala d'attesa del ristorante c'era il gemello di Tyler. Beh, non un gemello, ma una versione più massiccia e leggermente più vecchia. Invece dell'espressione aperta di Tyler, un sorrisetto gli piegava le labbra.

«Ty!». Raleigh allargò le braccia per abbracciare suo fratello, dandogli delle pacche sulla schiena. Quando mi guardò, i suoi occhi erano di un marrone compatto, senza le pagliuzze di colore di quelli di Tyler. «E questa chi è?».

Tyler si liberò dalla stretta da orso di Raleigh. Tenendo le mani lungo i fianchi, disse: «Marlee, ti presento mio fratello Raleigh. Raleigh, questa è la mia amica Marlee Rice».

Non volendo finire avvolta dalle braccia muscolose di Raleigh, porsi la mano. «Piacere di conoscerti».

Me la strinse più delicatamente di quanto mi aspettassi. «Be', be', be'».

«Prendiamo un tavolo, ora che ci siamo tutti?», chiese Tyler. Senza attendere una risposta, si avvicinò alla hostess. Lei ci portò direttamente a un tavolo in fondo, dove io e Tyler ci trovammo di fronte a Raleigh.

Mentre guardavamo il menù e ordinavamo, i due fratelli si scambiarono le ultime notizie. Raleigh era in città per visitare la sede centrale della sua azienda, come faceva tre o quattro volte l'anno. Aveva visto i loro genitori il fine settimana precedente e riferì che stavano bene ma sentivano la mancanza di Tyler. Da quanto tempo non tornava a casa? Settimane? Mesi? Di più? Raleigh insinuò che fosse più sul lato del di più.

Tyler parlò a Raleigh del suo appartamento nell'Excelsior, un cesso, lo definì con un'occhiata di scusa verso di me. Non c'ero mai stata, ma non poteva essere così male. Il mercato immobiliare di San Francisco era costoso, ma la Synergy pagava bene i programmatori. E parlò a suo fratello del suo lavoro. Se la stava cavando, disse. Aprii la bocca per correggerlo – Tyler era il pupillo di Jackson, il che la diceva lunga sul suo talento e sulle sue prospettive – ma il cameriere arrivò con i nostri piatti, e la conversazione si spostò sul cibo e sui ristoranti preferiti dei fratelli a Dallas.

Raleigh posò la forchetta e ingoiò un boccone di rigatoni. «La cena di prova è da Carolina's. Bella voleva qualcosa di chic».

Tyler borbottò qualcosa nel suo pollo.

Ritenendo che Raleigh meritasse una risposta migliore, dissi: «Sei tu quello che si sposa?».

Annuì. «Quest'estate. La mia ragazza del college. Anche se la conoscevo da prima. Andavamo allo stesso liceo, ma lei è di un paio d'anni più giovane. La tua classe, giusto, Ty?».

«Sì». Si incurvò sul piatto e spostò un boccone di pollo con la forchetta.

Raleigh si appoggiò allo schienale della sedia. «Anche se, ora che ci penso, mi ricordo che a volte era a casa nostra. Era amica di qualcuno. Forse è venuta con uno di noi al ballo di fine anno?».

Tyler lasciò cadere la forchetta sul piatto con un clangore che risuonò nella rumorosa sala da pranzo. Fissando suo fratello, sputò: «Amici. Ci sono uscito per sei mesi, testa di cazzo».

Il mio cuore si fermò. Il sorriso di Raleigh si congelò sul suo viso e i suoi occhi si spalancarono. Ebbi il tempo di immaginare due scenari in cui mi lanciavo tra di loro senza macchiarmi di sugo la gonna rosa ostrica – purtroppo, entrambi fallimenti totali anche nella mia immaginazione – quando Raleigh cominciò a ridacchiare. Poi passò a una risata di pancia piena che fece sì che la gente ai tavoli vicini gli lanciasse occhiate divertite. Raleigh aveva una bella risata. Peccato che fosse un emerito stronzo.

«Lo sapevo. Ti stavo solo prendendo per il culo».

«Cervello di gallina», borbottò Tyler. Poi alzò lo sguardo su di me. «Scusa».

«Giustificato», sussurrai. Non avevo mai avuto un fratello, ma Raleigh doveva aver infranto il codice uscendo con l'ex di suo fratello. E poi ci aveva scherzato su? Che…

«Anche se, se avessi fatto sport come il resto di noi, forse saresti riuscito a tenertela stretta».

Serrai la bocca e inspirai dal naso.

«Questo tizio…», Raleigh agitò la forchetta verso Tyler, «… avrebbe potuto giocare per la UT».

Tyler roteò gli occhi.

«Ma preferiva stare seduto in biblioteca davanti a un computer piuttosto che andare ad allenarsi. O mischiarsi con il resto di noi».

Tyler si appoggiò allo schienale della sedia. «Sono sempre stato il tuo portiere, il tuo ricevitore, il tuo centro. Non mi hai mai lasciato giocare come attaccante, interbase o quarterback».

Raleigh si strinse nelle spalle. «Non abbiamo mai saputo che lo volessi. Avresti potuto dire qualcosa».

Tyler posò il bicchiere d'acqua con un tonfo. «L'ho fatto».

«Pff. Avresti dovuto dirlo più forte».

Forse mi ero sbagliata per tutti quegli anni in cui avevo desiderato un fratello. Controllai il telefono. Niente da Alma. E avevo ancora un sacco di tempo prima dell'ultimo treno. Lanciai un'occhiata a Raleigh. Purtroppo.

Lui masticò, con lo sguardo perso nel vuoto, e posò la forchetta. «Anche se forse, se avessi passato più tempo in biblioteca, avrei un comodo lavoro d'ufficio come te».

«Hai un ottimo lavoro», disse Tyler. «Guadagni un sacco di soldi e hai viaggiato dappertutto. New York, San Francisco, Singapore...».

«Sì», disse Raleigh. «Ma Bella lo odia. Vorrebbe che fossi più a casa. Vuole dei figli». Fece una smorfia.

«E tu no?» gli chiesi.

«Non lo so. Forse. Non ancora. Con tre fratelli più piccoli, di bambini ne ho avuto abbastanza. Capisci?».

Non volevo provare pena per quello stronzo, ma forse aveva le sue ragioni. Probabilmente aveva cambiato la sua dose di pannolini, almeno per i due più piccoli.

Raleigh incrociò forchetta e coltello sul piatto vuoto e un aiuto cameriere lo portò via. Un lampo gli attraversò gli occhi castani. «Allora. Da quanto tempo state insieme voi due?».

«Noi non stiamo insieme», ringhiò Tyler.

«No, siamo solo amici». La mia voce era troppo acuta.

Raleigh si allungò sul tavolo e diede un colpetto sulla spalla di Tyler. «Cretino». Si scambiarono una sorta di linguaggio fraterno e silenzioso con gli occhi.

Alla fine, Tyler abbassò lo sguardo sulla sua cena a metà. «Credo che porterò a casa questo».

«Questo è mio fratello Tyler. Sempre attento alla sua linea da fotomodella». Raleigh si diede una pacca sullo stomaco piatto.

«Dovresti stare attento alla tua», disse Tyler. «Hai messo su qualche chilo, vecchio».

Anche Tyler sapeva rispondere per le rime. Sorrisi e tirai fuori il portafoglio. «Devo fare una telefonata. Posso darti dei contanti per saldare il conto?».

Raleigh mi guardò come se avessi due teste. «Non so cosa

faccia questo idiota qui sulla Costa Ovest, ma non sono stato educato a far pagare la cena a una signora».

Tyler alzò gli occhi al cielo. «Pago io, testa di legno».

«Lo metto in nota spese».

Lasciandoli a discutere sul conto, mi infilai il cappotto e uscii, dove mi fermai sotto la tenda gocciolante e chiamai papà.

«Ehi, va tutto bene?».

«Certo, Raggio di Sole. Ho cenato con Alma, e ora Tigro e io stiamo guardando il baseball. Gli piace il baseball, non è vero, bestione?».

«Papà». Quel maledetto gatto. «Va bene se resto in città un po' più a lungo?».

«Certo».

«Controlleresti che le porte siano chiuse a chiave? E che i fornelli siano spenti?».

Lui ridacchiò. «Sissignora. Sono io il padre qui, ricordi?».

«Ricordo». Sembrava stare bene. E davvero non avrei dovuto trattarlo come un bambino. «Buonanotte. Ci vediamo domattina».

«'Notte, Raggio di Sole».

Misi via il telefono. Tyler and Raleigh erano usciti e parlavano a bassa voce. Quando mi avvicinai, Raleigh stava dicendo: «Allora cosa gli dico?».

«Di' loro che non lo so».

Posai una mano sulla spalla di Tyler perché sapesse che ero lì.

«Mamma piangerà tutte le sue lacrime se non torni a casa per il Ringraziamento».

La spalla di Tyler si irrigidì. «Ci penserò».

Raleigh strinse le labbra in una linea sottile. Poi mi tese una mano. «Marlee, è stato un piacere».

«Mmm». Sarebbe stata una bugia ricambiare il sentimento.

Avvolse Tyler in un altro abbraccio da orso. «Ci vediamo, amico». Si voltò e si allontanò.

«Già. Proprio brutto come pensavo». Tyler ricambiò il mio mezzo sorriso. «Devi tornare a casa subito?».

Controllai l'orologio. Avevo un paio d'ore prima dell'ultimo treno. Dopo quella cena miserabile, non potevo lasciare Tyler da solo. Le sue spalle erano ancora curve, come se Raleigh lo avesse colpito con una mazza da baseball. «Non subito. Vuoi prendere un dolce?».

Lui gettò il contenitore con gli avanzi in un cestino vicino. «La migliore idea di sempre».

———

IN QUELLA NOTTE GELIDA, vicino all'orario di chiusura, eravamo gli unici clienti della gelateria. Tyler chiese all'impiegato adolescente quali gusti contenessero frutta a guscio e, dopo aver assaggiato alcuni gusti che ne erano privi, optò per una coppetta doppia di cioccolato al latte maltato e variegato al mou con salsa al caramello. Io scelsi una pallina di cremoso sorbetto alla fragola e mango. Ci sedemmo vicino alla vetrina, dove la nebbia lambiva il vetro.

Feci scorrere il cucchiaino sulla superficie del mio sorbetto. «È sempre così?».

Lui affondò il cucchiaino nel suo gelato. «Sono tutti così. Perché credi che viva a tremila chilometri di distanza?». Ma il suo era un sorriso ironico. «È la famiglia».

«Non ti fa male?».

Si strinse nelle spalle. «A volte».

A cena, era sembrato come papà quella volta che si era sparato una graffetta nell'indice.

«Dovresti dirglielo. Tenergli testa».

Tirò fuori una cucchiaiata dalla sua coppetta. «Quello che ha detto era vero. Nello sport ero sempre la seconda scelta. E Bella è uscita con me solo finché non è stato chiaro che non sarei mai diventato un atleta della prima squadra».

«È terribile!». Posai la mia coppetta.

Lui si strinse nelle spalle.

Scossi la testa, felice per una volta di essere stata figlia unica.

«Beh, penso che ti abbia sottovalutato. Tutti loro l'hanno fatto. E non è giusto. E poi, tuo fratello è uno stronzo».

Mi misi in bocca un'altra cucchiaiata di sorbetto e alzai lo sguardo, trovandolo a guardarmi mentre sfilavo il cucchiaino dalle labbra. Il suo pomo d'Adamo sobbalzò quando deglutì. Con la gola improvvisamente secca, abbassai lo sguardo sul tavolo. Dovevo assolutamente ordinare quel nuovo vibratore al più presto.

Per mia fortuna, l'adolescente scontroso che ci aveva serviti gridò: «Spiacente, ragazzi, stiamo chiudendo», e girò il cartello in vetrina.

Uscendo con passo tranquillo nella strada buia e nebbiosa, schivammo turisti e pendolari della tarda serata. Minuscole goccioline si condensarono e brillarono sulle punte dei miei capelli e sulle maniche del cappotto. L'aria umida mi strisciò sul viso e si insinuò nel colletto aperto del cappotto. Rabbrividii.

«Hai freddo?» chiese Tyler.

Quella era una delle cose che mi aveva messo nei guai dopo il matrimonio. Dovevo resistere all'esposizione al profumo di Tyler, al calore del suo corpo. «No, sto bene. Ma penso che prenderò un taxi per la stazione». La stazione era solo a pochi isolati di distanza, ma era stata una giornata lunga e le mie difese si stavano sciogliendo come il gelato che avevamo mangiato.

Lui tossì. «Prendo un taxi per casa e ti lascio alla stazione».

«La stazione non è esattamente di strada».

«Non mi importa. Non ho fretta».

Prima che potessi protestare di nuovo, fece un cenno a un taxi di passaggio e, quando si fermò, mi aprì la portiera. Dissi all'autista il nome della stazione e Tyler, scivolando dentro dietro di me, diede il suo indirizzo come seconda fermata. Anche a tarda notte, il traffico si muoveva lentamente per le strade. Sarebbe stato più veloce a piedi, ma il taxi era caldo e asciutto. Fissai fuori dal finestrino, guardando le gocce d'acqua tremolare e scendere lungo il vetro.

Tyler mi toccò la mano, posata sul sedile di vinile. «Grazie per essere venuta con me. È stato meglio con te lì».

Mi voltai dal finestrino per sorridergli. Girando la mano, intrecciai le mie dita con le sue. «Ogni volta che hai bisogno di supporto emotivo contro i tuoi fratelli stronzi, fammelo sapere».

«Promesso?». Si schiarì la gola.

«Cosa?».

Si morse il labbro inferiore. «Vedi, quest'estate devo andare a un matrimonio. Ci saranno tutti i miei fratelli stronzi, e anche mia sorella, che è altrettanto stronza. Forse potremmo rifare la cosa dell'accompagnatrice».

Mancavano mesi all'estate. Ma pensando al povero Tyler al matrimonio di suo fratello con la sua ex, non potei dire di no. «Se non esci con nessuna che preferiresti portare, verrò io con te. A questo servono gli amici».

Invece di regalarmi il suo solito sorriso e accettare la mia offerta, si accigliò e si grattò la gola.

«Che c'è?».

Mosse la bocca prima di parlare, come se la stesse mettendo alla prova. «Mi sento prudere. Strano. Come se stessi avendo una reazione».

«Ma non hai mangiato noci di macadamia. Nessun tipo di frutta a guscio». Il mio cervello era lento, come un computer con la memoria sovraccarica.

«Ti ricordi se qualcuno dei gusti vicino al cioccolato avesse della frutta a guscio? Forse hanno usato la stessa paletta».

«C'era un gusto alla Nutella nella stessa vetrina». Lo ricordavo perché avevo considerato di assaggiarlo, ma l'avevo scartato a causa dell'allergia di Tyler. «Quella contiene frutta a guscio, vero?».

Deglutì a fatica. «Certo che sì». Diede delle pacche sul sedile. «Merda. Ho lasciato la borsa con la mia EpiPen in ufficio».

«Ehi», dissi al tassista. «Può portarci all'ospedale più vicino, per favore?».

«No». La voce di Tyler era roca. «Ne ho una a casa. Starò bene».

L'autista rallentò. «Allora, che si fa?».

Il cuore mi stava per scoppiare dal petto, ma capivo il non voler andare in ospedale inutilmente. Probabilmente Tyler aveva un'assicurazione con una franchigia alta come la mia. «Ci porti al suo appartamento. A Excelsior, per favore. E si sbrighi». Gli strinsi la mano come se questo potesse aiutare.

I cinque minuti di viaggio fino al suo appartamento sembrarono durare cinque ore. Tyler inspirava a fatica, ansimando e boccheggiando come un paziente con enfisema. Usava una mano per massaggiarsi la gola. L'altra mi stringeva la mano, come per rassicurarmi. Non funzionò. Ansimavo abbastanza per entrambi quando ci fermammo davanti a casa sua.

Quando inciampò, mi infilai sotto il suo braccio e lo sorressi su per le scale fino al suo appartamento. Lui aprì la porta e accese la luce. Non ero mai stata nel suo appartamento, ma non avevo tempo di guardarmi intorno. Il cuore mi martellava nel petto come se fossi io ad avere l'attacco allergico.

Barcollò attraverso una porta aperta e premette l'interruttore della luce. Il bagno era appena abbastanza grande per una combinazione di vasca e doccia, il water e un mobile quadrato per il lavandino. Si chinò sul lavandino, aprì l'armadietto dei medicinali e afferrò un tubo di plastica, che posò sul bancone. Chiudendo il coperchio del water, armeggiò con la cintura. «Scusa», ansimò, proprio mentre si calava i jeans fino al pavimento.

«Non preoccuparti». Oh, mio Dio, si preoccupava di calarsi i pantaloni nel bel mezzo di una reazione anafilattica? Rimasi vicino al lavandino, con le mani penzoloni, intorpidita.

Ma Tyler sapeva cosa fare. Si lasciò cadere sul coperchio del water e, con dita ferme, estrasse il dispositivo dal suo tubo. Tolse il tappo, lo appoggiò sulla parte esterna della coscia, proprio sotto il bordo dei suoi boxer, e premette finché non scattò.

«Tutto qui? È fatta?».

Le sue mani tremavano quando posò il dispositivo sul bancone. Si schiarì la gola. «Sì».

«Ora posso chiamare il 911?».

«No, starò bene».

«C'è scritto proprio lì di cercare immediatamente assistenza medica». Le parole erano stampate sopra l'ago dall'aspetto minaccioso.

«Starò bene. Ci sono passato qualche volta». Il suo viso era sudato e pallido, ma ora respirava più facilmente. Le sue labbra erano già passate dal blu al rosa pallido.

Quando si alzò, allungai le braccia verso di lui come se potessi prenderlo se fosse caduto. «Davvero, sto bene». Si tirò su i jeans. «Scusa per tutto questo. Ti chiamo un passaggio per casa».

Incrociai le braccia. «Non vado a casa. Non ti lascio solo stanotte. E se i sintomi tornassero? O se avessi una reazione al medicinale?».

«Starò bene. Davvero».

Non mi mossi. «Io resto».

«Bene». Le sue labbra si contrassero. «Ti dispiace se vado a sdraiarmi?».

«Oh. Certo. Nessun problema». Ora non erano solo le mie mani a essere inutili; era tutto il mio corpo. Uscii dal bagno e lo seguii attraverso un'altra porta nella sua camera da letto. Aprì l'anta dell'armadio e tirò giù un cuscino e una coperta. Li portò in soggiorno, dove c'era un unico lungo divano di fronte a un tavolino da caffè e una televisione. L'appartamento era piccolo, non grande quanto il minuscolo primo piano di casa nostra.

Lanciò il cuscino sul divano e si lasciò cadere sui cuscini. «Tu prendi il letto».

«Assolutamente no. Hai appena avuto un'emergenza medica. Dormirai nel tuo letto». Tyler era testardo, ma non quanto me. Gli afferrai la mano e tirai finché non si alzò. «Vai. Ti do un minuto per sistemarti».

Accigliato, si trascinò in camera da letto. Chiamai a casa per controllare papà, e poi passai qualche minuto nel suo bagno a lavarmi la faccia e a spazzolarmi i denti con il suo dentifricio e il mio dito.

Quando entrai in camera da letto, mi rivolse un sorriso assonnato e il mio battito cardiaco finalmente rallentò. «Ti senti meglio?».

«Sì». Le coperte erano rimboccate fino al mento. «Respiro bene ora. Davvero, puoi andare a casa».

«Neanche per sogno». Mi sedetti dall'altra parte del letto, sopra le coperte, e mi stesi accanto a lui, coprendomi con la coperta che aveva gettato sul divano poco prima.

«Cosa stai facendo?». Il sorriso era scomparso.

«C'è un sacco di spazio qui. Mi assicurerò che tu dorma bene».

«Davvero, io sto…».

«Lo so, lo so, stai bene. Comunque, io resto». Non sapevo cosa avrei fatto se fosse successo qualcosa al mio amico. E non avevo intenzione di scoprirlo.

Spense la lampada e rimanemmo lì distesi nel silenzio.

«Non torneremo mai più in quel posto, lo sai», dissi.

«La gelateria?». Ridacchiò. «Peccato. Il mio gelato era davvero buono. Finché non ha cercato di uccidermi».

Posai una mano sul suo petto per potergli sentire il battito cardiaco. Sembrava veloce, ma era regolare. Lui mise la sua mano sopra la mia. «Troppo presto per scherzarci su?».

«Decisamente troppo presto. Niente più scherzi. Dormi».

Le sue dita si strinsero. «Grazie, Marlee. Per esserti presa cura di me».

Sapevo che non si riferiva solo al suo attacco allergico. Si era preso cura di sé benissimo. Si riferiva alla storia con quell'odioso di Raleigh.

«Quando vuoi». E mi sarei presa cura di lui in qualsiasi momento. Proprio come avrei fatto con Alicia. Spinsi via dalla mente il pensiero di cosa gli sarebbe potuto succedere. Sapevo che avrei avuto difficoltà a dormire se avessi pensato a quel terrificante viaggio in taxi.

Invece, osservai il suo petto alzarsi e abbassarsi nella penombra che filtrava dai lati delle tapparelle. Il suo respiro si stabilizzò e rallentò, e presto anche il mio fece lo stesso.

14

MI SVEGLIAI nella luce grigia dell'alba, al caldo e al sicuro. Ma non era il mio cuscino quello che avevo sotto la guancia; era la pelle di qualcun altro.

Oh. Mio. Dio. Che cosa avevo fatto?

Sollevai la testa e la mia guancia si staccò dal petto di Tyler con un leggero schiocco. Fissai la distesa di pelle di fronte a me. Un tatuaggio gli segnava la spalla ambrata, una V incurvata con un piccolo pentagono a un'estremità e un triangolo all'altra. Mi sembrava vagamente familiare, ma non riuscivo a capire cosa potesse significare una V sulla spalla di Tyler. Forse era una Y per Young? O aveva iniziato un tatuaggio che in realtà doveva rappresentare qualcos'altro e poi ci aveva ripensato?

Lui sospirò e allungò l'altro braccio dietro il cuscino. Il braccio che non era stretto attorno alla mia vita. La mia... oh, sia ringraziato Gregor Mendel... vita vestita di tutto punto. Anche se mi ero stesa sul suo petto, la parte inferiore del mio corpo era ancora sopra il piumone. Che infermiera ero stata. Mi ero addormentata sopra il mio paziente.

Alla debole luce che filtrava dalle persiane, mi presi un secondo per ammirare la curva dei suoi tricipiti, la superficie piatta dei suoi pettorali, i rilievi dei suoi addominali. Per uno che stava seduto a una scrivania tutto il giorno, aveva parecchi muscoli. Ma tenni le dita strette nei palmi. Gli amici non toccavano i petti nudi degli amici. E di certo non sbirciavano sotto il lenzuolo che copriva la sua metà inferiore.

Ma non avevo bisogno di sbirciare per vedere che la metà inferiore era altrettanto... sorprendente. Non che fossi sorpresa che Tyler avesse un pene. Certo che ce l'aveva. Solo che non avevo mai avuto motivo di pensarci prima. Fino a quella mattina, quando la sua erezione formava una tenda sotto il lenzuolo abbastanza grande per...

Chiusi gli occhi. Ma si riaprirono di scatto. Le morbide lenzuola di jersey gli aderivano, delineandone la forma con una grafica precisione. Deglutii a fatica e distolsi lo sguardo.

L'arredamento della sua camera da letto era spartano: un comò e un unico comodino con i suoi occhiali appoggiati accanto a una sveglia, il cui display a LED mi informava che erano passate da un pezzo le sei. Merda. Era venerdì, Cooper aveva una riunione presto e io dovevo andare in ufficio.

Scivolai con cautela da sotto il suo braccio. Un'espressione corrucciata gli attraversò il viso e spostai la mano che avevo sulla schiena sul suo stomaco. Mormorò: «Principessa», e io mi bloccai, aspettando che aprisse gli occhi, ma non lo fece. Non c'era tempo per svegliarlo; inoltre, dopo la sua crisi allergica, aveva bisogno di riposo. Invece, mi alzai dal letto e uscii in punta di piedi nel soggiorno.

Notai la mia borsetta sul pavimento vicino alla porta, dove l'avevo lasciata cadere durante la folle corsa per l'epinefrina della notte precedente. Tirai fuori il telefono, sperando che la sveglia di Tyler si fosse sbagliata sull'ora, ma erano le sei e mezza. Niente tempo per tornare a casa a cambiarmi. Sarei stata costretta a indossare i vestiti del giorno prima per andare al lavoro. Mentre ordinavo un Uber, tirai il reggiseno per togliere il ferretto dal solco che mi aveva scavato nel fianco del seno mentre dormivo. Ahi.

Dove avevo lasciato cadere il cappotto? Girai per la piccola stanza finché la luce rosata che filtrava dalla finestra non illuminò una macchia di tessuto chiaro contro il divano scuro. Mi avvicinai per prenderlo dal cuscino, ma un sibilo mi spaventò, facendomi ritrarre la mano. L'angolo del mio cappotto rosa cipria spuntava da sotto un ammasso di lanugine grigio tortora.

Due occhi blu malevoli, quasi dello stesso colore di quelli di Cooper, batterono le palpebre verso di me da un muso grigio scuro. Sibilò di nuovo. Tyler aveva un... gatto? Uno che, a quanto pareva, mi odiava tanto quanto Tigger. Ero stata forse una maltrattatrice di gatti in una vita precedente? O di cani? E come facevo a non sapere che il mio amico aveva un gatto?

«Bel micio», sussurrai. «Vieni qui». Feci un cenno verso di me. Lo sguardo del gatto non si staccò dal mio viso. «Shh. Va tutto bene». Non sapevo se stessi parlando con me stessa o con il gatto. Allungai una mano esitante verso l'angolo del mio cappotto. Il gatto ringhiò e io ritrassi la mano contro la mia camicetta stropicciata. Niente da fare. Il mio cappotto non valeva la perdita delle dita con cui battevo a macchina.

Una voce roca provenne da dietro di me. «Giorno».

«Ehi». Era ancora a torso nudo e indossava solo i jeans della sera prima, senza cintura e calati sui fianchi. Rapidissima, distolsi lo sguardo. «Ho una riunione presto e il tuo gatto tiene in ostaggio il mio cappotto. Puoi...?»

«Oh. Scusa. Certo». Prese in braccio il gatto e io afferrai il mio cappotto dal divano.

«Grazie».

«Lei è Subha. È molto tranquilla». Con un braccio, coccolò il gatto contro il suo petto nudo e quella fece le fusa. Non potevo biasimarla. Aveva un petto comodo. E oh-mio-dolce-Leonardo-da-Vinci, quanto era sexy un petto muscoloso con un gattino morbido accoccolato sopra? No. Il mio amico non era sexy. Okay, va bene, lo era, ma io non ne ero attratta. Per niente.

«Come ti senti?» Il suo colorito era migliore di quello della sera prima. Le sue labbra erano rosee e non più bluastre.

«Meglio. Grazie», disse. Quando sorrise, la stretta al mio petto si allentò. «Scusa per tutti i peli di gatto. Vuoi che ci passi sopra un rullo?»

Controllai il telefono, come se il tempo avesse miracolosamente potuto iniziare a scorrere all'indietro. «Non c'è tempo. Cooper ha una riunione presto».

«Allora immagino che anche la colazione salti. Dammi un minuto per vestirmi e ti accompagno io».

«No, grazie. Ho chiamato un Uber. Dovresti tornare a letto». Combattei l'impulso di andare da lui, abbracciarlo, baciargli la guancia. Certo, era lì in piedi, sano, e non sdraiato su un letto d'ospedale con un tubo per la respirazione. Ma se lo avessi toccato, anche solo per rassicurarmi che stesse bene, temevo che mi sarei presa più di quanto la nostra amicizia permettesse.

Tenendo gli occhi lontani dalla sua pelle nuda, infilai le braccia nel cappotto e mi misi la borsa a tracolla. «Ci vediamo dopo».

Sbloccai la porta e sgusciai fuori. Mentre scendevo di corsa le scale, cercai di dimenticare la nostra corsa affannosa su per le stesse scale la sera prima. Non avevo avuto così tanta paura da quando papà era caduto da quella scala. Ero contenta di essere stata con Tyler la notte scorsa. Anche se, se non fossimo stati insieme, non avrebbe mai mangiato quel gelato contaminato. La prossima volta, avrei controllato per assicurarmi che il commesso usasse una paletta pulita. Mi sarei presa più cura del mio amico.

In ufficio, mi strinsi nel cappotto e sfrecciai oltre la security con un cenno superficiale. Niente da vedere qui. Al piano di sopra, gettai un'occhiata lungo il corridoio verso l'ufficio di Cooper, ancora buio, presi la mia borsa da palestra e mi precipitai nel bagno privato di Jackson.

Pochi minuti dopo, ero profumata e ragionevolmente presentabile, abbastanza per un venerdì alla Synergy. Tornai di corsa alla mia scrivania, infilai la borsa in un cassetto e mi lasciai cadere sulla sedia proprio mentre l'ascensore suonava e Cooper usciva, perfetto nella sua impeccabile tenuta impomatata e stirata.

Mi guardò due volte. Normalmente, sarebbe stata una buona

cosa. Oggi non gradivo quell'attenzione extra. Esaminò la mia coda di cavallo e la maglietta con la scritta "Yoga Girls Are Twisted" sopra la gonna rosa pallido stropicciata del giorno prima.

«Si sente bene, Marlee?»

«Ho dormito troppo». In un certo senso. Al contrario. Lo fissai negli occhi, sfidandolo a scoprire il mio bluff.

Si grattò la nuca. «So che Jackson non è un maniaco del codice di abbigliamento, ma preferirei che la mia assistente mi rappresentasse in modo professionale. Anche di venerdì».

Il rossore mi partì dal petto e mi salì fino alla radice dei capelli. «Mi scusi, Cooper. Non succederà più».

«Bene, allora. Può avviare la teleconferenza?»

«Certamente». Aprii l'applicazione per la riunione sul mio schermo, grata di non doverlo guardare negli occhi. Lui si voltò, entrò nel suo ufficio e chiuse la porta.

Chiamai l'ufficio di Londra, misi in conferenza Cooper e scollegai la mia linea. Poi mi accasciai sulla sedia e lasciai andare un sospiro. Sarebbe stata una lunga giornata. Tirai fuori il telefono per chiamare papà e trovai un messaggio.

TYLER

Tutto OK?

Una risata isterica mi gorgogliò dietro le labbra serrate. Non andava per niente bene. L'uomo per cui avevo una cotta mi aveva ripresa per il nostro inesistente codice di abbigliamento. Avevo quasi fatto ammazzare il mio amico e poi avevo finito per dormire sul suo petto nudo. In più, avevo lasciato papà a casa da solo per tutta la notte.

Ma niente di tutto ciò dipendeva da lui.

Sì

Chiamai papà.

«Ciao», dissi quando rispose. «Scusa ancora per ieri sera. Dovevo aiutare un mio amico».

«Maggie?»

Trasalii e mi massaggiai una tempia. «No, papà, sono Marlee».

«Raggio di sole! Stai bene?»

«Sì, bene. Tu come stai?»

«Bene, bene. C'è la partita dei playoff questo pomeriggio. Che ne dici di tacos per cena?»

Il dolore acuto alla tempia si attenuò un po'. «Ottimo. Ci vediamo a casa stasera, okay?»

«A più tardi, tesoro».

Posai il telefono e mi chinai sulla scrivania con la testa tra le mani, grata, tanto grata che stesse bene. Ma se gli fosse successo qualcosa? Ero davvero una persona terribile. Come penitenza, non avrei fatto altro che lavorare e stare a casa con papà.

Aspetta. Stare a casa con lui non doveva essere una punizione. Quell'uomo si era preso cura di me per tutta la vita. Ero una figlia ingrata. Mi tirai la coda di cavallo.

Alla fine, gemetti e rivolsi la mia attenzione al computer.

Persa nella revisione del codice del mattino, non sentii i passi avvicinarsi e sussultai quando una tazza di caffè da asporto e un sacchetto di carta piombarono sulla mia scrivania. Tyler stava in piedi sopra di me, una bottiglia di Mountain Dew in mano e un sorriso smagliante sul viso.

Proprio mentre apriva la bocca, Cooper apparve alla vista.

Distolsi bruscamente gli occhi dal viso di Tyler e rivolsi a Cooper un sorriso tirato. «Cosa posso fare per Lei, Cooper?»

Il suo sguardo si posò su Tyler, sulla tazza di caffè e sulla mia maglietta da yoga, di nuovo. Inarcò le sopracciglia. «Giorno, Tyler». Fece un sorrisetto.

«Giorno», brontolò Tyler.

Inclinai il mento verso il caffè che mi aveva portato. «Grazie. Ci vediamo dopo».

Gli angoli della sua bocca si tesero prima che si voltasse e tornasse verso il vano scale.

Dopo che la porta si chiuse, Cooper agitò le sue folte sopracciglia verso di me. «Hai dormito troppo, eh?»

Gli lanciai un'occhiataccia. Cooper non sembrava affatto geloso. Sembrava... giubilante. «Ho dormito da Tyler stanotte. Inaspettatamente».

Le sue sopracciglia si alzarono. «Quindi c'è qualcosa sotto».

Portai il caffè alle labbra. Sapeva di spezie di zucca e disonestà. Anche se tutto quello che gli avevo detto era vero, mi sentivo come se stessi mentendo a Cooper. Una relazione costruita su una bugia non avrebbe retto. Prima che partisse per il suo viaggio, avrei vuotato il sacco. Su Tyler e sui miei sentimenti per Cooper.

Quegli occhi laser mi scrutavano di nuovo come se stessero cercando di incenerire le mie stronzate. Alla fine, sbatté le palpebre e si appoggiò con un fianco alla mia scrivania. «Ehi, ho dei biglietti per un musical e mi stavo chiedendo...»

Santo telescopio Hubble. Finalmente mi stava per chiedere di uscire. Rimasi immobile, aspettando che pronunciasse le parole.

«Sono per la prossima settimana e io sarò via. Li vorresti? So che sei un'appassionata di teatro musicale. Potresti portare Tyler».

Mi afflosciai. Nonostante desiderassi da sempre vedere una performance musicale professionale. «Certo. Voglio dire, sì, sarebbe meraviglioso. Grazie».

Quando si accigliò, probabilmente per la mia ingratitudine, abbassai lo sguardo sulla scrivania. Il mio telefono si illuminò e afferrai la cornetta, grata per una tregua da quello sguardo blu laser.

José della security disse: «Marlee, è arrivato il Suo visitatore».

«Visitatore?» Chi era venuto a trovare me?

«Dice che ha un appuntamento».

Aprii il mio calendario e trovai la voce per un colloquio con un altro candidato per la posizione di assistente di Cooper. Ero stata così presa da tutto che me ne ero dimenticata. Almeno il candidato di oggi era un ragazzo. Un uomo non avrebbe notato la mia maglietta poco professionale e la gonna stropicciata, a differenza delle donne che avevo intervistato per tutta la settimana.

«Grazie. Scendo subito».

Cooper era ancora fermo davanti alla mia scrivania. «Sto per fare un colloquio a un altro candidato per Lei», dissi, prendendo la mia cartella di curriculum dal portadocumenti. «Vuole venire?»

Rabbrividì e fece un passo indietro. «No, grazie. Ho un sacco di lavoro da fare».

Scossi la testa guardandolo, e lui si voltò e tornò di corsa nel suo ufficio. Codardo.

Afferrando il caffè che Tyler mi aveva portato, doveva essere il miglior amico di sempre, sbirciai nel sacchetto. All'interno c'era la busta di carta per pasticcini che mi aspettavo, appoggiata sopra un rullo levapeli avvolto nella plastica. Ridacchiai.

Ma mentre scendevo in ascensore verso il piano terra, il sorriso mi morì sul viso. Se il candidato di oggi fosse stato qualificato, mi avrebbe sostituita nel mio ruolo temporaneo di assistente di Cooper. Niente più pranzi a tu per tu, niente più scuse per fare un salto nel suo ufficio, nessuna possibilità di aiutarlo con il lavoro fino a tardi.

Il mio tempo stava per scadere.

———

NATURALMENTE ERA DOVUTA VENIRE alla Synergy il giorno in cui indossavo una maglietta e avevo i capelli non lavati raccolti in una coda di cavallo.

Jamila Jallow, con le gambe che sembravano infinite in un paio di pantaloni a vita alta e un impermeabile Burberry aperto sul davanti a rivelare un maglione di cashmere e una sciarpa di seta, era appoggiata al bancone della security, chiacchierando con José.

«Giorno, Jamila».

«Giorno, Marlee. Puoi scortarmi di sopra?»

Avevo programmato di fare il colloquio al candidato al piano di sotto, ma supposi di poterli portare entrambi al sesto piano. «Certo. Lasciami solo prendere» guardai il curriculum che avevo in mano «Ben».

Un ragazzo della mia età circa scattò in piedi da una delle scomode sedie di pelle color chartreuse nell'atrio. «Marlee?»

chiese, già porgendo la mano. Indossava una camicia button-down a quadri blu sotto un maglione grigio e dei pantaloni chino scuri. I suoi stivaletti stringati si abbinavano alla morbida pelle marrone della sua borsa a tracolla.

Mi diressi verso di lui, desiderando di avere un aspetto curato come il suo. Quando gli strinsi la mano, inclinai la testa solo leggermente per guardarlo nei suoi occhi color whisky. Non era mostruosamente alto come Cooper e Jamila. «Salve, Ben. Sono Marlee Rice. Andiamo di sopra».

Mentre aspettavamo l'ascensore, Ben si sporse oltre di me. «Lei è Jamila Jallow, vero?»

Lei sorrise e tese una mano lunga e sottile. «Sono io».

«Ben Levy-Walters». Le strinse la mano. «Ho letto il Suo post sul blog questa settimana sul design dell'esperienza utente. È stato di grande ispirazione».

Che l'intera popolazione di San Francisco leggesse il blog di Jamila? Ugh.

Mentre salivamo, continuarono la loro conversazione sulle interfacce utente. Tenni la bocca chiusa e ascoltai. Il ragazzo era intelligente, teneva testa a una delle stelle più brillanti del settore. Hmm.

Al sesto piano, feci accomodare Ben in una sala conferenze e accompagnai Jamila all'ufficio di Cooper. Quando bussai e aprii la porta, la sua espressione concentrata e corrucciata scomparve e un sorriso gli si allargò sul viso. Un sorriso che non aveva mai mostrato a me.

«Mila! Non sapevo che saresti venuta oggi».

«Ho pensato di farti una sorpresa. Vedere come va».

Chiusi la porta e tornai a passi pesanti da Ben. Cosa dovevo fare per fargli notare la mia esistenza? Per farlo sorridere a me?

Ma mi tolsi Jamila dalla testa quando mi sedetti al tavolo di fronte a Ben. Mentre scambiavamo convenevoli, sfogliai il suo curriculum. Ricordavo che le sue credenziali erano solo mediocri: due anni come receptionist e tre come assistente esecutivo in una sola azienda. Nessuna laurea. Ma la sua lettera di presentazione era stata stellare.

«Allora, Ben», dissi, iniziando la parte ufficiale del colloquio, «mi dica perché ha fatto domanda per questa posizione alla Synergy». Mi appoggiai allo schienale e mi preparai a essere sommersa di chiacchiere sulla fantastica opportunità e sulla perfetta compatibilità, come era successo con ogni altro candidato.

«Onestamente?» Si sporse in avanti, i palmi delle mani sul bordo del tavolo e le dita aperte verso di me. I suoi occhi color whisky erano spalancati. «La startup per cui lavoravo è andata a rotoli il mese scorso. Non me lo aspettavo nemmeno. Il mio capo diceva che andavamo bene e io gli ho creduto. La storia della mia vita. Comunque, sono rimasto in una stanza buia per due settimane a mangiare Häagen-Dazs». L'angolo della sua bocca si sollevò. «Poi mia sorella mi ha parlato di questa posizione. Lavora qui in contabilità e sa che sono un fan sfegatato di Cooper Fallon».

Ecco come il suo curriculum mediocre era passato attraverso il filtro delle Risorse Umane: era una segnalazione di un dipendente. «Davvero? Mi dica cosa sa di Cooper e perché ne è un fan».

Si appoggiò allo schienale della sedia. «Non molte persone sanno che Cooper era laureato in informatica. Tutti pensano che Jackson fosse il cervello della programmazione e Cooper l'uomo d'affari. Questo è vero, ma Cooper ha aiutato con lo sviluppo iniziale del prodotto». Congiunse le mani in grembo. «Non rilascia interviste sulla sua vita prima del college ed è attivo in fondazioni che supportano i ragazzi a rischio. Quindi suppongo che abbia avuto qualche problema crescendo. Come me». Si chinò leggermente verso di me. «Voglio imparare da lui. Un giorno vorrei aiutare anche io dei ragazzi».

Annuii. Avrebbe potuto imparare molto da Cooper. Cominciava a piacermi Ben, ma doveva sapere in cosa si stava cacciando. «Può essere... impegnativo lavorare con lui».

Ridacchiò. «So che la posizione è vacante da mesi, da quando il suo vecchio amministrativo è andato in pensione. Nessuno dei supplenti ha funzionato?»

Feci una smorfia. Non c'era bisogno che sapesse il perché. «No. Ed è stato troppo occupato per fare colloqui per la posizione fino ad ora».

Il suo sguardo era fisso, mi stava valutando. «E non è lui a farmi il colloquio ora; è lei. Perché?»

«Oh, ha viaggiato e lavorato a...»

«Mi scusi il francesismo, ma stronzate». Mi scrutò da capo a piedi, dalla coda di cavallo ai miei stivaletti in finta pelle. «Penso che sia colpa sua».

Inclinai la testa. «Davvero». Questo tizio mi conosceva da venti minuti in tutto e stava per diagnosticare la mia relazione con Cooper. Ah.

«Tutti sanno che Jackson Jones è un... un po'... distratto. Ma lei è riuscita a trasformarlo in un dirigente che contribuisce all'azienda».

Mi sarebbe piaciuto prendermene il merito, ma era cambiato per Alicia. «Beh, in realtà, è stato...»

Mi interruppe. «Lei gli permette di concentrarsi su ciò che è importante. Lei è il Mago di Oz, che compie la magia da dietro le quinte. Lei è troppo brava. Cooper vede ciò che ha Jackson e vuole la stessa cosa».

Mi agitai sulla sedia. Non doveva trattarsi di me. Se solo Ben avesse avuto ragione e Cooper mi volesse davvero. Ma non avrei intrapreso quella strada con quest'uomo troppo perspicace.

Dato che non obiettai, Ben continuò: «Sospetto che Cooper non sia come Jackson. Sembra avere la testa sulle spalle».

«Ce l'ha». Strinsi le labbra per evitare di sproloquiare su tutte le buone qualità di Cooper. Non avevo bisogno di venderlo.

«Di cosa ha bisogno?»

Mi appoggiai allo schienale della sedia. Chi stava facendo il colloquio a chi? «Di cosa crede che abbia bisogno?»

Un lento sorriso si allargò sul viso di Ben. Come a me, dovevano piacergli le sfide. «Un ragazzo che, in dieci anni, ha fatto crescere un'azienda dalla sua stanza del dormitorio a un'azienda Fortune 1000. Un ragazzo il cui co-fondatore è brillante ma confusionario e il cui CEO è, da» controllò che la porta della sala confe-renze fosse chiusa, «certe voci, un po' un... diciamo, una personalità difficile».

Stronzo sarebbe stato più appropriato. Ma Ben era a un collo-quio di lavoro.

«Eppure Cooper Fallon riesce ancora a sostenere varie fonda-zioni e a far crescere la sua azienda ogni anno. Mantiene un programma di viaggi estenuante. Ha bisogno di...»

Mi sporsi in avanti sulla sedia.

«Ha bisogno di qualcuno che lo protegga da se stesso. Sebbene sia importante sostenere questa azienda e i suoi dipendenti, ha bisogno di qualcuno che gli impedisca di dare via troppo di se stesso. Prima che si esaurisca».

Ricordai le occhiaie scure sotto i suoi occhi che non erano scomparse dopo il suo ritorno dall'Asia. Operazione Hakuna Matata. Mi appoggiai di nuovo allo schienale. «Esattamente».

«Mi scusi se lo dico, ma sembra che anche lei avrebbe bisogno di qualcuno che lo faccia, per lei».

Assottigliai lo sguardo su Ben. Quest'uomo vedeva troppo. Non avevo dubbi che lo avremmo assunto; era esattamente ciò di cui Cooper aveva bisogno. Ma avrei dovuto stare attenta con lui.

15

QUELLA SERA, quando aprii la porta di casa, papà stava guardando Nova sulla sua vecchia e malconcia poltrona reclinabile.

«Ciao, papà» gridai per sovrastare il volume assordante della televisione.

«Raggio di sole! Buona giornata al lavoro?» Quando mi rivolse un sorriso raggiante, la luce blu intermittente della televisione proiettò delle ombre sul suo viso, facendolo sembrare un teschio ghignante.

«Tutto bene.» Mi scrollai di dosso i brividi mentre attraversavo la stanza verso la cucina e accendevo la luce. Speravo che avessimo della birra. O del vino. Sarebbe stato anche meglio. Dopo cena, sarei sgattaiolata di sopra e avrei finalmente ordinato quel nuovo vibratore. Qualcosa di più… realistico.

Nascondendo a papà le guance in fiamme, posai le borse e mi sfilai i tacchi. Fu allora che la ciotola stranamente piena di Tigger sul pavimento attirò la mia attenzione. Di solito divorava il suo pasto in pochi secondi. Stava male? Non ero davvero dell'umore giusto per portare dal veterinario quel gatto scontroso, quella sera. L'avrei fatto, ovviamente. Per nessuna ragione al mondo l'amato micio di Alicia sarebbe stato in condizioni non perfette quando glielo avrei restituito tra una settimana. Guardai sotto il tavolo, dove amava nascondersi da me, ma c'era solo un gatto di polvere arancione.

Tornai in salotto a passi felpati, ma Tigger non era nemmeno rannicchiato con papà. Andai nella sua stanza, sollevai un angolo del copriletto e sbirciai sotto il letto. Altri gatti di polvere — aggiunsi "passare l'aspirapolvere" alla mia lista mentale di cose da fare — ma del gatto nessuna traccia.

L'odio di Tigger per me era così feroce che si rifiutava di posare le sue zampette delicate al secondo piano, ma corsi comunque su per le scale e controllai la mia stanza. Nessun segno di quella feroce palla di pelo.

Scesi di corsa le scale, con il cuore che batteva all'impazzata, e mi piazzai tra papà e la televisione.

«Hai visto Tigger?» Cercai di non far trapelare il panico dalla mia voce. Inutile agitarlo.

«Chi?»

Afferrai il telecomando e tolsi l'audio alla televisione. «Tigger. Il gatto.»

Corrugò la fronte. «Non abbiamo un gatto.»

Chiusi gli occhi e feci qualche respiro profondo per calmarmi. «Il gatto di Alicia. È qui da quasi due settimane.»

Quando riaprii gli occhi, il viso di papà non mostrava alcun segno di comprensione. Cazzo. Dopo un'ultima occhiata alla stanza, tornai in cucina. Trovai le mie scarpe da ginnastica sopra la lavatrice, me le infilai e afferrai una giacca, una torcia e il telefono. Il gatto corpulento non poteva essere andato lontano, ma sarebbe stato difficile trovarlo al buio. E dovevo trovarlo. Alicia amava quel dannato gatto.

———

DUE ORE DOPO, mi trepidavano le mani mentre mi versavo un bicchiere colmo di vino rosso. Mi lasciai cadere su una sedia della cucina e mi guardai. La gonna rosa pallido e la maglietta erano imbrattate di terra e coperte di pelo bianco e arancione, e le mani e le braccia erano percorse da una rete di graffi. La maggior parte non erano profondi e li avevo lavati bene, ma lo squarcio sul dorso della mano aveva sanguinato un po' e stava iniziando a formare una crosta. Sentivo la parte laterale del viso gonfia intorno al graffio superficiale che partiva dallo zigomo e scendeva fino al collo. Tuttavia, feci un sorrisetto — ahi. Ero uscita vittoriosa dalla nostra battaglia.

Il cuore mi aveva martellato nel petto, tutto il corpo teso e tremante, mentre vagavo su e giù per le strade del nostro quartiere. Non ero sicura se avrei dovuto chiamarlo o cercare di prenderlo di soppiatto, considerando quanto Tigger mi disprezzasse. Alla fine, la mia voce si era ridotta a un gracidio, rendendo la questione irrilevante. Avevo già iniziato a immaginare di trovare il suo corpicino senza vita per strada e stavo componendo mentalmente ciò che avrei detto ad Alicia quando sentii un fruscio di foglie secche e illuminai un paio di occhi gialli nel fascio di luce della mia torcia.

Lo inseguii attraverso un paio di cortili finché non lo misi all'angolo contro i gradini di una casa e lo afferrai per la pancia. Fu solo quando quel demonio mi graffiò la faccia che mi venne l'idea di togliermi la giacca e avvolgercelo dentro. Dopodiché, fu relativamente docile, lasciandosi sfuggire solo qualche miagolio lamentoso mentre lo portavo a casa come un running back che aveva appena segnato il touchdown della vittoria. Repressi l'impulso di schiacciarlo a terra e di esultare una volta al sicuro in cucina.

Ora il piccolo mostro era al sicuro, rannicchiato contro papà nel suo letto. Io, nel frattempo, avrei desiderato avere qualcosa di più forte del vino per calmare i miei tremori e poter andare a letto. E per quanto non volessi pensarci, il sollievo per aver ritrovato il gatto di Alicia sano e salvo non era l'unica ragione per cui mi tremavano le mani. L'espressione vuota e incomprensibile sul viso di papà quando gli avevo chiesto di Tigger mi terrorizzava. Non potevo più negarlo: c'era qualcosa che non andava in mio padre.

16

DI RITORNO al lavoro quel lunedì pomeriggio, vestita in modo appropriato con una gonna nera e un maglione rosa a collo morbido, mi alzai per sgranchirmi la schiena. Lavorare per Jackson mi dava più opportunità di muovermi; aveva sempre bisogno di fare due passi o di un aiuto per scovare qualcosa nel suo ufficio. Lavorare per Cooper, invece, comportava stare molto più seduta alla mia scrivania.

Quando la porta delle scale si aprì, feci un gran sorriso. Tyler ne balzò fuori, quasi senza fiato, e si avvicinò con noncuranza. Nell'ultima settimana, aveva preso l'abitudine di venire alla mia scrivania nel tardo pomeriggio. Appoggiò un fianco alla scrivania e incrociò le braccia. «Ehi».

«Passato un buon fine settimana?»

«È andato bene. Il tuo?»

«La solita roba». Mi lisciai i capelli. «Io e papà abbiamo guardato lo sport».

«Aspetta. Cos'è successo alla tua mano?» Si chinò, prese la mia mano tra le sue e la ruotò verso il lucernario. Ero riuscita a camuffare il segno sul viso con il trucco, ma il graffio sulla mano era più profondo. Nessun altro, nemmeno Cooper, e avevamo pranzato insieme, se n'era accorto.

Sbuffai. «È successo Tigger. È scappato venerdì e mi ha detto che non l'avrei mai preso vivo. Ma ce l'ho fatta. Sta bene. Ti prego, non dirlo ad Alicia».

Esaminò il lungo graffio, passando leggermente un dito accanto alla crosta rosso scuro. Mi venne la pelle d'oca sull'avambraccio. Sollevò lo sguardo dalla mia mano al mio viso; i suoi occhi avevano il vellutato colore verde-brunastro del muschio sul tronco di un albero.

La notifica della mia app di messaggistica mi risvegliò bruscamente da quel momento. «Ehi. Solo un secondo». Sfilai delicatamente la mia mano dalla sua e guardai lo schermo. «Oh! Ben ha accettato la nostra offerta».

«Chi è Ben?» Prese una caramella all'anguria e la fece girare tra le dita.

Distolsi lo sguardo dalla caramella e lo riportai sullo schermo del computer per digitare una risposta all'impiegata delle risorse umane. «Sarà l'assistente di Cooper. Inizia la settimana dopo la prossima».

«È una buona notizia per te, giusto? Meno lavoro, specialmente con il ritorno di Jay».

«Giusto». Ciò significava che il mio tempo era scaduto. Cooper sarebbe partito per il suo viaggio l'indomani e non sarebbe tornato fino al primo giorno di Ben. Dovevo fare la mia mossa adesso. Fortunatamente, mi ero già organizzata per papà in modo da poter lavorare fino a tardi.

«Potremmo... potremmo andare a festeggiare. Quel locale messicano in fondo alla strada fa la Follia del Margarita del lunedì».

Sembrava divertente, ma... «Mi dispiace. Ho promesso a Cooper che l'avrei aiutato con la sua presentazione per il viaggio sulla East Coast».

«Stasera?»

Mi mossi sulla sedia. «È stato in riunioni una dopo l'altra fin dal matrimonio, sobbarcandosi il carico di lavoro di Jackson. Ci ha lavorato da solo la sera. Lo sto solo aiutando a dare gli ultimi ritocchi». Era un uomo così buono. Così responsabile. Un piccolo frammento di colpa mi punse per gli interinali incompetenti che avevo assunto. Tutto per una buona causa.

Tyler rimase in silenzio per un momento. «Immagino che l'Operazione Principe Azzurro sia ancora in corso».

Abbassai la voce. «Metterò le carte in tavola stasera».

«Stasera?» Fece un passo indietro come se gli avessi tirato un pugno, ma poi mi rivolse un debole sorriso. «Cioè, hai intenzione di mettere letteralmente le carte» gesticolò verso il mio torso «sul tavolo?»

«Che schifo. Non fare il volgare. Sto parlando di sentimenti. Ne hai mai sentito parlare, giusto?» Uff, perché stavo facendo la stronza con il mio amico?

La sua mascella si tese. «Certo. Anche se non sono sicuro che lui ne abbia». Socchiuse gli occhi verso la porta chiusa di Cooper.

Non stravedeva per Cooper Fallon, ma cercai di fargli capire. «Forse dà l'impressione di essere freddo. Inizialmente. Ma anche lui ha dei sentimenti. Passione. Penso che la persona giusta potrebbe farlo rilassare un po'. Sciogliere un po' il ghiaccio». L'avevo sognato una o due, o forse un migliaio di volte. Come quella maschera che indossava si sarebbe incrinata quando gli avrei detto che ci tenevo. Proprio come il miliardario alfa del romanzo rosa che avevo letto la settimana prima, che aveva solo bisogno di una donna di buon cuore che gli mostrasse cos'era l'amore.

«La persona giusta. Cioè tu». La sua voce era piatta, quasi fredda come quella di Cooper. «E lui è la persona giusta per te».

«Certo». Rimisi a posto il mio portamatite. Se solo Cooper se ne fosse reso conto. Allora avrei avuto le mie scintille. E il bacio del vero amore.

Lasciò ricadere la caramella nella mia ciotola. «Pomeriggio, Cooper».

Girai sulla sedia, sbattendo il ginocchio contro la gamba del tavolo. Esplosioni di dolore mi danzarono davanti agli occhi. Ma, com'era prevedibile, Cooper era venuto alla mia scrivania.

«Che succede, Cooper?» Mi massaggiai il ginocchio.

Lanciò un'occhiata tra di noi. «Mi ero quasi dimenticato di darti questi». Mi porse una busta.

«Cosa sono?»

«I biglietti per il teatro che le avevo promesso. Lei e Tyler potreste andarci insieme. Risolvere questo litigio tra innamorati che state avendo». Fece un cerchio con la mano per indicare noi due.

Probabilmente poteva sentire la tensione che aleggiava tra noi come la nebbia fuori. Aprii la busta ed estrassi due biglietti, platea centrale, ovviamente, per… «Hamilton?» squittii.

«L'ha visto?»

«No». I biglietti erano per venerdì sera. Non potevo lasciare papà e Tigger. Li rimisi nella busta. «Non posso…»

Tyler parlò sopra di me. «Ci piacerebbe molto andarci. Grazie».

«Fantastico. Vi piacerà». Cooper sorrise come uno zio orgoglioso, la prima volta che vidi una crepa sulla sua espressione severa in tutta la giornata. «È quasi pronta per iniziare a lavorare sulla mia presentazione, Marlee?»

Un brivido mi percorse. Era il momento. Operazione Principe Azzurro, pronta al decollo. Annuii, non fidandomi della mia voce.

«Nel mio ufficio tra dieci minuti?» La sua voce era bassa e sexy.

Forse sarei finita letteralmente sul tavolo. O sdraiata su quel grande divano color burro nel suo ufficio. Immaginai il suo sguardo laser avvicinarsi sempre di più mentre le sue labbra scendevano sulle mie. Il suo profumo di bosco che mi avvolgeva. Il calore del suo corpo che irradiava attraverso la sua costosa camicia. Sicuramente da vicino sarebbe stato caldo e non gelido come sembrava sempre. «Certo», squittii.

Con un cenno del capo, si voltò e tornò a grandi passi verso il suo ufficio.

Wow. Sbattei le palpebre.

«Parte domani, giusto?»

«Sì». Sospirai e spinsi la busta con i biglietti verso Tyler. «Vai tu. Io non posso allontanarmi».

Non toccò la busta. «Muoio dalla voglia di vedere Hamilton. Non avrai bisogno di lavorare fino a tardi visto che sia Jackson che Cooper saranno via. Perché non puoi venire?»

«È complicato». Ancora non riuscivo a capire perché papà si fosse dimenticato di Tigger. Restare fino a tardi stasera era già abbastanza grave. Anche se sembrava stare bene quando l'avevo chiamato poco prima che arrivasse Tyler, due sere in una settimana era cercare guai.

«C'è qualcosa che non va?»

«È solo... solo per mio padre. Non credo di poterlo lasciare da solo».

«Quando siamo usciti con Raleigh, hai detto che ti sembrava strano. È peggiorato?»

«Forse». Sì, era peggiorato; lo sapevo. Le sue dimenticanze stavano diventando più frequenti. E quella di venerdì sera, lasciar uscire Tigger, avrebbe potuto avere conseguenze serie.

«Puoi chiedere di nuovo alla tua vicina di tenerlo d'occhio?»

«Mi sento in colpa a chiederglielo sempre. È una mia responsabilità».

«Anche chi si prende cura degli altri ha bisogno di una pausa ogni tanto», disse lui. «Chiediglielo. E se non può, troverò io qualcuno che gli tenga compagnia. Sai che muori dalla voglia di andarci».

Un angolo della mia bocca si sollevò. «Okay. Ti scrivo stasera per farti sapere cosa dice».

«Perfetto». Si voltò. «Sarà fantastico. Vedrai».

A quel punto, feci un sorriso a trentadue denti. Avevo messo su la colonna sonora in macchina mentre andavamo al matrimonio. «L'hai ascoltata».

«Forse». Si morse il labbro inferiore. «Ci vediamo domani».

Un attimo dopo, era scomparso nella tromba delle scale.

Mi alzai e presi il mio tablet. Quando mi sarebbe ricapitata un'altra occasione per vedere Hamilton? Mi sarei mangiata le mani se avessi perso questa opportunità. Erano anni che morivo dalla voglia di vedere lo spettacolo. Papà sarebbe stato bene. O no?

Anche Tyler sarebbe stato bene. Anche se non riuscivo a capire perché si fosse incazzato così tanto prima. Appoggiava l'Operazione Principe Azzurro. Sarebbe stato felice per me quando io e Cooper saremmo stati insieme, giusto? Anche se Tyler e Cooper non erano esattamente pappa e ciccia, avrei trovato un modo per farci uscire tutti insieme. Saremmo rimasti amici dopo.

Gettandomi i capelli dietro una spalla, quasi saltellai fino alla porta di Cooper. La fase due dell'Operazione Principe Azzurro era iniziata.

Due ore dopo, sedevamo nelle poltrone club in pelle del suo ufficio con una selezione di cibo thailandese da asporto sparsa sul tavolino da caffè di fronte a noi.

Posai le bacchette e il piatto vuoto – con Cooper, non si poteva mangiare direttamente dai contenitori da asporto; teneva piatti di porcellana nella sua credenza – e raccolsi le gambe sotto di me sulla poltrona. Mi ero tolta i tacchi un'ora prima.

Ruppe il silenzio che si era protratto tra noi mentre mangiavamo. «Come sta Will?»

Questo era da Cooper. Così premuroso, sempre consapevole che i suoi dipendenti avevano famiglie e vite al di fuori della Synergy. «Sta bene. Il tempo più freddo gli fa sempre male alla gamba».

«Mi dispiace. Ha bisogno di qualcosa? Una visita da uno specialista? Un avvocato?»

«No, stiamo bene, grazie».

«È fortunato ad averla vicino che si prende cura di lui».

Sollevai la tazza dal tavolo e la cullai tra le mani. «Penso di essere io la fortunata ad avere lui».

«Ha vinto alla lotteria dei papà».

«Oh, esiste una cosa del genere?» Sorrisi. «Immagino di sì».

Cooper si schiarì la gola e abbassò il mento per lanciarmi uno sguardo finto-serio. «E cosa pensa Will del giovane Tyler?»

Strinsi gli occhi verso di lui. «Non si sono conosciuti. Perché avrebbero dovuto?»

«Con le sue visite qui e il suo pigiama party della settimana scorsa, ho pensato che le cose si stessero facendo serie».

Aveva notato le visite di Tyler? Chi lo faceva, se non qualcuno che era geloso? Ma dopo più di una settimana a stretto contatto con Cooper, ero in grado di fare la disinvolta. «Cosa è, la mia comare?»

«Sono solo interessato».

Il mio cuore accelerò. Interessato? A me? Era il momento dell'onestà. Di dirgli come mi sentivo. «Siamo amici. Tutto qui».

«Siete andati insieme al matrimonio di Jackson».

«Lei è andato con Jamila».

Sollevò la tazza alle labbra ma non bevve. «È sempre il mio più uno quando ne ho bisogno. Siamo amici dai tempi del college».

Amici di letto? O amici che stavano diventando qualcosa di più? Aveva passato più tempo alla Synergy nelle ultime due settimane che nei tre anni precedenti messi insieme. Vorrei sapere cosa provava per lei. E cosa provava per me.

Forse stava aspettando che io facessi la prima mossa perché non aveva voluto inserirsi tra me e Tyler. E spettava a me mostrargli i miei sentimenti. Esattamente quello che Amy Adams diceva a Patrick Dempsey in Come d'incanto.

«Allora? Lei e Tyler?»

Lo guardai dritto negli occhi. L'Operazione Principe Azzurro – e i giochi e divertimenti associati – era finita. Ora eravamo alla resa dei conti. «Non avevamo accompagnatori per il matrimonio, quindi siamo andati insieme. Gli amici lo fanno».

«L'ha baciata. In pubblico».

E in privato. Abbassai lo sguardo. Portando la tazza di tè alle labbra, sperai che il vapore nascondesse il mio rossore. «Ci siamo lasciati trasportare».

«Il pigiama party della settimana scorsa?»

«Ha avuto una reazione allergica. Sono rimasta a dormire per assicurarmi che stesse bene».

«Lei è una buona amica. E una buona figlia. Un'assistente stellare. Lei eccelle in tutto, Marlee».

A quelle parole, lo guardai. Davvero guardai. Eravamo così simili. Entrambi aspiravamo alla perfezione, o almeno a mostrare una facciata perfetta. Nascondevamo entrambi delle cose sotto quella facciata: io nascondevo le mie difficoltà con papà, e lui non parlava mai del suo passato prima di Stanford. Entrambi eravamo spinti a raggiungere i nostri obiettivi. Lui aveva ottenuto ciò che voleva: un'azienda multimiliardaria. Ero io sulla soglia di ciò che volevo, il mio personale lieto fine?

Era il Principe Azzurro che avevo sempre sognato, bello, di successo e gentile. Comprensivo riguardo a papà. Se solo potesse vedere me, non come una dipendente della Synergy, ma come una donna seduta di fronte a lui. Una donna che poteva amarlo se solo mi avesse dato una possibilità. Saremmo stati magnifici insieme. Sospettava la stessa cosa? Aveva accettato il mio aiuto stasera per chiedere di Tyler e assicurarsi che la strada fosse libera? Perché non faceva una mossa, allora?

Perché, come avevo detto a Ben, Cooper era troppo impegnato a prendersi cura di chi lo circondava per prendersi cura di sé stesso. Avrei dovuto prendermi cura io di lui.

Sganciai le gambe e aggirai il tavolino. Mi osservò, il viso indecifrabile, mentre mi accomodavo sul divanetto accanto alla sua poltrona. Presi la sua mano in una delle mie. «Cooper», cominciai a bassa voce, «devo dirle…»

Il mio polso accelerò quando posò l'altra mano sulla mia e mi trafisse con lo sguardo. L'aquila era atterrata. Stava per dirmi cosa provava. Spalancai gli occhi, le orecchie, ogni poro per cogliere le sue parole. La speranza mi fluì nel sangue nel breve, glorioso momento prima che gli dicessi che ci tenevo a lui. Che un giorno, avrei potuto amarlo anch'io.

«Marlee, si fermi». Mi tolse la mano di dosso e la posò sul bracciolo di pelle fresca del divanetto. Con un unico movimento fluido, si alzò dalla poltrona e andò a grandi passi verso la finestra. Rimase lì, con la schiena alta, dritta e fredda.

«Da qui in poi me la sbrigo da solo. Grazie per il suo aiuto. Ora dovrebbe andare a casa».

Il cuore mi sprofondò nello stomaco, dove il cibo thailandese speziato cominciò a corroderlo. Dolorosamente. Non potevo credere che mi avesse liquidata quando eravamo arrivati così vicini a qualcosa di più. «Ma, Cooper, io...»

«No, Marlee». Non si voltò nemmeno. «Lei è una dipendente della Synergy. Io sono il Direttore Operativo. Anche se io...»

Saltai su dal divanetto e marciai verso di lui, rivolta verso la sua schiena rigida, cercando così tanto di trattenere la rabbia che ne vibravo. «Non fa mai niente solo perché ne ha voglia? Non infrange mai le regole? Anzi, a volte non se ne frega?»

Era un blocco di granito. «No. A differenza di Jackson, io prendo molto seriamente le mie responsabilità. Lei, più di chiunque altro, dovrebbe capirlo».

«Ci sono regole importanti come... comportarsi bene con le persone. Il rispetto. Mostrare agli altri che ci tieni. In questo Jackson se la cava benissimo. Altre regole» non innamorarti del tuo collega «possono essere sacrificate per rimanere fedeli a quelle più importanti».

«Tutte le regole sono create per una ragione, Marlee. Sono tutte importanti».

Nella mia testa, lo chiamai asino ostinato e con qualche altro nome scelto. Ma continuare la discussione, anche fuori orario, sarebbe stato a dir poco futile. Nell'umore in cui si trovava, non avrei escluso che Cooper mi facesse un richiamo ufficiale. Probabilmente avrebbe incluso il non indossare calzature adeguate in ufficio.

«Buonanotte, Cooper», dissi. «Buon viaggio». Testardo... convenzionalista.

«Buonanotte». Alzò la mano in una sorta di saluto ma non si voltò a guardarmi.

Afferrando le mie scarpe, sbattei la porta dietro di me. Forte. Sperai che lo spaventasse. Sperai che si pentisse di avermi scaricata. Sperai che gli venissero le palle blu per tutta la settimana successiva.

Mi bloccai a metà tra il suo ufficio e la mia scrivania. Roba da manuale di Freud. Ora ero una delle donne pazze da legare che uscivano dall'ufficio di Cooper. Se mai avessi incontrato quella stronza, il Karma, l'avrei fulminata con il mio Taser.

17

LA PIOGGIA picchiettava contro il lucernario, rendendo tutto così grigio all'interno dell'ufficio che non avrei saputo dire se fosse mattina o pomeriggio.

Non che importasse.

Lanciai un'occhiata alla porta chiusa dell'ufficio spento di Cooper e la distolsi subito. Come avrei potuto evitare di entrarci mai più? Ogni volta che lo guardavo, lo stomaco mi bruciava per la vergogna. Almeno mi faceva provare qualcosa. Ero un asteroide che fluttuava nello spazio, attratto solo dalla più debole delle forze. Vuota. Insensibile.

Spalancai il cassetto ed estrassi il mio vecchio piano. Avevo depennato il primo passo, il nostro ballo. Non mi ero presa la briga di segnare il secondo, dato che creare un legame davanti al cibo da asporto si era rivelato un colossale fallimento. E il terzo passo? Non ci sarebbe stato nessun bacio magico per me.

Richiusi il cassetto con violenza, mi trascinai nella sala fotocopie e infilai la lista nel distruggidocumenti. Ma neanche il suo stridere rumoroso mi diede soddisfazione. Forse avrei dovuto bruciarla.

Quando il distruggidocumenti si spense, il silenzio mi premette sulle orecchie. In effetti, a parte il tamburellare della pioggia sul lucernario, il sesto piano era straordinariamente silenzioso. Probabilmente perché mancavano le personalità ingombranti di Jackson e Cooper.

Il che avrebbe dovuto essere un sollievo. Vedere Cooper sarebbe stato a dir poco scomodo dopo che mi aveva respinta la sera prima, anche dopo che la mia rabbia si era dissolta, sostituita dal vuoto. E farmi vedere da Jackson, pallida sotto il trucco e con le occhiaie bluastre sotto gli occhi? Mi avrebbe tirato fuori tutta l'umiliante confessione e avrebbe fatto qualcosa di ridicolo, tipo comprarmi dei fiori.

E per quanto io amassi i fiori, i fiori per compassione erano i peggiori. Che tipo di fiori si regalano a una che ha avuto una cotta per tre anni per qualcuno ed è stata respinta senza tanti complimenti? Una di quelle orribili composizioni funebri a forma di cuore sanguinante, con nastri rossi che colavano come sangue.

La porta si spalancò con fragore alle mie spalle e lo stridio delle scarpe da ginnastica di Tyler risuonò nel piano vuoto. «Marlee, non vieni?»

Mi voltai verso di lui. «Vengo dove?»

«Alla riunione generale. Sta per iniziare. Ci sono tutti.»

Mi guardai intorno nel piano deserto e poi di nuovo lo schermo del mio computer, che avrebbe dovuto ricordarmelo. Oh, giusto, era andato in standby mentre mi piangevo addosso.

Afferrai il telefono e mi alzai. Ma invece di guidarmi verso gli ascensori, mi mise le mani sulla parte alta delle braccia. Anche attraverso le maniche del mio cardigan, sentii quel brivido, lo stesso del matrimonio. Solo un altro segno di quanto fosse incasinata la mia vita sentimentale. Brividi ogni volta che un uomo anche solo mi sfiorava. Figurati.

Mi strinse le braccia con delicatezza. «Stai bene?»

Non riuscivo a guardarlo. La schiena mi sembrava uno straccio bagnato e non riuscivo a trovare l'energia per proiettare l'immagine da dura di cui avevo bisogno per proteggermi da coloro che mi disprezzavano o mi temevano per il mio potere alla Synergy.

«Sto bene,» borbottai, fissando il fiocco di Ms. Pac-Man sulla sua maglietta.

«Tuo padre sta bene?»

«Cosa? Certo.» Eppure, abbassai lo sguardo sul telefono. Nessun messaggio o chiamata. Era in piedi e si muoveva in cucina quando gli avevo dato un bacio sulla guancia e ero uscita di casa quella mattina.

«Allora cos'è che—» Lanciò un'occhiata verso l'ufficio di Cooper. «Oh.»

La ferita era troppo fresca per parlarne, anche con il mio amico. «Andiamo.»

Mi afferrò la mano e si diresse a passo svelto verso le scale. «Gli ascensori sono pieni.»

I miei tacchi non erano fatti per le scale di cemento, e lui rallentò, tenendomi la mano gelida e lasciandomi sferragliare dietro di lui al mio ritmo per le quattro rampe fino al secondo piano, dove si trovava l'auditorium. Ci fermammo davanti alla porta di metallo.

Dei passi rimbombarono sopra di noi e uno degli sviluppatori, Grant, comparve alla curva delle scale. «Ehi, Tyler, vieni?»

Mi scrutò negli occhi. «Solo un minuto.»

«Ti tengo un posto? O ti siedi con lei?» Sentii il disprezzo nella sua voce.

«Sono con Marlee. Ci vediamo dopo.»

Grant ci aggirò e aprì la porta. Le note della canzone tipica di Weston, "All I Do Is Win" di DJ Khaled, riempirono la sala conferenze dall'altra parte. La porta si chiuse alle sue spalle, attutendo la musica.

Anche nella tromba delle scale scarsamente illuminata, le pagliuzze dorate negli occhi di Tyler brillavano. «Vuoi entrare?»

Gli rivolsi il miglior sorriso che riuscii a sfoderare. Aveva piantato in asso il suo amico per me. «Suppongo.»

Portò una mano al mio viso e mi sistemò una ciocca ribelle dietro l'orecchio. Non potei farne a meno; mi appoggiai al suo tocco, caldo e sicuro. Tyler non mi avrebbe mai fatto del male. Mi sarebbe stato vicino, a qualunque costo.

Tyler mi passò le mani lungo le braccia. «Stai tremando. Hai freddo?»

Lo ero, come un esopianeta troppo lontano dal sole. «Mi dispiace, io... sei troppo gentile. E so che odi sentirtelo dire, ma è la verità.»

Mi mise le braccia intorno e io affondai il viso nel calore del suo petto. Avrei voluto restare lì per sempre, ma la musica finì e la voce di Weston giunse debolmente attraverso la porta.

«Ci stiamo perdendo la riunione. E sto impiastricciando di trucco tutta la tua maglietta.»

«Non ti preoccupare.» Mi strofinò la schiena con movimenti circolari. «Sfogati pure.»

Stranamente, non avevo lacrime. Ma assorbii il suo calore come il lato illuminato della luna mentre lui mi sussurrava dolci nonsensi tra i capelli.

Non arrivammo alla riunione. Forse Weston disse ai dipendenti che stavamo per essere tutti licenziati.

Non mi importava.

Mi importava solo che il mio amico fosse un gigantesco orsacchiotto, che mi faceva sentire un po' meglio, convincendomi che non ero del tutto non amabile, che a qualcuno importava di me. Mentre mi teneva stretta nella tromba delle scale, mise in muto tutti i miei problemi — mio padre, Cooper, persino il malvagio Tigger — e mi lasciò essere me stessa, con tutte le mie emozioni incasinate.

Alla fine, quando mi sentii di nuovo quasi umana, lo strinsi un'ultima volta e alzai la testa. Tutti i colori del mio viso — rossetto e fard rosa, fondotinta pesca, mascara nero — erano rimasti sulla sua maglietta bianca, proprio sopra la faccia di Ms. Pac-Man. Strofinai le macchie per un secondo prima di arrendermi.

«Grazie per essere un così buon amico.»

Mi mise una nocca sotto il mento e lo sollevò in modo che lo guardassi negli occhi. Quel giorno erano marroni, come terra riscaldata dal sole. «Ci sarò sempre per te, Marlee.»

Gli feci un sorriso incerto. «Siamo ancora d'accordo per Hamilton venerdì? La mia vicina ha detto che può venire a stare con mio padre.»

«Non me lo perderei per niente al mondo.»

«Mi dispiace per la tua maglietta.» Provai di nuovo a togliere la macchia con il pollice. «E ho un aspetto orribile con il trucco tutto sbavato così.»

«Con o senza trucco, sei la donna più bella di questo ufficio.»

Dovevo tenermi stretto Tyler. Non avrei mai trovato un altro amico buono come lui.

QUANDO TYLER si presentò alla mia scrivania nel tardo pomeriggio di venerdì, provai dei sentimenti davvero poco amichevoli nei suoi confronti. Dopo una lunga giornata di lavoro, come diavolo faceva a essere così terribilmente sexy?

Forse era la giacca. Invece della sua solita maglietta e jeans, indossava pantaloni cachi attillati e una camicia elegante di un colore a metà tra il blu e il verde che faceva risaltare i toni freddi dei suoi occhi color nocciola. Sopra portava un blazer scuro, forse lo stesso che aveva indossato al matrimonio di Alicia. Sotto la scrivania, mi pizzicai la pelle tra il pollice e l'indice, usando il dolore per ricordarmi che, non importava quanto fosse sexy quella sera, eravamo solo amici.

«Pronta ad andare?» chiese, e, maledizione, quelle fossette non mi fecero quasi inciampare mentre mi alzavo.

«Sì.» Perché la mia voce era così ansimante? Era solo Tyler, il mio amico, e stavamo andando a vedere Hamilton insieme. Non era un appuntamento. Erano due amici che andavano a fare una gita amichevole a teatro. Un regalo di Cooper. Che mi aveva spezzato il cuore. Doveva essere per questo che mi sentivo così strana vicino a Tyler. Il mio cuore — e la parte del mio cervello che lo regolava — era difettoso come il lander Schiaparelli e bruciato come il cratere che aveva lasciato su Marte. Mi schiarii la gola.

«Hai i biglietti?»

«Mm-mm.» Diedi dei colpetti sulla mia borsa.

«Tutto bene? Tuo padre sta bene?»

Il sole al tramonto scelse quel momento per scendere abbastanza basso da far passare i suoi raggi tra gli edifici vicini fino all'ufficio di Jackson, e una lancia di luce rosa salmone brillò attraverso la parete di vetro direttamente su Tyler. Indorò le punte dei suoi capelli e fece scintillare la barba del pomeriggio sulla sua mascella.

«Marlee?»

«Sì, sto bene.» Sbattei le palpebre con forza e mi diressi verso gli ascensori.

«E tuo padre?»

«Sta bene.» L'avevo chiamato, e lui e Alma erano nel bel mezzo di una partita a gin rummy. Sembrava come un tempo: forte, saldo, intelligente. Giornate belle come oggi mi facevano sperare che quelle brutte come venerdì scorso fossero come particelle quantistiche osservate in uno stato anomalo, destinate a essere appianate in un comportamento più normale nel tempo. Forse avrei chiesto a papà cosa pensava della mia teoria in una delle sue giornate buone.

Quando entrammo in ascensore, percepii il profumo di Tyler — cedro e agrumi — e mi ritrovai di nuovo fuori dalla locanda, con indosso la sua giacca, circondata dalle sue braccia, le sue labbra...

Trattenni il respiro. Se solo avessi potuto smettere di respirare finché le porte non si fossero aperte. Era l'unico modo per superare la serata senza fare qualcosa di completamente inappropriato con il mio amico. Quel maledetto periodo di astinenza mi stava mandando il cervello in pappa.

Sei piani erano tanti, e l'ascensore della Synergy era lento. Il petto mi si strinse e delle macchie mi danzarono davanti agli occhi. Ma non avrei permesso che il profumo inebriante di Tyler mi facesse fare qualcosa di stupido in quell'ascensore.

Tyler deve aver pensato che stessi avendo una specie di crisi di nervi quando mi fiondai nell'atrio prima che le porte si fossero completamente aperte, annaspando per respirare l'aria industriale al profumo di pino. Di sicuro lo pensò l'addetto alle pulizie quando quasi inciampai sulla sua lucidatrice.

Tyler mi afferrò il gomito per impedirmi di schiantarmi con la faccia sul pavimento scivoloso. «Sei sicura di stare bene?»

«È strano, vero?» gridai sopra il motore della lucidatrice.

«Cosa c'è di strano?»

Lo condussi, ancora aggrappato al mio gomito, alle porte d'ingresso, dove non dovevo urlare. E non avrei dovuto: la guardia notturna, Howard, non aveva bisogno di sentire. «Tu e io. Per un a… per andare a teatro. Insieme, voglio dire. Noi due.» Mi strinsi le labbra per fermare il flusso di parole.

«No.» Aggrottò la fronte. Almeno le fossette erano scomparse. «Facciamo cose insieme di continuo. Sei sicura di stare bene?»

Ah. Quindi ero solo io. «Sì. Sto bene.»

Mi tenne la porta aperta e uscimmo nella luce dorata del tramonto, l'aria sorprendentemente calda per essere metà ottobre. Lo seguii verso il garage.

Lungo la strada, notai il mio carretto di tamales preferito. Sorrisi a Diego mentre chiudeva la tettoia. Il persistente profumo speziato mi chiamava, facendomi venire l'acquolina in bocca. Era da un po' che non mangiavo tamales. Tutti quei pranzi rigidi con Cooper, e non avevo fatto il minimo progresso. Ora, non sembrava neanche che valesse la pena di aver saltato le visite al carretto di Diego. Sarei passata per pranzo domani.

Tyler si fermò proprio davanti al carretto. «Questi sono i tuoi preferiti, giusto?» mi chiese.

«Non sono i preferiti di tutti? Sono sicura che non ne sono rimasti.»

Ma Diego tirò fuori un sacchetto ammorbidito dal vapore dalle profondità calde del carretto. «Ecco a voi. Buona serata.» Fece l'occhiolino a Tyler. «Hasta luego, Marlee.»

«A presto, Diego.» Tyler si mise il sacchetto sotto il braccio e continuò verso il garage. «Ho pensato che avremmo potuto fare un picnic, se per te va bene.»

Odiava sentírselo dire, quindi non lo dissi. Ma Tyler era stato dolce a ricordarsi che amavo i tamales di Diego. Il mio stomaco brontolò all'aroma che proveniva dal sacchetto. «Sembra fantastico.»

In macchina, il profumo dei tamales coprì quello di Tyler e potei di nuovo pensare. Chiaramente, il mio vecchio vibratore non funzionava. Era ora di passare al livello successivo e ordinare quello di lusso che prometteva di farmi perdere la testa con orgasmi urlati. E comprare dei tappi per le orecchie per papà.

«Allora, raccontami di...»

Lo interruppi. «Torni a casa per le feste?» Non ero pronta a parlare di come l'Operazione Principe Azzurro fosse andata in fumo martedì.

Aggrottò la fronte. «Intendi il Giorno del Ringraziamento?»

«Manca poco più di un mese. Devi comprare il biglietto se hai intenzione di andare.»

«Non avevo intenzione di farlo. Hai conosciuto Raleigh. Gli altri sono uguali. Alicia ha detto che posso stare con loro se rimango qui.»

Anche se eravamo solo io e mio padre, le feste — specialmente il Giorno del Ringraziamento — erano per la famiglia. «Dovresti andare a casa. Cantargliene quattro come hai fatto con quello stronzo di Raleigh.»

Ridacchiò. «Sei tu che gliene hai cantate quattro a Raleigh. Dovrei portare te con me.»

Il silenzio calò su di noi come una coperta. E non del tipo comodo, amichevole e morbido.

«Cioè, in teoria,» disse. «Nel mondo sottosopra in cui tornassi a casa. Cosa che non farò.»

«Certo. E io porterei il mio phaser — impostato su stordimento, ovviamente — e mi scatenerei su chiunque dei tuoi fratelli provasse a sminuirti. Pew! Pew!» Finsi di sparare alle altre macchine.

«I phaser non fanno pew-pew. Quello è un blaster di Star Wars. In Star Trek, fanno un suono più simile a un wah-wah-wah-wah. O, nelle serie più nuove, uno zee-ot.»

«Uno zee-ot.» Ed eravamo di nuovo in territorio sicuro.

Quando parcheggiammo al Civic Center, Tyler recuperò una coperta sfilacciata dal bagagliaio della Mustang prima che salissimo sull'area erbosa fuori dal Municipio. Stese la coperta e io mi sistemai sotto la gonna svasata del mio vestito, un altro a stampa floreale rosa. L'edificio dalle colonne bianche con la sua cupola si ergeva dietro di lui, spolverato di corallo dal tramonto.

Mi porse una bottiglia d'acqua e aprì una Mountain Dew.

«Non permettono il vino nel parco, ma ho pensato che ne valesse la pena per l'atmosfera,» disse Tyler. «Meglio di qualche ristorante formale.»

Mi appoggiai all'indietro sulle mani. Tyler era l'opposto di formale. Quello che vedevi era quello che ottenevi: aperto, onesto, sincero. Non potevo dire lo stesso di Cooper, la cui natura enigmatica e opaca era stata un puzzle per me nei tre anni in cui l'avevo conosciuto. Avevo sperato che un giorno sarei riuscita a decifrarlo, e che i misteri del suo universo si sarebbero svelati. Non più. Il petto mi si strinse in una fitta superficiale.

Tyler mi passò una forchetta e un paio di tamales su un piatto di carta. «Buen provecho.»

Diedi un morso. «Grande Galileo, sono buonissimi. Prendine un po' prima che si freddino.»

Scartò un paio di tamales e li mise sul suo piatto. «Perché è strano?»

Oh. Avevo pensato che avesse scelto di ignorare il mio fiume di parole sconnesse nell'atrio. E in macchina. Probabilmente sarebbe stato meglio. Se non ne parlavamo, non era reale.

Perché era strano? Seduta su una coperta nel parco a mangiare tamales con lui non sembrava strano. Anche se eravamo vestiti eleganti, eravamo ancora due amici che condividevano un pasto. All'aperto. In pubblico. A differenza dell'ascensore, non volevo avvolgermi in lui, baciare quelle labbra morbide. E lui non voleva baciarmi. Sedeva di fronte a me, punzecchiando i suoi tamales, senza nemmeno guardarmi. Un uomo ci passò accanto, spingendo un carrello della spesa sferragliante. No, eravamo al sicuro qui fuori.

«Credo che non sia strano.» Forse ero l'unica a perdere la testa quando ci avvicinavamo troppo.

«Bene, perché non è così che mi sento con te. Mi sento come… come se tutti i colori fossero più accesi. Come se fosse sempre l'alba o il tramonto quando sono con te.» Alzò la mano, girandola per esaminare l'arancione dove la colpiva il sole al tramonto e le ombre blu scure dall'altro lato.

«Tyler, noi…» Il mio cuore batteva all'impazzata, come se volesse saltarmi fuori dal petto e finire dritto nel suo. No. Non potevo lasciarmi irretire dalla poesia. Eravamo amici che passavano del tempo insieme. Presto il sole sarebbe tramontato, portando via la magia dorata e lasciandoci nei freddi blu e grigi del crepuscolo. Che effetto avrebbe fatto agli occhi di Tyler? Si sarebbero spenti nel buio, o le pagliuzze dorate avrebbero brillato come quelle di un gatto?

Dovevo riportarlo sotto le luci fluorescenti che sbiadivano le sue tonalità vibranti e lo trasformavano di nuovo nel mio amico di lavoro di tutti i giorni.

Posai il piatto. «Siamo amici. E non voglio che nulla rovini questo.» Cooper aveva avuto ragione su questo mentre ballavamo al matrimonio. Finché avessi mantenuto una distanza di sicurezza, come un satellite in orbita, sarei stata bene. Ma se mi fossi avvicinata di più a Tyler, la nostra amicizia sarebbe bruciata come una meteora infuocata nell'atmosfera, lasciando dietro di sé solo un freddo pezzo di metallo. Non potevo distruggere la nostra amicizia in quel modo. Non l'avrei fatto.

Prese fiato per dire qualcosa, ma poi lo espirò. Invece, portò la bottiglia verde alle labbra e bevve. «Neanch'io voglio rovinare la nostra amicizia. È speciale per me. Tu sei speciale per me.»

Sorrisi. «La nostra amicizia è importante. Specialmente con…» Non riuscivo nemmeno a dirlo. Se non avessi pronunciato le parole, il matrimonio di Alicia non avrebbe cambiato la nostra amicizia. Lei, Tyler e io non saremmo cambiati. Saremmo rimasti i tre outsider che, quando stavano insieme, si aiutavano a vicenda a sentirsi parte del gruppo.

«Capisco.» Posò la mano sul mio ginocchio, sopra il vestito, solo per un secondo, prima di infilzare un boccone di tamale e metterlo in bocca. Alzò gli occhi al cielo mentre masticava. «Hai ragione. Questi sono i migliori.»

«Lo so, vero?» Presi il mio piatto e mi tuffai nel mio secondo tamale. Eravamo di nuovo in zona sicura. «Resta con me. Ho molto altro da mostrarti.»

Sbuffò. «Ne sono sicuro.»

———

IL MIO CUORE si stava spezzando. Di nuovo.

Una cosa era ascoltare la colonna sonora con gli auricolari. Tutt'altra cosa era vederla recitata sul palco, specialmente da tre file di distanza, da dove potevo vedere chiaramente l'espressione angosciata di Eliza mentre cullava suo figlio tra le braccia. E quando lei gridò, un singhiozzo mi sfuggì.

Mi ricordai di essere ancora in un teatro pieno di sconosciuti solo quando colsi un lampo con la coda dell'occhio. La signora accanto a me si girò, i suoi orecchini di diamanti che catturavano le luci del palco, per regalarmi un sorriso confortante.

Dall'altro lato, un fazzoletto mi sfiorò la mano. Sorrisi per ringraziare Tyler, i cui occhi erano lucidi anche loro. Ma io avevo delle vere e proprie lacrime che mi rigavano le guance, e probabilmente il mascara, quindi non provai a restituirglielo. Almeno i miei dotti lacrimali erano di nuovo operativi. E queste erano lacrime buone. Tristi, ma per qualcun altro. Non per me.

Mi asciugai gli occhi e tornai a concentrarmi sul palco, dove il dramma marciava verso la sua inevitabile conclusione.

Conoscevo il finale. Lo conoscono tutti. Eppure, fui contenta di avere il fazzoletto di Tyler.

Cooper avrebbe adorato lo spettacolo. Anche se probabilmente l'aveva già visto a Broadway. Certo, era un maniaco del lavoro, ma era anche un patito di musical. Se fosse stato con me, invece che a Boston, avremmo potuto entusiasmarci per la musica, i costumi, le interpretazioni. Di fronte al palco, dove c'era molto spazio per le sue lunghe gambe, mi avrebbe passato un fazzoletto? Mi avrebbe tenuto la mano? Avrebbe messo un braccio sullo schienale della mia sedia?

Forse.

O forse no. Era più il tipo da pochette di seta che da fazzoletto di cotone. E non era mai stato un fan delle effusioni in pubblico, anche se solo per consolare un'amica.

La signora accanto a me raccolse il cappotto prima di girarsi verso di me. «Cooper sta bene? Non si perde mai uno spettacolo.»

Certo. Quelli erano i suoi abbonamenti. Probabilmente si sedevano insieme da anni. «Ha dovuto viaggiare. Per lavoro.»

«Gli dica che ci è mancato. E anche Jamila.»

Jamila. Tirai le guance rigide in un sorriso e dissi: «Certo che glielo dirò.»

«Ma sono contenta che sia potuta venire. Si vede che le è piaciuto. Guidate con prudenza, adesso.»

«Anche voi.»

Annuì e seguì il suo compagno lungo la navata.

Mi voltai e trovai Tyler in piedi così vicino che avrei potuto sbattere il naso contro il suo mento. «Pronta ad andare?» chiese.

«Sì.» Era stata una serata magica, ma era ora che Cenerentola tornasse a casa, al suo posto. Camminai lungo la navata ormai vuota, stringendo il mio programma di sala per evitare di cercare conforto nella mano di Tyler.

Fuori, il sole era sparito, lasciando il cielo di un grigio antracite nebbioso. Le luci che si riflettevano sulla facciata del teatro illuminavano la breve distanza fino alle scale della metropolitana. Mi fermai sotto il bagliore giallo di un lampione. «Grazie per essere venuto con me. Mi sono divertita molto.»

«Vuoi bere qualcosa? Non è tardi. C'è un posto qui vicino...»

«No.» Gli posai una mano sulla manica. «Devo tornare. Alma probabilmente vorrà andare a casa.»

Tamburellò le dita sul lato della gamba. «Ti accompagno io.»

Scossi la testa. «La stazione del treno è proprio qui, e Oakland è completamente fuori mano per te. Ti ci vorrebbe più di un'ora per arrivare a casa mia e tornare alla tua.»

Le sue fossette scomparvero, e sembrò rimpicciolirsi. «Sei sicura? È tardi per il treno.»

Sorrisi. «Hai appena detto che non era tardi. Non puoi avere entrambe le cose.» Mi alzai in punta di piedi e gli baciai la guancia, proprio dove c'era stata la fossetta. Tyler si bloccò, come se l'avessi colpito con il mio phaser immaginario. Ma io continuai a muovermi, assicurandomi di non inspirare il suo profumo. Un bacio a stampo e un'uscita ancora più rapida.

«Ci vediamo al lavoro lunedì,» dissi, superandolo già per raggiungere le scale della metropolitana.

Poco prima di scendere il primo gradino, mi voltai a guardare dove avevo lasciato Tyler. Ancora in piedi dove l'avevo lasciato, alzò la sua mano dalle dita lunghe in un cenno di saluto.

Ricambiai il saluto, poi scesi le scale.

Potevamo rimanere amici. Non volevo niente di più. Non avevo bisogno di niente di più. Non da lui. Dovevamo rimanere nella zona dell'amicizia. Aveva detto che anche per lui era importante.

Eppure, durante il viaggio in treno verso casa, alla fine ordinai quel nuovo vibratore. Se volevo rimanere amica di Tyler e superare la cotta per Cooper Fallon, ne avrei avuto bisogno.

18

IL LUNEDÌ FU TRANQUILLO, così passai la mattinata a riordinare l'ufficio di Jackson. Non osai toccare quello di Cooper. Non che ci fosse mai stato qualcosa fuori posto nel suo santuario.

Quando Tyler mi chiese se volevo andare a pranzo, insistei per andare alla mensa dei dipendenti. Niente più pericolosi momenti a tu per tu. Avremmo passato del tempo insieme solo in luoghi pubblici finché Alicia non fosse tornata e non avessimo di nuovo una chaperon. Nel trambusto rumoroso della mensa, eravamo semplicemente due colleghi che condividevano un pasto. Quelle fossette che gli spuntavano poco prima di ridere sarebbero potute essere per chiunque; non spettava a me collezionarle e catalogarle gelosamente.

Il caldo fuori stagione della settimana scorsa era svanito e quella sera, non appena uscii dalla stazione della BART a Oakland, la fredda nebbia di ottobre mi avvolse. Mi abbottonai il cappotto per proteggermi dalle minuscole gocce di umidità che si formavano sulla lana e mi inumidivano i capelli. Non vedevo l'ora di tornare a casa, mettermi il mio pigiama comodo e perdermi in un romanzo. Sperai che papà non avesse di nuovo spento il riscaldamento per sbaglio.

Tuttavia, non appena varcai la porta di casa, capii che qualcosa non andava. Tigro mi si strusciò tra le caviglie, miagolando. La televisione era spenta, la casa era buia e la poltrona reclinabile era vuota.

«Papà?» chiamai. Silenzio. Mi tolsi gli stivali umidi e avanzai in punta di piedi verso la cucina, accendendo la luce. I miagolii di Tigro si fecero disperati, così mi fermai a riempirgli la ciotola e per poco non persi un dito a causa dei suoi denti aguzzi e famelici.

Poi vidi il telefono — quello di papà — appoggiato sul bancone della cucina.

«Papà?» chiamai di nuovo. Andai verso la sua camera da letto, ma era vuota. Anche il bagno. Sapevo che non poteva essere—non poteva trovarsi—di sopra, ma corsi su comunque. Quando vidi la mia stanza indisturbata, un nodo mi serrò la gola. Guardai fuori dalla finestra, in giardino. Non era nemmeno lì. Né sulla panchina sotto l'acero giapponese, né seduto sui gradini.

Tirai fuori il telefono dalla tasca e chiamai Alma. «Hai visto mio padre?» le chiesi non appena rispose.

Lei capì ciò che io non dicevo, ciò che non potevo dire. «No, mija. Sto arrivando.»

Le mani mi tremavano così tanto che non riuscii a premere il pulsante per terminare la chiamata. Ero paralizzata, incapace di pensare a cosa fare. Dove poteva essere andato? Come potevo trovarlo? Ero grata del fatto che avessimo venduto il furgone l'anno prima. A piedi non poteva essere andato lontano.

Non so per quanto tempo rimasi lì impalata, ma la voce di Alma dal piano di sotto mi riscosse dalla mia trance. Scesi di corsa e l'abbracciai. Dopo un istante, si staccò dal mio abbraccio ma mi tenne per le braccia, rassicurandomi con il suo tocco.

I suoi occhi scuri cercarono i miei. «Io resto qui ad aspettare che Will torni. Mentre aspetto, faccio qualche telefonata. Sai dove potrebbe essere andato?»

Scossi la testa. Il panico mi annebbiava la mente e disperdeva i miei pensieri.

«Andava spesso alla YMCA, giusto?» mi chiese.

Annuii. Nuotava di pomeriggio come terapia per il ginocchio.

«Controlla lì, ma lungo la strada, chiedi al bar in fondo alla via e ai ristoranti nell'isolato successivo. Potrebbe aver avuto fame.»

Non riuscivo a pensare a causa del terrore crescente, ma potevo seguire le sue indicazioni. Un pensiero terrificante mi colpì. «Chiamerai l'—» Non riuscii a pronunciare la parola ospedale, ma il suo sguardo comprensivo mi disse che aveva capito.

«Sì. Ma non chiamerò la polizia, non ancora.»

Un brivido freddo mi percorse la schiena. Una denuncia ufficiale avrebbe potuto portarmelo via. Mi voltai verso la porta.

«Aspetta» disse lei. «Non dovresti uscire da sola. Hai un amico che puoi chiamare?»

Scorsi la mia lista mentale. Alicia e Jackson erano alle Fiji fino a venerdì. Cooper era ancora a Boston. Tutti i miei amici del college si erano trasferiti o avevano voltato pagina. Stavo per scuotere la testa, ma poi pensai a Tyler. Era un mio amico. Mi avrebbe aiutato.

Trovai il suo nome sul telefono e lo premetti prima di poterci ripensare.

Dopo sei squilli, avevo già allontanato il telefono dall'orecchio per riattaccare quando lui parlò.

«Ehi, Marlee.» Sembrava senza fiato, come se avesse corso per rispondere.

«Tyler» squittii. Mi fermai per schiarirmi la gola.

«Cosa c'è che non va?»

«Mio padre—» Mi schiarii di nuovo la gola. «Mio padre è scomparso. Io… Potresti—?» Le parole non volevano uscire.

Ma lui non aspettò che glielo chiedessi. «Dove sei?»

«Sono a casa. Ma sto uscendo adesso per cercarlo.»

«Ti chiamo quando arrivo a Oakland e ci vediamo. Fa' attenzione, okay?»

«Okay.»

Doveva aver sentito il tremito nella mia voce, perché disse: «Andrà tutto bene. Probabilmente lo troverai prima che arrivi io.»

Incapace di parlare a causa dell'isteria che mi stringeva la gola, riattaccai. Pochi secondi dopo, il mio telefono emise un suono. Tyler aveva usato un'app per inviarmi la sua posizione e mi chiedeva di condividere la mia con lui. Cliccai su Sì, sperando che la tecnologia potesse aiutarmi a trovare papà.

Venti minuti dopo, uscii da sola da un ristorante a pochi isolati da casa. Il rombo della Mustang d'epoca di Tyler che accostava di fronte a me mi vibrò nel petto. Il mio cuore, che batteva all'impazzata, rallentò di un soffio quando lui balzò in piedi davanti a me sul marciapiede. Le sue braccia ebbero un fremito, come se volesse allungarle verso di me, ma le tenne lungo i fianchi. Rughe di preoccupazione gli incorniciavano la bocca, e i suoi occhi saettavano tra i miei.

Non riuscii a mostrare la stessa moderazione. Mi feci avanti verso di lui, avvolsi le braccia intorno alla sua schiena solida e nascosi la testa sotto il suo mento. Inspirai il suo profumo familiare e confortante. «Grazie. Grazie mille per essere venuto.»

Le sue braccia mi circondarono. Dopo una stretta rapida, mi lasciò andare e fece un passo indietro. Si guardò intorno. «Qual è il piano?»

Non tremavo più e la mia voce mi sorprese per la sua fermezza. «Ho controllato i ristoranti qui. Stavo andando alla YMCA. Mio padre andava lì a fare esercizio.»

«Okay. Guido io.» Aprì la portiera della Mustang e la richiuse dietro di me. Quando salì, allungò la mano oltre la console centrale per prendere la mia e la tenne, impedendomi di crollare.

Non lo aspettai quando ci fermammo davanti alla YMCA. Saltai giù e corsi nell'atrio, dove mi feci largo in prima fila e assalii la donna al banco dell'accoglienza. «Ha visto mio padre? Will Rice. Ha cinquantatré anni, cammina con un bastone o zoppica, capelli bianchi corti, un po' magro?»

Mi squadrò, diffidente nei confronti della donna con lo sguardo spiritato che aveva fatto irruzione nella sua serata tranquilla. Scosse la testa. Tirai fuori il telefono e le mostrai la foto che avevo usato negli altri posti in cui avevo cercato.

«È sicura?»

«No, signorina.»

Mi voltai e scrutai io stessa l'atrio, come se lui potesse essere nascosto lì, in qualche modo invisibile alla receptionist, ma non vidi da nessuna parte i suoi capelli bianchi e corti. Mi morsi il labbro.

Tyler mi raggiunse di corsa e mi mise un braccio intorno alle spalle. «Ehi, lo troveremo. Dove andiamo adesso?»

Il panico tornò a travolgermi. Non ne avevo idea. Aprii la bocca per dirglielo, ma il telefono vibrò. Quando vidi che era Alma, una speranza mi si accese nel petto.

«Hola, mija. Ha chiamato il Señor Oliveras del negozio di alimentari. Ha detto che qualcuno ha visto tuo padre alla stazione del treno.»

«Quando?»

«Circa dieci minuti fa. Sbrigati.»

Afferrai la mano di Tyler e lo trascinai verso l'uscita. «È alla stazione della BART. Andiamo.»

In macchina, mi tenne di nuovo la mano mentre gli davo indicazioni. «Non penserai che—»

«Non penso che possa arrivare da nessuna parte. Dubito che abbia soldi con sé. Certo, non pensavo nemmeno che si sarebbe allontanato da solo...» Fissai il finestrino, incapace di continuare. Mi strinse la mano.

Tyler lasciò la Mustang in strada con le quattro frecce accese mentre correvamo dentro la stazione. Quasi crollai quando scorsi la sagoma familiare davanti alla biglietteria automatica.

«Papà!» lo chiamai. Quando lo raggiunsi, gli gettai le braccia al collo e lo strinsi forte. «Mi hai fatto spaventare. Perché sei uscito di casa?»

«Volevo andare a trovare Maggie» disse, come se fosse la cosa più ragionevole del mondo prendere il treno per andare a trovare mia madre morta.

Lo lasciai andare e feci scivolare la mia mano nella sua, come tante volte avevo fatto da piccola. Ma questa volta, parlai io da genitore. «Papà, non puoi andartene in giro da solo. Ti abbiamo cercato dappertutto.»

Mi sorrise e inclinò la testa di lato. «Ero proprio qui.»

Da quanto tempo era lì? Ero passata per la stazione poco più di un'ora prima. Sicuramente gli sarei passata accanto se fosse venuto dritto qui da casa. Se solo non fossi stata persa nei miei pensieri, concentrata su me stessa…

Lo osservai dalla testa ai piedi. Aveva i capelli incollati alla testa e il fondo dei pantaloni era bagnato fino alle caviglie, come se avesse camminato a lungo sotto la pioggerellina. Nello stato confusionale in cui si trovava, non avrei mai saputo esattamente dove fosse andato.

Avevo quasi dimenticato che Tyler fosse lì, finché non mi posò una mano sulla schiena e tese la destra a mio padre. «Signor Rice, sono Tyler Young, un amico di Marlee.»

Papà gli strinse la mano e si raddrizzò in tutta la sua altezza, arrivando quasi al livello degli occhi di Tyler. «Will Rice.» Sembrava così normale. Ma poi disse: «Stavo andando a trovare Maggie.»

Tyler inarcò le sopracciglia verso di me. Scossi la testa. «Andiamo, papà» dissi. «Torniamo a casa.» Camminai al suo fianco, afferrandogli il braccio libero mentre lui si appoggiava al bastone e si trascinava fuori dietro a Tyler.

Mi incastrai nel minuscolo sedile posteriore e mi meravigliai della facilità con cui Tyler coinvolgeva papà in una conversazione mentre ci riportava a casa. Parlarono di baseball, e persino io potevo capire che papà saltava avanti e indietro tra i playoff di quest'anno e qualche partita di dieci o vent'anni prima, ma Tyler seguiva i suoi salti senza commentare. Tuttavia, fui contenta che il tragitto fosse finito quando arrivammo a casa nostra.

Mentre abbracciavo Alma e le raccontavo cos'era successo, papà andò a letto. Le rughe intorno agli occhi e alla bocca mi dicevano che era esausto, anche se non lo avrebbe ammesso.

Lo sentivo anch'io. Mi tremavano le ginocchia e avevo le membra pesanti. La mia mente era ovattata, i pensieri faticavano a farsi strada. Lo stress che mi aveva irrigidito la schiena e mi aveva tenuta in piedi per gli ultimi novanta minuti—erano stati solo quelli?—mi abbandonò di colpo, e crollai, senza forze, sul divano.

Tyler era in piedi in mezzo al soggiorno, con le mani sui fianchi, facendo sembrare la stanza ancora più piccola di quanto non fosse. «Ti dispiace se preparo qualcosa da mangiare? Non ho ancora cenato e immagino neanche tu.»

L'ultima cosa che volevo fare era trascinarmi in cucina, ma era il minimo che potessi fare per Tyler, che era stato così forte durante la mia terribile esperienza. «Dammi un minuto e io—»

«No» mi interruppe. «Resta lì. Troverò io qualcosa. Sempre che per te vada bene.»

Cercai di raccogliere le energie per essere l'amica ospitale che avrei dovuto essere. Semplicemente, non ci riuscivo. «Va bene.» Mi stesi sul divano. Mi sarei riposata per qualche minuto. Poi sarei andata in cucina ad aiutare Tyler a trovare qualcosa da cucinare.

Una mano sulla spalla mi svegliò con un leggero colpetto. Gemetti mettendomi a sedere. Non era mia intenzione addormentarmi, ma quei minuti senza sogni e senza preoccupazioni avevano placato i miei nervi a fior di pelle. Tyler si lasciò sprofondare all'altra estremità del divano — lasciò un intero cuscino tra di noi — con un piatto in mano. Fece un cenno con il mento verso un altro piatto davanti a me, sul tavolino.

«Ci ho preparato dei panini. Spero che vada bene.»

«Grazie.» Mi misi il piatto in grembo. Tigro saltò su, si allungò sulla coscia di Tyler e mi fissò, senza battere ciglio. Mangiammo in silenzio. Fino a quando—

«Chi è Maggie?»

Finii di masticare e deglutii a fatica. La bocca mi si era seccata. «Mia madre, Margaret.»

«Mi hai detto che era morta. Tuo padre stava andando a trovarla al cimitero?»

«No. È stata cremata. È laggiù.» Feci un gesto con la mano verso il tavolino rotondo nell'angolo della stanza, con sopra l'urna di ceramica a motivi floreali. Poi diedi un grosso morso al mio panino per non dover dire altro.

Tyler rimase in silenzio per un minuto, ma poi continuò: «Ha episodi come questo… spesso?»

Posai il piatto e bevvi dal bicchiere d'acqua che Tyler aveva messo sul tavolo di fronte a me. Avrei voluto che fosse qualcosa di alcolico. «Non così gravi.» Bevvi di nuovo e posai il bicchiere. «Ma la settimana scorsa, è stato papà a far uscire il gatto. Si è dimenticato che Tigro stava qui.»

Lanciai un'occhiata a Tyler. Posò il suo panino e la sua bocca si tese. Si voltò verso di me, appoggiando un ginocchio sullo schienale del divano.

«Mio nonno aveva l'Alzheimer.»

Mi bloccai. L'Alzheimer? Ci avevo pensato un paio di volte, ma era una cosa solo per le persone anziane.

Scosse rapidamente la testa e mi tese i palmi delle mani in un gesto per calmarmi. «Non sto dicendo che ce l'abbia tuo padre. Anche se si può sviluppare tra i quaranta e i cinquant'anni.»

Le sue dita tamburellavano sul ginocchio. «È iniziato con piccole cose, dimenticava gli appuntamenti o raccontava la stessa storia più e più volte. A volte lo prendevamo in giro, e lui ci rideva sopra.» Tyler tirò un filo sfilacciato del divano. «Ma alla fine, è peggiorato così tanto che non potevamo lasciarlo da solo. Dimenticava di spegnere i fornelli. Una volta, ha lasciato la vasca da bagno aperta ed è traboccata. Ha rovinato il soffitto della stanza di sotto. E un paio di volte, si è allontanato. Come tuo padre. Non sapeva spiegare perché l'avesse fatto.» Lisciò il filo e mi guardò. «Dopo che lo abbiamo trovato in piedi in mezzo a una strada trafficata, abbiamo dovuto metterlo nel reparto di assistenza per malati di demenza di una casa di riposo.»

Incrociai le braccia, sentendo un freddo improvviso. «Non potrei mai farlo.» Lanciai un'occhiata all'urna di mamma, circondata da candele e dai fiori che avevo preso al supermercato. Non potevo perdere anche lui. «Io… io assumerò qualcuno. Che si prenda cura di lui mentre sono al lavoro.»

«Certo, va bene.» La voce di Tyler mi calmò come il miele in un tè caldo. «Ti stai prendendo molta cura di lui.»

Le lacrime mi pizzicarono gli occhi e allungai la mano verso i piatti sul tavolino.

«Faccio io. Hai avuto una nottataccia. Non preoccuparti di niente.» La coperta dallo schienale del divano mi si drappeggiò sulle spalle e il cuscino si sollevò quando Tyler si alzò. Mentre lui faceva tintinnare i piatti, la mia mente correva.

Perché papà si era allontanato?

Cosa gli stava succedendo?

Un tempo era papà a prendersi cura di entrambi. Era stato così brillante, così capace. Ora non potevo fidarmi a lasciarlo a casa da solo.

Con un aiuto, avrei potuto prendermi cura di lui, no?

Ne ero stata sicura… finché Tyler non era stato d'accordo con me in quel modo poco convinto.

Rabbrividii, anche sotto la coperta. Avrei trovato un modo per prendermi cura di papà. Ero forte e indipendente, e avevo il taser per dimostrarlo.

Tyler tornò dopo aver lavato i piatti e si diresse verso la poltrona reclinabile di papà, dove aveva gettato il cappotto quando era entrato. Rimase lì per qualche secondo prima di raccoglierlo. «Se stai bene, io vado.»

Forte. Indipendente. «Sto bene. Grazie ancora per essere venuto. Non so cosa avrei fatto…» Cercai di deglutire il nodo che avevo in gola.

Si avvicinò al divano dove ero rannicchiata sotto la coperta. «Ogni volta che hai bisogno di aiuto, chiamami, okay? Ci sarò sempre per te.»

Sbattei le palpebre per scacciare l'improvvisa umidità nei miei occhi, e il mento mi tremava così tanto che non riuscii a pronunciare un altro grazie.

Si chinò e mi baciò sulla testa, indugiando un momento. Forse ce l'avrei fatta a superare tutto questo. Soprattutto se potevo contare sui miei amici.

«Chiamami domani, okay? Dimmi come sta.»

«Okay. Buonanotte.»

Mi alzai e chiusi la porta a chiave dietro di lui. Le scale per la mia camera erano troppo lontane. Inoltre, non potevo permettere che papà mi sgusciasse via. Mi sdraiai sul divano soffice, mi raggomitolai sotto la coperta e chiusi gli occhi per accogliere il sonno.

19

MI SVEGLIAI NEL BUIO, col cuore che batteva all'impazzata. Papà. È ancora qui?

Corsi giù per il corridoio, mi fermai per riprendere fiato, poi entrai in punta di piedi nella sua stanza. La luce della luna illuminava la sua figura addormentata attraverso le tende aperte. Tigro, accoccolato nella curva delle sue ginocchia, mi guardò sbattendo i suoi occhi gialli ma, per una volta, non soffiò.

Chiusi piano la porta e andai in cucina a preparare il caffè. Per quanto fosse presto qui, sulla East Coast erano tre ore più tardi. Cooper sarebbe stato già in piedi. Probabilmente dopo essersi già allenato nella palestra dell'hotel, essersi fatto la doccia e aver indossato uno dei suoi impeccabili completi spezzati da ufficio. Potevo quasi sentire il profumo del suo dopobarba.

Gli mandai un messaggio.

> Oggi non sarò in ufficio. Devo portare papà dal dottore. Scrivimi se ti serve qualcosa.

Il telefono emise un suono proprio mentre la prima goccia di caffè colpiva il fondo macchiato della caraffa.

COOPER

Sta bene?

Così premuroso da parte sua chiederlo, soprattutto dopo che gli ero saltata addosso nel suo ufficio.

Ha avuto un episodio ieri. Ho bisogno di farlo controllare.

Forse sarebbe andato tutto bene. Forse il dottore mi avrebbe detto che era un comportamento normale e che io avevo reagito in modo esagerato. O gli avrebbe aggiustato di nuovo i farmaci.

Tu hai bisogno di qualcosa?

Il mio cuore ebbe un sussulto. Era troppo gentile.

Mandami del cioccolato.

Me ne occupo io. Le riunioni qui stanno andando bene. Non avrò bisogno di te. Prenditi il resto della giornata libera.

Come dicevo, premuroso. Sollecito. Ma non mio. Non in grado di condividere questo fardello con me.

Grazie. A lunedì.

Guardai il telefono ogni cinque minuti per l'ora successiva, e poi ogni mezz'ora dopo, ma non rispose più. Era impegnato. Lo sapevo. Inoltre, gli avevo detto che andava tutto bene. Anche se non era così.

———

L'ARBITRO AVEVA APPENA GRIDATO: «Palla in gioco!» quando
suonò il nostro campanello.

«Che diavolo?» borbottò papà. «Chi verrebbe a trovarci
durante le World Series?»

Mi allungai e gli diedi una pacca sul ginocchio. «Non preoccuparti, papà. Ci penso io.» Probabilmente era UPS che consegnava
il mio pacco di beni di prima necessità. Non avevo voluto lasciare
papà da solo in casa nemmeno per correre al negozio a comprare
degli assorbenti. O... mi morsi il labbro e guardai papà... il
pacchetto discreto che stavo aspettando.

Ma quando aprii la porta, Tyler era sul mio portico, con in
mano un cartone della pizza. Mi scrutò il viso, poi il suo sguardo
scese sulla mia felpa sbiadita del college e sui pantaloni da yoga,
fino alle mie infradito. Rannicchiai le dita dei piedi per nascondere lo smalto sbeccato.

«Tyler! Che ci fai qui? Cioè, sono contenta che tu sia venuto.»
Un sorriso mi allargò il viso. Volevo bene a mio padre, ma era
fantastico vedere un'altra persona.

«Ehi. So che hai detto che stavi bene, ma io... ho portato la
pizza.» Agitò il cartone verso di me. «Sei sicura che stia bene? E
anche tu?» I suoi occhi cercarono i miei.

Uscii sul portico e mi richiusi la porta alle spalle. Anche se
sapevo che papà non poteva sentirmi con la TV a tutto volume,
tenni la voce bassa. «L'ho portato dal dottore ieri. Senza fare gli
esami costosi, ci ha detto che probabilmente si tratta di Alzheimer
a esordio precoce. Così ieri ho... ho assunto qualcuno che lo
sorvegli mentre sono al lavoro. Inizia lunedì.»

«Oh. È una buona cosa, no?» Sollevò le sopracciglia
speranzoso.

No, dannazione, non era una buona cosa. Mio padre, a
cinquantatré anni, non dovrebbe aver bisogno di un'infermiera. O
di una babysitter. Dovrebbe godersi la pensione anticipata, uscire
con gli amici, andare a bersi una birra al bar dell'angolo. Non
dovrebbe essere bloccato in casa, sorvegliato da qualcuno adde-

strato alla rianimazione cardiopolmonare e abbastanza robusto da impedirgli di uscire. E non avrei dovuto essere io a prendere quella decisione. Feci spallucce e abbassai lo sguardo sulle Vans di Tyler.

«Ehi.» Mi mise una nocca sotto il mento finché non lo guardai negli occhi. «Andrà tutto bene. Gli stai procurando le cure di cui ha bisogno. Sei una brava figlia.»

Tirai su col naso. «Smettila di essere così gentile.»

Appoggiò il cartone della pizza sull'ampia ringhiera del portico e mi attirò a sé. «Scusa, non posso. Sei mia amica.» Mi strinse forte, e doveva essere stata la pressione a farmi uscire le lacrime. Le strofinai sul morbido cotone della sua maglietta di Galaga. Profumava di agrumi e di sole, e avrei voluto avvolgermela addosso come una coperta. Ma, troppo presto, lui si allontanò.

«Vuoi che lasci questa e me ne vada?» Indicò il cartone con un cenno.

Andarsene? E lasciare di nuovo me e papà da soli? «Non essere ridicolo. Vieni a mangiare con noi.»

«Sei sicura?»

Papà gridò dall'interno della casa: «Marlee! Sei ancora lì fuori?»

«Sì! Solo un secondo.» Feci un gran sorriso a Tyler. «Vieni? Abbiamo la birra.»

Lui prese il cartone. «Affare fatto.»

Aprii la porta. «Papà, ti ricordi di Tyler dell'altra sera, vero?»

Papà alzò lo sguardo rapidamente, ma poi si riconcentrò sulla partita. «Tyler della stazione. Tyler con la muscle car. Siediti e stai zitto, cazzo.»

Tyler si bloccò. Gli posai una mano sull'avambraccio. «È sempre così durante il baseball,» sussurrai. Non era mai stato uno che diceva parolacce, ma di questi tempi gli sport in TV gliele facevano uscire.

«Ma gli Oakland non sono neanche—»

«Shh. Non importa. Sono le Series.»

«Ah.» Serrò la bocca. Appoggiò la pizza sul tavolino da caffè e si sedette sull'estremità del divano più vicina a papà.

Torno subito, mimai con le labbra e andai in cucina a prendere piatti, tovaglioli e tre bottiglie di birra. Sul lato positivo, avevo riordinato la casa quella mattina. Peccato che avessi preso in mano il mio romanzo invece di farmi la doccia, pettinarmi o truccarmi. Di solito non permettevo alle persone dell'ufficio di vedermi quando non ero presentabile. Ma Tyler mi aveva vista l'altra sera a teatro con le strisce di mascara per le lacrime. Non poteva esserci niente di più autentico di così. Mi pettinai i capelli con le dita e li legai di nuovo in una coda di cavallo.

Quando tornai, c'era la pubblicità, senza audio. Gli uomini distoglievano lo sguardo l'uno dall'altro, Tyler verso il pavimento, con le guance rosate, e papà verso di me, con un sorriso troppo luminoso.

«Grazie, Raggio di Sole. Niente di meglio di birra, pizza e baseball. Questo qui mi piace.» Indicò Tyler con il pollice, e non avrei mai pensato fosse possibile, ma le guance di Tyler si arrossarono ancora di più, a chiazze.

Diedi a papà una birra e poi una fetta di pizza, la super farcita, la mia preferita. Ma la super farcita piace a tutti.

Passai un'altra fetta a Tyler e portai il mio piatto all'altra estremità del divano. La partita ricominciò e papà alzò il volume.

«Per che squadra tifi, Tyler?» chiese papà durante la pubblicità successiva. Nessuno doveva chiedergli per quale squadra tifasse lui. Aveva tifato a gran voce per loro.

«In queste Series? Non mi interessa molto. Tifo per gli Astros.»

«Un branco di imbroglioni.»

Tyler sbatté le palpebre.

«Papà! Sii gentile!» Mi avvicinai a Tyler per sussurrare: «Si lascia coinvolgere molto emotivamente negli sport.»

«Marlee non mi ha detto che sei di Dallas?»

Nei suoi giorni buoni, era lucido come una lama.

«Sì, esatto.»

«Allora perché non tifi per i Rangers?»

Il labbro di Tyler si arricciò. «I miei fratelli sono tutti grandi tifosi dei Rangers. Immagino volessi solo essere diverso.»

«Meno male,» disse papà. «Quand'è l'ultima volta che i Rangers hanno vinto le Series?»

«Esatto.» Tyler fece scontrare la sua bottiglia di birra contro quella di papà.

Alla successiva pausa pubblicitaria, Tyler chiese a papà della casa, e presto si ritrovarono a parlare di utensili elettrici. Papà si lasciò persino prendere così tanto da un tributo alla sua cara defunta sega per piastrelle — l'avevo venduta su eBay per pagare una fattura dell'ospedale prima di raggiungere la nostra franchigia — che si perse un turno di battuta. Finimmo la pizza e un altro giro di birra, e quando la partita finì, stavo usando la spalla di Tyler come cuscino, e papà stava sbadigliando.

Si tirò su dalle profondità della poltrona reclinabile. «Io vado a letto presto. Voi ragazzi divertitevi.» Fece l'occhiolino. «Ma non troppo.»

«Papà.» Mi misi a sedere. «Io e Tyler siamo amici.»

«Oh, certo,» disse lui, con un sorrisetto.

Tyler si alzò per stringergli la mano. «Buonanotte, signor Rice. Grazie per avermi permesso di guardare la partita con lei.»

«Quando vuoi. È rinfrescante guardarla con un vero tifoso.»

Alzai gli occhi al cielo alla sua occhiata eloquente nella mia direzione.

Mentre papà si trascinava a letto, Tyler rimase in piedi. «Volevi che io—» Inclinò la testa verso la porta.

Alle otto di un venerdì sera, la maggior parte dei venticinquenni stava appena uscendo a cena o barcollando a casa dall'-happy hour per riposarsi un paio d'ore prima di andare in un locale. La lunga e solitaria notte si estendeva davanti a me.

«No, resta. Per favore. A meno che tu non avessi… altri piani.» Forse aveva un appuntamento. Ti prego, fa' che non abbia un appuntamento. Desideravo ardentemente un po' di compagnia.

Tyler inarcò un labbro. «No. Ho portato la mia console. Vuoi che la vada a prendere?»

«Certo. Io intanto sistemo.»

Mentre lui andava alla sua auto, lavai i piatti e gettai le bottiglie vuote nel bidone della raccolta differenziata. Quando tornai in soggiorno, portavo un vassoio con birra, una ciotola di pretzel e del cioccolato. Il cioccolato bianco che Cooper aveva mandato. Era stato gentile da parte sua, ma quando una donna dice che ha bisogno di cioccolato, non intende mai il cioccolato bianco. Non è nemmeno vero cioccolato. Sarebbe stato okay con i pretzel, supposi.

Mentre posavo il vassoio, Tyler borbottò dietro al nostro televisore antico.

«Problemi?» chiesi.

«No, no, ce l'ho fatta.» Sembrava avere un intero scomparto nella sua borsa per i cavi. «Aha!» Ne tirò fuori uno dal fondo della borsa, inserì una specie di adattatore, collegò un altro cavo e accese la console. Sullo schermo della TV apparve un video animato.

Gettò i cavi superflui nella borsa e poi si lasciò cadere sul divano. Gli porsi una birra e mi sedetti all'altra estremità, appoggiando un ginocchio sul cuscino verso di lui.

«Allora, dimmi. Che cosa ti ha chiesto mio padre di così imbarazzante? Mentre ero a prendere i piatti.»

Controllare il vano batterie di uno dei controller sembrò richiedere la sua attenzione per diversi secondi. «Mi ha chiesto quali fossero le mie intenzioni. Nei tuoi confronti.»

Quello mi fece arrossare le guance. «Gli hai detto che siamo amici, vero?» Senza aspettare che rispondesse, dissi: «Ha passato una buona serata. Oggi sembra lui. A parte le parolacce.»

La sua bocca si piegò all'ingiù agli angoli. «Ha chiamato un trapano 'bucherellatrice elettrica'. Potrebbe non mostrare sempre i sintomi, ma non c'è cura. I neuroni che ha perso non si rigenereranno.» Il suo sguardo divenne introspettivo, come se stesse pensando a suo nonno. Poi sbatté le palpebre. «Stai facendo la cosa giusta cercando aiuto per lui.»

Staccai l'etichetta dalla mia bottiglia di birra. «Lo so. Vorrei—»

Si allungò e mi accarezzò la spalla con la sua grande mano. «Lo so.»

Tirai su col naso e ricacciai indietro le lacrime. «Giochiamo o cosa?»

Mi strinse la spalla e poi si ritrasse. Un brivido si propagò dal punto in cui la sua mano calda si era posata e mi gelò il cuore. Mi allungai dietro di me e mi tirai la coperta sulle spalle. Ma non era piacevole come la sua mano.

«Penso che questo ti piacerà. Dobbiamo collaborare nelle missioni. E faremo esplodere un sacco di cose. È il mio gioco preferito per scaricare lo stress.» Mi porse un controller. «Hai mai usato questa console? Hai bisogno di spiegazioni?»

Erano passati un paio d'anni da quando avevo giocato, ma il dispositivo mi sembrava familiare in mano. «No, sono a posto.»

«Fantastico.» Mi lanciò un sorriso e poi tornò a concentrarsi sullo schermo. «Andiamo.»

Aveva ragione. Vedere i nostri nemici esplodere davanti a noi era stranamente soddisfacente. Lavorando insieme a Tyler, avevo il controllo, ero parte di una squadra. Non mi criticava quando ero maldestra o troppo aggressiva; mi lasciava riprovare finché non padroneggiavo la mossa. Non riuscivo a smettere di sorridere e, ore dopo, i muscoli del viso e dello stomaco mi dolevano per le risate.

«Attento!» Il mio avvertimento arrivò troppo tardi. Il personaggio di Tyler crollò sotto il fuoco nemico. «Come hai fatto a non vedere quel carro armato enorme?»

Lo guardai. Oh. Mi stava guardando, il suo controller dimenticato tra le mani inerti. Ignorai i suoni inequivocabili della fine del mio stesso personaggio. Ora mi pentivo di essermi seduta all'estremità opposta del divano rispetto a Tyler. Sarebbe stato così bello appoggiare la testa sulla sua spalla, sentire le sue braccia avvolgermi e semplicemente rilassarmi nel suo abbraccio. Gli amici lo facevano... vero?

«Non mi hai mai detto cosa è successo con l'Operazione Principe Azzurro.»

Fu come se mi avesse versato della birra fredda in testa. Mi strinsi più forte nella coperta. «Non... non è andata molto bene. Cooper ha delle riserve sull'avere una relazione con qualcuno che lavora per Synergy.» Okay, va bene, quella era la mia interpretazione di ciò che aveva detto. «Quindi non funzionerà.» Feci spallucce.

Amico o no, non volevo parlarne con Tyler. Non mi piaceva il modo in cui la sua bocca si stringeva ogni volta che pronunciavo il nome di Cooper. Lasciai cadere il controller in grembo e mi soffiai sulle mani sudate. «Ricordami di fare degli esercizi di riscaldamento per le dita la prossima volta.»

«Riserve non sembra così male. Aspetterai? Continuerai a provare?»

Massaggiai il palmo di una mano con il pollice dell'altra. «Non credo.»

«Non ti ho mai vista rinunciare a niente.» Abbassò la testa per incrociare il mio sguardo.

Fissai la TV. «C'è differenza tra avere una cotta per qualcuno ed essere una stalker. Sto cercando di farmene una ragione.» Sebbene Cooper Fallon avesse occupato un posto nel mio cuore per così tanto tempo, lo spazio che aveva lasciato sembrava vuoto.

«Marlee.» Si avvicinò a me finché le nostre ginocchia non si toccarono. «Ricordi la prima volta che ci siamo incontrati? Incontrati davvero?»

Sapevo cosa intendeva. Jackson ce lo aveva presentato il primo giorno di Tyler, mentre gli mostrava l'ufficio. Ma avevamo iniziato a conoscerci settimane dopo. «Mi hai salvato da quello spillatore diabolico.»

«Avevi birra negli occhi e nei capelli.»

«E su tutta la maglietta. Mi hai dato il tuo maglione per coprirmi.»

Ridacchiò. «Te l'ho prestato. E non me l'hai mai restituito.»

«Cosa? Davvero?» L'avevo indossato ogni weekend la primavera precedente. Era troppo morbido e comodo per restituirlo.

Anche dopo aver lavato via la birra, aveva un profumo incredibile, diverso da qualsiasi altra cosa nei miei cassetti.

«Davvero. Ma non mi dispiace.» La sua voce era diventata profonda. «Anche coperta di birra, eri la donna più bella che avessi mai incontrato.»

«Oh, grazie. Sei dolce.» Ma nella luce tremolante della televisione, le sue pupille avevano inghiottito le sue iridi, lasciando solo un barlume dorato. Non sembrava dolce. Sembrava pericoloso.

«Non l'ho detto per essere dolce. L'ho detto perché è vero. E ora che tu e Cooper non vi mettete insieme, credo che noi...» Si schiarì la gola. «Credo che dovremmo pensare di essere più che amici.»

Mi strinsi più forte nella coperta. «Non posso semplicemente passare dall'essere... dall'avere una cotta per Cooper a uscire con qualcun altro. Il mio cuore non funziona così.» Avevo pensato che Cooper fosse il mio Unico Vero Amore, come mia madre era stata per papà. Se era vero, ne avrei sofferto per molto tempo. Anni. Decenni.

«Ma io—»

«Siamo amici. Non riesco a pensarti in quel modo.» E se gli avvertimenti di Cooper si fossero avverati? E se una relazione si fosse rivelata troppo strana e avessi perso il mio amico? Non potevo permettere che accadesse.

Sembrava che lo avessi schiaffeggiato. «Okay.» Unì le mani tra le ginocchia e le fissò come se contenessero la chiave che stavamo cercando nel videogioco. «Okay.» Si alzò. «Allora me ne vado.»

«No, Tyler, io...» Merda. Perché diavolo aveva rovinato tutto dicendo quella cosa? «Voglio che restiamo amici.»

«Certo.» Sembrava che avesse pestato un chiodo arrugginito e stesse cercando di sorridere nonostante il dolore. «Amici. Ci vediamo lunedì.»

«Okay.» Ma lo saremmo stati ancora?

Lo guardai uscire, con la schiena rigida. Il motore della sua Mustang ruggì. Solo dopo che il rombo si spense in fondo alla strada mi riconcentrai sul nostro soggiorno e mi resi conto che aveva lasciato la sua console collegata alla nostra televisione.

Emisi un respiro tremante. Significava che voleva restare mio amico. Che sarebbe tornato, e avremmo giocato di nuovo. Che, indipendentemente da quello che aveva detto prima, voleva preservare la nostra preziosa amicizia e non rischiare di rovinarla cercando di trasformarla in qualcosa di più.

Perché quello di cui avevo più bisogno, dopo aver soffocato la mia cotta, mentre papà necessitava di più cure di quante io sapessi dargliene, era un amico.

Fissando la console, sperai che Tyler sarebbe stato quell'amico per me.

20

LUNEDÌ MATTINA, quando lo abbracciai nell'atrio, Ben sulle prime si irrigidì, ma poi si rilassò e mi diede una pacca sulla schiena.

Lasciandolo andare, dissi: «Mi dispiace. Di solito sono più brava a rispettare i limiti sul lavoro, ma sono così contenta di vederti».

Lui inclinò la testa di lato. «Pensavi che non mi sarei presentato?»

«Forse». Presi il tesserino temporaneo da José al banco della sicurezza e lo porsi a Ben. «Non saresti stato il primo». Lui si agganciò il tesserino al passante della cintura e si lisciò il maglione color caramello, che si abbinava ai suoi occhi.

Lo guidai verso l'ascensore. «Quando avrai finito alle Risorse Umane, ti aggiornerò e ti farò iniziare. Cooper è in riunione tutta la mattina, ma ti porterà a pranzo, e potrai conoscerlo meglio allora. Jackson torna da un viaggio oggi, quindi dovrò passare un po' di tempo con lui. Ma a parte questo, sono disponibile fino alle quattro». Temevo la conversazione che avrei dovuto avere più tardi con Jackson riguardo al mio nuovo orario.

Dopo aver lasciato Ben alle Risorse Umane, salii a piedi fino al sesto piano. Avevo circa un'ora per preparare la formazione di

Ben e aggiornarmi con Jackson. Anche se avevo lavorato da remoto nei due giorni di assenza, ero più indietro di quanto avrei voluto essere per il primo giorno di rientro di Jackson.

Emergei dal vano scale e lanciai un'occhiata alla porta di Cooper, contenta che fosse ancora chiusa. Non avrebbe dovuto aver bisogno di nulla mentre era in riunione. Rabbrividii, ricordando l'ultima volta che ero stata nel suo ufficio, quando mi ero gettata su di lui e avevamo litigato. Ora ero contenta che avesse dimostrato più autocontrollo di me. Vederlo oggi sarebbe stato già abbastanza imbarazzante.

La porta del mio capo era aperta e la luce accesa. Affacciandomi, gli sorrisi. «Ehi, forestiero».

«Marlee, mia salvatrice!». La sua pelle abbronzata mi disse che aveva passato del tempo in spiaggia. Si era lasciato crescere la barba corta fino a farla diventare quasi la barba folta che aveva l'anno prima. Alicia doveva avergli finalmente detto che le mancava.

Agganciò il portatile alla docking station e uscì da dietro la scrivania, a braccia aperte. Il senso di colpa per quello che dovevo dirgli mi attraversò con una fitta, ma poteva aspettare che lo avessi salutato come si deve. Mi strinse tra le sue braccia e io ricambiai l'abbraccio.

«Bel viaggio?» domandai.

Mi sorrise dall'alto. «Il migliore. Le Fiji sono fantastiche. Stavamo in un bungalow proprio sulla spiaggia». Mi lasciò andare e indicò le poltrone vicino alla finestra. Si sedette e accavallò una caviglia sul ginocchio. «Non crederesti a quante stelle si potevano vedere di notte. Abbiamo pensato a te mentre cercavamo di capire le costellazioni. So che le conosci tutte, ma potrei aver provato a convincere Alicia che una di quelle fosse SpongeBob».

Sorrisi all'uso disinvolto con cui Jackson aveva detto abbiamo pensato, come se lui e Alicia ormai condividessero persino il cervello. I miei genitori parlavano così? Avrei mai parlato in quel modo riguardo a qualcuno?

«Non ho mai visto le costellazioni dell'emisfero australe di persona», dissi. «Avreste dovuto portare una mappa stellare. O usare un'app sul telefono».

Si appoggiò allo schienale della poltrona e intrecciò le mani dietro la testa, con i gomiti larghi. «Non ce n'era bisogno. Ero ampiamente intrattenuto».

Tesi il palmo della mano. «No. Non voglio sapere dei dettagli intimi della vostra luna di miele».

«Cosa?» I suoi occhi si spalancarono con finta innocenza. «Alicia te ne parlerà di sicuro. Vi ho sentite ridacchiare insieme».

«Riguardo alla mia vita sentimentale, non la sua. Tu sei il mio capo. Ho dei limiti». Era una bugia. Sapevo tutto della fantastica vita sessuale di Alicia e Jackson, e la invidiavo. Ma non volevo sentire i dettagli da lui. Quello era superare il limite.

«Bene». Inarcò un sopracciglio. «Sono sicuro che hai mantenuto i limiti con Cooper mentre ero via».

Impallidii in volto. «Ti ha detto qualcosa?»

Jackson si alzò e si avvicinò all'altra finestra. «No. Non l'ho ancora visto. È successo qualcosa?»

«No». Cercai di non sospirare mentre lo dicevo.

«Ooo-kay». Jackson mi conosceva da troppo tempo per non sospettare. «Qualcosa di cui vuoi parlare?»

Mi si strinse lo stomaco. «In realtà, sì. Ma non riguardo a Cooper. Riguardo a mio padre».

La fronte di Jackson si aggrottò. «Sta bene?»

Gli rivolsi un sorriso ironico. «Non proprio». Gli raccontai la nostra avventura alla stazione della BART nel minor dettaglio possibile. «Il dottore mi ha consigliato di assumere una badante durante il giorno mentre sono al lavoro. E così io...» esitai. «Ho bisogno di ridurre il mio orario per poter essere a casa prima che lei se ne vada. Capisco se ci sarà una riduzione dello stipendio».

Jackson sbuffò. «Ti aspetti che ti decurti lo stipendio proprio quando le tue spese stanno aumentando?» Scosse la testa. «Mi hai supportato troppo a lungo e troppo bene per una cosa del genere. Fai quello che devi fare per prenderti cura di tuo padre. Troveremo una soluzione».

Esirai con un respiro tremante. «Grazie. Non ti deluderò. Se avrai bisogno di me fuori orario, sarò felice di lavorare di più da casa».

Mi strinse la mano. «Fantastico, Marlee. E fammi... facci... sapere se c'è qualcosa che possiamo fare per aiutare».

Sbattei le palpebre per ricacciare indietro le lacrime. «Sei il migliore. Grazie».

Con un'ultima stretta alla mia mano, si alzò e tornò alla scrivania. Dandomi le spalle, disse bruscamente: «Ora, non dovresti dirmi dove devo essere stamattina e cosa devo fare?»

Sorrisi. Jackson non era mai stato bravo con la gratitudine. O con le lacrime.

Aprii la sua agenda sul telefono e cominciai ad aggiornarlo. Forse non sarebbe stato così terribile come avevo temuto.

———

AVEVO APPENA FINITO di ripulire la scrivania di Ben quando lui emerse dal vano scale con la sua borsa per portatile nuova di zecca a tracolla. Un altro paio di passi da imparare. Quelli di Ben erano rigidi ma silenziosi, le suole di gomma dei suoi anfibi urbani attutivano le sue falcate decise. Lo chiamai con un cenno.

«Sei pronto per iniziare?»

Alzò gli occhi al cielo. «Ho un sacco di corsi di formazione online da fare. Ma posso fare un po' di lavoro vero, prima?»

Ridacchiai. «Cooper è un fanatico del nostro ambiente di lavoro rispettoso e privo di molestie». Be', tranne quando si trovava di fronte ai supplenti incompetenti che avevo assunto. Ma quelli avrebbero tirato fuori il peggio da chiunque. «In più, ci sono tutte le questioni legali. Non è molto divertente, ma Cooper e gli avvocati sono pignoli al riguardo».

Serrò le labbra e guardò la porta chiusa del suo nuovo capo. Il dubbio balenò nei suoi occhi socchiusi. Merda, non potevamo perderlo così presto. Era esattamente ciò di cui Cooper aveva bisogno. «Ma è una persona fantastica», mi affrettai a dire. «Lo adorerai».

Inclinò la testa di lato, osservandomi, ma poi abbassò lo sguardo sulla scrivania. «Allora, questo sono io?»

Sollievata, gli feci un rapido sorriso. «Sì. Accendiamo il tuo portatile, ti imposto l'agenda e le email di Cooper».

Due ore dopo, Ben padroneggiava l'agenda del suo nuovo capo, e io lo avevo messo al corrente delle abitudini e delle preferenze lavorative di Cooper. Quando la luce sulla linea telefonica di Cooper finalmente si spense e la porta del suo ufficio si aprì, ci alzammo per salutare l'uomo in persona. Emerse con un aspetto più formale del solito, in un abito color antracite dal taglio aderente, con una camicia azzurro fiordaliso che si abbinava ai suoi occhi. Niente cravatta. Come sempre, non riuscii a trattenere un piccolo sospiro di fronte alla sua bellezza. Lo sguardo di Ben guizzò verso di me e poi verso Cooper. Mi chiesi cosa vedessero i suoi occhi troppo attenti.

Cooper si avvicinò a noi e tese la mano. Ben la strinse, sporgendosi leggermente in avanti.

«Tu devi essere Ben. Sono Cooper Fallon».

«Piacere di conoscerla, signor Fallon».

«Per favore, chiamami Cooper».

Le pupille di Ben si dilatarono e le sue narici si allargarono. Trattenni un sorriso compiaciuto. Cooper faceva quell'effetto a tutti, non solo a me. Le loro mani si separarono.

«Oddio, sei altissimo», sbottò Ben. «Più alto di quanto sembri nelle foto». Arrossì. «Non che ti abbia stalkerato online o altro». Serrò le labbra.

«Sta sempre vicino a Jackson, e pensi che entrambi siano di altezza normale, ma non lo sono», dissi, cercando di alleviare il suo imbarazzo. Anche Jamila era un'amazzone, soprattutto con i tacchi, ma non avevo intenzione di tirarla in ballo.

Cooper aveva fissato Ben, flettendo la mano destra al suo fianco. La sollevò davanti al petto e la strofinò per un secondo con la mano sinistra.

Stava succedendo qualcosa di strano, qui. «Cooper, posso parlarti un minuto?»

Non pensavo fosse possibile, ma la mascella di Cooper divenne ancora più rigida. Santo Darwin sulla H.M.S. Beagle, non avrei provato a saltargli addosso adesso.

«Solo... solo per un minuto», dissi.

Mi seguì fino alla mia scrivania e rimase in piedi, con le mani in tasca.

Sussurrai: «Senti, Ben è molto qualificato e un bravo ragazzo. Non. Rovinare. Tutto. Dagli una possibilità».

La sua fronte si corrugò. «Lo farò. Certo che lo farò».

Lo guardai con gli occhi socchiusi. «Bene. Comportati bene a pranzo».

Riportandolo verso la scrivania di Ben, chiesi: «Dove andate?»

Cooper nominò un ristorante alla moda lì vicino. Chiese a Ben: «Lo conosci?»

«Sì». Per qualche ragione, Ben si colorì. Arrossiva a chiazze come Tyler. Adorabile.

«Andrà bene?» chiese Cooper.

«Certo».

«Andiamo». Cooper si voltò e si diresse verso le porte dell'ascensore.

Scossi la testa. Speravo che risolvessero la loro stranezza. Cooper era già abbastanza impacciato con me, ma non l'avevo mai visto così maldestro. Ben era perfetto, e volevo, avevo bisogno che rimanesse. Non potevo più sobbarcarmi il lavoro extra di Cooper con le mie nuove responsabilità a casa.

Tornata alla mia scrivania, controllai il telefono. Nessun messaggio o chiamata da Sylvia. L'avevo già chiamata quella mattina per sapere come stava papà, e mi aveva assicurato che sarebbero stati bene. Temevo di farla arrabbiare se avessi chiamato di nuovo. Dovevo superare la giornata senza turbare il fragile equilibrio della mia nuova realtà. Così mandai un messaggio ad Alicia.

Libera per pranzo?

ALICIA

Scusa, pranzo con Jackson. Posso passare da casa tua stasera a prendere il mio tesorino?

Sì! Vieni per cena.

Tesorino un corno. Il piccolo demone mi aveva soffiato di nuovo contro mentre uscivo. Era sembrato indifferente a Sylvia, ma probabilmente sarebbero diventati migliori amici entro il pomeriggio. Ero l'unica che odiava.

Il mio stomaco emise un suono simile a quello di Tigro. Ma il pensiero di portare il mio triste portapranzo nella cucina vuota fu sufficiente a togliermi l'appetito.

Sarei potuta scendere in mensa. Probabilmente ci sarebbe stato Tyler con il suo tavolo pieno di programmatori. Saremmo stati amichevoli o impacciati? Eravamo amici da meno di un anno; eppure, non riuscivo a immaginare la mia vita senza Tyler. Le sue fossette e il ciuffo carino dei suoi capelli. Lo stridio della sua sneaker sui vecchi pavimenti di legno. Il modo in cui mollava qualsiasi cosa stesse facendo per aiutarmi quando ne avevo bisogno.

Forse dovevo fare io la prima mossa, mostrargli che le cose tra noi non dovevano essere strane.

Mentre tiravo fuori il portapranzo dal cassetto, la porta del vano scale si spalancò e Tyler balzò fuori, arrossato e senza fiato. Mi vide e si bloccò, la mano ancora sul maniglione antipanico. «Marlee! Ho perso la nozione del... ma non ho... ti andrebbe di...» Il suo viso si rabbuiò. «Stai uscendo?»

Gli feci un sorriso ironico. Il poveretto aveva programmato tutta la mattina e perso la capacità di parlare in modo coerente. «Stavo giusto scendendo in sala pranzo. Vuoi venire con me? O avevi bisogno di lui?» Indicai con un cenno del capo la porta chiusa di Jackson. Ti prego, dì che sei salito qui per me. Che siamo ancora amici.

Lasciò che la porta del vano scale si chiudesse. «No. Sì! In realtà, mi chiedevo se volessi uscire a pranzo?» La sua voce si alzò sulla domanda, e il suo viso si contrasse in un'espressione adorabilmente speranzosa.

La pelle mi formicolò, come quando avevo tenuto le gambe incrociate troppo a lungo e il sangue finalmente ricominciava a scorrere. Non sarebbe stato strano.

Sollevai il mio portapranzo. «Ma me lo sono preparato».

«Offro io», disse. «Tienilo per domani».

Non riuscii a reprimere un sorriso. Sarebbe andato tutto bene. «Okay».

QUANDO RAGGIUNGEMMO la luce abbagliante del sole sulla strada, Tyler domandò: «Vuoi mangiare al parco? Ho visto un furgone-ristorante».

Nella seconda metà di ottobre, il tempo era diventato autunnale, ma la giornata era soleggiata, un ultimo ricordo dell'estate. E del nostro picnic prima di andare a teatro. «Certo».

Mi porse il gomito e io lo presi. Solo due amici che andavano al parco a prendere un panino. Amici, proprio come eravamo stati prima dell'Operazione Principe Azzurro. Amici che non avevano bisogno né volevano niente di più.

Durante la breve passeggiata verso il parco, incrociammo altri impiegati in abbigliamento informale da ufficio, turisti che indossavano felpe di San Francisco comprate per proteggersi dal freddo mattutino e operai edili con l'elmetto in pausa dai lavori di ristrutturazione sempre presenti in città. Passammo accanto al ristorante italiano che odorava d'aglio, all'aroma di curry di un locale indiano e al profumo intenso di pesce fritto. Presto, i grattacieli si aprirono sulla piazza del parco e sulle sue siepi verdi e spinose.

Tyler mi chiese di papà e gli dissi che stava bene. Che avere Sylvia a casa a prendersi cura di lui mi rasserenava mentre ero al lavoro. Nel complesso, le cose andavano piuttosto bene nel mio mondo. Jackson e Alicia erano tornati, e quella sera avrei passato del tempo con la mia migliore amica. Ci saremmo sbarazzate del suo gatto diabolico che mi aveva causato molto più stress del necessario. In più, avevamo assunto un'assistente fantastica per Cooper che avrebbe alleggerito il mio carico di lavoro.

Mentre aspettavamo in fila al furgone-ristorante, chiusi gli occhi e lasciai che il sole mi scaldasse il viso. La mia vita era cambiata molto nell'ultima settimana, ma avevo ancora papà, la mia migliore amica, un capo fantastico e il mio amico Tyler.

Quando riaprii gli occhi, mi stava sorridendo. Lo stesso tenero sorriso che mi aveva rivolto quando avevamo giocato ai video-giochi l'altra sera. Quando avevamo barcollato al chiaro di luna dalla cena di prova alla locanda. Quando avevamo ballato insieme al matrimonio. Solo il mio buon amico, Tyler, a cui non importava che facessi un lavoro per cui ero sovraqualificata, che non pensava fossi strana a vivere ancora a casa a venticinque anni, che sapeva quanto fosse importante la famiglia per me. Che vedeva la vera Marlee e a cui piaceva.

Ma nonostante tutto ciò e il bacio esplosivo come una super-nova che ci eravamo scambiati al matrimonio, mi erano rimasti troppo pochi amici per mettere a rischio questo.

«Grazie», dissi. «È stata un'ottima idea». La settimana prima, gli avrei gettato le braccia al collo e l'avrei abbracciato, ma oggi mi trattenni.

Lui sorrise, ma il suo sorriso non era ampio come al solito. Forse anche a lui mancava quell'abbraccio fantasma. «Ho un sacco di ottime idee».

«Ho io un'ottima idea. Che ne dici di fare domanda per quella posizione da manager? Non hanno ancora trovato nessuno che gli piaccia».

Fissò le sue scarpe da ginnastica. «Non credi che io sia sotto-qualificato? Lavoro per l'azienda solo da un paio d'anni. E ricopro la mia posizione attuale da meno di un anno».

«Certo che no. E non lo saprai mai se non ci provi». Avevo seguito il mio stesso consiglio con Cooper e i risultati erano stati disastrosi. Ma se non l'avessi fatto, starei ancora struggendomi per lui. Sarei ancora ossessionata da lui. E tra il ritorno di Jackson e le cure per papà, avevo bisogno di concentrazione. Andare avanti era la cosa più intelligente da fare.

Quando prendemmo i nostri panini, ci allontanammo dal prato affollato dove gli altri impiegati si godevano la luce del sole e andammo verso una panchina in un boschetto ombroso. La zona era tranquilla, a eccezione degli uccelli e degli scoiattoli, che cinguettavano e stridevano tra di loro — o forse contro di noi per aver disturbato la loro pace all'ora di pranzo.

Scartai il mio panino e diedi un morso al formaggio caldo e filante che colava fuori dalle fette croccanti di pane a lievitazione naturale. «Mmm», gemetti. «Molto, ma molto meglio di pane, burro d'arachidi e marmellata».

«Anche il panorama è migliore di quello della mensa». Tyler mi lanciò un'occhiata maliziosa e diede un enorme morso al suo panino.

Alzai gli occhi al cielo. «Ha già parlato con Jackson?». Sapevo che non l'aveva fatto, ma dovevo deviare la conversazione su un argomento sicuro.

«Non ancora. L'incontro con lui è fissato per domani».

«Ha detto che si sono divertiti un mondo alle Fiji».

Sbuffò. «E a chi non piacerebbe?».

«A me di sicuro. Una spiaggia calda e sabbiosa sembra perfetta oggi». Mentre finivo il mio panino, rabbrividii. All'ombra degli alberi, una brezza gelida mi ricordò che era ottobre. Desiderai di aver ordinato un caffè caldo invece dell'acqua.

«Hai freddo?».

«Un po'».

Non avevo nemmeno finito di pronunciare le parole che lui si stava già sfilando il maglione grigio e me lo stava infilando dalla testa, ancora caldo del suo corpo. Pensai di protestare, ma non appena ebbi il suo maglione addosso, ero troppo comoda per pensare di toglierlo. Forse potevo rubare anche questo. Mi sfregò le mani sulla parte superiore delle braccia.

«Meglio?», chiese.

La sua maglietta grigia di Burger Time, sottile e quasi trasparente, si tese sul suo petto. Se lo avessi guardato strizzando gli occhi e avessi sostituito la vecchia maglietta e i jeans con una camicia sbottonata e dei pantaloni eleganti, sarebbe sembrato il fusto sulla copertina del romanzo rosa che stavo leggendo. Alzai a fatica lo sguardo sul suo viso, desiderando tracciare la fossetta che incorniciava il suo sorriso, passare le dita tra i suoi capelli, tirare il suo viso verso il mio, e... ehi. Quello era Tyler. Saldamente nella zona amicizia. Dovevo costruirgli intorno una recinzione con tanto di cartelli di Vietato l'Accesso e filo spinato. Magari anche con un fossato infestato di squali. Perché quando ero così vicina a lui, così avvolta nel suo profumo, con le sue mani calde su di me, non riuscivo a ricordare nemmeno il mio nome, tanto meno perché Tyler dovesse essere niente più che un mio amico.

Perché era così, già?

«Sì, ora sto bene. Grazie». Cercai nella borsa il mio specchietto e il rossetto, poi spalmai il rosa cremoso sulle labbra. Niente baci.

Tyler fissò le mie labbra. Macchie rosate gli fiorirono sulle guance. «Non stavo cercando di...».

«Lo so». Incastrai la borsa tra noi sulla panchina.

Dopo qualche secondo, spostò il braccio dallo schienale della panchina per frugare nella tasca posteriore. Tirò fuori un fascio di fogli patinati e me lo porse.

«Cos'è questo?». Lessi la parola Cura.

«Ho visitato alcune strutture durante il fine settimana. Ho pensato che saresti stata troppo impegnata per farlo tu e, be', è costoso, ma il prezzo è più o meno lo stesso dell'assistenza a domicilio. E più facile per te».

Il suo maglione non fu sufficiente a proteggermi dal gelo che mi attraversò. Stava tenendo in mano degli opuscoli di case di cura per malati con problemi di memoria nella zona di Oakland. Papà non era pronto per una cosa del genere. Non ancora. E nemmeno io.

Mi strinsi le mani tra le ginocchia. Se non avessi toccato quei fogli, non sarebbe stato reale. Fissai l'albero dall'altra parte del sentiero. «Non ne abbiamo bisogno».

Dopo un minuto, disse: «Magari non oggi, ma ne avrà bisogno».

«No. Posso tenerlo a casa. Ama la nostra casa». Toccai il mio ciondolo. «L'hanno comprata lui e mia madre insieme. E non vuole andarsene».

«Ma...». Lo sentii inspirare e poi espirare. Mi toccò la spalla, con una carezza leggera. «Una persona della tua età non dovrebbe dover affrontare tutto questo. Tuo padre non vuole che tu perda la tua giovinezza per causa sua».

Mi liberai della sua mano con una scrollata di spalle. «Era solo poco più grande di me quando mia madre morì e lo lasciò a prendersi cura di me. Cosa avrei fatto se avesse deciso di non potercela fare?».

Indietreggiò. «Continueresti a prenderti cura di lui. E potresti andarlo a trovare tutte le volte che vuoi».

«A trovarlo?». Le mie narici si dilatarono. «Non ha bisogno che io vada a trovarlo. Ha bisogno di me con lui, sempre».

«Marlee, io... credo che tu stia forse idealizzando le condizioni di tuo padre. Avrà bisogno di assistenza a tempo pieno. E non importa quanto amore gli darai, non lo farà stare meglio. Arriverà al punto di non riconoscerti nemmeno più».

Non potevo restare lì un minuto di più. Mi ero sbagliata. Era proprio come tutti i miei amici del college. Ex amici. Non mi capiva affatto. Scattai in piedi dalla panchina, spargendo gli opuscoli. «Io e mio padre dobbiamo stare insieme perché siamo una famiglia. La tua relazione con la tua famiglia sarà anche incasinata, ma la mia no. Io amo mio padre. E lui ama me. Non potrebbe mai dimenticarsi di me».

Non mi importò nemmeno che il suo viso impallidì e che la sua mascella si afflosciò. Chiunque volesse separarmi da papà non era materiale da amico. Ero solo contenta di averlo capito prima... prima che... niente! Non c'era nessun prima qui. Forse nemmeno un dopo.

Afferrando la borsa, mi voltai e mi allontanai a grandi passi lungo il sentiero. Strinsi i bordi affilati del mio ciondolo finché un'impronta non rimase sulle mie dita fredde. Papà era la persona più importante della mia vita. Tyler, qualsiasi cosa avessi pensato di lui prima, non lo era.

Avevo quasi raggiunto l'ufficio quando sentii il picchiettio staccato delle scarpe da ginnastica sul marciapiede e il mio nome. Tyler. Rallentai il passo e mi fermai davanti alla porta girevole.

Mi mise una mano sul braccio. Guardai le sue dita, lunghe e possenti. Ancora magiche? Non importava. Non ne volevo sapere niente.

«Io... mi dispiace. Non volevo turbarti».

Alzai lo sguardo nei suoi occhi, non più scintillanti di colori caleidoscopici ma intorbiditi fino a diventare di un marrone fangoso. «Be', l'hai fatto. Non credo di poter... ho bisogno...».

Alla nostra sinistra, qualcuno si schiarì la gola. Senza guardare, mi scansai dalla porta. Tyler mi teneva ancora il braccio, così quando tirai, venne con me. Inciampando, mi afferrò per i gomiti per stabilizzarsi, e finimmo in una specie di mezzo abbraccio. Mi allontanai, ma lui rafforzò la presa sulle mie braccia, i suoi occhi che mi imploravano di non continuare quello che stavo dicendo. Di riconsiderare.

Sopra la sua spalla, intravidi Ben e Cooper in piedi, fianco a fianco sul marciapiede, che ci fissavano. Cosa pensavano di noi, con Tyler che mi teneva e le mie guance rosse di rabbia? Feci un altro passo indietro e gli tolsi le mani dalle braccia, e fu allora che mi resi conto che indossavo ancora il suo maglione. Il suo maglione grigio, enorme e anonimo, che mi copriva le mani e non poteva essere scambiato per il mio.

Gli occhi sgranati di Ben fecero svanire ogni speranza che avevo di fare la parte di quella calma e sicura di sé. Tanti saluti alla buona impressione che volevo fare il suo primo giorno. Cooper inclinò la testa di lato.

«Ehi, Ben. Ciao, Cooper. Avete pranzato bene?». Non aspettai la loro risposta prima di spingere la porta girevole. I tre uomini mi seguirono. Mi ero già sfilata il maglione di Tyler quando emersero nel tepore dell'atrio. Rifiutandomi di guardarlo in faccia, glielo porsi con una mano mentre mi lisciavo i capelli con l'altra. «Grazie».

Lo prese. Mentre aspettavamo davanti agli ascensori, tese la mano destra a Ben. «Sono Tyler Young. Sono uno sviluppatore nel team di analisi automobilistica».

«Ben Levy-Walters. Il nuovo assistente di Cooper. Oggi è il mio primo giorno».

«Benvenuto in Synergy. Sono sicuro che Marlee ti ha detto tutto ciò che devi sapere, ma se mai avessi bisogno di qualcosa dal team di programmazione, vieni a cercarmi».

Ben mi lanciò un'occhiata mentre la porta dell'ascensore si apriva. «Lo farò di certo». Si morse il labbro e, mentre gli passavo accanto, sussurrò: «Che bono», e fece schioccare le labbra in modo per nulla discreto.

Sollevai il mento ed entrai in ascensore. Dopo essermi sistemata la camicetta, mi occupai del telefono — Jackson mi aveva mandato un messaggio — finché Tyler non disse un casuale «Ci vediamo» e scese al quarto piano.

Mi rifiutai di alzare lo sguardo. Non ero lì per le loro supposizioni o i loro giudizi su me e Tyler. Diavolo, a quel punto non sapevo cosa pensare di Tyler. Potevamo essere ancora amici dopo quello che aveva detto?

Quando le porte dell'ascensore si aprirono al sesto piano, mi lisciai la gonna e uscii con passo elegante. Afferrai il portatile dalla scrivania, ma prima che potessi entrare nell'ufficio di Jackson, il mio capo uscì con noncuranza nel corridoio.

«Coop! Scusa se non ci siamo visti ieri. Io e Alicia eravamo distrutti dal fuso orario e ci siamo addormentati sul divano». Quella che era iniziata come una stretta di mano si trasformò in un abbraccio e una pacca sulla schiena.

Quando si separarono, la mano di Cooper rimase sul braccio di Jackson solo per un attimo prima che lui si mettesse le mani in tasca e ondeggiò sui talloni. Il suo sorriso ora sembrava forzato.

Forse le ultime tre settimane erano state più stressanti per lui di quanto avesse lasciato intendere.

«Io... vorrei presentarle il mio nuovo assistente, Ben Levy-Walters».

«Ha un nuovo assistente?». La postura di Jackson si raddrizzò e tese una mano a Ben. «Benvenuto a bordo. Tutto bene finora? Questo ragazzo» — indicò Cooper con un cenno del pollice — «non è stato troppo duro con lei, vero?».

«No, per niente», disse Ben, con voce bassa e suadente. «Cooper mi ha portato a pranzo. E oggi sono stati tutti fantastici, specialmente Marlee».

Normalmente, avrei adorato l'elogio, ma quando i loro occhi si posarono tutti su di me, avrei voluto coprire la mia camicetta stropicciata e i capelli scompigliati dal vento. Rivolsi a Jackson un sorriso incerto e dissi: «Pronto ad affrontare le sue e-mail?».

Jackson prese un respiro profondo e lo espirò in uno sbuffo. «Marlee, lei è un vero sergente di ferro». Sorrise a Ben. «Piacere di conoscerla, Ben. Mi faccia sapere se posso fare qualcosa per aiutarla». Si rivolse a Cooper. «Vieni a cena stasera. Griglio delle bistecche e ci aggiorniamo». Poi fece un cenno verso la porta aperta del suo ufficio. «Dopo di lei, Marlee».

Mi strinsi il portatile al petto ed entrai nel rifugio sicuro dell'ufficio di Jackson. Jackson chiuse la porta di scatto.

«Allora, Marlee», disse, sorridendo maliziosamente, «cosa mi sono perso?».

22

AVEVO APPENA CHIUSO la porta della mia camera da letto quando Alicia chiese: «Che sta succedendo a tuo padre?».

Non le era sfuggito che mi avesse chiamata Maggie due volte durante la cena. O come fosse andato in tilt con la macchinetta del caffè. La macchinetta del caffè che usava due volte al giorno da almeno cinque anni. Alla fine gli avevo chiesto di sedersi e gli avevo preparato io il caffè.

Mi sedetti sul letto e le feci cenno di fare lo stesso. Tigger balzò su e si rannicchiò al suo fianco come se quello fosse il suo posto. «Non è più lui ultimamente». Omettendo la grande avventura di Tigger della notte in cui papà l'aveva lasciato scappare, la misi al corrente dell'escursione di mio padre alla stazione della BART, della sua diagnosi e della nuova assistente sanitaria.

Gli occhi di Alicia si velarono di compassione. «Mi dispiace tanto. C'è qualcosa che possiamo fare per aiutare?».

Allungai una mano e le spostai i capelli dietro la spalla. Ringhiando, Tigger mi fulminò con i suoi occhi gialli. «Jackson mi lascia uscire prima tutti i giorni così posso dare il cambio a Sylvia, la sua badante. Andrà tutto bene».

Alicia mi scrutò il viso. «Ne sei sicura?».

Ero tentata, così tentata, di svuotare il sacco con la mia amica, di dirle che no, ero terrorizzata all'idea di perdere l'unica famiglia che mi era rimasta. Ma poi il telefono squillò, e diedi un'occhiata al display. Farfalle dalle ali affilate come rasoi mi lacerarono lo stomaco. «È Tyler».

Lei alzò gli occhi al cielo. «Non hai intenzione di rispondere?».

Mi morsi il labbro. «No. Io... non sono ancora pronta a parlargli. Abbiamo litigato. Riguardo a papà, in realtà. Mi ha portato degli opuscoli sulle strutture per malati di demenza».

«Non stava solo cercando di aiutare?».

«Immagino di sì». La mia mano scivolò sul ciondolo che portavo al collo e lo fece scorrere lungo la catenina. «Ma mi ha fatto capire che non vogliamo le stesse cose. Che per me la famiglia è un valore, e per lui no. Tyler si è trasferito dall'altra parte del paese per allontanarsi dalla sua famiglia. Io non ho mai voluto andarmene da questa casa. Siamo così diversi che non sono sicura che possiamo più essere nemmeno amici. Voglio dire, non posso evitare di vederlo al lavoro, ma finisce lì». Lo squillo cessò.

«Gli amici possono essere diversi. Non è che voi due...». I suoi occhi si spalancarono. «L'avete fatto?».

«No. No! Anche se lui... lui ha detto che dovremmo essere più che amici. Ho detto di no, e andava tutto bene, ma ora non più».

«È un peccato. È un bravo ragazzo. Un buon amico».

Un buon amico. Non ne avevo abbastanza. E se avesse smesso di venire alla mia scrivania e di pranzare con me? Mi sarebbero mancate quelle fossette. E i suoi abbracci. Eppure, ogni volta che ripensavo a quegli opuscoli, dei ghiaccioli mi trafiggevano il cuore.

«Cos'è questo?». Alicia si allungò verso il punto in cui il suo stivale sfiorava il pavimento e tirò fuori la scatola da sotto il mio letto.

«Aspetta!». Saltai giù dal letto e mi affrettai a fermarla. Ma le sue braccia ridicolmente lunghe la sottrassero alla mia portata.

«Oh!». Richiuse il coperchio della scatola. Poi la riaprì. «Ohhhh».

«Quello non è...». Il mio viso aveva raggiunto la stessa temperatura della superficie del sole.

«Mi piace questo». Indicò Il Tyler.

Crollai sul letto, nascondendomi il viso. «Puoi tirarlo fuori. È pulito».

Dal suo nido di seta, estrasse il nuovo dildo lungo, viola e realistico, con la sua testa oscenamente bulbosa. Poi, ovviamente, trovò Il Cooper nascosto sotto. Tirò fuori anche quello. Era più piccolo, curvo e senza particolari dettagli, fatto di silicone scintillante, un vibratore senza fronzoli per andare al sodo. Fino a quando non l'aveva più fatto.

Ne teneva uno in ogni mano, con le sopracciglia alzate.

«Cosa c'è? Una ragazza non può avere una selezione per diverse... esperienze?».

Accese Il Cooper. L'avevo lasciato alla massima potenza e gemette per lo sforzo. Lei trasalì e lo spense. Poi accese Il Tyler, che iniziò una pulsazione lenta che mi fece contorcere a un metro di distanza.

«Diverse esperienze». Il problema di avere una migliore amica è che a volte conosce i tuoi affari meglio di te.

«Il Coo...». Mi bloccai. «Quello non soddisfaceva più le mie esigenze».

«Hai chiamato il tuo dildo come Cooper?».

Feci una smorfia. «No?».

«E questo come l'hai chiamato?». Riponendo Il Cooper nella scatola, passò un dito curato sulle vene e le creste dell'altro.

«Il Tyler», borbottai.

«Hai dato il nome del tuo amico platonico, che potrebbe non essere più nemmeno tuo amico, a un sex toy».

Rannicchiai le ginocchia al petto. «È complicato».

«Mmm». Finalmente, ebbe pietà di me e cambiò argomento. «Jackson vuole dare una festa il prossimo weekend».

La guardai. «Una festa una settimana dopo la vostra luna di miele?».

«È quello che ho detto io! Vuole dare una festa di bentornati e per Halloween a casa nostra. Noi, ehm...». Vedevo che faticava a reprimere il sorriso che voleva spuntarle sul viso, «...noi abbiamo un legame speciale con Halloween».

Mi aveva raccontato della festa di Jackson l'anno prima ad Austin, quando l'aveva baciata per la prima volta. Il suo lieto fine era iniziato poco più di un anno prima, e ora era sposata con il suo vero amore. Sospirai.

«Verrai, vero?», chiese.

«Certo. Non me la perderei per nulla al mondo. Ci... ci sarà anche Cooper?».

Gli angoli della sua bocca si tesero. «Sì, ci sarà». Fece una pausa. «Anche Jamila. E Tyler». Serrò le labbra. Capivo che stava nascondendo qualcosa.

«Marlee?». La voce di papà provenne dal piano di sotto.

Aggrottai la fronte. Era già andato a letto — ultimamente dormiva molto — ed ero sorpresa che fosse ancora sveglio. «Torno subito», dissi.

Ci vollero alcuni minuti per rimettere a letto papà. Voleva un bicchiere d'acqua e non riusciva a trovare il bastone, che era roto-lato sotto il letto. Tornai e trovai Alicia che esaminava i titoli sulla mia libreria.

«Hai tutti i miei preferiti di quando ero bambina». Passò un dito sui dorsi piegati. «Anna dai capelli rossi, Pretty Princess, Il club delle baby-sitter».

«Non potevo separarmene. Papà diceva che mi raccontava storie — favole — mentre mia madre era incinta di me. E quando ero piccola. Poi sono passata a quelli. Immagino che tutto questo venga da lì». Feci un gesto con la mano verso la mia stanza rosa e bianca piena di fronzoli. Indicai l'abbaino ora buio con la sua panca imbottita. «Da bambina, mi sedevo lì a leggere e poi reci-tavo le storie con le mie bambole. Adoro ancora rannicchiarmi lì sotto una coperta con un romanzo rosa».

Alicia si accarezzò il maglione sul pancione. «Forse costrui-remo una panca vicino alla finestra e delle librerie. Potrai consi-gliarci sulle letture».

«È una femmina?», squittii.

«L'abbiamo appena scoperto stamattina».

Abbracciai la mia amica. «Non vedo l'ora di comprarle un vestitino rosa. Con le balze! E le leggerò Il giardino segreto». Visioni di tè con le principesse in compagnia della figlia di Alicia mi danzavano nella testa. Sarei stata la migliore zietta di sempre.

Il campanello suonò, interrompendo le mie visioni di manicure e pedicure da principesse.

Mi diressi verso le scale. «Probabilmente è la nostra vicina Alma che viene a vedere come stiamo. Torno subito».

Scesi di corsa le scale, tolsi il catenaccio e aprii la porta. Ma non era Alma. Tyler riempiva la soglia.

«Che ci fai qui?», sbottai.

Lui abbassò la testa e io trasalii. «Scusa», dissi. «Non volevo dirlo in quel modo».

Gli angoli della sua bocca si sollevarono appena. «Non hai risposto al telefono, ed ero in zona». Guardò le sue scarpe da ginnastica e le strusciò sullo zerbino.

Nessuno di Synergy era mai "in zona" Oakland. Incrociai le braccia.

Lui alzò lo sguardo e la luce interna scintillò sui suoi occhiali. «Senti, mi dispiace per... per la nostra litigata di prima. Ho superato il limite. E mi dispiace».

Con la schiena rigida, dissi: «Va bene».

«Possiamo tornare a essere di nuovo amici?».

«Io... va bene». Essere amici era una richiesta ragionevole. Ma nient'altro. E non mi sarei più confidata con lui riguardo a papà.

«Però dovresti riprenderti la tua console». Appena tornata a casa dal lavoro, l'avevo scollegata e infilata in un sacchetto della spesa, con l'intenzione di lasciarla sulla sua scrivania l'indomani. In questo modo, mi sarei risparmiata di trascinarmela sul treno.

«Oh». Gli angoli della sua bocca si piegarono all'ingiù e le scintille dorate scomparvero dai suoi occhi. «Sei sicura?».

«Sicurissima. Sarebbe meglio se tu non... se mantenessimo la nostra amicizia in ufficio».

Un miagolio risuonò dietro di me. Mi voltai di scatto per impedire a Tigger di scappare, ma lui si sedette sul tappeto e miagolò di nuovo verso Tyler. Tyler si accovacciò e tese una mano. Tigger si alzò, mi passò accanto e, facendo le fusa, strofinò il suo musetto traditore sulla mano di Tyler.

Tyler mormorò: «Bravo micio».

Sentii dei passi sulle scale e sospirai. Beccata.

«Oh, ciao, Tyler», disse Alicia con un tono cantilenante e allusivo.

«Ehi, Alicia». Le sue guance non arrossirono come le mie. Sembrava che essere sorpreso sul mio portico dalla moglie del nostro capo non fosse niente di che.

«Grazie per essere passato. Ci vediamo domani, Tyler». Non riuscii a guardarlo negli occhi mentre lo dicevo.

Non mi sfuggì il tono ferito nella sua voce. «Uhm, okay. Ci vediamo domani». Afferrò la borsa con la sua console, si voltò sui tacchi e tornò alla sua Mustang blu. Tigger lanciò un ultimo, desolato miagolio dietro di lui.

Quando incrociai il suo sguardo, l'espressione di Alicia era turbata. «Sei sicura di non poter...».

«Sono sicura». Non potevo dargli ciò che voleva. E non potevo volere ciò che lui mi avrebbe dato.

———

GIOVEDÌ MATTINA, scesi le scale in punta di piedi tenendo in mano gli stivali per non svegliare papà, ma lui era seduto al tavolo della cucina con una tazza di caffè.

«Buongiorno, Raggio di Sole».

«Buongiorno, papà. Ti senti bene oggi?». Versai il caffè nella mia tazza da viaggio.

«Alla grande. Penso che intaglierò la zucca stamattina. Sempre che a te non dispiaccia, s'intende. So quanto amavi Halloween, ma sei così impegnata in questo periodo...».

«Userai il kit con le seghette, vero? Non i coltelli grandi da cucina. E Sylvia ti aiuterà».

«È questo il modo di parlare a tuo padre? Uso coltelli e utensili elettrici da prima che tu nascessi».

Mi bloccai mentre stavo avvitando il tappo della mia tazza da viaggio. «Non userai utensili elettrici sulla zucca, vero?». Non poteva. Li avevo chiusi a chiave nel capanno e avevo nascosto la chiave.

«Stavo solo dicendo…». Sospirò pesantemente. «Certo che no. Userò le seghette».

Trovai il sacchetto di plastica con il kit e lo misi sul bancone. «Grazie, papà».

Sentii bussare alla porta d'ingresso, e poi si aprì. «Buongiorno», chiamò Sylvia.

«Ehi, Sylvia», dissi. «Guarda chi è già in piedi».

Sorrise a papà. «Ehi, Will. Devi sentirti bene oggi».

«Infatti», brontolò lui nel suo caffè.

«Ha detto che oggi vuole intagliare la zucca. È sulla veranda. Ecco il kit per intagliarla». Lo indicai sul bancone.

«Sembra divertente». Mi fece un cenno, una promessa che non gli avrebbe permesso di affettarsi qualche dito. «Oh, Marlee. Mia cugina dice che può stare con lui sabato sera così puoi andare alla tua festa».

Non potei farne a meno; feci un piccolo balletto prima di allungarmi per abbracciarla. «Grazie. È fantastico». Non volevo perdermi la festa di Alicia e Jackson, ma papà stava diventando troppo impegnativo per Alma. La cugina di Sylvia era un'infermiera.

Mi chinai per baciare la guancia di papà. «Divertiti oggi. Fai il bravo».

Lui non disse nulla, ma fissò il suo caffè. Scuotendo via il suo malumore, mi diressi al lavoro.

23

SISTEMANDOMI LA PARRUCCA, suonai il campanello di Alicia e Jackson.

Aprì la porta Noah. L'undicenne indossava la parte inferiore di un costume da dinosauro, con tanto di coda imbottita e appuntita; una maglietta a righe; gli artigli di Wolverine; e una maschera da hockey vecchio stile tirata su in cima alla testa. Mi fece schioccare i denti contro.

«Ok, mi arrendo. Da cosa sei vestito?»

«Sono il Jabberwocky. L'abbiamo letto in classe. Lewis Carroll non lo descrive mai, a parte le 'fauci che mordono'» —schioccò di nuovo i denti— «e 'gli artigli che afferrano', quindi ho inventato il resto. E tu sei la Principessa Leila.»

La sua voce sembrava delusa dal mio costume banale. A essere onesta, ero un po' delusa anch'io, considerando tutta la cura che Noah aveva messo nel suo.

«Hai indovinato. Ho anche un blaster.» Glielo mostrai.

«A scuola non ci sono permesse armi giocattolo.»

«Oh.» Lo nascosi in una piega della mia veste bianca. Chiaramente, stavo perdendo punti ai suoi occhi. Forse Tigger lo aveva contagiato.

«Resti alzato per la festa?» gli domandai.

«Solo per la prima ora. Poi devo andare a letto. Domani mattina ho tae kwon do.» Si fece da parte per farmi entrare. «Ehi, hai conosciuto Sam? È mia zia o qualcosa del genere.» Fece una smorfia, come se cercasse di nascondere un sorriso dietro un'espressione accigliata. «È molto forte.»

«Sam, la sorella di Jackson? Sì, la conosco.» Sam mi aveva forse rimpiazzata nell'affetto di Noah? Una piccola fitta mi trafisse il cuore. Non dovrei essere gelosa della cotta di un undicenne, vero? Sospirai. Avevo fatto cose più stupide per amore. Come quella sera, per esempio. Infilai il blaster nella sua fondina sul fianco.

«Andiamo a cercarla. È in cucina.» Scattò davanti a me attraverso il soggiorno open space fino alla cucina, dove Alicia, Jackson e Sam intralciavano un paio di camerieri in divisa.

Camminai dietro l'isola per abbracciare Alicia. Era vestita da Alice nel Paese delle Meraviglie, con i capelli biondi raccolti dietro un cerchietto nero. Indossava un vestito blu, calze bianche e delle Mary Jane nere. «Tutto bene?»

«Sì, credo.» Lanciò un'occhiata al cameriere che sfilava dal forno un vassoio di capesante avvolte nel bacon.

«Ehi, Sam.» Sam portava un paio di pantaloni cargo neri, una T-shirt nera scolorita e oversize dei Bon Jovi con un cuore trafitto da una spada e una corona fatta di carte da gioco, tutte di cuori. «Sei la Regina di Cuori?»

«Sì! Ti piace il mio costume? L'abbiamo fatto io e Noah. Di solito non vengo alle feste di Jackson e non sapevo che fosse in maschera.»

«Sam.» Jackson, il Bianconiglio in T-shirt bianca, jeans e orecchie flosce, le diede un pugno goliardico sulla testa nello spazio aperto al centro della corona. «Te l'ho detto almeno tre volte che era in maschera.»

«Va bene. Non volevo vestirmi. I costumi pizzicano. Ma questo non è così male.» Tirò leggermente la T-shirt, che riconobbi come sua.

«Whoa.» La voce profonda di Cooper risuonò alle mie spalle. Mi voltai di scatto per vedere uno dei camerieri che armeggiava con un vassoio. Sembrava che avesse rischiato per un pelo di urtare la ragazza. Strano. Cooper era sempre così attento, quasi aggraziato. Non l'avevo mai visto inciampare, cadere o urtare qualcuno. Non come nella situazione in cui aveva trovato me e Tyler la settimana scorsa, dopo la nostra litigata a pranzo. O come quella volta che ero caduta mentre facevo yoga davanti a lui.

«Scusi. Sta bene?» le chiese lui.

«Sì. Mi scusi.» Lei posò il vassoio.

Automaticamente, controllai alle spalle di Cooper. Niente Jamila. Ma questo non suscitò il piacere che avrebbe suscitato un mese prima.

La cucina si stava affollando. «Qui hanno tutto sotto controllo. Spostiamoci da mezzo.» Spinsi i padroni di casa e gli ospiti fuori dalla cucina. Tirando Alicia per mano, la condussi in soggiorno e mi sedetti accanto a lei sul divano. Sam e Noah si diressero verso la sala da pranzo, da dove sentii il rumore di dadi agitati in un bicchiere.

Jackson portò un vassoio con dei bicchieri di punch all'arancia. Ne porse uno con una ciliegia al maraschino ad Alicia. Poi mi passò il mio, con una scorza d'arancia a spirale. «Per te c'è il nostro speciale punch di Halloween.» Mi fece l'occhiolino.

«Cos'è?» Lo odorai, e le bollicine mi frizzarono nel naso.

Cooper si lasciò scivolare sul divano accanto a me. L'elsa della sua spada laser mi punse la coscia e io mi scostai di qualche centimetro. «Solo una ricetta che io e Jay abbiamo inventato al college. Provalo.»

Con mia delusione, il mio bicchiere era l'unico a frizzare, anche se il ginocchio di Cooper toccava il mio.

«Salute,» dissi e feci tintinnare il mio bicchiere contro il suo.

«Salute.»

Sorseggiai la bevanda e rabbrividii quando mi bruciò la gola. «Questo è potente,» ansimai tra un colpo di tosse e l'altro.

Lui provò un sorso cauto. «Wow,» ansimò. «Non scherzi. Immagino sia passato un po' di tempo dal college.»

«Ehi, ragazzi.» Tyler sembrava incredibilmente alto in una

giacca di raso ricamata blu reale, panciotto e calzoni. Sulla testa aveva una parrucca arruffata con delle corna che spuntavano fuori. Ma non era certo la Bestia. Il suo sorriso familiare vacillò quando notò i nostri costumi coordinati.

«Tyler!» Avrei voluto saltare in piedi e abbracciarlo, ma ero intrappolata tra Cooper e Alicia, con un drink che non volevo in mano e nessun modo per liberarmi dal Canyon del Divano. Sapevo che avrei dovuto essere arrabbiata con lui, ma non era rabbia —o l'alcol— a riscaldarmi da dentro.

«Ehi.» Il suo saluto abbracciò noi tre incastrati sul divano, e mi sgonfiai un po' quando si voltò verso Jackson per un abbraccio da uomini con pacche sulle spalle. Maledetto divano mangia-persone.

Cooper mi diede una gomitata sulla spalla. «Bevi su. Stasera sei in coordinato con me, signorina Rice.»

In più di un senso. Presi un piccolo sorso e poi un altro. Ora che mi ero abituata all'alto contenuto alcolico, potevo sentire il dolce sapore dell'arancia. «Non è poi così male dopo il primo sorso.»

Cooper bevve di nuovo. «Hai ragione.» Appoggiò il bicchiere sul ginocchio. «Bel costume, comunque.»

«Le grandi menti pensano all'unisono.» Feci un sorrisetto e mi diedi un colpetto sulla treccia avvolta sull'orecchio. Accidenti, la parrucca era calda. Avevo scelto il mio costume —per abitudine e mancanza d'ispirazione— solo per abbinarlo a quello da Han Solo di Cooper. Ora ero solo… disincantata. E accaldata. In retrospettiva, assillare Ben per scoprire cosa indossasse Cooper sembrava una sciocchezza.

Mi voltai per controllare Alicia, ma il suo sguardo era diretto sopra la mia testa. «Jamila. Che piacere vederti.» Posò il bicchiere e si puntellò con le mani sul cuscino per alzarsi.

«Non alzarti.» Il profumo di gelsomino mi avvolse mentre Jamila si chinava per abbracciare Alicia. Si raddrizzò. «Ehi, Marlee. Piacere di vederti.»

Facendo forza sulle ginocchia di Alicia e Cooper, mi tirai su per non fissare l'orlo corto della sua gonna blu da Wonder Woman. Ora ero a livello del bustier. Fantastico. Staccai lo sguardo dalle sue tette stupende per posarlo sul suo viso altrettanto stupendo. «Piacere di vederti, Jamila.»

Trascinò in avanti la donna che le era rimasta alle spalle. «Lei è Jenny.» Mentre finiva di fare le presentazioni, lanciai un'occhiata a Cooper, che fissava le mani intrecciate delle due donne. Oh-oh.

Gli diedi una gomitata al ginocchio. «Bevi su.»

Lui bevve.

DUE ORE DOPO, la stanza —o forse io— aveva iniziato a inclinarsi, e tutto mi faceva ridere. Stavo in piedi accanto al bar con Jackson e Cooper. Jackson aveva un braccio attorno alle spalle di Cooper e uno attorno alle mie. Avevo perso il conto di quante volte mi aveva riempito il bicchiere con quel punch tossico all'arancia.

«Siete i miei due migliori amici,» farfugliò Jackson. Il suo naso da coniglio e i baffi disegnati erano solo una macchia rosa e grigia dopo due ore passate ad abbracciare i suoi ospiti e a bere.

«E Alicia?» domandai. La Marlee ubriaca trovò improvvisamente importante non dimenticare la mia amica seduta dall'altra parte della stanza, che parlava con Sam.

«Giusto, lei è la mia migliore amica. E Noah. E il bambino. Poi venite voi.» L'ultima parola fu stirata in un sibilo ronzante.

Cooper si accigliò. «Il bambino viene prima di me? Ti conosco da quattordici fottuti anni e il tuo bambino non è ancora nato.» La sua voce si alzò. «Come può un feto essere un amico migliore di me?»

Oh-oh. Quel caratteraccio dei Fallon avrebbe rovinato la festa di Alicia. Lo zittii e, aggirando Jackson, gli posai una mano tranquillizzante sull'avambraccio. «Certo che Jackson amerà il suo bambino più di tutti. Il bambino è famiglia, sciocco. Tu no.» Jackson annuì lentamente.

Quel punch all'arancia era diabolico e se mai lo rivedrò, gli darò fuoco. Perché Cooper, che ne aveva bevuto almeno uno di troppo, se non due, crollò sulla spalla di Jackson, e vidi il suo dorso contrarsi in un singhiozzo... o un gemito. Borbottò qualcosa che non riuscii a sentire.

Jackson diede una pacca sulla schiena dell'amico. «Tutto a posto, Coop.»

Dall'altra parte della stanza, la bocca di Alicia si strinse.

Non avrei permesso per niente al mondo che Cooper la turbasse alla sua festa.

«Ci penso io, Jackson. Perché non vai a vedere come sta Alicia?» Lo aiutai a districarsi da Cooper, che stava ancora borbottando, e me lo caricai sulle spalle. Gli strofinai la schiena mentre Jackson scappava.

«Ehi, adesso. Perché non andiamo a prenderti un po' d'acqua?» Le persone intorno a noi stavano iniziando a fissarci, così lo condussi verso la cucina.

«Non sarà più lo stesso,» borbottò.

«Oh, tesoro, domani starai bene. Mi assicurerò che tu beva un po' d'acqua e prenda un ipo... ibo... iboprufene. Ibuprofene, volevo dire.»

Pensavo che la cucina fosse vuota, ma non lo era. Nell'angolo, dove non potevano essere viste da nessuno nel soggiorno adiacente, Jamila premeva Jenny contro il bancone. Mentre si chinava sulla donna più bassa, il suo brandello di gonna da Wonder Woman si sollevò, e intravidi il suo culo perfettamente tonico, a malapena coperto dalle mutandine rosse... e da una delle mani di Jenny. Lo stivale rosso da Captain Marvel di Jenny si agganciò al polpaccio di Jamila. Le loro labbra si fusero.

Quel vile punch all'arancia cercò di farmi lanciare un commento sarcastico su un crossover DC-Marvel, ma serrai i denti giusto in tempo. Non c'era bisogno di attirare l'attenzione sulla scena in cucina. Se fossimo riusciti a sgattaiolare via, forse Cooper non le avrebbe viste. Jamila sembrava così gentile. Come poteva fargli questo?

Trascinai Cooper verso la lavanderia. Ma i suoi piedi si bloccarono e lui rimase a fissare le due donne. Merda. Erano solo ubriache e stavano giocando? O Jamila lo stava tradendo? Sarebbe finita male. Molto in fretta.

«Ehi, Mila. Jenny.» Il suo tono era colloquiale, amichevole. Sgranai gli occhi, il mio cervello brillo che cercava di decifrare la situazione.

Jamila voltò la testa, la tempia ancora premuta contro la fronte di Jenny, le labbra gonfie. «Ehi, Coop.» Jenny agitò verso di lui le dita guantate.

Finalmente, mi lasciò spingerlo nella lavanderia. Sotto le luci fluorescenti, sembrava verde. «Stai bene?» gli chiesi.

Quando si strinse nelle spalle, perse l'equilibrio e barcollò. Gli afferrai i bicipiti. «Cooper?»

«Sì, sto bene.» Ma non mi guardò. I suoi occhi azzurri fissavano qualcosa, forse il nulla, alle mie spalle.

«Mi dispiace tanto che tu abbia visto quella scena. Forse Jamila non è quella giusta per te, ma troverai qualcuna.» Perché non l'avevo semplicemente lasciato in soggiorno mentre andavo a prendergli l'acqua? Strinsi la presa sulle sue braccia per dimostrargli quanto fossi seria, o per assicurarmi che entrambi rimanessimo in piedi. «Sei bellissimo, intelligente, un uomo di successo. So che la donna giusta per te è là fuori.»

I suoi occhi erano arrossati e iniettati di sangue, e odorava di aranciata e tequila. Eppure, era l'uomo più bello che avessi mai incontrato. Persino un giovane Harrison Ford avrebbe potuto solo sognare di stare così bene in un costume da Han Solo.

Mi guardò, il suo sguardo azzurro caldo come la fiamma di un fornello. «Forse è sempre stata qui.» E si chinò in avanti e mi baciò.

Avevo sognato questo momento. L'avevo costruito, ricamato nella mia immaginazione tanto da anticipare il formicolio che sarebbe seguito al caldo sfioramento delle sue labbra sulle mie. Mi preparai a svenire per la vampata di sangue che dal cervello sarebbe scesa alle mie future parti intime palpitanti. Gli strinsi le braccia, preparandomi all'indebolimento delle ginocchia.

Ma fu solo un bacio. Al sapore di punch all'arancia. A bocca chiusa. Una pressione di labbra. Niente di duro mi premeva contro il fianco, a parte la sua spada laser di plastica. Nessun angelo cantò. Nessun formicolio. Nessuna stretta al centro del mio essere. Nessun battito che mi rimbombava nelle orecchie. Zero scintille.

Per la prima volta in tre anni, il mio cuore non martellò alla vicinanza di Cooper. I polpastrelli non mi si intorpidirono e il respiro non si accelerò.

Desideravo davvero che trovasse qualcuno di speciale. Qualcuno che gli incendiasse il cuore, qualcuno che lo facesse desiderare così come io l'avevo desiderato per tre anni. E, anche nella mia nebbia alcolica, sapevo che quella persona non ero io.

E io meritavo qualcuno che mi volesse, che ricambiasse il mio amore, che mi facesse formicolare tutta. Qualcuno che, quando eravamo insieme, facesse restringere il mondo a noi due, sfocando tutto quello che c'era intorno.

Se fosse successo quando Cooper mi aveva baciata, non avrei sentito quel suono.

Uno scricchiolio sul parquet. Uno scricchiolio che conoscevo.

Mi staccai da Cooper e guardai verso l'ingresso giusto in tempo per cogliere il lampo della suola di uno stivale da principe. Grande Galileo.

Le mie mani erano ancora appoggiate sulle braccia di Cooper, e lo scossi. Delicatamente. Del vomito al sapore di punch all'arancia sarebbe stato difficile da togliere dalla mia veste bianca.

«Ehi. Stai bene?» Dovevo parlare con Tyler, spiegargli cosa aveva visto. Quello non era stato uno scricchiolio da nulla. Se uno scricchiolio di stivale poteva essere arrabbiato, quello lo era stato.

«No,» gemette e si afflosciò contro la lavatrice, la sua pelle normalmente abbronzata diventata livida.

«Acqua,» dissi. «Non muoverti.»

In cucina, feci un cenno alle due donne ancora avvinghiate in un bacio. «Non badate a me.» Afferrai un bicchiere, lo riempii dal rubinetto e tornai di corsa in lavanderia.

Gli misi il bicchiere tra le mani. «Bevi.»

Mentre lui tracannava l'acqua, gli chiamai una macchina. Il suo colorito era migliore quando mi restituì il bicchiere, ma i suoi occhi vitrei e i movimenti goffi mi dissero che era ubriaco o con il cuore spezzato, probabilmente entrambe le cose. Fargli passare davanti a Jamila sarebbe stato crudele, così lo portai fuori attraverso il garage.

L'aria fresca mi schiaffeggiò le guance, e lo stesso fece il mio buon amico, il rimorso. Perché gli ero stata così vicino e avevo lasciato che Cooper mi baciasse? Perché l'avevo fatto dove chiunque poteva vedere? E perché il destino, quella stronza crudele, aveva fatto passare Tyler proprio in quel momento? Guardai indietro verso la casa. Dovevo trovarlo, parlargli. E dire cosa?

Guardai il cielo. Più a me stessa che a Cooper, dissi: «Peccato che ci sia troppa nebbia per vedere le stelle stasera.» Un bagliore offuscato illuminava il cielo dove avrebbe dovuto esserci la luna. Nessuna stella, nemmeno un pianeta, era visibile. Avrei avuto bisogno della compagnia delle costellazioni.

«Cos'è?» Staccò lo sguardo dalla strada per posarlo sul mio viso.

«Niente stelle stasera. C'è nebbia.»

Non guardò nemmeno in alto. «Non si vedono mai le stelle qui. Troppo inquin'… inquinamento luminoso.» Ruttò piano.

Chiusi gli occhi per un momento. Quando li riaprii, i fari di un'auto spazzarono il marciapiede. Grazie, Copernico. Guidai Cooper sul sedile posteriore della macchina e la guardai allontanarsi.

Quando mi voltai verso la casa, Tyler era seduto sui gradini d'ingresso, le braccia intorno alle ginocchia. La sua lunga giacca si era ammucchiata intorno a lui sul gradino. Il cuore mi fece un balzo nel petto. Almeno avremmo affrontato la cosa senza un pubblico di invitati. Non gli dovevo delle scuse, ma gli dovevo una spiegazione dopo che gli avevo detto che non avrei più rincorso Cooper.

Salii faticosamente le scale e mi sedetti accanto a lui sul freddo portico di legno. La brezza fece svolazzare la mia lunga gonna bianca intorno alle caviglie.

Fissando la strada, dissi: «Senti, io...»

Nello stesso momento, lui disse: «Congratulazioni.»

Sbattei le palpebre per l'amarezza nella sua voce. Dov'era finito il dolce e solare Tyler, e chi era questo sosia ringhioso? «Cosa?»

«Operazione Principe Azzurro. Sembra che abbia funzionato. Prego.»

Non l'avevo mai visto così arrabbiato. Qualcosa l'aveva turbato alla festa? O prima? «No. Non è così.»

Si alzò in piedi, e le dita della sua mano destra tamburellarono un ritmo furioso contro il raso dei suoi calzoni. «Eravamo amici, Marlee. E tu mi hai usato per ottenere quello che volevi. E la cosa peggiore è che te l'ho lasciato fare. Non posso credere di avertelo lasciato fare, cazzo.»

Era fine ottobre e il tempo si era fatto freddo. Ma questo non spiegava il gelo che mi attanagliava come se fossi sul pianeta di ghiaccio Hoth invece che in una strada di San Francisco. Dovevo dirgli che avevo sbagliato a usarlo, che non volevo più nemmeno Cooper. Ma se io ero su Hoth, lui era su Tatooine. Il suo viso si era riempito di chiazze rosse sotto la luce del portico. Irradiava calore.

«Ho chiuso. Nessuno può competere con Cooper Fallon.» Le sue braccia ricaddero lungo i fianchi, e guardò il marciapiede verso la Porsche argentata abbandonata da Cooper. A bassa voce, disse: «Io non posso.»

Quando si allontanò da me, mi sentii nel compattatore di rifiuti della Morte Nera, a malapena in grado di respirare per il peso che mi schiacciava il petto. E non volevo pensare al perché.

C1-P8 non avrebbe potuto salvarmi. Questa principessa aveva ficcato se stessa e il suo amico in questo cumulo di spazzatura. E ora dovevo trovare un modo per uscirne.

24

IL LUNEDÌ FU PIÙ o meno come ci si poteva aspettare: un 7,5 sulla scala della catastrofe.

Cooper entrò pochi minuti dopo di me — in ritardo per i suoi standard — e posò una tazza di caffè sulla mia scrivania. Dal delizioso aroma capii che era un caramel macchiato, senza la dose di sciroppo di zucca speziato che aggiungevo sempre in autunno, ma non potevo pretendere che se lo ricordasse.

Si sfregò la nuca, sotto il colletto dell'impermeabile. «Marlee, io... non so nemmeno cosa dire. Ero sconvolto e ubriaco e... quello che ho fatto è imperdonabile. Mi dispiace. Puoi perdonarmi?»

Sbattei le palpebre e portai la tazza al naso. Paradisiaco. «Era solo un bacio. Nessun problema.»

«Ma a te... a te non è importato?»

«No.» Sorrisi, grata che fosse così. Un mese prima, mi avrebbe distrutta il fatto che per lui non fosse stato il bacio del vero amore. Ma quando finalmente avevo ottenuto ciò che avevo aspettato per tre anni, non lo volevo più.

L'ironia della sorte è terribile.

«Vuoi parlare con le Risorse Umane?» chiese. «Farò una dichiarazione.»

Feci del mio meglio per non roteare gli occhi, ma alla fine probabilmente ci riuscii solo in parte. Avrebbe avuto tutto il diritto di denunciarmi alle Risorse Umane, basandosi unicamente sulle volte che l'avevo spogliato con gli occhi durante i primi tre anni del mio impiego alla Synergy.

«Non ce n'è bisogno. Ma se vuoi portarmi altro caffè, ci sto. O dei fiori. I fiori sono carini.»

Gli angoli della sua bocca si alzarono lentamente, come se avesse dimenticato come si facesse dopo tanto tempo. «Grazie, Marlee. Per la comprensione. Per essere una buona amica.»

Ricambiai con un sorriso sardonico. «Quando vuoi, Cooper.»

Mentre si allontanava, gridai: «Peonie rosa. Sono le mie preferite.»

Senza voltarsi, fece un pollice in su.

Quello era Cooper. A parte quel bacio inopportuno e da ubriaco di sabato sera, era un ragazzo perbene. Gli avevano spezzato il cuore e lui si preoccupava di far del male a me. La prossima volta che avessi visto Jamila, gliene avrei cantate quattro.

Jackson, con il viso pallido, si trascinò in ufficio verso le dieci. Borbottò qualcosa che includeva «Tequila» e «trenta» e «fa schifo» e chiuse la porta del suo ufficio. Delicatamente.

Fino a quel momento, ero uscita indenne dalla mia nottata di bagordi del sabato. Ma poi le cose si fecero serie.

Davvero serie.

Ben salì al piano dopo il suo giro di bevande di metà mattina con un'espressione da temporale. E senza caffè per me. «Marlee, possiamo parlare nella sala riunioni?»

Mi alzai, e il caffè che Cooper mi aveva portato prima mi si rivoltò nello stomaco. Non voleva licenziarsi, vero? Perché non potevo sopportarlo. Con i problemi di papà, non avevo le energie — né emotive né fisiche — per trovare un sostituto e per tutto il lavoro extra che un Cooper senza assistente avrebbe richiesto. In più, Ben non era solo disponibile ed efficiente, ma dopo appena una settimana, stava diventando un amico. Mentalmente, agitai il pugno contro il Karma. Aver sabotato la ricerca dell'assistente di Cooper alla fine mi si era ritorto contro.

Entrai a fatica nella sala riunioni dietro di lui e chiusi la porta. Rimase in piedi, di spalle alla finestra, e si morse l'interno del labbro per un secondo prima di parlare.

«Le altre assistenti dicono che hai lasciato la festa di Jackson con Cooper.»

Un brivido gelido mi percorse il viso. «Cosa?»

«Che voi due state insieme.» Incrociò le braccia. «So che non ci conosciamo molto bene, e normalmente non ficcherei il naso nei tuoi affari, ma questa è una pessima idea, Marlee.»

Come aveva fatto a sentire il pettegolezzo prima di me? Lavorava alla Synergy da una settimana. Io ero lì da tre dannati anni. Quelle impiccione avrebbero dovuto prima venire da me. Lo fissai in silenzioso stato di shock.

Scrociando le braccia, mi prese la mano e mi sfregò le dita. Le sue parole avevano prosciugato ogni calore da esse. «Cooper è... complicato. Sei una ragazza bellissima e renderai molto fortunato qualche ragazzo che ti merita. Non sprecarlo con Cooper Fallon.»

Se solo fosse stato nei paraggi tre anni fa per dirmelo. Non che io avrei ascoltato. Pensare a tutto il tempo che avevo passato a fantasticare e a fare piani mi rese il corpo pesante, come se stessi cercando di camminare su Giove.

Mi osservò, con la compassione nei suoi occhi castano chiaro.

Finalmente, trovai le parole. «No, non è vero. Io... l'ho portato in cucina per prendergli dell'acqua, ma, ehm, c'era qualcun altro. Così siamo andati in lavanderia per un paio di minuti. Per parlare.» Le mie guance presero fuoco. «Mi ha baciata, ma è stato solo un gesto amichevole, giuro. E poi gli ho chiamato un'auto e l'ho mandato a casa. Da solo. Entrambi avevamo bevuto troppo» — maledetto punch diabolico — «ma è tutto.»

La sua stretta sulla mia mano si fece più forte. «Sei sicura che sia tutto? Amichevole? Stamattina ti ha portato il caffè.» Ben non si perdeva mai niente.

«Caffè di scuse.» Deformai le labbra in quella che speravo

fosse l'approssimazione migliore di un sorriso. «Siamo a posto. Ma grazie. Grazie per esserti preoccupato abbastanza da parlarmi.»

Sollevò le sopracciglia e alzò l'altro braccio, e io mi rifugiai nel suo abbraccio. «Quando vuoi, tesoro.» Mi strinse una volta e poi mi lasciò andare. «E non preoccuparti dei pettegolezzi. Cercherò di chiarire la situazione.»

Feci un respiro profondo. «È meglio che torniamo di là. Ho un dirigente con i postumi della sbornia da gestire.»

«Anch'io ho molto da fare. Cooper sta per ripartire.»

Aprii la porta e uscii per prima. «Questa volta Europa, vero?»

«Sì. Una settimana. Mi ha chiesto di essere reperibile durante l'orario di lavoro europeo.»

«Ugh. Meglio dell'Asia, suppongo.»

Dopo pranzo, tornai alla mia scrivania e la trovai coperta da un'enorme composizione di peonie rosa acceso. Era alta quasi un metro, sul serio.

Ben si avvicinò ciondolando, si appoggiò all'angolo della mia scrivania e sfiorò uno dei fiori.

«Fiori di scuse» dissi, stringendo i denti. Quante delle assistenti pettegole avevano visto salire dal piano terra quel mazzo esagerato? Lanciai un'occhiataccia a tutte e tre le dozzine di peonie.

«Queste sì che sono scuse. Questo è, tipo, un intero cespuglio di peonie. Sei sicura di non aver fatto altro che baciarlo?»

Lo fulminai con lo sguardo.

La sua bocca si spalancò. «Signor Weston.»

Mi voltai di scatto e, com'era prevedibile, il nostro AD si era avvicinato in silenzio e stava accarezzando un petalo rosa tenue. «Questa è una bella composizione, signorina Rice.»

«È... è stupenda, non è vero?»

I suoi acuti occhi verdi mi trapassarono. «Mi risulta che provenga dal signor Fallon. Ho sentito che voi due avete partecipato a una festa insieme sabato sera.»

«Non... non insieme.» Il cuore mi batteva all'impazzata nel petto. Perché mi sentivo sempre una preda di fronte a lui?

«Eppure, le ha mandato dei fiori. Interessante.» Il suo sguardo indugiò su di me per un secondo, scrutandomi fino alle ossa. Poi si voltò sui suoi tacchi silenziosi e si diresse verso l'ufficio di Cooper.

«Signor Weston, è impegnato in una...» La bocca di Ben si serrò di scatto quando Weston, senza voltarsi, sollevò una mano come per scacciare una mosca ed entrò dritto nell'ufficio di Cooper senza bussare.

Il viso di Ben era pallido. «Porca miseria. Quell'uomo è terrificante.»

Rabbrividii. «A chi lo dici.»

La porta delle scale si chiuse dietro di me e sentii il caratteristico cigolio delle Vans. Mi voltai di scatto, cercando di coprire i fiori con il corpo, ma non c'era modo di nascondere la colossale composizione.

«Tyler, ehi» disse Ben, con la voce ancora tremante.

Nessuna fossetta oggi. Nemmeno l'ombra di un sorriso. I suoi capelli erano appiattiti in cima, come se avesse indossato delle cuffie, e spettinati davanti, come se ci avesse tirato le mani. La sua postura curva nascondeva i muscoli su cui avevo sbavato — letteralmente e metaforicamente — quella notte in cui avevo dormito nel suo letto.

Eppure, era di una bellezza straziante.

E nel mio petto sentii un 'ping', come una microfrattura nel cuore. Non volevo che mi guardasse accigliato. Volevo che sorridesse, che sfoderasse quella fossetta. Che camminasse verso di me e si mettesse in quel punto che mi riparava dal sole. Che si appoggiasse alla mia scrivania mentre confrontavamo il numero di antidolorifici che avevamo preso per attenuare gli effetti di quel diabolico punch. Che mi raccontasse dell'elegante pezzo di codice che era riuscito a domare quella mattina. Così da poter sentire quella scintilla, quel formicolio, che si scatenava ogni volta che mi toccava.

Mi colpì come una meteora infuocata. Non c'era stata nessuna scintilla quando Cooper mi aveva baciata perché tutte le mie scintille erano per Tyler. Il mio amico Tyler che, in qualche modo, mentre ero distratta dai pensieri su Cooper, era diventato più di un amico. Era diventato la persona su cui potevo contare quando qualcosa andava storto. Quella con cui volevo condividere le buone notizie. La persona che mi faceva sentire accudita e apprezzata ogni volta che saliva a trovarmi. Ieri, pensavo di avere i postumi di una sbornia. In realtà, ero malinconica, come una qualche eroina di un romanzo storico innamorata che sospirava per il suo eroe. Mi mancavano solo un voluminoso abito di seta e un cesto da cucito su cui sospirare.

Per le folte sopracciglia di Carl Sagan, io amavo Tyler Young.

«Ehi.» La mia voce era bassa e flebile. Il respiro mi si bloccò nel petto.

Ma Tyler non stava guardando me. Stava fissando quelle vistose peonie rosa.

Strinse il pugno così forte che sentii un debole schiocco, e un piccolo oggetto tintinnò sul pavimento di legno.

«Lascia perdere.» Le sue Vans stridettero mentre si voltava sui tacchi, spalancò la porta delle scale e scese martellando i gradini.

«Wow» disse Ben, sventolandosi. «Un Tyler Young arrabbiato è un bel pezzo di manzo da leccarsi i baffi. Varrebbe la pena farlo incazzare solo per fare pace...»

«Chiudi il becco, Ben.»

Andai alla porta delle scale e raccolsi il pezzo di plastica nera che era caduto dalla mano di Tyler. Era una minuscola pistola o forse un blaster come quello che avevo indossato con il mio costume da Principessa Leia l'altra sera. Quando mi sarei ricomposta abbastanza da parlargli come una persona ragionevole e non come una zitella malinconica con del ricamo da fare, glielo avrei portato di sotto.

Speravo non ne avesse bisogno subito.

———

«SENTI, MI DISPIACE PER IL PUNCH.» Alicia si accigliò mentre premeva la sua pancia da incinta contro il tavolo del bar. «Questa è nuova» borbottò.

Tirai il tavolo verso di me per darle un po' di spazio per respirare. «Il punch?»

«Alla festa di sabato. Non mi hai invitata per un caffè per sgridarmi per quello? Tutti gli altri l'hanno fatto. A quanto pare, la domenica è stata piuttosto terribile. Il povero Jackson si stava ancora riprendendo lunedì.»

«Povero Jackson?» sbuffai. «È stato lui a preparare quella porcheria.» Avevo preso più della dose raccomandata di ibuprofene. Al diavolo gli avvertimenti sul flacone riguardo agli attacchi di cuore. Il mio cuore poteva baciarmi il sedere. Mi aveva sviata per gli ultimi tre anni.

«Ha dimenticato di non avere più ventidue anni.» Sorrise, i suoi occhi si fecero dolci e affettuosi.

Tyler mi guardava così. Prima che lo distruggessi e rovinassi la nostra amicizia. Non era salito né martedì né ieri. E io non avevo avuto il coraggio di andarlo a trovare al piano di sotto. Era per questo che avevo bisogno dell'aiuto di Alicia.

Il cameriere posò la tisana di Alicia e il mio latte macchiato al caramello con un cuore nella schiuma. Ugh. Ci rigirai dentro il cucchiaino finché non assomigliò a Giove con le sue formazioni nuvolose a strisce.

«Non ti ho invitata qui per lamentarmi del punch. Anche se Jackson dovrebbe porgere delle scuse formali per aver cercato di avvelenarci tutti. Ho bisogno di parlarti di… di Tyler.»

«Tyler? Sta bene? Non l'ho visto bere il punch.»

Afferrai la mano di Alicia proprio mentre stava per prendere la sua tazza. «Dimentica il punch. Io… penso di amarlo.»

Grazie a Bernoulli l'avevo fermata dal bere. Dall'espressione scioccata sul suo viso, avrebbe sicuramente sputato tutto. «Ma tu hai una cotta per Cooper.»

«Shh.» Il bar non era il più vicino all'ufficio, ma la fama di Cooper Fallon si estendeva ben oltre gli uffici della Synergy. «Credevo di averla, ma non è così.» Mi avvicinai a lei e sussurrai: «Mi ha baciata alla tua festa, e non ho provato niente. È stato come baciare Jackson — non che l'abbia mai fatto — o, o Ben. Non che abbia fatto neanche quello. Ma non c'era nessuna magia.»

«Vuoi dire, non come quando hai baciato Tyler?»

Mi coprii il viso con le mani e annuii.

«E Tyler cosa ne pensa?»

Sbirciai tra le dita. «Prima della festa, ha detto che voleva essere più che un amico. E io l'ho respinto. Poi ha visto me e Cooper. E le peonie di scuse.»

«Peonie di...»

«Non l'ha presa bene. Penso di aver toccato un tasto dolente.» Le sue parole mi risuonavano nelle orecchie da sabato sera: Mi hai usato per ottenere quello che volevi. E la parte peggiore è che te l'ho permesso. Gli avevo fatto esattamente quello che gli aveva fatto la sua ex, Bella. «Non ho ancora raccolto abbastanza coraggio per parlargliene.»

Inarcò un sopracciglio biondo. «Ma è esattamente quello che devi fare. Sei stata tu a costringere Jackson a venire a Austin per supplicarti.»

«Non so se quello che ho fatto sia stato così grave come...»

«Devi parlargli. Altrimenti, come farà a sapere cosa provi?»

Stava parafrasando la mia canzone preferita di Come d'incanto. Sia Alicia che Giselle avevano ragione. Avrei detto a Tyler che lo amavo, e lui mi avrebbe presa tra le braccia e baciata di nuovo come mi aveva baciata al matrimonio di Alicia. Le dita dei piedi mi si sarebbero arricciate, il sole sarebbe spuntato dalla nebbia e le creature del bosco avrebbero cantato. Io e Tyler avremmo cavalcato un cavallo bianco — o forse solo la sua Mustang blu — verso il tramonto.

Mi sporsi sul tavolo per abbracciare Alicia. «Hai ragione. Hai ragione. Gli parlerò domani.»

Mi strinse a sua volta. «Voi due sarete fantastici insieme. Dovreste venire a cena da noi una sera la prossima settimana.»

Sarebbe stato perfetto. Cena con Tyler, la mia migliore amica e il capo che amavo come un fratello. Avrei avuto il mio lieto fine, dopotutto.

25

VENERDÌ SERA, mi trascinai su per i gradini del portico e infilai la chiave nella toppa. Girarla richiese quasi più sforzo di quanto potessi farne.

Ero stata una vigliacca. Avevo aspettato per quasi tutto il giorno, sperando che Tyler rompesse il suo ostinato silenzio e salisse a trovarmi. Ma alle quattro ero scesa risoluta nell'open space dei programmatori, solo per trovare il cubicolo di Tyler deserto. Sam mi disse che l'avevo mancato per soli venti minuti.

Avevo pensato di scrivergli, ma si può davvero dire a qualcuno che lo si ama per la prima volta con un messaggio? Non l'avevo letto in nessuno dei miei romanzi rosa. L'avrei trovato in ufficio lunedì. Dopo un weekend lungo e solitario.

Tutto ciò che volevo era crollare sul letto e fare una maratona di commedie romantiche. Aprii la porta spingendola.

Sylvia mi accolse in cucina con parole che non avrei mai più voluto sentire: «Dobbiamo parlare». Linee di tensione le contornavano gli occhi e le labbra erano serrate in una linea sottile.

«Sta bene?» domandai, sfilandomi i tacchi. Papà non era in cucina e nemmeno sulla sua poltrona reclinabile.

«Ha avuto una giornata difficile. Gli ho dato un sedativo.»

«Un sedativo?» La fulminai con lo sguardo. «Non ne avevamo parlato.»

«Era agitato e chiedeva di parlare con Maggie. È così che la chiama?» L'espressione di lei mi disse che sapeva che non era così.

«No. Era il nome di mia madre.»

Gli occhi della donna più anziana si addolcirono e la sua mascella si rilassò. «Immagino che sia… mancata?»

«Sì.» Non avevo intenzione di entrare nei dettagli con lei, non dopo la settimana che avevo avuto.

Raddrizzò la sua figura robusta. «Diceva che aveva bisogno di vederla. Mi ha spinta per cercare di uscire.» Si tirò su la manica per mostrarmi un lungo livido violaceo sulla parte superiore del braccio.

Sbattei le palpebre. Il mio papà, gentile e buono, aveva spinto una donna? Sicuramente era stato un incidente. «Non è da papà.»

I suoi occhi scuri si riempirono di pietà. «Questa malattia porta via la persona che era tuo padre. Farà un sacco di cose che non sono da lui, non dall'uomo che conoscevi.»

Le sue parole furono una coltellata allo stomaco. Papà si era preso cura di me per tutta la vita, per la maggior parte da solo. Mi aveva baciato le ginocchia sbucciate, mi aveva intrecciato i capelli, mi aveva insegnato a guidare sul suo vecchio pick-up Ford. Aveva esultato quando mi ero diplomata e laureata, e mi aveva consolata dopo le mie rotture. Non potevo perderlo. E avevo bisogno di Sylvia per tenerlo con me.

«Lei sta bene? Non le ha fatto male, vero?»

«No, cara. Non è il primo paziente che si agita un po'. Ma questo potrebbe non essere più il posto giusto per lui.»

«Qui, con me, è il posto migliore per lui. Sono tutto ciò che ha.» E papà era tutto ciò che io avevo. Non avevo intenzione di perderlo.

Si mise una mano sul fianco. «Vuoi che ti insegni come fare l'iniezione di sedativo?»

La stretta alla gola mi bloccò le parole. Non potevo fare un'iniezione a nessuno, di certo non a papà. E lui non mi avrebbe mai fatto del male. Non sapevo cosa fosse successo oggi con Sylvia, ma io non avrei avuto bisogno di quei farmaci.

Scossi la testa.

«Va bene.» Prese la giacca dall'appendiabiti vicino alla porta sul retro. «Ci vediamo lunedì.»

«Grazie, Sylvia. Buon fine settimana.»

Dopo che se ne fu andata, mi lasciai cadere contro la porta. Nemmeno una commedia romantica avrebbe potuto alleviare il colpo che mi aveva dato. Allungai la mano verso la bottiglia di vodka nel mobile sopra il forno.

DOMENICA POMERIGGIO, tolsi l'audio alla pubblicità durante la partita dei Raiders. «Vuoi dei popcorn?»

«Certo.» Papà mi sorrise dalla sua poltrona.

Ricambiai il sorriso, misi da parte il mio libro — in questo, l'eroe era un giocatore di football, quindi era un po' come se stessimo davvero legando grazie alla partita — e gli passai il telecomando. Papà stava passando un buon weekend.

Mi trascinai in cucina per mettere un pacchetto di popcorn a fare un giro nel microonde. Mentre aspettavo, aprii un paio di birre. Il mal di testa che avevo avuto ieri mattina per la vodka era sparito. Papà aveva riso di me quando mi ero trascinata di sotto. Quando me l'aveva chiesto, non ero riuscita a dirgli il vero motivo per cui avevo bevuto tutta la vodka. O del mio litigio con Tyler. Invece, gli avevo detto di aver avuto una settimana difficile al lavoro. Il che era vero. Mi aveva rivolto un sorriso indulgente e mi aveva detto che lavoravo troppo. Gli avevo baciato la guancia ruvida di barba.

Quella mattina, avevo pulito la casa da cima a fondo mentre papà aveva sigillato le fessure intorno a porte e finestre. Poi aveva annunciato che sarebbe andato fuori a pulire le grondaie, anche se le aveva chiamate "raccogli-pioggia". Lo distrassi accendendo la partita di football.

Osai lasciar insinuare un po' di ottimismo nel mio cuore. Aveva solo avuto una brutta giornata venerdì. Passare la settimana con un'estranea era stato difficile per lui. Anch'io avevo fatto la mia parte di capricci all'asilo quando lui era tornato al lavoro dopo la morte di mia madre. Il tempo con me lo ritemprava. Ritemprava entrambi. Forse Jackson mi avrebbe permesso di lavorare da casa un giorno alla settimana. Sylvia si sbagliava. E anche Tyler. Papà era ancora sé stesso e potevamo farcela.

Il microonde suonò e portai le nostre bottiglie di birra e la ciotola di popcorn in soggiorno. Papà esultò mentre i Raiders facevano un primo down. Gli sfiorai la mano con la bottiglia di birra e lui me la prese, con gli occhi ancora fissi sulla televisione. «Grazie, Maggie.»

Sospirai ma non mi presi la briga di correggerlo. Lui e mia madre dovevano aver guardato il football insieme, e lei una volta gli portava la birra. Quando erano giovani e innamorati, prima che lei gli fosse strappata via troppo presto.

Avrei mai potuto trovare un amore del genere, quello che durava anche oltre la morte? Papà aveva amato mia madre fin dal loro primo tocco. Avevo cercato di costruire qualcosa di simile con Cooper. Ora lo capivo. Avevo sognato che il perfetto principe delle favole mi avrebbe presa sul suo destriero e portata via, e Cooper Fallon era perfetto per quel ruolo.

Ma anche mentre avevo una cotta per lui, sapevo, da qualche parte nel profondo del mio cuore, che era solo una fantasia. Come i miei romanzi rosa, era qualcosa per distogliere la mente da papà, dal mio lavoro che altre persone senza più qualifiche di me disprezzavano, dalla mia mancanza di veri amici.

E quando qualcuno a cui importava davvero di me era entrato nella mia vita, ero così immersa nella comoda routine della mia cotta che non ero riuscita a vederlo. Non ero riuscita a vedere lui. Avevo ignorato tutti i segnali che Tyler mi aveva dato, non volendo rischiare la nostra amicizia. Ma con i sentimenti che c'erano tra noi, la nostra amicizia stava già vacillando sul suo asse.

Ora poteva essere troppo tardi e saremmo finiti alla deriva, separati, nel vuoto dello spazio.

«Mi manchi, Maggie.» La voce di papà suonò più giovane di quanto l'avessi sentita da un po', tutta la sua solita ruvidità era sparita.

Lo stomaco mi si strinse in una palla fredda e dura. Posai il romanzo e lo guardai. Mi stava osservando, ma i suoi occhi erano annebbiati dal ricordo, non vedevano me ma qualcun altro. Mia madre.

Allungai la mano sul tavolino e gli strinsi la sua. «Papà, sono io. Marlee. Mamma — Maggie — se n'è andata da molto tempo. Lo sai.»

«Morta.» Una lacrima brillò all'angolo del suo occhio e poi scivolò lungo un solco sulla sua guancia.

«Esatto, papà. È morta molto tempo fa.»

«Settimane fa.»

Sospirai. «Anni fa, papà. Ormai sono grande.»

Lui liberò gli occhi dalla nebbia sbattendo le palpebre. «Sì, lo sei, Raggio di sole. Assomigli così tanto a tua madre.»

Gli sorrisi. L'avevo sempre trovata bellissima. «Che ne dici se la ricordiamo con la ricetta del suo polpettone per cena?» Secondo papà, mia madre non era una gran cuoca, ma il suo polpettone era il suo piatto preferito.

«Sembra una buona idea.»

Cercai nel congelatore la carne macinata, ma la ricetta di mia madre richiedeva un misto di maiale e manzo che non avevamo. Dopo essere stata in casa tutto ieri e oggi, una puntata a fare la spesa all'aria aperta mi avrebbe fatto bene. Baciai papà sulla cima della testa bianca. «Vado al negozio, allora. Torno tra poco.»

Lui grugnì, la sua attenzione già tornata alla partita.

Il sole e l'aria frizzante d'autunno all'esterno mi incoraggiarono a prendermela comoda con le mie commissioni. Passai qualche minuto a parlare con il signor Oliveras; aveva visto papà con Sylvia e mi aveva chiesto della sua salute. Gli dissi solo che papà era diventato più instabile, il che era vero. Presi uno

Zinfandel fruttato da abbinare al polpettone e una bottiglia di vodka per sostituire quella che avevo bevuto. In più dei crisantemi gialli allegri da mettere nel portafiori accanto all'urna della mamma.

Quando aprii la porta d'ingresso, mi pentii di essere stata via così a lungo. Nemmeno la vodka avrebbe potuto risolvere questo.

«Papà!» gridai nel soggiorno vuoto.

La stanza era un disastro. La birra delle nostre bottiglie rovesciate pendeva in gocce dall'orlo del tavolino e si depositava in una pozzanghera sul pavimento di legno sottostante. I popcorn erano sparsi per la stanza, dal retro del divano al tappeto peloso marrone di fronte. Il poggiapiedi della poltrona vuota era sollevato. I cuscini erano stati tolti dal divano e gettati a casaccio in un mucchio lì vicino. Il cuore mi martellava. Dov'era? Era stato aggredito? Ci avevano svaligiato la casa?

Trovai il telecomando sul tavolino da caffè e tolsi l'audio alla televisione. «Papà!» gridai di nuovo nel silenzio.

Entrai decisa in cucina. Avrei colpito il ladro con la mia pesante bottiglia di alcol. E poi l'avrei stordito col Taser mentre era a terra. Scrutaiai la stanza, che a prima vista sembrava vuota. Ma poi sentii un singhiozzo sotto il tavolo.

Accovacciandomi, lo trovai sotto il tavolo della cucina, che si stringeva le ginocchia al petto. «Papà, cosa ci fai lì sotto?» sussurrai, nel caso il ladro fosse ancora in casa.

I suoi occhi incontrarono i miei, ed erano lucidi ma arrossati. «Se n'è andata.»

«Chi se n'è andata?» Una ladra?

«Maggie se n'è andata.»

La tensione abbandonò le mie spalle e crollai dalla mia posizione accovacciata per sedermi sul linoleum. La busta della spesa cadde a terra con un tonfo. «Sì, papà. Se n'è andata. Puoi uscire da sotto il tavolo?» Come ci era finito là sotto, comunque, con il suo ginocchio malandato?

Strisciò fuori usando le mani e la gamba buona. Mi alzai per prima e poi lo tirai in piedi e lo aiutai a sedersi su una delle sedie della cucina. «Cos'è successo?»

«Non riuscivo a trovarla. Non riuscivo a trovare Maggie.»

Alzai lo sguardo verso il muro dietro il suo posto a tavola per cercare la sua foto. Ma la fotografia incorniciata era sparita. Uhm. Forse era di quello che parlava. L'avrei cercata dopo.

Papà si massaggiò il ginocchio. Strisciare sotto il tavolo non gli aveva fatto bene. «Ti fa male la gamba? Vuoi un antidolorifico?»

«Per favore.» Il tremito disperato nella sua voce mi fece venire un brivido lungo la schiena.

Gli presi un bicchiere d'acqua e la sua pillola e lo guardai ingoiarla. Vedendo le profonde rughe intorno ai suoi occhi e alla bocca, chiesi: «Vuoi andare a stenderti mentre preparo la cena?»

Il suo sorriso era tirato. «Sarebbe una buona idea.»

Lo aiutai ad andare in camera sua e gli rimboccai la coperta. Gli baciai la fronte, che si spianò sotto le mie labbra. «Vengo a controllarti tra un po'.»

«Va bene.» Le sue palpebre si stavano già chiudendo tremolanti.

Pulii il soggiorno per la seconda volta quel giorno, e poi preparai il polpettone di mia madre. Mentre cuoceva, feci ricerche sul morbo di Alzheimer a esordio precoce e sui gruppi di supporto per la demenza sul mio portatile.

Quella sera cenai da sola e non sentii alcun sapore.

26

LUNEDÌ MATTINA, portai in ufficio il peso del fine settimana. Non avevo dormito la domenica notte, con il cervello che continuava a girare a vuoto, esausto, e il petto stretto dall'ansia. Stavo facendo la cosa giusta tenendo papà a casa con me? Vederlo diventare qualcuno che non riconoscevo mi spezzava il cuore. Per quanto tempo ancora avrei potuto andare avanti prima di dire addio alla mia sanità mentale?

Ma solo una figlia ingrata avrebbe voluto abbandonare il padre malato. Mio padre, single, che mi aveva cresciuta da solo da quando avevo due anni. Che aveva sacrificato tutto per me: un secondo amore, una vita sociale, sogni più grandi. Persino mentre superavo la porta girevole della Synergy, avrei voluto voltarmi e riprendere il treno per tornare a casa, solo per tenergli la mano.

Ma non potevo. Non solo avevo del lavoro da fare e uno stipendio da guadagnare, ma dovevo anche sistemare le cose con Tyler. Avevo voluto chiamarlo così tante volte durante il weekend, sia per parlare di papà, sia per distogliere la mente da lui; non sapevo bene per quale dei due motivi. Ma mi ero fermata, con le dita sospese sullo schermo. Scaricavo sempre i miei problemi su di lui. Quand'era stata l'ultima volta che gli avevo chiesto della sua vita, dei suoi problemi? Ero un'amica terribile?

E se non avesse voluto l'amicizia o quel di più che ero pronta a esplorare con lui? Pensare alle parole rabbose che mi aveva sputato addosso fuori da casa di Alicia mi fece stringere lo stomaco, come la mattina dopo che avevo bevuto tutta la vodka.

Avevo appena posato la borsa sulla scrivania quando Jackson uscì con passo deciso dall'ascensore. Si fermò alla mia scrivania. «Marlee, ho un problema.»

«Buongiorno anche a te.» Nonostante la stretta allo stomaco, non riuscii a trattenere un sorriso. Amavo risolvere i problemi di Jackson.

«Forse ho dimenticato di dirti che Alicia ha una visita dall'ostetrico alle due, e le avevo promesso che dopo saremmo andati a comprare i mobili per il bambino. Quindi dobbiamo riprogrammare tutte le mie riunioni del pomeriggio.»

Feci un tap per aprire il suo calendario. «Ci penso io. Non dimenticare che Cooper parte per l'Europa stasera. Cercherò di trovargli quindici minuti nella tua agenda; altrimenti, ti imposto un promemoria per chiamarlo prima che salga sull'aereo.»

«Mi salvi la vita, Marlee.» Sorrise.

«Dubito che dirai lo stesso all'una e mezza, quando avrai avuto riunioni una dopo l'altra per tutta la mattina e io ti starò spingendo fuori dalla porta. Inoltre, questa settimana tieni tu le redini per Cooper mentre è in Europa.»

La sua espressione si rabbuiò. «Ricordami perché gli ho permesso di nominarmi di nuovo vicepresidente?»

«Perché ami la programmazione, questa azienda e le persone che ci lavorano. Lo stai facendo per te stesso, per Cooper e anche per me. Ora va' a fare la tua meditazione mentre io districo la tua agenda.»

Mi fece il saluto militare. «Sissignora.»

Proprio come avevo previsto, era stanco e scontroso quando gli cacciai in mano una barretta ai cereali e un bicchiere di caffè e lo misi in ascensore per andare a incontrare Alicia.

Quando tornai alla mia scrivania, un nuovo appuntamento era apparso sul calendario di Jackson per il giorno dopo, e l'oggetto attirò la mia attenzione. Colloquio Tyler Young per responsabile sviluppo.

Mi morsi il labbro per trattenere un gridolino di gioia e gli scrissi un messaggio.

> Evvai! Sono così contenta che tu abbia fatto domanda per la posizione di responsabile! Vuoi salire a parlarne?

TYLER

> Certo.

Era stato fin troppo facile. Una scusa pronta all'uso per parlargli. Ma perché non mi aveva detto di aver deciso di fare domanda? Era ancora così arrabbiato con me? Avrei voluto non aver lasciato passare così tanto tempo. Avrei voluto avere il coraggio di parlargli la settimana prima.

Di solito, affrontavo le sfide a testa alta. Le sfide lavorative. Ma se c'erano di mezzo le emozioni, andavo completamente in confusione. Ad esempio, mi ci erano voluti tre anni per avviare l'Operazione Principe Azzurro. E ancora non sapevo cosa fare per papà, che, a essere onesta, era in declino fin dal suo incidente. Ma non avrei lasciato passare tre anni, e nemmeno un'altra settimana, senza dire a Tyler cosa provavo per lui. Meritava di sapere che ero pronta ad andare oltre, se lui lo voleva ancora.

Ebbi il tempo di sistemarmi alla scrivania, caviglie incrociate, gonna lisciata, prima che la porta delle scale si aprisse e si sentisse il familiare cigolio delle scarpe da ginnastica di Tyler. Si era tagliato i capelli corti, quasi a spazzola. Mi mancavano le sue onde morbide, ma desideravo ardentemente passare le dita tra i capelli corti e dall'aspetto felpato sopra le sue orecchie.

Si trascinò fino alla mia scrivania. «Ehi.» Diffidente. Avevamo scelto la modalità diffidente. «Allora, volevi parlare?»

Annuii. Come potevo parlare con questa versione di Tyler, quella la cui bocca sempre sorridente era piegata in un'espressione corrucciata, che si teneva a un paio di passi più lontano dalla mia scrivania del solito?

«Andiamo nell'ufficio di Jackson. È fuori per oggi.» Lo precedetti e chiusi la porta. Azionai l'interruttore che abbassava le veneziane. «Sono così felice che tu abbia fatto domanda per il posto.» Merda, l'avevo già detto.

Incrociò le braccia e scrollò le spalle. «Ho pensato che valesse la pena tentare.»

«E vedi? Ti hanno chiamato per un colloquio.»

«Già.»

Wow, okay. Non ero abituata a un Tyler laconico. Forse voleva solo che arrivassi al punto. «Ti siedi?» Indicai il divano nell'area relax di Jackson.

Senza una parola, ignorò il divano per sedersi su una delle poltrone a orecchioni. Mi appollaiai sul divano proprio accanto alla sua sedia e mi tirai la gonna sulle ginocchia. «Mi dispiace per quello che hai visto alla festa di Jackson e Alicia. Io...»

«Intendi tu che baciavi Cooper? Non è quello che volevi? Che io vedessi, così avrei capito il messaggio e mi sarei arreso?»

Inspirai di colpo. La mia pelle era diventata tutta un formicolio, e non in senso buono. «No! Non vorrei mai ferirti in quel modo. Siamo amici, e...»

«Lo siamo? Amici? Perché ultimamente non ti sei comportata molto da amica.»

«Lo so, e mi dispiace. Avevo paura.»

Aggrottò le sopracciglia. «Paura di me?»

«Paura di quello che provavo e di come avrebbe potuto cambiare la nostra relazione.» Tracciai un fiore sulla mia gonna. «Vedi, io... io tengo a te.» Cavolo, non era giusto. Non era abbastanza.

«Voglio dire...» Alzai lo sguardo. «Credo di essermi innamorata di te.» Perché era così difficile? Avevo letto quelle parole mille volte nei miei romanzi rosa. Scivolavano via dalle lingue delle eroine. La mia lingua si incollò al palato.

Non disse nulla e mantenne un'espressione impassibile.

«Di' qualcosa. Ti prego.» Mi torturai le mani in grembo.

«Io... non so cosa dire. È l'Operazione Principe Azzurro Parte Seconda? Un'altra finzione perché Cooper tiri fuori la testa dal culo e ti faccia la proposta? Che ruolo dovrei interpretare adesso?»

Gli posai una mano sul ginocchio. «Nessun ruolo. Nessuna finzione. Provo dei sentimenti per te, Tyler. Sentimenti che vanno oltre l'amicizia.»

«Ma a casa tua, hai detto che non lo volevi. Che non potevi. E due fine settimana fa, lo hai baciato. Come posso credere che...»

Scattai in piedi dal divano, mi chinai su di lui sulla poltrona e coprii la sua bocca con la mia. Cercai di infondere nel bacio tutto il desiderio, tutto il rimpianto e tutto l'amore che provavo per lui. Non fu un bacio dolce, come quello che mi aveva dato sulla pista da ballo, o sexy, come quello che ci eravamo scambiati fuori dalla locanda dopo il suo erotico massaggio ai piedi. Fu un bacio intenso, pieno di significato e di promesse. Un impegno.

All'inizio era rigido, le labbra serrate. Ma io insistetti, mordicchiandogli il morbido labbro inferiore, accarezzandogli le spalle e i pettorali sopra la maglietta. Ero sicura di sembrare ridicola, piegata in due con il sedere per aria, ma non mi importava. Dovevo mostrare a Tyler cosa provavo per lui. Che volevo più dell'amicizia. Che potevo dargli quello che aveva detto di volere.

A poco a poco, si ammorbidì. Feci scivolare la lingua tra le sue labbra e lo assaggiai. Dolce e agrumato mi frizzò sulla lingua. Il suo sapore di limone era come tornare a casa. Mugolai. Le sue mani si posarono sulla mia schiena e mi sciolsi sulle sue ginocchia, nel suo grembo. Sospirò contro le mie labbra. «Mar...»

«Marlee!» La voce ovattata di Cooper arrivò da dietro la porta. «Sei lì dentro?»

Mi irrigidii. Per tutte le lune di Saturno, perché era venuto a cercarmi proprio ora?

«Non muoverti. Se stiamo zitti, penserà che sei uscita» sussurrò Tyler. Mi sfiorò le labbra con le sue.

«Devo vedere di cosa ha bisogno.» Mi alzai dal suo grembo,

togliendomi il rossetto sbavato dal mento. Andai decisa verso la porta e la aprii. «Sì, Cooper?»

«Non riusciamo a trovare la presentazione su cui abbiamo lavorato io e te prima del mio viaggio sulla East Coast. Ne hai una copia?»

Sospirai. Era sul server, ma Ben non aveva piena familiarità con le nostre convenzioni di archiviazione. «Te la trovo io. Dammi un minuto per finire...»

Ma lui aveva guardato oltre la mia testa. Maledetto lui e la sua altezza. «Ehi, Tyler.» Guardandomi dall'alto in basso, sogghignò. «Credo che porti il tuo rossetto.»

Ci cascai. Mi strofinai il labbro superiore. «Ho bisogno di un minuto.» Dovevo assicurarmi che tra me e Tyler fosse tutto a posto. Che non stesse per piantarmi in asso di nuovo. «E poi ti troverò il file.» Iniziai a chiudere la porta, ma Tyler mi aveva raggiunta alle spalle.

«Me ne vado. Sono sicuro che tu e Cooper abbiate del lavoro importante da fare insieme.»

«Tyler, aspetta...»

«No, Marlee. Abbiamo chiuso.»

La sua ultima parola risucchiò tutta la luce e l'aria dalla stanza come un buco nero. «Chiuso?»

«Non puoi darmi quello di cui ho bisogno. Quello che merito. E nemmeno la tua totale attenzione.»

«Io... scenderò quando avrò sistemato con Cooper.»

«Non sarà necessario. Non voglio più niente.» Mi passò accanto, superò Cooper e si diresse verso le scale.

Cooper si appoggiò allo stipite della porta. «Allora, pare che voi due...»

«Non sei d'aiuto, Cooper. Ti prendo subito quel file.» Lo superai e andai alla mia scrivania, con il viso impietrito.

Ben si aggirava vicino alla mia scrivania. «Scusa» sussurrò. «Ho provato a...»

«Va tutto bene.» Sbloccai il portatile e navigai fino al file sul server.

Non andava affatto bene. Avevo fatto sentire Tyler di nuovo la seconda scelta. Come se lo stessi usando, di nuovo. Non era colpa di Ben e, per quanto irritante fosse stato, non era nemmeno colpa di Cooper. Era colpa mia. Avevo messo in chiaro fin dall'inizio della mia amicizia con Tyler che volevo Cooper. E ci sarebbe voluto del lavoro per far pensare a Tyler il contrario.

Fortunatamente, il lavoro era qualcosa in cui ero brava. E avrei continuato a lavorare finché Tyler non avesse creduto che amavo lui e nessun altro.

27

QUANDO ENTRAI in casa quella sera, Sylvia e papà sedevano al tavolo della cucina davanti a un puzzle per bambini — uno dei miei vecchi — con i pezzi grandi quasi quanto il palmo della mia mano. Sylvia mi aveva detto che fare puzzle avrebbe aiutato la memoria di papà. Eppure, non mi ero ricordata di comprargliene.

Sylvia alzò lo sguardo dal puzzle e sorrise. «Sei a casa presto».

«Già». Mi sfilai i tacchi. Volevo una doccia. E dei pantaloni della tuta. E del gelato. In quest'ordine. Ma mi chinai a baciare la tempia di papà. «Ehi, papà. Dove hai trovato questa vecchia cosa?». Sentii una fitta al cuore quando vidi l'immagine sulla scatola: la Bella e la Bestia, che ballavano da soli nella sala da ballo.

«L'ha trovato Sylvia mentre cercava Maggie».

Alzai lo sguardo verso di lei, allarmata.

Scosse la testa. «La foto di tua mamma». Poi indicò il muro dietro di me. «L'ho trovata».

Mi voltai e, infatti, mia madre era stata rimessa al suo posto sulla parete. «Dove?».

Spinse un pezzo del puzzle verso papà. «Sotto il suo cuscino».

Un pezzettino del mio cuore si spezzò. Anche dopo più di vent'anni, gli mancava così tanto.

«Fatto!». Papà incastrò l'ultimo pezzo.

«Fantastico. Te ne prenderò un altro. Promesso». Sarei uscita in pausa pranzo per comprarlo in uno di quei costosi negozi per turisti, se necessario.

«Eh, questo va bene», disse lui. «Probabilmente domani me ne sarò già dimenticato».

A quelle parole, un pezzo più grande del mio cuore si staccò. Ora avevo davvero bisogno di quel gelato. Con la salsa al cioccolato.

Sylvia aveva assistito un gran numero di pazienti affetti da demenza, ma anche il suo volto si rabbuiò.

«Vuole tornare a casa prima?», le chiesi. «Adesso che sono a casa, posso occuparmene io».

«Se è sicura?». Si alzò dalla sedia.

«Da qui in poi ci penso io. Buona serata».

Lei raccolse le sue cose e se ne andò. Chiusi la porta a chiave e mi ci appoggiai.

«Cosa c'è che non va, raggio di sole?».

«Che non va? Niente».

Mi fece cenno di avvicinarmi e mi sedetti accanto a lui, come avevo sempre fatto per tutta la vita.

«Forse sto perdendo le rotelle, ma me ne accorgo quando il mio raggio di sole si oscura. Qualcosa ti turba. È quel ragazzo con la macchina? Tanner?».

«Tyler». Mi afflosciai sulla sedia. Ero di nuovo una quattordicenne che gli raccontava della sua prima cotta. Non era mai stato di grande aiuto con le questioni di cuore. La sua relazione con mia madre era stata impeccabile, e non sapeva nulla di cuori infranti.

Ma glielo raccontai. Gli parlai della mia cotta per Cooper, del mio tentativo di ingelosirlo con il mio amico, e poi dei sentimenti che il mio amico aveva iniziato a provare per me e che non ero stata pronta a ricambiare finché non era stato troppo tardi. Di come Tyler mi avesse detto che meritava di più.

«Perché ho mandato tutto a rotoli in quel modo?».

I suoi occhi erano limpidi quando disse: «Credo di averti dato una visione irrealistica delle relazioni».

«No, papà. Mi hai mostrato come dovrebbe essere una relazione». Iniziai a disfare il puzzle, partendo dall'orlo fluente dell'abito da ballo dorato di Belle.

Mise una mano sulla mia, fermando le mie dita indaffarate.

«Quando ho conosciuto tua madre, ero ancora un giovanotto. Più giovane di te adesso. Avevo un lavoro, soldi da spendere, amici. Ci bevevamo una birra dopo il lavoro. Magari facevamo un po' di...» Fece un gesto di chi fuma con il pollice e l'indice.

«Papà!». Questo non volevo proprio sentirlo.

Lui ridacchiò. «L'ultima cosa a cui pensavo era fare sul serio con una ragazza. E poi ho conosciuto Maggie. Era bellissima, intelligente e divertente».

Sospirai. «E vi siete innamorati».

«No». Abbassò la testa. «L'ho messa incinta».

«Oh mio Dio! Papà!».

«Ma feci ciò che era giusto nei suoi confronti e ci sposammo».

«E poi vi siete innamorati».

Lui emise un mugugno. «Eravamo compagni che lavoravano per un obiettivo comune. Crescerti. Ed eravamo così felici quando sei nata». Mi strinse di nuovo la mano. «Entrambi ti volevamo un bene dell'anima».

Mi sfregai il ciondolo. «Non vi volevate bene?».

«Sì, in un certo senso. Non nel modo in cui ne parlano nelle favole». Staccò un pezzo del puzzle dall'altro angolo, la zampa pelosa della Bestia. «Volevo mostrarti, e forse mostrare anche a Maggie e a me stesso, che era possibile. Il vero amore. Perciò ti leggevo storie d'amore».

«E il tocco magico? Passarle l'asciugamano a bordo piscina?».

«Avrei voluto che fosse andata così. Ho sempre desiderato che ci fossimo innamorati in quel modo».

Un altro pezzo del mio cuore si staccò.

«Te ne penti? Ti penti... di me?».

Alzò lo sguardo, i suoi occhi azzurri limpidi per una volta.

«No, mai e poi mai. Vorrei solo che tu avessi avuto più tempo con lei».

Anch'io. Smontai il resto del puzzle e sparsi i pezzi nella scatola. Quando rialzai lo sguardo, gli occhi di papà erano annebbiati.

«Dove volevo arrivare con quella storia?».

«Non importa, papà». Sapevo dove voleva arrivare. Sam, che non era nemmeno interessato all'amore, mi aveva dato il miglior consiglio sulle relazioni. Per quanto amassi leggere di attrazioni istantanee, l'amore basato sull'amicizia era il tipo d'amore migliore.

Mi alzai e misi la scatola del puzzle sulle mensole rosa vicino alla porta sul retro, così lui e Sylvia avrebbero potuto rifarlo domani. La custodia del telescopio attirò la mia attenzione.

«Vuoi osservare un po' le stelle più tardi stasera? Il cielo è sereno». Guardare le stelle avrebbe migliorato l'umore di entrambi.

«Come vuoi, Maggie».

Sospirai e controllai l'ora. Troppo presto per iniziare a preparare la cena. La gonna a tubino mi premeva sullo stomaco e le spalle mi dolevano sotto le spalline del reggiseno. I miei pantaloni della tuta mi chiamavano da sopra.

«Che ne dici di un po' di SportsCenter? Scommetto che daranno un'anteprima della partita di football».

«Okay».

Lo condussi alla sua poltrona e accesi la televisione. Lui si appoggiò allo schienale e il suo sguardo si fece vitreo. Forse si sarebbe appisolato.

Recuperai le scarpe, salii di corsa le scale e mi presi tutto il tempo per cambiarmi con abiti comodi, ricordando il bacio disperato con Tyler e poi la sua postura inflessibile. Si potrebbe pensare che dopo tutti i romanzi rosa che avevo letto, dopo tutte le commedie romantiche che avevo divorato, avrei saputo come supplicare perdono. Ma avevo mandato tutto a puttane. Avevo rovinato la nostra amicizia, e la possibilità di qualcosa di più, per sempre?

Perfino i pantaloni da yoga e la felpa lisa mi grattavano e irritavano la pelle. Meritavo quel disagio dopo quello che avevo fatto a Tyler. Forse se gli avessi mandato un messaggio, sarebbe venuto a darmi una seconda possibilità per farmi perdonare?

Proprio mentre mi voltavo per scendere e iniziare a preparare la cena, un rumore metallico provenne da fuori dalla finestra. Che Tyler mi avesse letto nel pensiero e fosse venuto con la sua console per i videogiochi? Con il cuore in gola, corsi a inginocchiarmi sulla panca sotto la finestra.

Il cuore mi si fermò in petto.

Papà era riverso sui gradini del portico sottostante. La custodia del telescopio giaceva in fondo alle scale. Una gamba era allungata con un'angolazione innaturale. La sua testa poggiava sul gradino più alto. Il tramonto diffondeva un bagliore rosato sul suo viso, ma i suoi occhi erano chiusi. Il suo corpo era immobile.

28

LE ORE successive passarono in un lampo, una macchia indistinta di immagini e suoni.

Luci rosse e blu sui volti curiosi dei nostri vicini. La sirena assordante mentre avanzavamo con una lentezza esasperante nel traffico dell'ora di punta. L'odore di disinfettante e shock al pronto soccorso, e poi di disinfettante e paura nel reparto di chirurgia. Il tremolio delle luci fluorescenti troppo intense su ottantaquattro piastrelle bianche di vinile. La sedia di plastica dura, resa liscia da altre persone ansiose, in attesa, terrorizzate, che non riuscivano a stare ferme. Alzare lo sguardo a ogni movimento, sperando di non essere chiamata per sentirmi dire che il mio mondo stava finendo.

Più tardi, il bip, bip, bip del monitor cardiaco impedì alle mie pesanti palpebre di chiudersi. Dalla relativa comodità della rigida sedia di vinile nella stanza d'ospedale di papà, osservavo il suo petto alzarsi e abbassarsi con gli occhi socchiusi. Una volta al minuto, controllavo il suo viso flaccido e grigio, ma evitavo di guardare la chiazza rasata tra i suoi capelli bianchi e la benda che copriva i dodici punti di sutura sul cuoio capelluto. Non ero così preoccupata per la sua gamba — c'eravamo già passati — ma pregai che il suo cuore continuasse a battere, che

quel monitor continuasse a emettere i suoi bip e che papà rimanesse con me e non mi lasciasse perché ero stata egoista e
negligente.

Mi rannicchiai su quella sedia spietata, strinsi tra le dita la sua
mano inerte e attesi.

———

MI SVEGLIAI con la luce del sole che filtrava rossa attraverso le
palpebre chiuse. Mi misi a sedere e sbattei le palpebre. Il bip
costante dei monitor mi ricordò dove fossi e cosa fosse successo la
sera prima. Il petto di papà si alzava e si abbassava, e le sue
palpebre avevano una sfumatura bluastra. Gli accarezzai la mano
immobile, traendo conforto dal suo calore.

Mi alzai, mi stiracchiai e andai alla finestra. Fuori dall'ospedale, i raggi del primo mattino doravano i tetti di un rosa tenue.
Le auto strisciavano lungo l'autostrada, con i fari accesi. Un
autobus bianco della BART avanzava lentamente sulla corsia
preferenziale, ricordandomi dove avrei dovuto essere.

Volsi le spalle alla finestra e mandai un paio di messaggi a
Jackson per fargli sapere cosa stava succedendo. Ne mandai un
altro a Ben per chiedergli di trovare un sostituto che mi coprisse
per il resto della settimana. Il chirurgo di ieri sera mi aveva detto
che avrebbero voluto tenere papà in osservazione per qualche
giorno. Guardai il gesso sulla sua gamba. Si era rotto la stessa, il
che, supposi, era una fortuna. La gamba sana lo avrebbe sostenuto
durante la riabilitazione.

Il mio sguardo si posò sul suo viso. Mentre dormiva, sembrava
più giovane. A parte i capelli bianchi e il pallore della pelle,
sembrava il papà che mi aveva cresciuta, che mi aveva tenuto la
mano durante tutte le vaccinazioni, che mi aveva preparato la
zuppa di pollo — in scatola, ovviamente — quando ero malata,
che mi aveva medicato le ginocchia sbucciate quando cadevo
dalla bici. Eravamo una bella coppia, soli e a pezzi come eravamo.

Sarei stata la sua gamba sana finché ne avesse avuto bisogno.

———

IL BIP dei monitor mi faceva venire voglia di strapparmi di dosso la pelle che prudeva.

Quello, o la mancanza di caffeina.

Ogni volta che una delle infermiere mi suggeriva di fare una pausa, di andare a fare una passeggiata, di prendere una tazza di caffè, rifiutavo. Era stata la mia negligenza, la mia mancanza di attenzione, a permettere che ciò accadesse. Perché mi ero attardata di sopra? Perché avevo detto a Sylvia di andarsene prima?

Perché deludevo sempre tutti?

Guardai il telefono per la centesima volta quel giorno. Avevo già aperto il contatto di Tyler. Il mio dito esitò sull'icona dei messaggi. Dovrei dirgli che mi dispiace.

Ma poi? Ammesso che rispondesse, cosa gli avrei detto?

Che volevo provare? Come potevo, con papà che aveva bisogno di più cure?

Lui meritava di più. Più di quanto potessi dargli in quel momento.

Che non volevo provare, allora, e che poteva ritenersi libero.

L'icona si offuscò sul mio telefono. Maledette lacrime. Le scacciai sbattendo le palpebre e asciugai quella che era corsa lungo la guancia.

Dovevo essere forte. Per papà. Nessuna distrazione.

Gettai il telefono nella borsa sul davanzale. Fuori, l'ombra blu dell'edificio dell'ospedale si allungava sull'autostrada sottostante. Papà aveva dormito tutto il giorno.

La porta si spalancò con un colpo e la voce di Jackson echeggiò nella stanza, soffocando finalmente i bip.

«Marlee, sei qui?» Il secondo bouquet più grande che avessi mai visto — le peonie di Cooper detenevano ancora quel primato — entrò nella stanza. Riuscivo a malapena a scorgere gli occhi e i capelli scuri e scompigliati di Jackson che sbucavano da sopra le colorate gerbere. Alicia, che lo seguiva, lo zittì.

Jackson posò i fiori sul tavolino tra il letto di papà e quello vuoto. Un solco di preoccupazione gli divideva le sopracciglia. «Stai bene?»

Sperando di non aver sbavato il mascara, lo abbracciai, riempiendomi le narici del suo odore familiare di sapone e sedili di pelle. «Sto bene. E il dottore dice che starà bene. Anche se non si è ancora svegliato.» Era quella la mia preoccupazione. L'ultima volta, dopo essere caduto dalla scala, papà si era svegliato subito dopo l'intervento.

Avrei dato ogni romanzo rosa che possedevo solo per vedergli aprire gli occhi.

Alicia si avvicinò e io abbracciai la mia amica. Il freddo di novembre le era ancora attaccato al cappotto, insieme al profumo di tè Earl Grey. Le sue mani sottili premettero sulla mia schiena e mi appoggiai a lei.

«Aspetta.» Mi tirai indietro e fulminai Jackson con lo sguardo. «Non puoi essere qui! Hai riunioni programmate per tutto il giorno!»

Il suo viso si aprì in un sorriso disinvolto. «Questo è il bello di essere il fondatore inaffidabile. Posso saltare le riunioni e scaricare tutto su Cooper. È rimasto sveglio fino a tardi per rispondere alle chiamate da Amsterdam.»

Perfino Cooper mi stava aiutando. Un calore si diffuse in me al ricordo che non ero sola.

Ricambiai il sorriso a Jackson. «Non avrei mai pensato di dirlo, ma sono contenta che tu stia evitando le tue responsabilità.»

Mi massaggiò la spalla e un altro po' della mia tensione si sciolse. «Anche se sono preoccupata per—»

Alicia lo interruppe. «La squadra se la caverà benissimo senza di te per qualche ora. Anche con un membro in meno. O due. Tu, invece» — mi strinse l'altra spalla — «hai bisogno del nostro aiuto.»

Finsi di alzare gli occhi al cielo per nascondere le lacrime che mi salivano. Mi voltai verso la finestra per ricacciarle indietro sbattendo le palpebre. «Grazie.»

Jackson disse: «Qualsiasi cosa ti serva. Tu ci sei sempre stata per me, e ora tocca a me aiutarti.»

Questo non fece che far scendere le lacrime più velocemente. Tirai su col naso e dissi: «In questo caso, ti dispiacerebbe prendermi una tazza di caffè?»

Alicia disse: «E un po' di frutta e yogurt. Scommetto che non mangi da un po'.»

Dal pranzo di ieri. Mi ero rifiutata di provare qualcosa di così egoistico come la fame.

Jackson mi diede una pacca sulla spalla. «Torno subito.» La porta si chiuse qualche secondo dopo.

Alicia si avvicinò al capezzale di papà. «Ha un bel colorito» disse. «Forse si sveglierà presto.»

«Lo spero. Sono... sono preoccupata.»

Si voltò a guardarmi. «Certo che lo sei. È dura vedere una persona cara...»

«Oh!» Il senso di colpa mi trafisse. Aveva perso la sorella per un cancro diversi anni prima. Doveva odiare gli ospedali. «Non devi restare con me—»

«Certo che devo, Marlee.» Mi accarezzò il braccio. «È questo che fanno gli amici.»

«Mi farai piangere di nuovo.»

«Piangere va bene. Cercare di trattenersi, cercare di fare tutto da sola, quello non va bene. Sediamoci.» Si fece da parte perché potessi prendere la sedia accanto al letto, poi si lasciò cadere sull'altra sedia e si passò una mano sulla pancia arrotondata.

Scivolando sul vinile spietato, la osservai. «Sai, poco prima che... che cadesse, papà mi ha detto che lui e mia madre non erano innamorati quando si sono sposati. Lei era incinta.»

«Oh.» La fronte di Alicia si corrugò. «Come ti fa sentire questa cosa?»

«Non benissimo. Sorpresa. Ho sempre pensato che avessero un matrimonio perfetto, sai?» Toccai il mio ciondolo.

«Le persone possono comunque amarsi e non essere perfette»

disse lei. «Io e Jackson ci amiamo molto, eppure litighiamo ancora.»

«Come hai... come hai capito che Jackson era quello giusto per te?»

«Beh, come sai, non è perfetto. E c'erano un sacco di ragioni per cui non avremmo dovuto stare insieme: lavoravamo insieme, vivevamo in città diverse, le nostre personalità e i nostri stili di vita erano completamente agli antipodi. Ma» — un sorriso le affiorò sul viso — «mi sono resa conto che ero infelice quando eravamo lontani. E felice quando eravamo insieme. Ero una persona migliore con lui. E lui provava la stessa cosa.»

Io ero infelice adesso, senza dubbio. E non era solo perché papà era ferito e in ospedale.

Quando avevo ballato con Tyler al matrimonio di Alicia, ero stata così felice da dimenticare la mia stupida cotta per Cooper.

Seduti sul prato fuori dal Civic Center, a mangiare i migliori tamales di San Francisco, con il sole al tramonto che dorava la nostra pelle, trasformandoci in oro rosa. Quel giorno avevamo riso entrambi. E lui mi aveva dato il suo fazzoletto quando mi ero commossa durante Hamilton.

«Maggie?» Il sussurro rauco venne da dietro di me. Mi voltai di scatto a guardare papà. La sua palpebra ebbe un fremito. Sbattei forte le palpebre per assicurarmi che non fosse stato un tic del mio occhio. Quando le riaprii, i suoi occhi grigio-azzurri mi fissavano. Il suo viso era ancora pallido, ma vederlo sveglio allentò la morsa che mi stringeva i polmoni.

Feci scivolare il mio palmo sotto il suo per evitare i tubicini attaccati al dorso. «Sono così contenta che tu sia sveglio.»

«Maggie.» I suoi occhi erano assenti.

Poteva anche chiamarmi Minnie, per quanto mi importava. «Sono Marlee, papà.» Mi asciugai una lacrima dalla guancia.

Le sue dita ebbero un fremito nel mio palmo e io le strinsi. «Sono contento di averti trovata, Maggie. Mi sei mancata.»

«Anche tu mi sei mancato.»

Le sue palpebre si chiusero. Ma era stato sveglio. Tirai su col naso.

Un braccio pesante mi cinse le spalle e, per un folle istante, pensai che fosse Tyler. Ma era Jackson. Mi mise in mano una tazza calda e io la strinsi.

«Si è svegliato. È fantastico. D'ora in poi sarà tutto in discesa» disse.

Jackson poteva essere un genio della programmazione, ma, purtroppo, non sapeva quasi nulla del morbo di Alzheimer. Non avrebbe potuto sbagliarsi di più.

29

«SYNERGY ANALYTICS. PARLA BEN LEVY-WALTERS».

Okay, non ero riuscita a resistere due giorni interi senza chiamare l'ufficio. Papà stava schiacciando un pisolino, come aveva fatto per gran parte della mattinata tra un controllo e l'altro delle infermiere. Pensai che parlare con Ben avrebbe tenuto la mia mente lontana da quel baratro in cui sprofondavo, preoccupandomi di quando papà sarebbe stato abbastanza bene da poter tornare a casa entrambi.

Mi voltai verso la finestra per non svegliare papà. «Ehi, Ben. Sono Marlee».

«Gesù, Marlee». Sbuffò un sospiro che crepitò nel telefono. «Come hai fatto?»

«Fatto cosa? Va tutto bene?»

«N... aspetta. Perché mi chiami? Come sta tuo padre? Tu stai bene?»

«Sta meglio. Si è svegliato ieri. Non era esattamente lucido, ma ci arriverà». Se lo ripetevo abbastanza spesso, sarebbe diventato vero. Almeno, era quello che mi dicevo. «Volevo solo fare un salto, vedere come vanno le cose».

«Non preoccuparti dell'ufficio. Stiamo bene». Ma la nota acuta di tensione nella sua voce lo smentiva.

«Parlamene. Forse posso aiutare».

Un altro sospiro. «L'agenzia interinale ha mandato una persona davvero terribile. Ieri ho dovuto mandarla a casa prima e poi parlare con l'agenzia stamattina. Non avevano la minima idea di cosa ci servisse, o anche solo di cosa facciamo. Come hai fatto a lavorarci?»

Il mio petto, già stretto, si serrò di un altro giro. Colpa mia. «Sei riuscito a sistemare?»

«La nuova, Angelique, è perfettamente accettabile. Ma non è te».

La stretta al petto si allentò per un istante. Finché non disse la frase successiva.

«Probabilmente tu avresti saputo gestire la situazione quando il direttore dello sviluppo è salito qui a cercare Jackson».

Oh-oh. «Perché cercava Jackson?»

«Si è rotto qualcosa nella build di stamattina e tutti cercano qualcuno da incolpare. Nessuno sa come sistemarlo. E adesso metà degli sviluppatori è a caccia di bug e l'altra metà è seduta ad aspettare che venga risolto. Il direttore è incazzato. E anche Weston», sussurrò.

Forse era un bug che avrei notato nella mia revisione del codice del mattino? «Dov'è Jackson?» Non ricordavo che oggi avesse impegni fuori sede.

«Non è qui. E non risponde al telefono».

Provai una breve fitta d'ansia prima di ricordare che era passato molto tempo dall'ultima volta che aveva saltato il lavoro per una sbronza, una gara di Formula 1 o quella cosa che aveva fatto durante la mia seconda settimana di lavoro. Quello era il Vecchio Jackson. Il Nuovo Jackson, quello che era un uomo migliore per Alicia, non spariva nel nulla.

Santo cielo. Stava venendo a trovare me e papà.

«Mandami un'email con la descrizione del problema. Ci do un'occhiata, vedo cosa posso fare».

«Marlee, non puoi».

«Certo che posso». L'orgoglio ferito rese la mia voce troppo tagliente. «Ho una laurea in informatica. Sono qualificata quanto uno qualsiasi dei nostri programmatori junior per provare a risolverlo. A dire il vero...»

«No», mi interruppe Ben nella mia sfuriata. «Non è quello che intendevo. Voglio solo dire che non puoi preoccuparti dell'ufficio adesso. Tuo padre è la tua priorità. Ha bisogno del cento per cento della tua attenzione mentre è convalescente».

«Ma sta...» Mi voltai a guardare. Papà aveva gli occhi chiusi. «Sta riposando».

«Allora dovresti farlo anche tu. Ti prenderà tutte le energie per un po'. Qui tutti capiscono».

Le spalle mi si incurvarono. Aveva ragione. Non potevo fare tutto. Non bene, quantomeno. Non potevo fare il mio lavoro mentre papà era qui, con bisogno che prendessi decisioni per suo conto, con bisogno del mio sostegno. Tutti al lavoro, incluso Jackson, erano adulti in salute. Potevano badare a se stessi. Papà no. Almeno non in quel momento.

«Chiama giù da... da Tyler Young. Lo sistemerà lui». Era la prima volta che pronunciavo il suo nome da quando papà era caduto. Gli dovevo ancora delle scuse.

«Lo farebbe se lui... lascia perdere. Ci manchi. Ma ce la caveremo».

«Promesso? Perché tornerò. Meglio di prima». Proprio come papà. «Non mandare a rotoli l'ufficio senza di me».

«Non so...» La sua voce aveva una venatura di umorismo. «Se devo avere di nuovo a che fare con quel direttore dello sviluppo, potrei dare fuoco a tutto».

«Ordina dei biscotti per il team. Ma niente con la frutta secca. E quando vedrò Jackson, gli chiederò di offrire un premio alla persona che troverà il bug. Questo dovrebbe dare dei risultati».

«Sei la migliore, Marlee. Prenditi tutto il tempo che ti serve, okay?»

«Lo farò».

Avevano bisogno di me. Ma in quel momento, papà aveva più bisogno di me. E non potevo aiutare nessuno se mi fossi esaurita.

Qualcuno bussò alla porta un attimo prima che Jackson entrasse con due tazze di caffè in mano.

«Buongiorno», disse allegramente. «Come sta Will?»

Presi la tazza che mi offrì. «Sta bene». Avrei continuato a dirlo finché non fosse stato vero. «Ma il tuo reparto no. Ho bisogno che tu ti giri e torni a sistemare il casino alla Synergy».

«Quale casino?»

Lanciai un'occhiata a papà, che dormiva ancora, poi presi Jackson per un gomito per accompagnarlo all'ascensore. Mentre le porte si aprivano, dissi: «Il tuo telefono è di nuovo spento. E per quanto ti voglia bene, non puoi dividere il tuo tempo tra l'ufficio e me. Non puoi fare tutto».

Qualcosa che entrambi dovevamo imparare.

Qualcosa che Tyler aveva cercato di dirmi con le sue storie su suo nonno e i suoi opuscoli delle case di cura. Si sbagliava sulla casa di cura, non è vero?, ma capiva quello che stavo passando. E aveva girato tutta Oakland per visitare strutture specializzate per la memoria. Per me.

Mentre tornavo verso la stanza di papà, tirai fuori il telefono dalla tasca e aprii il contatto di Tyler. Mi sorrideva nella giacca e cravatta che aveva indossato al matrimonio di Alicia. L'avevo scattata all'inizio della serata, prima che ballassimo, prima che mi baciasse. Avevo pensato che fosse perfetto, ma ora la foto sembrava stonata in qualche modo.

Cercai un'altra sua foto tra le mie. Questa andava bene. Indossava una T-shirt, la sua preferita di Galaga. A giudicare dalla data sulla foto, l'avevo scattata a una festa della Synergy la primavera scorsa. Il suo sorriso era aperto, luminoso.

Aspetta.

Scrollai fino a quella del matrimonio. Rispetto a quella precedente, il suo sorriso sembrava forzato. Era solo perché indossava un abito, o c'era qualcosa di più? Era a causa dell'Operazione Principe Azzurro?

Era stata una sua idea. A me sarebbe andato bene andare insieme come amici. Era stato Tyler a proporre tutta la faccenda

del finto appuntamento. Perché sapeva che volevo Cooper e lui...
lui ci teneva abbastanza da aiutarmi a ottenere ciò che volevo.

Ci teneva. Anche allora, doveva volere di più, ma siccome era
una persona migliore di me, aveva fatto quello che pensava
volessi. Per me. Finché non si era svegliato e non si era reso conto
che meritava di più. Più di me.

Nell'ufficio di Jackson, aveva detto che aveva bisogno della
mia totale attenzione. Tra le mie responsabilità al lavoro e mio
padre, potevo dargliela?

Mi appoggiai al muro accanto alla porta di papà e mi coprii il
viso. Non adesso.

Tyler meritava di più. Quindi dovevo fare un passo indietro.
Tirarmi indietro. Tornare a ciò che era sicuro, ciò che potevo
gestire: l'amicizia.

Digitai un messaggio.

> Mi dispiace. La nostra amicizia è importante per
> me. Cosa posso fare per sistemare le cose
> tra noi?

La nostra amicizia. Potevamo salvarla dopo quello che avevo
fatto, come l'avevo trattato?

Inviai il messaggio e aspettai finché non comparve la scritta
Consegnato. Poi qualche minuto ancora finché non disse Letto. E
poi cinque minuti... dieci. Quando l'infermiere passò, lo seguii
nella stanza di papà.

Per il resto della giornata, ogni volta che papà dormiva,
controllavo il telefono. Ma il messaggio era lì, letto, senza risposta.

«EHI, RAGAZZI». Jackson entrò nella stanza d'ospedale venerdì
pomeriggio. Era una giornata migliore per papà. Stavamo
giocando a carte e io stavo perdendo. Non ero sicura se fosse la
mia ansia per l'imminente incontro con l'assistente sociale o le
regole strampalate di papà ad aver spostato la mia pila di

M&M's nel suo bicchiere di carta. Accolsi con favore la pausa, ma...

«Perché non sei al lavoro?» Posai le carte e andai ad abbracciare Jackson che si era fermato vicino alla porta.

«Piacere di vederti», disse, con un sorrisetto. «Con Cooper via, ero praticamente l'ultima persona rimasta al sesto piano. Ma se non vuoi questo...», alzò una familiare tazza da caffè rossa, «me lo berrò tornando a...»

«No. Dammelo». Gli strappai la tazza dalle mani e inspirai l'aroma di nocciola e caramello. «Grazie. E grazie di essere venuto a trovarci. Significa molto». Cercai di infondere nel mio sguardo tutto l'affetto sincero e la gratitudine che provavo.

«Va tutto bene in ufficio?» chiesi. «Avete risolto il bug?» Ben si era rifiutato di darmi qualsiasi anticipazione, rimanendo fermo sulla sua linea di concentrarmi su ciò che era importante. E l'avevo fatto. Ma volevo comunque sapere cosa stava succedendo ai miei amici. Specialmente a Tyler.

«Sì. Incredibile quanto le persone possano essere motivate da una bottiglia di whisky e dal diritto di vantarsi. L'ha trovato Sam».

Sam? I miei soldi li avrei scommessi su Tyler. E avevo quasi sperato che Jackson pronunciasse il suo nome così avrei saputo qualcosa di lui. Il silenzio cominciava a pesarmi. Potevo quasi sentire l'ostilità che emanava da quella scritta Letto.

A bassa voce, Jackson disse: «Fatti una passeggiata. Vai a cenare presto. O a mangiare qualcosa di cioccolatoso. Tengo io d'occhio tuo padre».

Mi conosceva bene. Sussurrai: «In realtà, ho un appuntamento con l'assistente sociale. Dovrei tornare tra mezz'ora?»

Annuì e si avvicinò a papà. «Ehi, Will». Gli strinse la mano. «Jackson Jones. Sono il...»

Papà lo fermò. «Ti conosco. Sei il suo capo. Guidi un'auto da corsa e Marlee deve sempre sistemare i tuoi casini».

Jackson chinò la testa. «Sono io. Posso prendere il suo posto?» Si sedette sulla sedia che avevo lasciato e prese le mie carte.

Grazie, gli mimai.

Mentre uscivo, papà disse a Jackson: «Io e Marlee giocavamo per delle caramelle, ma tu giocherai per soldi, vero, John?»

Oh, cavolo.

Nell'ufficio dell'assistente sociale, cominciai a desiderare di essere rimasta nella stanza di papà. Prendere una batosta a carte era molto meglio che essere dalla parte sbagliata di una discussione che volevo disperatamente vincere.

«Perché non dovrei essere in grado di prendermi cura di lui a casa? Mi sono presa cura di mio padre dal suo incidente». Anche allora avevano detto che non ce l'avrei fatta. Ma gli avevo fatto fare tutti gli esercizi che il fisioterapista aveva raccomandato. L'avevo sollevato per metterlo sul furgone e portarlo alle visite mediche. E mi ero assicurata che prendesse le sue medicine.

I suoi occhi si addolcirono con qualcosa di troppo simile alla pietà per i miei gusti. «La salute mentale di suo padre è peggiorata significativamente dal suo precedente incidente. Le infermiere hanno riferito che non è stato collaborativo».

«Con loro». Cercai di tenere il tono difensivo fuori dalla mia voce. «Mio padre non si comporterebbe mai così con me».

Mi fissò, in una sorta di sfida. «Non lo farebbe». L'incredulità appiattì il suo tono. «Non è mai stato difficile con lei?»

«Certo che no». Sporse il mento.

Mi fissò dritto negli occhi. «Cosa stava facendo la notte in cui è caduto?»

Abbassai lo sguardo sulle mie mani, che attorcigliavano il bordo del mio cardigan rosa in una corda. Gran Galileo. «Stava portando fuori il telescopio».

«E se torna a casa con lei, come gli impedirà di farlo di nuovo? Installerà serrature con chiave all'interno delle sue porte? Lo sorveglierà ogni minuto? E quando andrà al lavoro?»

«Abbiamo assunto un'infermiera per il giorno».

I suoi occhi erano di un caldo marrone e, sebbene non fosse molto più grande di me, la loro espressione mi disse che non ero la prima figlia testarda che incontrava. «E quando dovrà lavorare fino a tardi, o andare a fare la spesa? O avrà bisogno di cinque minuti per sé?»

Ogni domanda era un coltello nel mio cuore. Avevo deluso papà proprio quando avevo fatto quelle cose. Me lo avrebbero portato via. Sbattei le palpebre con forza.

«Possiamo raccomandare diverse strutture simili a una casa dove starà comodo e lei potrà visitarlo ogni volta che vorrà. Ogni giorno, se vuole». Si interruppe finché non alzai gli occhi dal mio grembo al suo viso. «Hanno unità specializzate per la cura della memoria. Sanno come prendersi cura di suo padre. Hanno programmi di arricchimento per mantenere attivi il suo corpo e la sua mente».

Meglio di quel vecchio e logoro puzzle de La Bella e la Bestia. Mi ricordai degli opuscoli che mi aveva portato Tyler. Aveva cercato di convincermi a fare la stessa cosa. «Non starà a letto tutto il giorno? Non sarà...», deglutii, «legato?»

«No. Ci saranno posti sicuri dove potrà camminare. Giardini. Corsi d'arte. Musica».

«Sembra costoso». Mi morsi il labbro.

«Non è economico. Ma ci sono programmi per aiutare a pagare».

«Ed è la cosa migliore per mio padre?»

«Lo è». I suoi occhi marroni potevano essere dolci, ma la sua mascella ferma mi disse che non avrebbe ceduto su questo.

«Ci pensi», disse. «Vada a visitare alcune strutture. Ho fatto una lista». Mi porse una stampa e la presi. La piegai due volte e la infilai nella tasca posteriore.

Le lacrime mi pizzicarono gli occhi e le ricacciai indietro. Avevo bisogno di aiuto. Lo sapevo. Ma io e papà ci eravamo presi cura l'uno dell'altra da quando era morta mia madre. Come potevo lasciarlo andare ora che aveva più bisogno di me?

Fuori dalla stanza di papà, feci un respiro profondo e mi sfregai i palmi sudati sui jeans. Spinsi la porta e entrai.

«Sei tornata», disse Jackson troppo allegramente mentre balzava in piedi dalla sedia.

Papà infilò la mano nella tasca della camicia del pigiama e mi sorrise. «Raggio di sole! Hai fatto una bella passeggiata?»

«Sì, papà». Ricambiai il suo sorriso. «Accompagno solo Jackson agli ascensori. Torno subito».

Presi il braccio di Jackson e tornai nel corridoio. Mentre passeggiavamo, a braccetto, verso gli ascensori, dissi: «L'assistente sociale dice che deve andare in una... in una casa di cura».

«Ah, Marlee. Mi dispiace». Ma non sembrava sorpreso.

«Avrò bisogno di qualche altro giorno libero per sistemare le cose. Dovrò vendere la nostra casa».

«Tutto il tempo che ti serve. Ben ci ha trovato un'ottima interinale. Mi chiedo perché tu sia sempre stata così sfortunata con quelle terribili».

«Solo sfortuna, immagino». Ci fermammo davanti agli ascensori. «Grazie per essere comprensivo. Tornerò al lavoro il prima possibile. Non più di una settimana».

«Posso darti un consiglio?»

Alzai lo sguardo nei suoi occhi color cioccolato. «Dimmi tutto».

«Nelle parole immortali di Ferris Bueller: 'La vita scorre piuttosto in fretta. Se non ti fermi e ti guardi intorno una volta ogni tanto, potresti perdertela'. Prendersi cura di tuo padre è una cosa ammirevole. Ma non puoi dimenticare di vivere la tua vita».

«Grazie». Tyler aveva cercato di dirmi la stessa cosa. Avevano ragione. Avevo un buon lavoro, e presto avrei trovato un posto dove vivere e iniziato la fase successiva della mia vita. Anche se alcune delle mie altre relazioni erano un disastro colossale, avevo buoni amici. E potevo ancora visitare papà ogni giorno e sapere che era ben curato.

Mentre il pulsante dell'ascensore si illuminava, disse: «A proposito, c'è una cosa che devo dirti su tuo padre».

Il mio cuore accelerò e i miei palmi diventarono umidi. «Cosa?»

«Bara a carte».

30

D'ESTATE, quando non insegnava, papà lavorava nell'edilizia e a volte mi portava con sé sui cantieri. Troppo piccola per aiutarlo, mi sedevo sulla cassetta degli attrezzi nel cassone del suo pick-up, leggevo libri e lo guardavo. Si caricava pile di travi di legno sulla spalla e le trasportava per il cantiere come se non pesassero nulla. Anche appesantito da una cintura porta attrezzi e trascinando una pistola sparachiodi, si arrampicava sulle impalcature, agile come un acrobata. I suoi muscoli si tendevano mentre sollevava vasche da bagno in ghisa per metterle al loro posto. E sei giorni dopo la sua caduta, con una gamba rotta e tutto il resto, ci vollero due infermieri robusti per costringerlo su una sedia a rotelle e portarlo a fare fisioterapia. Non si chiamava Will per niente.

Quando tornò, lo aspettai, pronta alla battaglia. Il sole del tardo pomeriggio proiettava raggi dorati sul suo letto d'ospedale. Quel giorno i suoi occhi erano più acuti, e mi aveva chiamata Maggie solo un paio di volte.

«Ho buone notizie per te.» I tubi non c'erano più, sostituiti da lividi giallo-verdi e una benda, e gli tenni la mano. «Domani ti dimettono.»

Il suo viso si illuminò. «Torniamo a casa! Potrò mangiare di nuovo cibo decente. Preparerai il polpettone di tua madre?»

Mordendomi il labbro per impedirgli di tremare, mi schiarii la gola. «Non tornerai a casa, papà. Andrai in un posto nuovo. Bayside Gardens. Ti aiuteranno con la riabilitazione della gamba.»

Il suo viso si rabbuiò, ma poi annuì. «Tornerò a casa quando la gamba sarà guarita. Il dottore ha detto sei o otto settimane.»

Feci un respiro profondo. «Sto vendendo la casa. Io mi trasferirò in un appartamento e tu resterai a Bayside. Permanentemente.» Gli strinsi la mano, sperando con tutta me stessa che capisse e non mi odiasse. «Si prenderanno cura di te meglio di quanto possa fare io. Hanno programmi artistici e concerti. Bayside ha persino una biblioteca e un telescopio che potrai usare.»

«Vuoi mettermi in un ospizio? Ho solo cinquantatré anni!» Il suo viso divenne paonazzo. Fui contenta che avessero rimosso i monitor cardiaci; avrebbe fatto scattare un allarme.

«Papà...» gli coprii la mano con la mia, ma lui la ritrasse di scatto e incrociò le braccia. «Papà, hai il morbo di Alzheimer. Non posso darti le cure di cui hai bisogno a casa.»

«Sto bene» disse. «Tutti dimenticano le cose.»

Sentii una morsa al petto. Forse ero io ad aver bisogno del monitor cardiaco. «Oggi stai bene, ma ultimamente hai avuto delle giornate piuttosto brutte. Stavi avendo una brutta giornata quando sei caduto, e non sono riuscita a prendermi cura di te. Ho paura che la tua salute peggiorerà, e devo tenerti al sicuro.»

Guardò verso la finestra. «Non lo voglio. Voglio vivere a casa mia e sedermi sulla mia poltrona.»

Lo volevo anch'io. Più di ogni altra cosa. Ma avevo smesso di mentire a me stessa, e di certo non avrei mentito a papà.

«Mi dispiace. Vorrei che tu potessi. Ma questa è la cosa giusta per te. Per entrambi.»

Rimase in silenzio per un minuto. Poi, guardando ancora lontano da me, disse: «Sono stanco. Adesso dormo.»

Brividi mi percorsero la pelle. Mi alzai, imponendomi di mantenere il controllo ancora per un minuto. «Okay. Ci vediamo domani.»

Non disse nulla, ma una lacrima scintillò dorata sulla sua guancia.

———

IL POMERIGGIO SEGUENTE, cominciai a impacchettare le nostre vite.

Quella mattina, sia io che papà piangemmo quando lo caricarono sull'ambulanza per andare a Bayside Gardens. Sebbene continuasse a chiedere dove lo stessero portando, ricordava di essere arrabbiato per qualcosa e che fosse colpa mia.

Le sue lacrime erano rabbia frustrata. Le mie, colpa liquida.

Le infermiere mi dissero di aspettare qualche giorno prima di andarlo a trovare, per permettergli di abituarsi a una routine. Dato che ero troppo a pezzi per andare a lavoro, giurai a me stessa di essere produttiva a casa.

L'agente immobiliare con cui avevo parlato aveva avuto praticamente l'acquolina in bocca all'idea di mettere in vendita la nostra casa. Il quartiere vicino era diventato sempre più gentrificato, ed era convinta che il nostro sarebbe stato il prossimo. I miei occhi si erano sgranati al prezzo che aveva buttato lì. Investito a dovere, avrebbe coperto qualunque parte delle cure di papà non coperte dai programmi di assistenza e dai suoi risparmi.

Così impacchettai la nostra casa. Avevo già finito la cucina; la maggior parte sarebbe venuta con me nel mio nuovo appartamento vicino all'ufficio. Avevo ripulito il capanno, incluse le luci di Natale che non era mai riuscito ad appendere.

Poi cominciai con la stanza di papà. Avevo già portato i suoi vestiti e le sue fotografie preferite a Bayside Gardens. Ma rimanevano un'infinità di foto di lui e mia madre, e ognuna era una pugnalata al cuore. Le avvolsi in fogli di giornale e le sistemai in una scatola con gli album fotografici. Un giorno forse sarei stata pronta a guardarle di nuovo.

Ancora peggio fu la scorta segreta di cose di mia madre che trovai in un angolo del suo armadio. I vestiti e le scarpe di venticinque anni prima finirono in un sacco per un negozio di seconda mano. La sua spazzola per capelli, che conservava ancora qualche filo castano-dorato, finì nella spazzatura. Entrambi eravamo stati ossessionati da mia madre per troppo tempo; non potevo permettere che quei ricordi mi appesantissero nel mio nuovo futuro.

Un'associazione di beneficenza locale avrebbe portato via i mobili della camera da letto di papà, insieme alla sua poltrona consunta. Probabilmente avrei dovuto far scivolare una banconota da cinquanta ai ragazzi per portarla via. Non riuscivo a immaginare che persino i poveri di Oakland la volessero.

Avevo sperato che la mia stanza sarebbe stata più facile per me della sua.

Tutti i miei libri erano finiti in una scatola da donare a un gruppo locale di alfabetizzazione. Giurai che da quel giorno in poi avrei letto storie più realistiche. Mi sarei iscritta al club del libro di Alicia, che leggeva solo raccapriccianti thriller domestici e deprimenti drammi familiari. Quella era la vita vera, non il mondo romantico e tutto rose e fiori dei miei vecchi preferiti.

Anche le mie vecchie bambole erano destinate alla beneficenza. Sperai che una bambina le amasse come le avevo amate io. Inviai un augurio nella scatola insieme a loro: che la loro nuova proprietaria immaginasse che le bambole fossero Malala Yousafzai o persino Beyoncé e vivessero per sé stesse, non in cerca di un principe da sposare.

Quando arrivai al mio portagioie, prima di metterlo dentro la cassa per il trasloco, portai la mano dietro al collo e slacciai la mia collana. Il ciondolo si posò sul mio palmo, i frammenti di diamante che luccicavano alla luce della lampada.

Non avrei vissuto la sua vita. Lei era rimasta intrappolata in un matrimonio che non voleva.

Non avrei vissuto neanche la vita di papà. Lui si era consumato per un amore perduto che non era mai esistito.

Dovevo vivere la mia vita.

Basta con le favole. Basta sognare un principe su un cavallo bianco. Non avevo bisogno di essere salvata. Avevo bisogno di un amante che fosse anche un amico. Che mi facesse notare le mie cazzate ogni volta che mi perdevo nelle mie fantasie romantiche. Che mi sostenesse. Qualcuno che avesse bisogno anche del mio sostegno.

Se solo avessi visto ciò che avevo proprio di fronte a me invece di ciò che avevo immaginato, non sarei seduta qui da sola, a passare in rassegna i ricordi delle mie decisioni sciocche e delle opportunità mancate.

Aprii il mio portagioie e ci lasciai cadere dentro il ciondolo. Avevo rovinato tutto, e per me non ci sarebbe stato nessun lieto fine.

31

DUE GIORNI DOPO, uscendo dall'ascensore al sesto piano, potei quasi convincermi che il mio mondo fosse tornato alla normalità. Mi ero lasciata alle spalle la mia casa inscatolata per riprendere la routine alla Synergy.

Aggrottai la fronte guardando la mia scrivania. La supplente aveva spostato le mie cose. Mi presi un minuto per rimettere il portapenne al suo posto sull'angolo e per raddrizzare il portadocumenti in modo da poterlo raggiungere senza guardare. Gettai una rivista di gossip nel cestino della carta sotto la scrivania. Quando lo spazio tornò come doveva essere, tirai fuori il portatile e lo accesi.

Cooper era tornato nel suo ufficio. La sua voce bassa era l'unico suono nel silenzio del primo mattino al sesto piano. Un mese prima, in quell'ufficio, ci avevo provato con lui e mi aveva respinta. Sembrava una cosa fatta da un'altra donna, anni fa.

Raddrizzando la schiena, mi diressi verso la sua porta e bussai allo stipite.

«Marlee! Sono contento che Lei sia tornata. Come sta Suo padre?» domandò, posando il cellulare a faccia in giù sulla scrivania. «Jackson ha detto che non stava bene.»

Gli diedi la versione breve, ma il suo viso si corrugò comunque per la preoccupazione.

«Mi dispiace. Sapevo che aveva qualche vuoto di memoria ogni tanto, ma non pensavo la situazione fosse così grave.»

«Adesso è al sicuro. È questo l'importante.» Lo scrutai dai capelli dorati alla camicia elegante color lavanda. «Lei come sta? Com'è andata in Europa?»

«Bene. Il solito.» Fece un gesto vago con la mano.

Solo Cooper Fallon poteva tornare da due settimane a Londra e Parigi e dire che era andata bene. «Okay. Beh, sono sicura di avere una montagna di lavoro che mi aspetta. A più tardi.» Con un saluto impacciato, mi voltai per andarmene.

«È un piacere riaverLa qui.»

Sorrisi, contenta di essere tornati al nostro solito livello di imbarazzo.

Dieci minuti dopo, Ben irruppe al piano, scrollandosi di dosso il cappotto macchiato di pioggia. La sua bocca era tirata in una smorfia stressata, ma si fermò alla mia scrivania.

«Ehi, Marlee, sei tornata!» Lanciò un'occhiata alla porta di Cooper, ma poi il suo viso si rilassò in un ampio sorriso. «Tuo padre sta bene adesso?»

Come avevo fatto con tutti tranne Jackson e Alicia, gli avevo dato solo le informazioni di base sull'incidente di papà. «Si è rotto una gamba. Sta guarendo in una struttura di cura. Io... lui... probabilmente rimarrà lì in modo permanente. Ha l'Alzheimer.» Dovevo accettare la condizione di papà e la nuova realtà che mi imponeva.

I suoi occhi color whisky erano gentili e le rughe di preoccupazione li incorniciavano. «Mi dispiace tanto. Tu stai bene?»

Il mio labbro tremò, ma riuscii a dire: «Starò bene.»

Si sporse e mi strofinò il braccio. «Fammi sapere come posso aiutarti. Quando te la senti, usciamo a bere qualcosa e ne parliamo. Okay?» Mantenne il mio sguardo finché non annuii.

Adesso avevo più tempo per gli amici. Mi sarei assicurata di accettare la sua offerta.

Venti minuti dopo, Jackson fece il suo ingresso al piano. Senza dire una parola, venne dietro la mia scrivania e mi tirò su in un abbraccio. Le sue braccia possenti intorno a me mi rassicurarono che, col tempo, tutto sarebbe andato a posto.

Ci staccammo, ma mi tenne le mani. «Come stai?»

«Sto bene, capo. Pronta a lavorare.»

Scosse la testa. «No, sul serio, Marlee. Senza filtri. Come stai?» Il suo sguardo incrociò il mio.

«È stato... difficile mandare papà lì. Non l'ho ancora visto. Le infermiere mi hanno detto di aspettare un paio di giorni.»

«Vuoi che venga con te? Possiamo andare stasera.»

«Ho intenzione di andare dopo il lavoro, e apprezzo l'offerta, ma devo farlo da sola.» Gli strinsi la mano. «Capisci?»

Ricambiò la stretta. «Certo. Ma dimmi cosa posso fare per aiutarti.»

«Mi piacerebbe fare un po' di lavoro per distrarmi da tutto.»

«Allora ho proprio quello che fa per te. Mancano due settimane alla nostra festa di Natale e potrei essermi un po' lasciato sfuggire la cosa di mano.»

Alzai gli occhi al cielo. Jackson si offriva sempre di aiutare con l'annuale festa di Natale il primo fine settimana di dicembre, ma le sue responsabilità di solito ricadevano su di me. Raccogliere i cocci della festa aziendale e assicurarmi che l'evento andasse liscio come l'olio mi avrebbe tenuta occupata, non facendomi pensare al mio primo Giorno del Ringraziamento fuori dalla casa della mia infanzia. «Certo che ti aiuto.»

«Fantastico! Abbiamo una riunione a pranzo con il comitato organizzativo della festa.»

«Ma non è sul tuo calendario,» protestai. «Hai una riunione con...»

«La sposterai, vero? Oh, e avremo bisogno che ci portino il pranzo.»

«Ci penso io. Ma, Jackson, ora che io... ora che...» Feci un respiro profondo e calmante. «Dato che non devo più correre a casa da papà, mi piacerebbe occuparmi di un po' di programmazione. Ufficialmente.» Il suo sorriso gli si gelò sul viso e mi affrettai ad aggiungere. «Voglio continuare a darti supporto, ma voglio anche lavorare su altri progetti.»

Il suo sorriso si rilassò, ma non del tutto, come se stesse nascondendo qualcosa. «Potrei avere qualcosa per te. Dammi qualche giorno per sistemare la cosa.» Serrò le labbra. «Dovrei…»

Lo squillo del telefono sulla mia scrivania, la sua linea, lo interruppe. «È la tua chiamata delle nove,» dissi. «Meglio che tu vada.»

«Grazie, Marlee, sei la migliore,» gridò Jackson alle mie spalle mentre correva nel suo ufficio.

Per un minuto, gli credetti.

———

IL MIO PIEDE continuò a battere nervosamente per tutta la riunione del comitato organizzativo. Stupido piede. Voleva smettere di perdere tempo a pianificare una festa di cui non mi importava niente e correre giù al quarto piano.

Tyler ed io non ci eravamo parlati né scritti per più di una settimana, ed era ora che parlassimo. Okay, era ora che io implorassi il suo perdono. Di nuovo. Perché il mio primo tentativo di implorarlo aveva fatto schifo. Questa volta, mi sarei assicurata di farlo dove Cooper non avrebbe potuto trovarmi.

Una volta terminata la riunione e con Jackson al sicuro nella sua successiva teleconferenza, dissi a Ben: «Torno subito.» Aprii il cassetto della scrivania e mi infilai in tasca la minuscola pistola di plastica nera. Non avevo bisogno del pretesto per parlargli; eravamo amici e sarebbe dovuto essere perfettamente normale andarlo a trovare alla sua scrivania.

Sarebbe dovuto esserlo. Ma era sempre stato lui a salire da me.

Ero un'amica terribile e una "più-che-amica" ancora peggiore.

Con la scusa in tasca, scesi di corsa le scale. Arrivata al pianerottolo del quarto piano, mi sistemai la camicetta bianca infilata nella gonna a tubino nera e mi lisciai i capelli.

Spingendo la porta, sbucai nel mare di cubicoli. Avevano divisori bassi per incoraggiare la collaborazione e gli sviluppatori li avevano decorati per riflettere le loro personalità. Un gigantesco paio di scarpe da ginnastica alte pendeva da una corda sopra quello più vicino. Qualche fila più in là, una mensola esponeva una scintillante fila di trofei di calcio. Guardai verso le finestre dove sedevano gli sviluppatori senior, incluso Tyler, e mi diressi in quella direzione.

Ma il cubicolo di Tyler era completamente diverso. Era stato svuotato, e sembrava che fosse stato fatto in fretta e furia. Sebbene la superficie della scrivania fosse libera, mostrava strisce di polvere dove potevano essere state spostate pile di libri o fogli, e alcune puntine erano sparse qua e là. La stazione di aggancio era vuota e i grandi monitor erano spenti.

La mensola superiore era spoglia, a parte la polvere e una statuina della Principessa Leila, con la mano tesa. Spazi puliti nella polvere la circondavano.

Aveva cambiato cubicolo?

Mi voltai e vidi la sorella di Jackson, Sam, in un piccolo cubicolo vicino. Fissava lo schermo, un paio di cuffie con cancellazione del rumore che sovrastavano i suoi lineamenti minuti.

«Sam.» Quando non rispose, mi avvicinai al suo cubicolo e le toccai delicatamente la spalla. Sobbalzò.

Quando vide che ero io, sorrise, di quel sorriso storto che mi ricordava quello di Jackson. Si tolse le cuffie. «Marlee! Che ci fai qui? Sei diventata una programmatrice? Scommetto che puoi prendere il cubicolo di Tyler.»

«Sono scesa a cercarlo. Sai dov'è andato?»

«Tyler?»

Mi morsi il labbro per non dire qualcosa che tradisse la mia ansia. «Sì, Tyler.»

«A casa. Da qualche parte in Texas. Austin, forse? O Dallas? Ha detto che voleva passare un po' di tempo con la sua famiglia.»

La sua famiglia? Erano degli stronzi con lui, specialmente Raleigh. L'avevo incoraggiato ad andare a casa per le feste, ma era in anticipo di una settimana.

«Ha lavorato da remoto la scorsa settimana. Ha detto che probabilmente sarebbe rimasto fino al Ringraziamento. Ma se stava solo andando a casa per un paio di settimane, perché si è portato via tutta la sua roba? Mi stavo chiedendo se stesse...» abbassò la voce «...cercando un altro lavoro. La settimana scorsa, un giorno aveva con sé una giacca sportiva. Il giorno in cui è andato via prima. Non volevo dire niente a Jackson, però. Non erano proprio affari miei.»

«Oh.»

«Stai bene? Sembri pallida.»

«Sto bene. Grazie.» Fissai la Principessa Leila. Cosa mi stava dicendo?

«È stato strano che si sia portato via tutti i suoi giocattoli.»

«I suoi giocattoli?» Le poche volte che ero scesa qui, non ci avevo fatto caso. Di certo non avevo catalogato il contenuto del suo cubicolo.

«Ha un'intera collezione: Yoda, Obi-Wan, Darth Vader, Chewbacca, Lando Calrissian, Boba Fett, Jabba the Hutt. Ha lasciato qui solo Leila. Forse perché è rotta. Stava per buttare via Han Solo, ma Grant gliel'ha chiesto.» Indicò un cubicolo diverso, e vidi l'statuina appoggiata a una succulenta in vaso.

Attraversai il corridoio, tirai fuori dalla tasca il minuscolo pezzo di plastica e incastrai il blaster nella mano di Leila. Indossava lo stesso abito bianco e le stesse trecce che avevo io ad Halloween. Ma anche la piccola Leila sembrava più forte, più sicura, con gli occhi limpidi. Sapeva cosa voleva e se lo prendeva. Ed era abbastanza intelligente da volere le cose giuste.

«Ehi, l'hai aggiustata. Gli manderò un'email per farglielo sapere. O forse dovresti mandargliela tu. Potrebbe rivolerla indietro adesso.»

Il mio stomaco bruciò come se fosse stato colpito da un colpo di blaster. No, non la rivoleva indietro. Questo era chiaro. Se così fosse stato, non avrei dovuto scoprire da Sam che se n'era andato. Tirai su col naso.

«Ehi, stai bene?»

«Sto bene. È la polvere che mi fa lacrimare gli occhi.» Tenevo la schiena rivolta a Sam, ma la mia voce era alta e tesa.

«Oh. Okay. Non ho fazzoletti, ma ce ne sono in bagno.»

«Grazie.»

Presi in mano la Principessa Leila. Aveva baciato sia Luke Skywalker che Han Solo. Fortunatamente, aveva capito che lei e Luke stavano meglio come amici prima di diventare amanti. Escludendo il fattore raccapricciante del "in realtà è suo fratello", avevo sempre pensato che avesse fatto un errore. Han Solo non la amava veramente; non nel modo di cui lei aveva bisogno. Luke era quello che c'era sempre stato per lei, onesto e sincero.

Proprio come Tyler.

Finché non avevo mandato tutto a rotoli.

E ora se n'era andato. Per quanto tempo?

Le mie ginocchia vacillarono e mi aggrappai allo schienale della sua sedia. Respira. Marlee Rice, assistente esecutiva del co-fondatore, non poteva perdere la testa nel bel mezzo dell'open space.

Anche se il mio cuore si era appena sbriciolato in polvere nel mio petto.

———

MENTRE SCENDEVO VERSO L'ATRIO, mandai un messaggio ad Alicia. Puoi parlare?

Il mio telefono squillò non appena uscii dall'ascensore. «Ehi.»

«Ehi,» disse Alicia. «Immagino che mi aspettassi che volessi parlare, ma non pensavo che l'avresti scoperto così presto.»

«Non pensavi che avrei scoperto cosa?» Spinsi la porta del cortile, che era freddo, umido e deserto. Rabbrividii.

«Oh. Niente.»

«No. Siamo amiche da troppo tempo per questo. Cosa sai?»

Rimase in silenzio per un momento. «Non puoi dirlo a nessuno. Non lo sa ancora nessuno.»

«Nessuno sa cosa, Alicia? Tyler sta bene?» Una minuscola

goccia d'acqua mi atterrò sulla guancia. Non era esattamente pioggia, più che altro la nebbia aveva iniziato a liquefarsi.

«Sta bene. Sta bene, a quanto pare. L'ha visto Jamila. Si sono incontrati ad Austin. Non lo saprei, se non fosse che mi ha chiesto una referenza per lui. Gli ha offerto un lavoro e lui ha accettato.»

«Ha accettato? Vuoi dire che lavorerà nell'ufficio di Jamila a San Francisco?» Non sarebbe stato così male. Non sarebbe salito ogni giorno alla mia scrivania, ma avremmo potuto vederci a pranzo qualche giorno a settimana.

«No. Il lavoro è ad Austin. Sta aprendo una seconda sede lì.»

«Austin?» La cosa non mi tornava. Si era appena trasferito da Austin meno di un anno fa. Aveva detto che il suo sogno era lavorare per Jackson a San Francisco.

«Mi dispiace, tesoro. Sono sicura che ti chiamerà per dirtelo. Ho sentito che è un ottimo lavoro. Livello direttivo, e non ha nemmeno trent'anni. Jackson sta lavorando a una controfferta, ma non so se Tyler l'accetterà. Deve aver avuto un motivo per chiedere un lavoro a Jamila.»

Il mio viso era bagnato, e non sapevo dire se fosse pioggia o lacrime o entrambe le cose.

«Marlee, stai bene?»

«Benissimo.»

«Non mi sembri affatto bene. Hai bisogno di mettere la testa tra le ginocchia?»

«No.» Ma stare in piedi non stava funzionando. Mi accovacciai lì nel cortile, con i tacchi, la gonna e senza cappotto. Sperai che nessuno mi stesse guardando crollare.

«Parlami. O vengo lì e ti faccio parlare.»

Afferrai il telefono come se potesse salvarmi dall'annegamento. «Prima che mio padre cadesse, io e Tyler... gli ho detto cosa provavo. Ma non mi ha creduta.»

«Gli hai detto cosa?»

«Lo amo, okay? Non amore da amici come voglio bene a te. Amore-amore, come tu ami Jackson.»

Il suo respiro fu forte. «Lo ami.»

«Ma lui... ma io... C'era Cooper, ed è stato terribile. E poi mio padre è finito in ospedale, e adesso questo.»

«Oh.» Rimase in silenzio per qualche secondo. «Sai cosa devi fare, vero?»

«Devo chiamarlo. Avrei dovuto farlo prima, ma io...»

«Lo so. Avevi un sacco di cose per la testa. Capirà.»

NON CAPÌ.

Almeno, questa era la conclusione a cui dovetti arrivare. Diciassette messaggi e sei messaggi in segreteria — incluso uno che avevo lasciato dopo qualche bicchiere di vino di troppo in cui potrei aver cantato "Vedo la luce" da Rapunzel — senza una risposta erano un messaggio abbastanza chiaro.

Ma il più chiaro di tutti fu la sua risposta di due parole alla fine della nostra conversazione a senso unico via messaggio.

TYLER

Non posso.

32

DIRIGERE il comitato organizzativo della festa significava essere troppo impegnata per pensare—più o meno—e troppo impegnata per l'autocommiserazione. O quasi.

Chiedermi di salvare la festa era stata una delle idee più brillanti di Jackson. Non che lo avrei mai ammesso con lui.

Con tutte le telefonate che avevo fatto, il cibo che avevo assaggiato, i locali che avevo visitato e le audizioni che avevo ascoltato, non avevo avuto tempo di deprimermi per la mia prima festività da sola nel mio nuovo appartamento senza papà.

Ma non trascorsi il Giorno del Ringraziamento da sola. Bayside Gardens aveva invitato le famiglie dei residenti a un pranzo. E sebbene papà ancora non mi parlasse per aver venduto la casa, buttato la sua amata poltrona reclinabile e averlo messo nella casa di riposo, diverse volte si confuse abbastanza da mostrarsi amichevole. Mi chiamò Maggie e mi disse quanto fossi gentile a cucinare per tutti i suoi nuovi amici. Sembrava in salute e ben nutrito, e di questo ero grata.

Dopo il pranzo, Alicia e Jackson passarono a prendermi e mi portarono a casa loro per il lungo fine settimana, dove giocai ai videogiochi con Sam and Noah. Era quasi bello come avere una famiglia tutta mia.

E la settimana tra quella festività e la festa, fui decisamente troppo impegnata per pensare a Tyler. Non lo vedevo da venticinque giorni—non che li stessi contando—da quando se n'era andato infuriato dall'ufficio di Jackson. Non mi ero rannicchiata nel maglione di Tyler, che ormai non odorava quasi più di lui, ogni volta che mi ero sentita sola o triste. Sarebbe stato patetico.

Cosa che ero, in tutto e per tutto.

Così decisi di fare qualcosa al riguardo. I miei tentativi di fare ammenda erano stati inefficaci, e avevo capito perché: nei romanzi rosa, le scuse erano sempre precedute da un grande gesto, compiuto dal personaggio che aveva fatto il torto maggiore all'altro. Quella ero decisamente io. Dovevo dimostrare a Tyler che ero dispiaciuta prima che lui potesse accettare le mie scuse. Si potrebbe pensare che una persona che aveva letto tanti romanzi e visto tante commedie romantiche come me ci avrebbe pensato. Ma avevo avuto molto per la testa.

Avevo già chiesto a Jackson dei giorni liberi, e stavo programmando di volare in Texas dopo Natale. Come in Harry, ti presento Sally..., avrei messo tutte le carte in tavola e gli avrei detto che volevo essere più di una sua amica per il resto della nostra vita. Se —e sapevo che era un grosso se, dopo come lo avevo trattato—mi avesse perdonata e mi avesse voluta ancora, ci saremmo baciati la notte di Capodanno, e quello ci avrebbe uniti per sempre.

Sì, sapevo che il Texas era uno stato grande e che avrei dovuto prima trovarlo, ma non ero al di sopra di usare Alicia per una ricognizione. Jackson non sarebbe stato di alcun aiuto; era ancora incazzato con Tyler per aver dato le sue due settimane di preavviso ufficiali il giorno prima della festa.

La sera della festa, lisciai le pieghe della gonna svasata del mio abito da cocktail nero. Per niente nervosa. Probabilmente non si sarebbe nemmeno presentato. Molto probabilmente, era ancora in Texas. Ma una piccola speranza ardeva sotto la scollatura drappeggiata del mio vestito.

Per distrarmi, ispezionai i tavoli nella sala principale del battello che avevamo noleggiato per la festa aziendale. Una volta che tutti fossero stati a bordo, avremmo navigato nella baia per qualche ora mentre i dipendenti e i loro ospiti cenavano e ballavano. In qualche modo, io e il comitato eravamo riuscite a far sembrare che non avessimo organizzato tutto in appena due settimane.

Tovaglie di lino bianco drappeggiavano i tavoli nella grande sala ricevimenti. Le finestre oscurate riflettevano un centinaio di candele da tavolo. Vasi di rose bianche e rametti di bacche rosso sangue coronavano ogni superficie. I tavoli del buffet si estendevano al centro della stanza, e presto si sarebbero riempiti di cibo caldo. I camerieri, con vassoi di antipasti e calici di vino, circolavano tra gli ospiti arrivati in anticipo. Avevo passato troppo tempo a pianificare la festa per avere fame delle barchette di lattuga, dei bignè di granchio e dei minuscoli toast all'avocado che avevo scelto con tanta cura. Non era perché fossi troppo ansiosa per mangiare.

Dopo aver finito di approvare la disposizione dei tavoli e di rivedere il programma delle attività, uscii sul ponte scoperto. Il mio stomaco sballottava come le onde sottostanti. Forse era per il movimento della barca, o forse era il nervosismo per la possibilità di rivedere Tyler. Dato che eravamo ancora all'ancora, supposi fosse la seconda opzione.

Alicia scese dalla passerella, splendida nel suo abito da sera bianco. La sovrapposizione di perline sul corpetto distoglieva lo sguardo dal suo ventre prominente, drappeggiato in un tessuto fluente. Si aggrappò alla manica di Jackson—come al solito, lui era delizioso in smoking—e lo trascinò verso di me. Sam, la sorella di Jackson, li seguiva. Indossava un maglione nero su pantaloni neri. Al buio, sarebbe stata invisibile se non fosse stato per la sua pelle chiara.

«Marlee, è tutto meraviglioso!»

Posai il tablet con la mia lista di controllo e abbracciai Alicia. «Tu sei meravigliosa. Come ti senti stasera?»

Mi strinse forte e mi sussurrò all'orecchio: «Oggi ho avuto le mie prime contrazioni di Braxton-Hicks. Ma non lo sto dicendo in giro, così Jackson non va nel panico. Mi farebbe preparare la borsa per l'ospedale e fare pratica con le corse in ospedale».

Feci un passo indietro e le sorrisi raggiante. «È fantastico!» Vedendo lo sguardo preoccupato di Jackson, continuai: «Fantastico che tu stia così bene. Jackson, sei magnifico come sempre. Anche se, lascia che...» Frugai nella mia borsa e tirai fuori un rullo levapelucchi. Mi accovacciai e lo passai sul fondo dei suoi pantaloni. «Immagino che stessi ricevendo un po' di coccole da Tigger prima di uscire».

Si chinò per prendermi il rullo e sussurrò: «Ho una sorpresa per te stasera». Mi fece l'occhiolino.

Una sorpresa? Poteva essere Tyler? Osservai Jackson passare il rullo sulle caviglie, sperando che mi illuminasse.

Ma lui si raddrizzò e disse soltanto: «Tigger è un po' ansioso per tutti i cambiamenti per il bambino. Abbiamo legato mentre aspettavamo che Alicia finisse di prepararsi».

Sam si unì al nostro cerchio. «Ehi, Marlee, non ti vedo da un po'. Comunque, sappi che ho mandato un'email a T...»

Jackson le mise un braccio sulle spalle, facendola zittire di soprassalto. «Ricorda cosa abbiamo detto durante il tragitto. Stasera non si parla di quel disertore.»

Sorrisi debolmente a Jackson. Dire il nome di Tyler non mi avrebbe impedito di pensare a lui. Anche se apprezzavo lo sforzo.

«Ma pensavo che lei...»

«Non siamo tutti elegantissimi.»

Non mi ero accorta dell'arrivo di Cooper. Strinse la mano a Jackson e poi ad Alicia. Mi porse la mano e io gliela strinsi. Per la prima volta in tre anni, non cercai di trasformarla in un abbraccio o di indugiare troppo a lungo con la sua mano nella mia. Non finsi che ci fossero scintille. Tutte le mie scintille erano per l'unica persona che mancava al nostro gruppo stasera.

La voce del capitano della nave crepitò nel mio auricolare. «Signorina Rice, è ora di salpare. Sono tutti a bordo?»

«Mi dia un minuto per confermare», mormorai. Mi voltai di

scatto e mi diressi verso la passerella, dove la coordinatrice della festa stava in piedi con un tablet simile al mio.

«Hanno fatto tutti il check-in?» le chiesi.

«Tutti tranne uno…» Scorse di nuovo la lista. «Tyler Young.»

Non sarebbe venuto. Mi sfiorai la collana, un semplice ciondolo di cristallo. «Diamo altri cinque minuti, e poi può dire al capitano di procedere.»

Mi rivolse un sorriso. «Perfetto. Ora vada a godersi la serata.»

Cercai di rivolgerle un sorriso luminoso, ma il mio viso era troppo rigido. Riposi il tablet nella borsa, mi tolsi l'auricolare e glielo porsi, insieme alla borsa. «Grazie. Vado a socializzare. Mi cerchi se ha bisogno di qualcosa.»

«Certamente», disse lei, tutta allegra efficienza.

Mi voltai e tornai verso le luci brillanti della festa. Sebbene avessi passato settimane a pianificarla, dalle decorazioni alla musica al cibo, e conoscessi quasi tutti i presenti, c'era qualcosa che non andava. Girovagando tra i capannelli di dipendenti della Synergy e i loro accompagnatori, scambiai qualche parola qui, strinsi una mano là, ma non riuscivo a inserirmi in nessuna delle conversazioni che turbinavano intorno a me. Tyler era sempre rimasto al mio fianco in queste occasioni, pronto a fare una battuta sciocca, a smussare una parola tagliente.

Quando il ponte ondeggiò e io vacillai sui miei tacchi scintillanti, la delusione mi si agitò nello stomaco. Non era venuto. Avrei voluto essere ovunque tranne che bloccata su una barca con l'aspettativa di divertirmi ed essere gentile con tutti per le successive quattro ore. Avevo bisogno di un drink.

Mi diressi verso il primo cameriere che vidi e presi una flûte di champagne dal suo vassoio. L'avevo appena sollevata alle labbra quando sentii un baritono familiare.

La voce di Jackson rimbombò dagli altoparlanti. «Buonasera a tutti. Benvenuti alla festa annuale della Synergy.» Mi bloccai. Questo era fuori copione. Il discorso avrebbe dovuto farlo Cooper. Cosa stava facendo Jackson?

Cooper doveva aver avuto lo stesso pensiero, perché se ne

stava rigido a lato del palco a guardare il suo amico, con le folte sopracciglia piegate in un'espressione perplessa.

Jackson continuò, parlando nel microfono che aveva preso al cantante della band. «Non preoccupatevi, conserveremo i discorsi per più tardi, quando avrete bevuto molto di più.» Un gruppo di programmatori esultò.

«Ma vorrei ringraziare qualcuno, qualcuno che ha avuto molto da fare ultimamente ma che ha comunque trovato il tempo per organizzare questa festa fantastica. Marlee, vieni qui.»

Un rossore mi divampò dalla scollatura del vestito fino all'attaccatura dei capelli. Avrei voluto essere più vicina a un'uscita per poter sparire, ma delle mani si stavano già allungando verso di me, tirandomi verso il palco. Forzai i piedi verso Jackson, pregando che i tacchi alti non mi facessero inciampare. Lungo il tragitto, incrociai Alicia, che fece spallucce, confusa quanto me.

Jackson mi accolse sul palco con un ghigno e un altro occhiolino. «Tre settimane fa, non avevamo un locale, né un catering, né musica. Ancora una volta, Marlee—e il resto del comitato organizzativo—hanno salvato la festa dal mio eccesso di impegni e dalla mia scarsa realizzazione.» Tutti risero, e gli sviluppatori ubriachi gridarono di gioia. Avrei dovuto chiamare delle auto a fine serata.

Quando l'applauso si placò, disse: «Marlee, penso che dovresti condurci nel primo ballo». Afferrò il braccio di Cooper. «Con il nostro COO, Cooper Fallon.»

Ora il sangue mi defluì dal viso. Sei settimane prima, sarei stata in paradiso. Quella sera, avrei preferito strapparmi un braccio a morsi piuttosto che passare tre minuti imbarazzanti a ballare con Cooper. Il suo sorriso di plastica diceva che provava lo stesso.

«Diamo loro un po' di incoraggiamento», tuonò Jackson nel microfono. Gli invitati alla festa esultarono e applaudirono, e la band attaccò "Almost Like Being in Love".

Raddrizzai le spalle e allungai la mano verso quella di Cooper. «Togliamoci il dente», dissi con un sorriso troppo smagliante. Lo condussi giù dal gradino sulla pista da ballo e misi una mano sulla sua spalla. L'altra, che ancora stringevo con la sua, la sollevai vicino alla mia spalla. Tra noi c'era un cuscino d'aria in cui ci sarebbe entrata una persona delle dimensioni di Sam.

Cooper posò una mano legnosa leggermente sulle mie costole e mi guidò in un quickstep rigido. Gli altri ospiti ci fecero spazio intorno. Il signor Weston stava vicino al palco, la sua espressione troppo vuota per essere decifrata. Il nostro ballo non avrebbe fatto nulla per dissipare le brutte voci che serpeggiavano in azienda dalla festa di Halloween. Ignaro, Jackson ci sorrideva raggiante dal palco come un padre orgoglioso. Ugh.

«Beh, è imbarazzante...» cominciai.

Nello stesso momento, Cooper disse: «Marlee, io...»

Smise entrambi di parlare, e poi ridemmo. La sua spalla dura come la roccia si rilassò sotto le mie dita. «Comincia tu», disse e mi fece roteare. Mentre tornavo tra le sue braccia, ricordai il ballo al matrimonio. Allora ero in coppia con Tyler, ma avevo desiderato questo. Perché desideravo sempre quello che non avevo?

Il ballo di Tyler era stato fluido, divertente. Ballare con Cooper era come ballare con una marionetta. Non c'era proprio paragone.

«Jackson ha buone intenzioni. Sono sicura che lo perdonerò. Un giorno.» Feci una smorfia. «Io... dicevo sul serio. Mi dispiace di aver creato imbarazzo tra noi. Spero che potremo essere buoni amici.»

Mi sorrise dall'alto. «Non c'è niente da perdonare. Sto ballando con una donna bellissima, una donna intelligente che mi ha trovato il secondo miglior assistente del mondo.»

«Dov'è Ben stasera?» Tra la preparazione della festa e la ricerca di Tyler, non l'avevo ancora visto.

Gli angoli della bocca di Cooper si tesero. «Al bar. Ha portato... lascia perdere.»

Avevo la schiena rivolta al bar, quindi non potevo vedere di cosa stesse parlando. Quando mi girò nella direzione giusta, così tante coppie si erano unite a noi sulla pista da ballo che non riuscii a trovare Ben. Speravo si stesse divertendo, chiunque fosse con lui.

«Merita di sfogarsi un po', sai. Non sei la persona più semplice per cui lavorare.»

La postura di Cooper divenne rigida. «Ho grandi aspettative da tutti...»

«Lo so.» Gli accarezzai la spalla. «Quello che ho imparato di recente è che non si può mettere nessuno su un piedistallo. Nemmeno te stesso.»

Cominciò a dire qualcosa proprio mentre la canzone finiva. Chiuse la bocca, mi attirò in un abbraccio e mi sussurrò all'orecchio: «Grazie», prima di baciarmi sulla guancia.

Mio padre mi avrebbe baciato sulla guancia con più passione. Il bacio di Cooper fu uno sfioramento secco di labbra che avrei voluto scacciare. Eppure, le sue intenzioni erano buone. Lo riabbracciai brevemente, inspirando il suo profumo di menta. «Quando vuoi.»

La band attaccò un'altra canzone e, mentre mi giravo per lasciare la pista da ballo, Sam mi bloccò la strada. «So che non dovrei parlare di lui, ma Jackson sta ballando con Alicia e non può sentirci.» Si avvicinò per non dover urlare sopra la musica. «Tyler è qui. Ma quando Cooper ti ha baciata, è corso fuori da quella porta.» Indicò le doppie porte che conducevano al ponte esterno.

«È qui?» Non potevo aver capito bene.

«Ho provato a dirtelo prima. Ha detto che non rivoleva la Principessa Leila, ma che ci avrebbe visti tutti stasera.»

Non rivoleva la Principessa Leila. Beh, se quello non mi diceva come si sentiva, non sapevo cosa potesse farlo. Eppure, era qui. E questo significava che avevo un'altra possibilità di sistemare le cose tra noi.

«Grazie.» Mi feci largo tra la folla verso l'uscita e guardai a destra, poi a sinistra. La luce della luna brillò sui capelli castano chiaro di una figura familiare per un momento, prima che scomparisse dietro la curva della poppa.

Nonostante i miei tacchi a spillo, corsi per raggiungerlo prima di perderlo. Di nuovo. Ringraziai Pitagora e chiunque avesse inventato il sestante per il fatto che eravamo su una nave senza via di fuga.

Girai la curva della barca per trovare solo sedie a sdraio vuote. Sbuffando un sospiro frustrato, ticchettai verso la prua della barca. Quando raggiunsi il centro della nave, una figura solitaria appoggiava i gomiti sulla ringhiera, di fronte alle onde screziate dalla luna. Questa volta, il mio sospiro portò con sé tutto il sollievo che provai nel trovarlo solo, ad aspettarmi. O almeno così speravo.

«Tyler!» gridai e trottai al suo fianco, fermandomi di colpo sul legno spruzzato dal mare. Mi lanciò un'occhiata veloce ma tornò a guardare l'acqua.

Quindi era così che sarebbe andata. Sarebbe stato necessario supplicare. Ero pronta.

«Ho sentito che sei tornato a casa.»

«Già.»

«La tua famiglia sta bene?»

«Sì.»

«Spero che tu abbia dato un pugno a Raleigh. O almeno che gliene abbia dette quattro.»

Alzò le spalle. «È stato bello vederli. Era da un po'.»

Cercai di sorridere, ma le mie labbra tremarono. «Allora sono contenta che tu ci sia andato. Hai passato un bel Giorno del Ringraziamento?»

Sempre guardando l'oceano, disse: «Sì».

«Sono andata a trovare mio padre nel suo nuovo posto. Bayside Gardens. Hai provato a darmi una brochure. La ricordo in cima alla pila prima che io...» Rabbrividii nel vento gelido e mi abbracciai per trattenere il calore. «Vorrei averti ascoltato allora. Hanno preparato un bel pranzo per le famiglie. C'era il tacchino.»

Quello mi valse una risposta. Si voltò verso di me. «Hai messo tuo padre in una casa di riposo?»

Sussultai al tono accusatorio della sua voce, ma poi alzai una spalla. «Lui... è caduto. Si è rotto una gamba e aveva bisogno di riabilitazione. E...» Questo non l'avevo detto a nessuno, ma Tyler avrebbe capito. «E ha battuto la testa, e sembra che abbia peggiorato la sua condizione.» Mi strofinai le braccia e fissai le onde.

«Mi dispiace», disse. Quasi controvoglia, chiese: «Stai bene?».

Non riuscivo a guardarlo. «Mi sono trasferita in un appartamento. Sto vendendo la casa. Papà è arrabbiato con me. Principalmente perché ho dato via la sua poltrona reclinabile.» Risi, ma non c'era umorismo.

Accanto a me, strinse la ringhiera.

«Io... mi sei mancato, Tyler.» Allungai la mano verso la manica del suo cappotto ma persi il coraggio e la ritirai senza toccarlo. «Avrei avuto bisogno di un amico.»

Tyler si voltò di scatto verso di me, i suoi occhi che brillavano nelle luci a filo. «Marlee, è esattamente questo che fai ai tuoi amici: li usi. Mi hai usato per avvicinarti a Cooper. E da quello che ho visto là dentro, ha funzionato. Quindi, visto che ho servito al mio scopo, ho finito di essere usato. Non posso più essere tuo amico.»

Il dolore nei suoi occhi mi uccise. «No, non è così. Stavamo solo ballando.»

Tamburellò le dita sulla coscia, ma il resto di lui era immobile.

«Jackson ci ha costretti. Cooper non significa niente per me. Io solo...»

Ma Tyler si allontanò da me, tornando verso la musica e la gente. Mi lanciai verso di lui, barcollando sui miei tacchi a spillo, finché non riuscii ad afferrare la sua manica. Mi ci aggrappai e piantai i talloni nel ponte, fermandolo.

«Non voglio lui. Voglio te.» Ecco. L'avevo detto, finalmente. Ma lui era un obelisco, tutto pietra scura e fredda, congelato di fronte a me.

«Come mi volevi dopo il matrimonio? Come un premio di consolazione quando non puoi avere la tua prima scelta? Merito di più.»

Anche al chiaro di luna, il suo dolore era evidente nelle rughe intorno ai suoi occhi, nella tensione della sua bocca. Cosa potevo fare per cancellare quel dolore? Allungai una mano verso la sua guancia.

Si tirò indietro e si diresse di nuovo furioso verso la festa. Scattai più veloce che potevo con i miei tacchi—Tyler e le sue maledette gambe lunghe—finché non lo raggiunsi e mi piazzai di fronte a lui.

«Sono d'accordo. Tu meriti... tu meriti tutto. Non c'è dubbio su chi sia il primo per me. Ci sei solo tu. Io amo te, Tyler. Solo te.»

Ora l'avevo fatta grossa: avevo messo tutte le carte in tavola. Se questa fosse stata una commedia romantica, mi avrebbe presa tra le braccia e mi avrebbe detto che mi amava anche lui, un attimo prima di baciarmi.

«Mi ami?» Il suo viso era inespressivo, nemmeno l'ombra di una fossetta.

«Sì.» Ondeggiai verso di lui, pronta per il nostro bacio.

Tyler rimase immobile abbastanza a lungo da permettere a ciò che avevo detto di depositarsi tra noi, di scivolare sul ponte e impregnare il legno come tanta birra versata. I suoi occhiali riflettevano le luci della festa, opachi.

«Ho bisogno di un minuto», disse.

«Un... un minuto?» Per fare cosa?

Alzò una mano, ma invece di sistemarmi una ciocca di capelli dietro l'orecchio o di accarezzarmi la guancia, mi tolse la mano dalla manica della giacca e lisciò il tessuto. Poi mi aggirò e attraversò la porta, entrando nella luce e nel rumore della festa.

33

SU UNA BARCA piena di gente felicemente alticcia, era difficile trovare un posto per stare da soli. Dopo che il minuto di Tyler si era allungato a due, poi tre, poi cinque, mi ero allontanata di soppiatto e mi ero sistemata su un deserto ponte superiore, con giusto lo spazio per qualche panca di legno esposta alla luna, alle stelle e al vento.

Mi rannicchiai su una panca con i piedi sollevati, le braccia strette attorno alle tibie e il mento appoggiato sulle ginocchia. I capelli, sfuggiti allo chignon, mi volavano intorno alla testa, tranne dove si appiccicavano alla pelle umida del viso.

Non c'era da stupirsi che fosse stato facile prenotare la barca con poco preavviso: a dicembre, sull'acqua, faceva un freddo da battere i denti. E ora ero bloccata. Eravamo in navigazione solo da un'ora e mezza, forse due – impossibile dirlo con il cellulare nella borsa di sotto – quindi ero intrappolata sulla nave per almeno altre due ore. A tremare nel gelo invernale. Almeno svenire per ipotermia avrebbe posto fine a questa mia personale festa dell'autocommiserazione.

Non che meritassi una liberazione. No, per come mi ero comportata negli ultimi tre mesi – diavolo, negli ultimi tre anni – mi ero guadagnata ogni singolo, miserabile minuto. Non avevo voluto vedere la realtà, e ora il destino, il Karma, o quel che fosse, mi aveva presentato il conto.

Mi strinsi le gambe e rabbrividii. Il vento sferzante mi schiaffeggiava le guance e mi faceva lacrimare gli occhi. No, avevo smesso di illudermi: erano lacrime. Lacrime di solitudine e di cuore spezzato. Tyler si sarebbe trasferito ad Austin e io sarei rimasta nel mio appartamento solitario. Forse dovrei prendere un gatto. No, probabilmente anche lui mi avrebbe odiato, come aveva fatto Tigger. Persino una creatura con un cervello grande quanto una noce aveva capito che era meglio non amarmi.

Almeno sul ponte superiore potevo vedere le stelle. Volsi lo sguardo a Orione. Aveva inseguito una ragazza che non lo amava, e il padre di lei, infuriato, gli aveva cavato gli occhi. La mia cotta unilaterale per Cooper mi aveva impedito di vedere Tyler, a cui forse ero importata. Una volta. Non più.

Seguii con lo sguardo il cielo da Orione a Perseo e Andromeda. Vedere gli amanti di solito mi confortava, ma stasera la loro felicità era un pugno nello stomaco. Non tutte le ragazze incatenate a una roccia avevano un bell'eroe pronto a salvarle dall'attacco di un mostro. No, nella vita reale, se la ragazza non riusciva a liberarsi da sola dalle sue catene, il mostro la prendeva. E anche se fosse riuscita a scappare, non c'era garanzia che non avrebbe mandato a monte la relazione con il bell'eroe che le si era presentato.

Qualcosa di pesante colpì la scaletta dietro di me. Per un secondo, sperai che fosse solo un invitato felicemente brillo che ci era inciampato contro. Ma no, i colpi sordi continuarono a un ritmo regolare. Passi. Qualcuno stava salendo e mi avrebbe trovata con il mascara e il moccio che mi colavano sul viso. Mi passai una mano sotto il naso.

Una zazzera di capelli scompigliati dal vento apparve oltre il bordo del ponte. Un altro piolo, e la luce della luna scintillò su un paio di occhiali.

Tyler.

Fantastico. Aveva scelto anche lui il mio nascondiglio. Supponevo che fosse abbastanza grande per due persone imbronciate.

Mi schiarii la gola per avvertirlo. Sicuramente sarebbe tornato indietro vedendo chi occupava lo spazio. Ma non lo fece; le sue spalle emersero oltre il bordo. Era più forte di me, e non in senso fisico. Sarebbe stato in grado di passarmi accanto, come avrebbe dovuto fare per raggiungere l'altro lato del ponte superiore, probabilmente senza neanche degnarmi di uno sguardo. Altre lacrime calde affiorarono, pronte a tradirmi come una patetica idiota che non aveva capito i propri sentimenti e non meritava l'amore di quest'uomo. Ruotai sulla panca per voltare le spalle alla scaletta e mi asciugai le guance con i palmi tremanti. Guardando verso lo zenit, trovai la familiare sagoma dei Pesci.

Il corpo solido di Tyler si sistemò accanto a me, abbastanza vicino da sentire il suo profumo agrumato e fresco e il calore che irradiava. Mi rifiutai di guardarlo; mi era rimasto abbastanza orgoglio da non volere che vedesse i miei occhi rossi e sbavati di mascara. I miei denti presero a battere.

«Hai freddo?» mi chiese.

Non mi fidavo della mia voce per parlare, ma annuii.

Si allontanò da me per qualche secondo, e poi qualcosa di pesante e ruvido mi si posò sulle spalle. Niente a che vedere con la meraviglia della giacca che mi aveva prestato al matrimonio, calda del suo corpo e impregnata del suo profumo. Ma bloccava il vento. Me la strinsi più forte addosso. Con gli occhi ancora rivolti al cielo, mi schiarii la gola e dissi: «È una qualche magia che vi insegnano in Texas? Far apparire coperte dal nulla?»

«No» disse lui, ridacchiando. «Le panche quassù le hanno dentro.»

Rischiai un'occhiata e, infatti, c'era una cerniera sul sedile dove ero appollaiata. Feci roteare le spalle, cercando di allentare la tensione che i brividi avevano accumulato nel mio corpo.

«Cosa stiamo guardando?» chiese.

Lo guardai. Il suo sguardo era fisso sul cielo stellato.

«Stavo guardando i Pesci.» Feci scivolare una mano da sotto la coperta per indicare. «Quel grande quadrato è Pegaso. E poi sotto c'è un piccolo pentagono. È la testa di un pesce. Ce ne sono due, collegati per le code. Puoi seguire quella fila di stelle fino a quella luminosa – Alpha Piscium, è una stella doppia – e poi risalire…»

Mi interruppe. «Conosco i Pesci.»

Li guardai di nuovo, e la figura mi apparve chiara. «Il tuo tatuaggio! Sulla spalla.»

«Già.» Rimase in silenzio per un minuto. «La mia squadra di nuoto del liceo si fece fare un tatuaggio tutti insieme. Immagino di avere avuto l'acqua in testa, quindi decisi di farmi il mio segno zodiacale.»

«Davvero? Anch'io. Io sono del ventuno febbraio.»

«Quindici marzo.»

«Quindi siamo entrambi dei sognatori.»

«Dei romantici» disse lui.

Restammo in silenzio per un minuto. Sotto la coperta, tremai.

Romantica. La vecchia Marlee leggeva romanzi rosa e vedeva l'amore ovunque. La nuova Marlee sapeva che non tutti avevano un lieto fine. Inclusa, a quanto pareva, la nuova Marlee.

Mi spostai per allontanare il viso da lui. Nel frattempo, il mio stomaco si contorceva e i miei pensieri turbinavano. Perché era seduto accanto a me? Era amicizia? O aveva provato pietà per me quando mi aveva trovata quassù, mezza congelata? Non avevo bisogno della sua pietà. Dopotutto, mi era rimasto un po' d'orgoglio nonostante come mi fossi comportata prima.

«Senti, io…» cominciai.

«Hai…» disse lui nello stesso momento.

Appoggiai la testa sul ginocchio e lo guardai di nuovo, tutto tranne i miei occhi nascosto dalla coperta che mi copriva la spalla. La luce della luna dorava le punte dei suoi capelli, e le stelle si riflettevano sui suoi occhiali. La sua camicia bianca splendeva sotto la giacca scura e la cravatta.

«Prima tu» dissi.

Tamburellò il dito contro il ginocchio e disse: «Lo pensavi davvero quando hai detto che mi ami?»

Resistetti all'impulso di tirarmi la coperta sul viso. L'avevo detto ad alta voce. Non c'era modo di evitarlo. «Sì. Ti amo.»

Quando mi toccò la schiena tra le scapole, sussultai. «E non l'amore tra amici, come quello che provi per Alicia?»

Sarebbe stato così facile accettare la via di fuga che mi offriva. Ma non potevo mentire al mio amico. «Beh, c'è anche quello. Ma intendo amore romantico. Amore del tipo 'voglio-saltarti-addosso'. Amore del tipo 'voglio-vivere-per-sempre-felice-e-contenta-con-te'. Stavo persino pianificando un gesto plateale per cercare di dimostrartelo e poi implorare il tuo perdono.»

«Un gesto plateale?»

«Sarei venuta in Texas per Capodanno. Trovarti ovunque tu fossi. Strisciare ai tuoi piedi come nessuno ha mai fatto. E baciarti fino a farti perdere il fiato, se me lo avessi permesso.»

«Marlee.» Si sporse in avanti, così che il suo viso mi bloccò la vista dell'orizzonte. «Ascoltami. Non voglio qualcosa uscito da una favola o da un romanzo rosa. Niente cavalli bianchi. Niente stereo portatili. Niente corse negli aeroporti. Niente canzoni. Niente fottuto Principe Azzurro. Voglio ciò che è reale. Questo è reale?»

Trebuii sotto la coperta. «Per la palla sinistra congelata di Lord Kelvin, pensi che sarei qui a piagnucolare» – mi asciugai le lacrime sulla guancia – «e a gelarmi il culo se quello che provo non fosse reale? Mi si è spezzato il cuore quando te ne sei andato. E di nuovo stasera, di sotto, quando ti sei allontanato da me. Sto piangendo via tutto il trucco perché ti amo e p-perché tu non mi ami.»

Strofinii il viso contro le ginocchia per nascondere la mia faccia stravolta dal pianto. Odiavo piangere, e tra mio padre e Tyler, ultimamente l'avevo fatto fin troppo.

«Ehi. Ehi.» Mi massaggiò le spalle tremanti.

«Non voglio la tua pietà. Dovresti s-scendere alla festa. Dove fa caldo. Stare con Sam e gli altri sviluppatori. Dire a-a-addio.» Forse il mio cuore si sarebbe congelato quassù, e non avrebbe fatto così male il fatto che il mio amico se ne stesse andando.

«Non voglio stare con loro. Voglio stare con te. E sono abbastanza caldo per entrambi.» Si avvicinò e mi mise le braccia intorno.

«Cosa?» Quando alzai la testa, vidi che avevo lasciato una macchia chiara di trucco sulla gonna nera. Fantastico.

«Ti amo, Marlee. Da quel giorno alla festa, quando eri fradicia di birra.»

«Ma tu…» Mi amava? «Te ne sei andato. Perché non hai detto niente di sotto?»

Storse le labbra in un sorriso ironico. «Ero così arrabbiato quel giorno nell'ufficio di Jackson. Ma ho letto tutti i tuoi messaggi e ascoltato i tuoi vocali mentre ero a Dallas. La canzone è stato un bel tocco, a proposito. Stasera, speravo che potessimo parlare. Faccia a faccia. Ma poi ti ho vista tutta a tuo agio con Cooper, e io… ho perso la testa. Non volevo essere la seconda scelta. Non lo sarò.» La luce delle stelle illuminava la sua mascella serrata e risoluta.

Scossi la testa. «Non lo sei. Mai.»

«Poi, quando hai detto che mi amavi» – l'altro lato della sua bocca si incurvò all'insù – «tutto quello a cui riuscivo a pensare era che dovevo dire a Jackson che non avrei lasciato la Synergy. Che non avrei lasciato te.»

«Tu… non te ne vai?»

«Assolutamente no.» I suoi occhi scintillarono nella luce delle stelle. «C'è voluto più tempo del previsto perché mi stanno dando la promozione. E non come manager. Come direttore.»

Il suo sorriso era contagioso, e gli angoli della mia bocca si sollevarono.

Si chinò verso di me, il suo respiro caldo sulla mia pelle gelida. «Posso baciarti adesso, Principessa?»

Mi sporsi verso di lui e premetti le mie labbra sulle sue. Aveva ragione. Era caldo e morbido, tutte cose che io non ero, un ghiacciolo umano bloccato quassù sul ponte spazzato dal vento. Ma quando mi prese la guancia con una mano e fece scivolare l'altra sotto la coperta per posarla sulla mia schiena, cominciai a scongelarmi.

«Mi pare di capire che il contatto pelle a pelle sia il modo più veloce per riscaldare un'altra persona.» Potrei averlo letto in un romanzo rosa o due.

«Sono disposto a provare.» Me lo sussurrò all'orecchio, facendomi venire la pelle d'oca sulla nuca.

Con le dita tremanti, gli allentai la cravatta e gli sbottonai la camicia. Trattenne il fiato rumorosamente quando premetti le mie dita fredde contro il suo petto caldo. «Cazzo, sei gelata.»

«Devi davvero iniziare a credere a quello che dico se vogliamo che questa cosa funzioni.» Feci scivolare le mie mani gelide sulla sua schiena, facendolo rabbrividire.

«Contatto pelle a pelle, eh?» Il suo sorrisetto fu il mio unico avvertimento prima che mi sollevasse dalla panca per mettermi in grembo. Le mie ginocchia erano ai lati dei suoi fianchi, e lui tirò la coperta per coprirci entrambi.

Seduta sulle sue cosce, toccai le mie labbra con le sue. Avrebbe dovuto essere strano, baciare il mio amico, che aveva riso con me, che mi aveva asciugato le lacrime, che era venuto a trovarmi ogni giorno alla mia scrivania per parlare del nulla. O forse non era affatto strano, essere innamorata del mio amico. Avere tutto quello, e anche i baci.

La cerniera lampo scese lungo la mia schiena, seguita dalle agili dita di Tyler. Il mio vestito scivolò giù per le spalle, e Tyler mi baciò lungo la mascella fino al collo prima di infilare la testa sotto la coperta. «Eccola qui.» Il suo respiro caldo si riversò sulla parte superiore dei miei seni. Un brivido mi percorse fino in mezzo alle gambe.

«Cosa?»

«Il tuo reggiseno rosa. Mi ero preoccupato quando ti ho vista con questo vestito nero. Non sembrava da te.»

Sarebbe stato troppo sdolcinato dirgli che non mi andava di indossare colori vivaci quando lui non c'era. «È un e-evento formale.» Le parole divennero difficili mentre mordicchiava lungo il bordo del pizzo rosa antico.

«Sei bellissima con qualsiasi cosa indossi. Ma non vedo l'ora di toglierti questo vestito.»

«È quasi tolto, ormai.» Spingendo il petto verso il suo viso, strofinai il mio centro dolente contro la parte anteriore dei suoi pantaloni e sentii un indurimento in risposta. Abbassai le mani sulla sua cintura e armeggiai con la fibbia.

Si immobilizzò e mise una mano sulla mia. «Non qui, Principessa. Potrebbe salire qualcuno.»

Mi chinai per sussurrargli all'orecchio: «Prometto che farò silenzio.» Mi dimenai contro il rigonfiamento nei suoi pantaloni.

«Io non voglio che tu faccia silenzio. Voglio che tu urli il mio nome quando sarò dentro di te.»

Ricordando ciò che avevo visto sotto le lenzuola la mattina dopo aver dormito accanto a lui, gli mordicchiai il lobo dell'orecchio. «Sì, ti prego.» Il Tyler nel mio cassetto non avrebbe retto il confronto con l'originale.

La sua voce era tesa quando disse: «Ed è per questo che non possiamo farlo qui.»

«No?» Mordicchiai scendendo lungo il suo collo fino alla clavicola, che leccai fino all'incavo alla base della gola.

Deglutì. «No.» Ma non mi impedì di strusciarmi contro di lui. Non avevo provato a venire completamente vestita dai tempi del liceo. Ma sembrava funzionare. L'attrito tra i suoi pantaloni e le mie mutandine mi fece ansimare.

Quando gemetti il suo nome nel suo orecchio, sollevò i fianchi e spinse a sua volta. Le sue dita si conficcarono nel mio sedere mentre io afferravo i suoi capelli troppo corti. Il suo respiro era caldo nel mio orecchio. «Ci sei quasi?»

E misi un grugnito frustrato. L'angolazione era sbagliata. «Ho bisogno di...»

«Dimmi di cosa hai bisogno, Principessa.»

«Le tue dita.»

Espirò come se avesse appena fatto una rampa di scale di corsa. «Sul clitoride o dentro?»

«Sul clitoride.»

Spostò una delle sue mani dal mio fianco lungo l'apertura delle mie mutandine. Il suo pollice si insinuò all'interno e scivolò fino al punto esatto in cui avevo bisogno di lui. Ansimai. «È lì.»

Non ci volle molto. Uno, due, tre passaggi vibranti con il polpastrello del suo pollice, e premetti la bocca aperta sul suo collo per soffocare il mio grido. Il suo pollice si fermò mentre pulsavo dentro, e lui sollevò l'altra mano dal mio fianco alla mia schiena, premendomi contro il suo petto. Emise suoni rassicuranti e mi massaggiò la schiena finché non mi afflosciai contro di lui, scossa dai fremiti.

«Abbastanza calda?» Mi baciò sulla tempia.

«Sì.» I miei muscoli erano sciolti e languidi, come se avessi appena ricevuto un massaggio. «E tu…?»

«Oh, ah, non ancora.»

«Dammi un altro minuto e io…»

«No.» Strinse la mia mano, che aveva iniziato a vagare verso sud. «Per quanto voglia le tue mani e le tue splendide labbra rosa su di me, aspetterò finché non saremo soli. Preferirei che il mio primo atto da direttore non fosse essere beccato con le tue mani nei miei pantaloni.»

Mi tirai indietro. «La tua mano era nei miei pantaloni.»

Si portò la mano alla bocca e si mise il pollice dentro, succhiandolo per pulirlo. «Ne è valsa assolutamente la pena.»

I miei occhi si sgranarono mentre la mia mente correva a immagini di lui che mi puliva succhiandomi. Mi sporsi in avanti per sussurrargli all'orecchio: «Farei in modo che valesse il rischio.»

Rabbrividì, e dubitai che fosse a causa del vento che sferzava la bandiera sopra di noi. Ma le sue mani andarono sulla mia schiena e mi chiusero la cerniera del vestito, tirandomelo di nuovo sulle spalle. Si appoggiò allo schienale della panchina e mi girò in modo che la mia schiena poggiasse contro il suo petto. La coperta ci copriva entrambi. «Per ora, godiamoci la crociera.»

«Vuoi tornare di sotto?» Lui sembrava a posto, anche se un po' sudato e sgualcito. Io molto probabilmente avevo pianto via tutto il trucco dagli occhi e il rossetto con i baci. E non volevo nemmeno guardare il mio vestito per vedere le pieghe. Ma se lui voleva tornare alla festa, tenermi per mano e rimediare a quello stupido ballo con Cooper ballando con me per il resto della notte, l'avrei fatto.

«No. Ho tutto ciò di cui ho bisogno proprio qui.»

E anch'io. A differenza di Andromeda, questa principessa non stava aspettando di essere salvata. Stava afferrando il suo destino con entrambe le mani e non l'avrebbe mai lasciato andare.

«LA MIGLIORE FESTA di Natale di sempre.» Tyler mi teneva la mano mentre scendevamo dalla passerella sul molo. Avevo insistito per aspettare che avessimo attraccato e che tutti tranne il personale del catering avessero lasciato la nave. Non avrei permesso ai miei colleghi di vedermi dopo essermi tolta il mascara sciolto con un tovagliolo di carta umido in bagno e avermi pettinato i capelli con le dita. Altro che onde da spiaggia. I miei capelli erano sferzati dal vento e aggrovigliati come se fossi stata in una turbina.

Riunita con il mio telefono, risposi ai messaggi di Alicia del tipo dove-sei e alle sue offerte di un passaggio.

> Sto bene, e Tyler mi sta portando a casa 😊

Alzai lo sguardo con un sorriso ironico. «Grazie. Ho fatto tutto da sola mentre tu te la spassavi in Texas.»

Lui aprì la portiera della sua Mustang e me la tenne aperta. «Mi dispiace. Io...»

Gli posai un dito sulle labbra per fermarlo. «È importante che tu veda la tua famiglia. Sono contenta che tu l'abbia fatto, e» – deglutii – «spero che significhi che potrai passare il resto delle vacanze qui con me.»

Mi mise le braccia intorno e toccò la mia fronte con la sua. «Voglio passare più tempo possibile con te. A partire da adesso.»

Gli baciai brevemente le labbra – faceva un freddo cane, e nemmeno la giacca di Tyler mi stava tenendo al caldo ora – e scivolai nella sua macchina. Lui chiuse la portiera dietro di me, salì dal suo lato e accese il motore e il riscaldamento. Rabbrividii quando l'aria fredda uscì dalle bocchette.

«Vuoi vedere casa mia? Non è lontana da qui.»

Mi strinse la mano gelida e mi baciò le nocche. «Il riscaldamento funziona?»

«Penso che possiamo produrne parecchio da soli» dissi con la mia voce più sensuale.

Lui inarcò le sopracciglia.

«Troppo smielato?»

Mi baciò la punta gelida del naso. «Adoro quando sei smielata.» Poi si avvicinò al mio orecchio e mi disse esattamente come intendeva riscaldarmi, usando parole sporche che non avevo mai sentito dal mio amico.

Avrei giurato che quella Mustang avesse i sedili riscaldati.

Poco dopo, aprii la porta del mio appartamento. Con Tyler premuto contro la mia schiena, non ricordavo se avessi lavato i piatti o gettato il pigiama nella cesta della biancheria. Finora, solo Alicia aveva visto il mio appartamento. Gli sarebbe piaciuto?

Entrai e accesi la luce. «Allora, questa è...»

Un secondo dopo, mi ritrovai premuta contro la porta. Mi afferrò le mani, me le bloccò ai lati della testa e mi baciò di nuovo, dapprima lentamente, per poi scatenare una danza di lingue e labbra che si mordicchiavano. Quando lasciò la mia bocca per baciarmi lungo la gola, ero spacciata.

Niente era mai stato così bello come le sue dita tra i miei capelli, le sue labbra sulla mia pelle. Chi sapeva che la nuca, proprio lungo l'attaccatura dei capelli, fosse una zona erogena?

Due persone: Tyler e Marlee, affamata di sesso, ecco chi. Intrecciò le dita proprio lì e io rabbrividii.

Cercai a tentoni il suo petto. Si era tolto la cravatta e l'aveva messa, arrotolata, nella tasca della giacca che indossavo ancora. Trovati i bottoni della sua camicia, mi misi a slacciarli a tastoni mentre le sue labbra incontravano di nuovo le mie in un altro bacio a bocca aperta, al sapore di agrumi, un bacio di cui avevo bisogno più di quanto avessi bisogno di respirare. L'ossigeno era sopravvalutato. Tutte le funzioni nervose importanti avvenivano nel mio cervello rettiliano.

Quando riuscii ad aprirgli la camicia, gemetti nella sua bocca.

«Cosa c'è?»

«La maglietta,» ringhiai.

«Faceva freddo stasera. Mi sono vestito per l'occasione. A differenza tua con quel vestito provocante.» Lasciò cadere la camicia sul pavimento e si sfilò la maglietta dalla testa. «Ammetto di aver segretamente sperato di doverti dare la mia giacca.» Mi si avvicinò e me la sfilò dalle spalle.

Feci scorrere le mani sul suo petto nudo. Tutta quella pelle nuda che avevo intravisto la mattina in cui mi ero svegliata nel suo letto ora era mia. Mia da toccare. Mia da leccare. (Lo leccai.) Poggiai la guancia al centro del suo petto, dove il cuore batteva, forte e regolare, anche se un po' accelerato. «Speravo solo che saresti tornato per la festa. Avevo così paura…» La mia voce si spezzò. Avevo avuto paura che non avrebbe mai più voluto vedermi. Che non sarebbe venuto alla mia festa. Che sarei andata fino in Texas per il mio grande gesto e lui mi avrebbe detto di andarmene.

«Marlee.» Si scostò e attese finché non incrociai il suo sguardo. «Anch'io avevo paura. Paura di aver mandato tutto a puttane chiedendo troppo.»

Deglutii. Gli era occorso così tanto coraggio per chiedere ciò che voleva, per rischiare qualcosa che riteneva prezioso: la nostra amicizia. «Ora abbiamo tutto.»

«Abbiamo tutto.» La fossetta era ricomparsa, ed era mia da baciare. E così feci.

«La camera da letto è da questa parte.» Intrecciai le mie dita con le sue e lo condussi verso il mio nuovo letto. Il copriletto rosa e i cuscini decorativi erano spariti. Ora avevo un semplice piumone bianco. Non avevo ancora deciso una palette di colori per la mia nuova camera da letto, quindi era spoglia. Tranne per...

«Quella è la mia felpa?» Tyler si allungò oltre di me per afferrarla dal suo posto sul secondo cuscino.

Feci spallucce. Ormai era inutile nasconderlo. «Mi sei mancato.»

Posò la felpa sul comò e si voltò verso di me. «Non dovrai mai più sentire la mia mancanza.»

Il mio cuore rallentò alle sue parole e un calore mi riempì come se avessi appena finito una lezione di yoga. Mi sedetti sul letto e, senza smettere di guardarlo negli occhi, mi distesi all'indietro finché non fui sdraiata, con le gambe a penzoloni dal bordo. «Mostramelo.»

Il suo sguardo ardente scese dai miei occhi al mio corpo, catalogando ogni mia parte. Una pulsazione iniziò all'incavo delle mie gambe e strinsi le cosce per alleviarla.

«Ti serve qualcosa?» Non l'avevo mai sentito ringhiare in quel modo.

I miei occhi si spalancarono e annuii. «I preservativi sono nel cassetto.» Ti prego, ti prego, ti prego, fa' che non siano scaduti. Quanto tempo era passato da quando li avevo comprati in un impeto di speranza che... no. Non avrei permesso che lui entrasse in camera da letto con noi. Quella notte c'eravamo solo io e Tyler.

«Oh, ci vorrà un po' prima che ce ne serva uno.» Si inginocchiò sul tappeto e fece scorrere lentamente le dita lungo l'interno delle mie cosce, risalendo sotto la gonna. «Sempre che ti vada bene che io stia qui sotto.»

Mi dimenai, disperata per il suo tocco. «Sì.» Le parole erano difficili da trovare.

Lui si alzò e io gemetti. «Pensavo che stessi per...»

Ridacchiò. «Oh, lo farò.» Prese uno dei cuscini e me lo sistemò sotto la testa. Poi si inginocchiò di nuovo tra le mie ginocchia. «Guarda.»

Oh. Oh.

Mi sfilò le mutandine lungo le gambe prima di allargarmi delicatamente le ginocchia. Fissò il mio centro e si passò la lingua sul labbro inferiore. «Bellissima,» mormorò.

«Cosa?» Sì, l'avevo sentito la prima volta, ma volevo sentirlo di nuovo. Quale donna non sogna di trovare un uomo che pensi che il suo corpo nudo sia bellissimo?

Sorrise. «La tua fica è stupenda, Marlee. Rosa, gonfia e bagnata per me.»

Per la superficie rovente del sole, andavo pazza per le parole sporche di Tyler.

«Sembravi un così bravo ragazzo.»

Quei suoi occhi nocciola si oscurarono. «Ti farò vedere io come sono bravo.» Sentii uno sbuffo d'aria calda prima che la sua bocca scendesse su di me, la sua lingua che esplorava, i suoi denti che sfregavano, le sue labbra che lenivano. Appoggiata sul cuscino, osservai il suo viso affondare tra le mie cosce, con un'espressione concentrata che gli avevo visto solo le poche volte che l'avevo guardato programmare.

E per quanto fosse bravo a programmare, era ancora più bravo nel cunnilingus. Presto, mi infilò un dito dentro e io inarcai la schiena.

«Tutto bene?»

Il suo dito caldo e agile e la sua lingua talentuosa erano molto meglio del mio vibratore, persino di The Tyler. «Se ti fermi, ti tiro uno schiaffo.»

«Magari dopo.» Il suo sorriso era malizioso.

Mentre spingeva lentamente dentro e fuori con il dito, risalì con la lingua. Afferrai le lenzuola in attesa.

«Ti piace?»

Annuii, freneticamente.

Mi cerchiò il clitoride con la punta della lingua. Quando finalmente toccò il piccolo nodo sensibile, la prima ondata di piacere mi travolse e gridai.

«Ti piace, eh.» La sua barba corta mi graffiò l'interno della coscia.

Mentre alternava cerchi con la punta della lingua e leccate con la parte piatta, continuando a muovere le dita dentro e fuori, salii sempre più in alto. Ora affondai le dita tra i suoi capelli, esortandolo a rimanere dove avevo bisogno di lui.

I miei respiri affannosi si trasformarono in gemiti mentre salivo in una spirale per afferrare l'orgasmo che fluttuava appena fuori portata.

«Ci sono io, Principessa.»

La sua mano si fermò, premuta dentro di me, e l'orgasmo mi afferrò e mi scosse tra i suoi denti. Mi tenne stretta per tutto il tempo, sussurrandomi dolci parole sulla pelle mentre ogni muscolo dentro di me si contraeva e si rilassava, e stelle multicolori danzavano dietro le mie palpebre. Quando riaprii gli occhi sbattendo le palpebre, si era messo di fianco a me, la sua figura stagliata contro la lampada alle sue spalle. Appoggiando la testa sulla mano, mi osservò mentre il mio respiro rallentava. Indossava ancora gli occhiali e i pantaloni. Mi mise l'altro braccio sulla vita.

Potevo sentire il sorriso nella sua voce quando disse: «Potrei guardare quella faccia tutto il giorno.»

«Intendi la mia faccia da orgasmo?» La nascosi nel cuscino.

La sua mano lasciò il mio fianco e due dita mi sollevarono il mento così che mi ritrovai di nuovo di fronte a lui. Mi scostò una ciocca di capelli dalla fronte. «Semplicemente la tua faccia. Da orgasmo o no.»

La sua tenerezza mi stava sciogliendo dentro. Perché l'avevo respinto? A quest'ora avrei potuto avere quest'uomo più e più volte, l'uomo con le dita agili che mi aveva appena fatto vedere le stelle.

I miei muscoli interni si contrassero di nuovo, volendo di più, avendo bisogno di essere riempita con più delle sue dita. Portai una mano sulla parte anteriore dei suoi pantaloni e lo sentii tendersi verso di me. Feci scorrere un dito lungo la sua lunghezza. «Vuoi vederla di nuovo?»

«Oh, sì.»

Rotolando per mettermi sopra di lui, gli posai un bacio sulle labbra che sapeva di me e scesi lungo il suo collo, fermandomi proprio nell'incavo della sua clavicola, al centro del suo profumo di agrumi e cedro. Lui mugugnò e chiuse gli occhi.

Incoraggiata, leccai fino al suo capezzolo, che era già dritto, in attesa che i miei denti lo sfiorassero. Quando lo mordicchiai, gemette.

Sorrisi contro la sua pelle e continuai a scendere, accovacciandomi per sfiorare le colline dei suoi addominali, una per una. Le mie dita andarono alla fibbia della sua cintura, spingendo la pelle attraverso il metallo mentre, con la lingua, disegnavo un'orbita attorno al suo ombelico.

Tirandomi su, gli slacciai i pantaloni e abbassai la cerniera, attenta a non impigliare la sua erezione tesa tra i dentini. Ci siamo. Stavo per vedere The Tyler a confronto con il mio Tyler. Baciai la sua scia di peli appena sopra la cintura prima di sfilargli mutande e pantaloni. Mostrando una moderazione che sorprese persino me, gli tolsi i calzini prima di posare lo sguardo sul suo cazzo.

Santo Gray's Anatomy. The Tyler era mostruoso. Per non parlare del fatto che era viola. Tyler in persona, sebbene più modesto, era magnifico: venato, arrossato e oh-così-eretto. Feci scorrere un dito dalla base alla punta e attraverso la fessura, spalmando l'umidità che vi era imperlata. Era più setoso. Più caldo. E sussultò al mio tocco.

Allungando la mano verso la mia cerniera, la tirai giù finché il vestito non mi cadde dalle spalle e si ammucchiò sul pavimento. Il mio reggiseno lo raggiunse un secondo dopo. Ero nuda davanti al mio amico e amante.

Il suo viso si rilassò. «Cristo, Marlee.»

«Cosa?» Si era immaginato… aspettato… che fossi diversa? Forse avrei dovuto tenere il vestito.

«Persino meglio di come ti avevo immaginata,» disse con un filo di voce.

Mi avvicinai al comodino e tirai fuori una bustina di preservativo dalla scatola accanto alla custodia di The Tyler. La lasciai cadere sul letto e mi inginocchiai sulle sue cosce. «Mi avevi immaginata?»

«Solo ogni notte. E nei pomeriggi del weekend. E una o due volte in ufficio. Ogni volta che indossi quella gonna svolazzante. Quella che non capisco mai se sia bianca o rosa.»

L'angolo della mia bocca si sollevò. «È rosa ostrica. Forse anch'io ti ho immaginato.» Un giorno gli avrei parlato di The Tyler. Forse avremmo potuto giocare tutti insieme qualche volta. Non stasera. Stasera era solo per il verissimo Tyler e me.

Il suo cazzo si tese verso di me, impaziente e glorioso. Lo avvolsi con le dita e tirai a mo' di prova. E poi con più sicurezza quando lui gemette e il suo membro si indurì ulteriormente nella mia mano. Alzai lo sguardo sul suo viso per controllare se lo stavo facendo come piaceva a lui. Lui sbatté le palpebre con forza.

«Piccola, fermati o ti vengo in mano.»

Quindi lo stavo facendo bene. «Io ti sono venuta in mano. E in bocca.» Mi chinai e lo leccai dalla base alla punta. Ma prima che potessi ripetere il gesto, mi prese il mento con il palmo della mano.

«Io voglio... voglio venirti dentro la prima volta. Va bene?»

Baciai il lato del suo cazzo. «Ci sto. La prima volta, la seconda, la terza. Abbiamo tutta la notte per dare sfogo alla creatività.»

Il suo cazzo sussultò. Prima che potessi baciarlo di nuovo, strappò la bustina e srotolò il preservativo lungo la sua lunghezza. «Tocca a te, Principessa.»

Intendeva dire che una cosa era che mi avesse portata all'orgasmo con le dita e la lingua. E che fossimo nudi insieme, persino che gli avessi dato quelle poche leccate intime. Ma questo era diverso. Unire i nostri corpi era un passo oltre l'amicizia, anche per amici che avevano scherzato un po'.

Gli avevo già dato il mio cuore. Gli avrei dato anche il mio corpo.

In ginocchio, avanzai fino a mettermi a cavalcioni sui suoi fianchi. Mi sollevai e guidai la punta alla mia entrata. Mi osservò, con quegli occhi nocciola scuri e socchiusi, mentre affondavo lentamente su di lui. Ero pronta e bagnata, e avevo fatto molta pratica con The Tyler; tuttavia, mi presi il mio tempo mentre mi abbassavo su di lui finché i miei fianchi non incontrarono i suoi. Sospirammo entrambi, completi.

«Solo un secondo.» Volevo catturare questo momento, questo ricordo. Inciderlo nel mio cervello per poterlo tirare fuori e riassaporarlo. Strinsi i muscoli attorno alla sua pienezza e sorrisi al suo respiro affannoso. Sarebbe stato il mio ultimo primo sesso? Lo speravo. Non avevo mai pensato che Tyler fosse un Principe Azzurro, ma ora sapevo che era perfetto per me. Meglio della favola.

Lentamente, cominciai a dondolare i fianchi. Lui rimase fermo, lasciandomi dirigere l'azione. Posò le mani sulla rotondità del mio sedere, stringendo un po', o per stabilizzarmi o per impedirsi di divorarmi con le mani. Feci scorrere le dita sui suoi pettorali fino agli addominali. «Va bene così?»

«Benissimo.» Strinse gli occhi, ma li riaprì un secondo dopo come se non volesse perdersi nulla. «Tu pensa a te. Io sto alla grande.»

Smisi di muovermi e sbattei le mani sulle cosce. «No.»

«No?» Sbatté le palpebre per scacciare la nebbia dagli occhi.

«Non lo faremo. Non metterai più il tuo piacere, la tua felicità, al secondo posto. Siamo partner. Facciamo ciò che è bene per entrambi.»

La sua fossetta scherzosa scomparve. «Marlee.» La sua voce si incrinò sul mio nome. Fece scorrere le mani dai miei fianchi alla mia schiena e mi spinse giù sul suo petto, avvolgendomi in un abbraccio. Mi baciò la tempia. «Nessuno ha mai...» Emise un sospiro.

«Lo so, piccolo. Ma è ora che tu capisca che meriti di più.»

Le sue braccia, il suo corpo, si strinsero intorno a me. Era proprio sotto la mia guancia, così baciai il suo tatuaggio.

Con una contrazione atletica dei muscoli, ci fece rotolare finché non mi ritrovai sulla schiena e lui sopra di me, ancora dentro di me. «Non posso... non posso essere delicato. Non adesso.» I suoi occhi erano passati da scuri a selvaggi.

Il brivido partì dal punto in cui eravamo uniti e vibrò fino alle punte dei miei capelli sparsi sul letto. «Non voglio che tu sia delicato. Voglio solo te. Così come sei.»

Si abbassò per baciarmi, in modo profondo ed esigente come un duca di uno dei miei romanzi storici. Ma come l'eroina, ero combattiva, e ricambiai il suo bacio, avanzando le mie stesse pretese.

Sollevandosi, osservò il mio viso mentre si ritraeva e spingeva di nuovo dentro. La seconda volta, il piacere lampeggiò dentro di me come una pulsar, ritmico. Poche spinte dopo, mi riscaldai dentro e mi avvolsi intorno a lui. «Non fermarti.»

«Mai, Principessa.» Si chinò e mi mordicchiò proprio dove il collo si univa alla spalla. Poi fece roteare i fianchi, sfiorando il mio clitoride gonfio e sensibile.

Divenni una supernova. Contraendo ogni muscolo, graffiai il suo sedere teso e gridai il suo nome. Si conficcò dentro un'ultima volta e si immobilizzò, un'espressione di beatitudine congelata sul viso. Ma invece di crollare su di me, mi posò un bacio sulla fronte, un altro sulla punta del naso, sulle labbra, sul mento. Mi cosparse di baci su ogni parte di me che poteva raggiungere. «Ti amo, Marlee.»

Ridacchiai quando mi fece il solletico con un bacio sulle costole. «Lo dici solo per via di tutte le endorfine.»

Sgarrò di baciarmi e si tirò di nuovo su. «No. Ti amo. Con o senza endorfine.»

Sorrisi. «Vedremo.»

Si sfilò, tenendo fermo il preservativo. «Torno subito.»

Un minuto dopo, tornò, profumando del mio sapone floreale

per le mani. Sollevando le coperte, si infilò a letto accanto a me. «Ti amo ancora, Marlee.»

«Non hai mai sentito parlare dell'euforia del dopo? Le endorfine possono durare per ore.» Mi accoccolai accanto a lui e intrecciai le mie gambe con le sue. «La vera domanda è: mi amerai ancora quando sono scontrosa?»

«Tipo quando ti sta per venire il ciclo e ringhi contro tutti, incluso Jackson?»

«Cosa?» Spostai i piedi sul mio lato del letto.

La sua espressione beata si offuscò. «Oh, cioè, non me ne sono assolutamente accorto. Ma se me ne fossi accorto, ti porterei del cioccolato e ti amerei lo stesso.»

Arricciai il naso. Tyler mi portava spesso del cioccolato poco prima che mi venisse il ciclo. Santo Edwin Hubble.

Mi tirò più vicino. «Ricordi quella volta che eravamo vicinissimi alla scadenza e la corrente è andata via nell'edificio?»

«La squadra di operai in fondo alla strada aveva tagliato per sbaglio la corrente. E la connessione internet.»

«Tutti gli altri erano semplicemente seduti a fissare gli schermi, chiedendosi se le batterie si sarebbero scaricate prima che tornasse la corrente, sapendo di non poter compilare senza la rete. Ma non tu. Ti sei messa al telefono con la compagnia elettrica, con l'ISP. Sei scesa di sotto e ci hai detto di continuare a lavorare. Perfino Jackson aveva paura di te quel giorno. Eri come... un tuono. O una dea vendicativa.»

Affondai il viso nel suo collo. «Sapevo quanto fosse importante quella scadenza. Mi dispiace di essere stata una stronza.»

«No, tesoro.» Mi sollevò la gamba sulla sua e mi premette contro di lui. Era di nuovo mezzo duro. «Eri magnifica.»

Lo feci rotolare sulla schiena e mi misi a cavalcioni su di lui. «Ti faccio vedere io cos'è magnifico.»

Facemmo di nuovo l'amore, più dolcemente questa volta. Dopo, ci rintanammo sotto il piumone, con le gambe intrecciate e la mia guancia appoggiata sul suo petto, i nostri respiri sincronizzati e lenti, le mie membra sciolte, come se fossimo due pesci nell'oceano.

Tyler si portò la mia mano alle labbra e mi baciò il pollice. «Non posso credere che sia reale,» sussurrò, come se parlando più forte avrebbe spezzato l'incantesimo.

Inclinai la testa per guardarlo negli occhi, ombreggiati nell'oscurità. «È reale. Ti amo, Tyler. Voglio che tu sia il mio +1 ai matrimoni. Voglio che ti fermi alla mia scrivania e flirti con me ogni volta che sali a trovare Jackson. Voglio che tu salga solo per vedere me. Voglio tenerti la mano in ascensore quando usciamo ogni sera. Insieme.»

Il suo sorriso, quello speciale che riservava a me, brillò al chiaro di luna che entrava dalla finestra, e il suo braccio mi avvolse. «Amici. E amanti.»

«Amanti. E amici.»

Il meglio di entrambi.

EPILOGO

TYLER

Sei mesi dopo

IL VISO di Marlee era pallido, ma il suo mento squadrato sporgeva in quel modo ostinato che amavo, finché non era diretto a me. Eravamo seduti nella mia auto, parcheggiata di fronte alla casa di cura di suo padre. Aveva voluto fargli visita prima che partissimo per Dallas, ma sapevo che per lei era difficile. Da quando stavamo insieme, ormai da sei mesi, veniva a trovarlo un paio di volte a settimana, a volte con me, a volte da sola.

Le strinsi la mano. «Pronta, principessa?»

Era stata una principessa sin dal primo momento in cui l'avevo vista, vestita con i suoi abiti da lavoro rosa confetto, mentre gestiva i dirigenti come se lavorassero per lei. Poi, quando finalmente ci eravamo messi insieme sulla barca della festa, mi era sfuggito. Non era sembrata dispiaciuta. E ora che era la mia principessa, avrei fatto qualsiasi cosa mi avesse chiesto: gettare il cappotto su una pozzanghera, scalare una torre alta, combattere un drago, tutto per lei.

Si voltò verso di me. Come al solito, vedere i suoi occhi castani, dolci e tristi, quasi mi spezzò il cuore. Mi fece un sorriso incerto e mi strinse la mano a sua volta. «Pronta.»

Scendemmo dalla mia Mustang bassa e ci incontrammo sul marciapiede davanti al cofano. Mano nella mano, entrammo insieme. Marlee chiacchierò con l'addetta alla reception e ci registrò, mentre io scrutavo l'atrio. Come al solito, era pulito e luminoso, ma vuoto. Nessuno era seduto sul divano o sulla coppia di sedie a schienale dritto. Dei girasoli giallo brillante in un vaso blu illuminavano la stanza tetra. Come la mia Marlee.

L'addetta alla reception sbloccò la porta di sicurezza e ci fece entrare. Dall'altra parte, ci venne incontro una delle direttrici dell'assistenza ai pazienti. Conoscevo il suo viso, ma non riuscivo a ricordare il suo nome.

«Ciao, Liz.» Marlee se lo ricordava. Una volta che aveva finalmente ammesso che suo padre aveva bisogno di più cure di quelle che lei poteva fornirgli, si era data una missione. Aveva fatto le sue ricerche, scelto il posto migliore per lui e monitorava ogni aspetto della sua assistenza. Chiacchierava con gli infermieri ogni volta che veniva in visita.

«Oggi è in una buona giornata» disse Liz, rispondendo alla domanda che sapevo Marlee non riusciva a porre.

La tensione nelle sue spalle si allentò.

Liz disse: «Questa settimana abbiamo provato una nuova terapia con lui. È lì dentro adesso. Ti andrebbe di vedere?»

«Possiamo?» chiese Marlee.

«Certo. Andiamo.»

Liz ci guidò attraverso la struttura e poi, con mia sorpresa, fuori attraverso un'altra porta di sicurezza, lungo una passerella coperta, fino a un edificio di lamiera ondulata, non molto più grande di un capanno. Usò una tastiera numerica per aprire la porta.

L'interno sembrava il laboratorio di mio padre a casa, ma meno tecnologico. Attrezzi manuali erano appesi a dei ganci sulle pareti, e tre banchi da lavoro in legno occupavano il centro della stanza. Delle luci fluorescenti pendevano dal soffitto per illuminare ogni postazione di lavoro. Il dolce odore di segatura riempiva l'aria e, nonostante il ronzio del sistema di aspirazione della polvere, granelli di polvere e minuscoli riccioli di legno danzavano nei raggi di luce che filtravano dalle finestre in alto.

Due uomini ci davano le spalle dall'altra parte della stanza, davanti a un tornio manuale. Uno era il massiccio assistente infermieristico che vedevamo spesso con il padre di Marlee; l'altro, che stava girando una gamba di sedia al tornio, era l'uomo in persona.

Le condizioni di Will Rice si erano stabilizzate negli ultimi mesi. Aveva ancora giornate no, come quella in cui si era allontanato e lo avevamo trovato alla stazione dei trasporti, ma aveva anche giornate buone, in cui riconosceva Marlee. Io mi presentavo sempre di nuovo, dato che non davo mai per scontato che si ricordasse di qualcuno conosciuto dopo la malattia; l'esperienza con il nonno me lo aveva insegnato. Speravo che Will non peggiorasse così in fretta come era successo al nonno.

Liz diede una pacca sul braccio a Marlee e ci lasciò. Massaggiai la spalla di Marlee nel punto in cui incontrava il collo, dove la tensione aveva ricominciato ad accumularsi. Non l'avrei forzata, però. Doveva fare tutto alle sue condizioni.

Marlee raddrizzò le spalle e si avvicinò a Will che lavorava al tornio. Stava in piedi sulla gamba buona e usava quella più debole sul pedale. Il raschiare della lama sul legno copriva il suono dei nostri passi.

«Papà?» La sua voce era troppo debole per superare il rumore del tornio. Si schiarì la gola e riprovò, più forte. «Papà.»

Will fermò la macchina e guardò Marlee. Un sorriso, così simile al suo, gli spaccò il viso.

«Raggio di sole!»

Era di schiena, quindi non potevo vederle il viso, ma la sua postura si rilassò. Si allungò per abbracciarlo e le braccia di lui, coperte di segatura, l'avvolsero. Quando la lasciò andare, delle impronte polverose segnavano la schiena della sua maglietta rosa.

Mi avvicinai e allungai la mano. «Signor Rice, è un piacere vederla. Tyler Young.»

«Mi ricordo di te, Tyler. Vedo che ti stai prendendo cura della mia ragazza.»

Quindi era una buona giornata. «Ci provo, signore. Ci prendiamo cura l'uno dell'altra.» In realtà, il mese prossimo saremmo andati a vivere insieme, ma non avevo intenzione di dire questo al padre di Marlee. Gamba malandata e tutto, era forte.

«Facciamo una passeggiata» disse lui.

L'assistente gli porse il bastone e uscimmo tutti insieme al sole. La struttura sorgeva su una collina circondata da prati ondulati. Alcuni residenti lavoravano in un orto lì vicino.

«Io resto qui» dissi, indicando una panchina. Avrei lasciato a Marlee e a suo padre un po' di tempo da soli, in una sua buona giornata.

Lei mi rivolse un sorriso smagliante. «Non ci metteremo molto. So che dobbiamo andare.»

«Prenditi tutto il tempo che ti serve. Ti farò arrivare in aeroporto in tempo.» Le rivolsi un sorriso malizioso. A cosa serviva avere una muscle car se ogni tanto non potevi mostrare i muscoli?

Dandomi un ultimo sguardo indugiante, si allontanò con suo padre. Passeggiavano a braccetto, con l'assistente che li seguiva a distanza discreta.

Mi lasciai cadere sulla panchina e inclinai il viso verso il sole. C'era meno nebbia qui a Oakland, e mi piaceva sempre venire in visita nelle giornate limpide. Forse l'anno prossimo, quando avremmo messo da parte abbastanza soldi, avremmo potuto comprare una casa da questa parte della baia, o magari in una delle periferie lontane dalle luci della città, dove avremmo potuto vedere le costellazioni di notte. Adoravo quando Marlee mi raccontava le storie delle stelle.

Il mio telefono vibrò per un messaggio.

RALEIGH

Venite ancora stasera?

La preoccupazione era insolita per Raleigh, mio fratello, un coglione troppo sicuro di sé. Era la ragione per cui io e Marlee saremmo andati a Dallas più tardi quel giorno. Le avevo fatto mantenere la promessa di essere la mia accompagnatrice al suo matrimonio. Avevo saltato il suo addio al celibato — il nuovo progetto di programmazione di Marlee ci aveva tenuti a San Francisco tutta la settimana — ma avevo saputo da mio fratello maggiore, Lincoln, che era stata una festa esagerata. Saremmo stati lì per la cena di prova la sera successiva.

Aspetta, è questo fine settimana?

Dopo tutte le prese in giro che Raleigh e gli altri miei fratelli mi avevano fatto, si meritava una piccola stoccata.

I puntini apparvero mentre scriveva, poi scomparvero e riapparvero altre volte. L'avevo davvero provocato.

Non è divertente

Scherzi a parte, tutto a posto?

Dai messaggi di gruppo con i miei fratelli e mia sorella, avevo avuto la sensazione che Raleigh stesse avendo dei ripensamenti. Ovviamente, aveva proiettato la cosa su Bella per far sembrare che fosse lei quella nervosa. Ma sapevo che non poteva essere vero. Come tutti i miei fratelli, Raleigh era stato il più popolare sia al liceo che al college. Le ragazze non potevano resistergli. Non riuscivo a immaginare che Bella si tirasse indietro.

Basta che tu venga, e andrà tutto bene.

Sorrisi. Avrei dovuto fargli qualche scherzo. Qualcosa di piccolo, però, come presentarmi con i calzini rossi o sostenere che il mio smoking era sparito, solo per tormentarlo ancora un po'. Me la rendeva troppo facile.

Arriveremo tardi stasera. Non vedo l'ora che tutti conoscano Marlee.

Sapevo che l'avrebbero amata quasi quanto me. Misi via il telefono, rivolsi di nuovo il viso al sole e chiusi gli occhi.

La notte prima eravamo stati svegli fino a tardi a fare le valigie. Avevo comprato a Marlee un bagaglio a mano pieno di romanzi rosa tascabili per sostituire alcuni di quelli che aveva scartato. Come le avevo detto alla festa di Natale, eravamo entrambi dei romantici. E avrei fatto tutto il possibile per mantenere il romanticismo nella sua vita.

Eravamo rimasti svegli ancora più a lungo per fare l'amore. Esausti o no, non riuscivamo a tenerci le mani di dosso. Non avevo mai avuto un'amicizia che si fosse trasformata in amore. Ma aggiungere l'intimità all'amicizia con Marlee? Ogni volta che ci toccavamo era pura magia.

Devo essermi appisolato, perché la cosa successiva che seppi fu Marlee che mi stringeva la spalla. «Andiamo, ragazzone. Una multa per eccesso di velocità ci farà solo arrivare più tardi al nostro volo.»

Aprii gli occhi e vidi il suo viso che bloccava il sole. I suoi raggi si irradiavano dai suoi capelli color miele scuro, facendoli brillare. Non c'era da stupirsi che suo padre la chiamasse «Raggio di sole». Guardai dietro di lei. Will e l'assistente se n'erano andati. Allungai la mano, come per farmi tirare su da lei, ma invece la tirai giù sulle mie ginocchia. Le accarezzai la guancia e le baciai le labbra rosa. Lei mi passò una mano tra i capelli, ora corti grazie al taglio prematrimoniale, e io intrecciai le dita nelle sue lunghe ciocche setose. Avrei potuto baciarla lì sulla panchina, al sole, per ore.

A malincuore, mi staccai e appoggiai la fronte contro la sua per riprendere fiato. L'ultima volta che ero tornato a casa a Dallas, ci eravamo quasi lasciati. Ma questa volta, lei sarebbe stata al mio fianco in quello che era sicuro sarebbe stato il pandemonio, come ogni cosa che coinvolgeva la mia famiglia, uno dei motivi per cui vivevo a duemila miglia di distanza. Ma con Marlee al mio fianco, l'avremmo superato insieme.

Le tolsi un lungo pelo grigio dalla maglietta. «Subha è stata di nuovo nel tuo cassetto.»

Sfiorò le mie labbra con le sue. «Che posso dire? Condivide la mia passione per i vestiti firmati a poco prezzo.»

Pensai che Subha condividesse la mia passione per Marlee, ma non avevo intenzione di discutere. L'unica cosa che la mia gatta — la nostra gatta — amava più che rannicchiarsi nei suoi cassetti era sedersi su Marlee stessa. La mattina in cui si era accoccolata sul suo cappotto era stato l'inizio dell'ossessione di Subha per lei.

Spinsi Marlee in piedi e poi mi alzai, intrecciando la mia mano nella sua. Camminammo verso il parcheggio. «Bella visita?»

Sospirò. «Sì. Trasferirlo qui è stata la decisione migliore.»

«Non la migliore decisione.» Le strinsi la mano. «Quella è stata accettare di essere la mia accompagnatrice al matrimonio di Jay e Alicia.»

Mi sorrise e mi cinse la vita con un braccio. «Hai ragione. Andiamo, accompagnatore di nozze.»

Passeggiammo lungo il sentiero, diretti a un altro matrimonio insieme. E un giorno, presto, le avrei chiesto di essere mia moglie, e quella sarebbe stata la decisione migliore delle nostre vite.

EPILOGO EXTRA
OPERAZIONE E VISSERO FELICI E CONTENTI

TYLER

LA LUCE della lampada indorava le punte dei capelli di Marlee di un oro rosa, intonato alla sua canottiera da notte, mentre stringeva il libro tascabile e si accoccolava tra i cuscini. Con una rapida occhiata a me, disteso accanto a lei, voltò pagina e riprese a leggere. «Il mattino seguente...»

Le posai una mano sulla sua, sopra il libro. «Non credi che dovremmo fermarci qui?»

«Ma voglio sapere se finalmente la smetteranno di fingere, ora che hanno fatto l'amore.» Potevo quasi vederle i cuoricini dei cartoni animati negli occhi.

«Ma,» dissi — e questa era la mia parte preferita in assoluto delle nostre letture romantiche prima di dormire — «tu sei eccitata.» Feci scorrere un dito al centro del suo petto ansimante, sullo stomaco e fino all'elastico dei suoi pantaloncini di seta. Mi fermai e attesi il suo cenno d'assenso prima di coprirle il sesso con la mano. Bagnata, proprio come avevo previsto.

Lentamente, le infilai un dito nell'apertura della gamba dei pantaloncini e le tracciai il contorno delle labbra. «Cosa ti ha eccitata di quella scena?»

Lasciò cadere il libro sulle lenzuola e roteò i fianchi. «Tyler, ho bisogno di te. Non voglio parlare adesso.»

La baciai, un lento scivolare delle mie labbra sulle sue. Mi afferrò la nuca e mi tenne stretto a sé, la disperazione nel suo bacio. Wow. Era davvero eccitata. Più di quando avevamo provato un po' di bondage leggero dopo uno dei suoi libri BDSM, con le mie mani legate con nastri di seta ai montanti del letto. Le era piaciuto particolarmente lo spanking che avevamo provato, ma a nessuno dei due piaceva il frustino che avevamo comprato.

Sollevai la testa e lei emise un gemito di protesta. «Sei fradicia. Cosa c'era di sexy per te in quella scena? Erano i due cazzi? I calzoni?» Stavamo leggendo un romanzo storico gay, e l'autrice aveva fatto un lavoro incredibile con la tensione crescente. Perfino io ero stato impaziente di arrivare alla scena di sesso di quella sera.

«Non credo. Credo che uno di te sia abbastanza per me.»

Emisi un sospiro. Nemmeno a me piaceva l'idea, mi sa. «È perché lo stavano facendo nella sala da biliardo mentre c'era una festa in casa e qualcuno poteva entrare da un momento all'altro?»

Sgranò gli occhi. «Non avevano nemmeno chiuso a chiave. Avevo così paura per loro. E anche... eccitata.» Si morse un labbro.

«Quindi» — le infilai un dito dentro e lei gemette piano — «è il sesso in pubblico. La paura di essere scoperti. Ecco perché ti sei eccitata tanto sulla barca.» Quella sera alla festa di Natale della Synergy, quasi un anno fa, era venuta sulla mia mano dopo meno di cinque minuti a strusciarci addosso da vestiti. Era la prima volta che la facevo venire e sapevo che era stato veloce. Ora ero un po' deluso che non fosse stato solo per le mie superiori abilità con le dita.

«Chiunque avrebbe potuto salire lassù.» Si strusciò sulla mia mano. «Chiunque avrebbe potuto sentirmi.»

Le infilai un altro dito. «Volevi che qualcuno entrasse e ci trovasse?»

Le sue palpebre si spalancarono di scatto e si bloccò. «No. Sarebbe orribile. E imbarazzante.»

«Okay.» Mi chinai e la baciai, a lungo e languidamente. «Quindi solo l'illusione della possibilità di essere scoperti. Nessun essere scoperti per davvero. È questo che ti eccita.»

«Tu mi ecciti, Tyler. Fine della storia.»

Aveva ragione. Quella notte non leggemmo più il suo libro.

QUALCHE SETTIMANA DOPO, la vigilia di Capodanno, scendemmo nell'ascensore affollato dell'elegante hotel in centro dove la fondazione di Cooper stava organizzando un gala. Normalmente non ci saremmo andati. Guadagnavamo entrambi bene, specialmente dopo le nostre promozioni, ma non abbastanza da permetterci un gala da mille dollari a piatto. La Synergy aveva sponsorizzato un paio di tavoli e ci avevano invitato a occupare due posti.

«Hai una certa espressione negli occhi,» sussurrò Marlee.

Mi chinai e le sfiorai l'orecchio con le labbra in modo che l'uomo premuto in modo scomodo contro l'altro mio fianco non potesse sentire. «Che espressione?» Toccai il sacchetto nella mia tasca.

«Quell'espressione nervosa/eccitata/determinata che significa che stiamo per mettere in atto l'Operazione Sesso da Libro.»

«Oh.» Merda. Ero così concentrato sull'altro mio piano che me n'ero completamente dimenticato. Mi raddrizzai, la mente che vorticava. Con qualche aggiustamento, avrei potuto farcela. Avrei potuto far funzionare entrambi i piani. Guardandola, le feci l'occhiolino. «Mi hai scoperto.»

«Non puoi nascondermi niente. Ti conosco troppo bene.» Fece un sorrisetto e mi venne voglia di leccare la piega delle sue labbra.

Se non fossimo stati schiacciati da una dozzina di persone nell'ascensore, avrei premuto il pulsante di arresto d'emergenza, l'avrei spinta contro il muro e avrei messo in atto la Parte B dell'Operazione E vissero felici e contenti, proprio lì. Invece, le lanciai quello sguardo infuocato che la faceva sempre rabbrividire.

Rabbrividì.

«Freddo?» mormorai. «Forse vuoi prendere in prestito la mia giacca.»

«Assolutamente no.» Si avvicinò e mi annusò. «Se lo faccio, non arriveremo mai alla festa.»

«Non me ne frega un cazzo della festa,» ringhiai. Le feci scorrere un dito lungo la schiena scollata del suo vestito.

«Ma a me sì.» Una scintilla maliziosa le brillò negli occhi castani. «Voglio stuzzicarti per tutta la cena finché non sarai pronto a gettarmi sulla spalla e portarmi di sopra. Poi voglio ballare con te, gigolò da matrimoni, e sentirmi accaldata e sudata. E poi» — ero già accaldato dentro il mio smoking — «ti porterò di sopra e ti mostrerò quanto ti apprezzo.»

«Apprezzarmi?» Abbassai il dito, dentro il tessuto del suo vestito. «È tutto qui?»

Mi baciò la guancia e poi aggrottò la fronte e si tolse il rossetto. «Sai che ti amo.»

«Lo so.» Le porte dell'ascensore si aprirono e la gente iniziò a uscire. Le presi la mano e le baciai la punta delle dita. «Lo so.»

Eravamo stati a abbastanza eventi di questo tipo da conoscere la procedura. Il primo punto all'ordine del giorno erano stuzzichini serviti al vassoio e networking. Stetti in piedi, con la mano sulla parte bassa della schiena scoperta di Marlee, rivendicandola di fronte a tutti. Lei si rannicchiò contro il mio fianco, rivendicandomi a sua volta.

Poi venne la corsa ai tavoli. Marlee ebbe fortuna, seduta accanto ad Alicia. A me toccò la compagna di Weston, una donna scintillante e spigolosa sulla quarantina con diamanti che le pendevano dal collo. Non i diamanti di Weston; non aveva ancora sposato questa. Per ora.

Dopo alcuni tentativi falliti, trovammo qualcosa che avevamo in comune: le Mustang. Lei aveva una Boss 429 del 1969 d'epoca, più il modello del 50° anniversario. Parlammo di cavalli, tenuta in curva e apprezzamento di mercato durante l'insalata e il piatto principale.

Ma Marlee richiamò la mia attenzione quando fu servito il dessert. Immerse il cucchiaio nella cremosa mousse al cioccolato fondente e, dal momento in cui toccò le sue labbra, trovò la sua beatitudine.

Guardai, ipnotizzato, mentre prendeva ogni piccolo boccone e chiudeva le labbra attorno al cucchiaio, assaporandolo, leccando e accarezzando furtivamente il cucchiaio dentro la sua bocca. I pantaloni del mio smoking divennero scomodamente stretti e mi mossi sulla sedia per cercare di allentare la presa.

Marlee sbatté le ciglia. «È così buono. Assaggiane un po'.» E ne prese un po' dalla mia coppa — non dalla sua — e me l'avvicinò alle labbra. Aprii la bocca per lei e lasciai che la mousse si sciogliesse sulla mia lingua.

«Ehi, voi due.» La voce di Jackson mi giunse da molto lontano. «Prendetevi una stanza. Abbiate un po' di considerazione per noi vecchi sposi.»

Lasciai il cucchiaio e Marlee lo posò accanto al suo piatto, con le guance rosate.

«Vecchi?» Alicia sollevò un sopracciglio. «E da quando hai mai mostrato moderazione in pubblico?»

«Moderazione?» La tovaglia nascondeva la mano di Jackson, ma fece qualcosa che fece sussultare Alicia. «Cos'è?»

«Quella» — Alicia sollevò la sua mano sul tavolo e intrecciò le dita con le sue — «è una cosa che si mostra mentre Cooper fa il suo discorso.» Fece un cenno verso il palco a un lato della sala. Cooper stava stringendo la mano a qualcuno accanto al podio.

Mi sporsi verso Marlee. «È il nostro segnale.»

«Cosa?» Stava adocchiando la sua mousse non finita — e la mia — ma la tirai in piedi e la spinsi verso l'uscita. Le porte si chiusero dietro di noi proprio mentre la voce di Cooper risuonava dall'impianto audio.

Mi affrettai a girare l'angolo, stringendole la mano. Mi ero familiarizzato con la disposizione prima, mentre lei si faceva la doccia nella nostra stanza al piano di sopra. Superammo i bagni, una sala da ballo più piccola da cui l'hip-hop pompava abbastanza forte da far tremare il pavimento e un paio di sale conferenze prima di arrivare davanti alla porta della sala riunioni Duchess.

Feci finta di provare la porta, come se stessi davvero facendo qualcosa di proibito, come se non avessi prenotato la stanza settimane prima.

Lo stratagemma funzionò. «Cosa stai facendo?» sussurrò, anche se il corridoio era vuoto.

«Abbiamo bisogno di un po' di privacy per l'Operazione E vissero felici e contenti.»

«Aspetta. Cos'è? È come l'Operazione Sesso da Libro?»

«Un po'.» La mia mano tremava sulla maniglia. Era molto più grande dell'Operazione Sesso da Libro.

La stanza era debolmente illuminata dalle candele senza fiamma che avevo sistemato prima. Delineavano un robusto tavolo da conferenza in legno, circondato da una mezza dozzina di morbide sedie di pelle. La finestra su un lato si affacciava sulla strada, dove una pioggia costante bagnava i festaioli della vigilia di Capodanno.

«Oh.» Marlee si fermò appena dentro la porta.

«Non è una sala da biliardo,» le mormorai all'orecchio, «ma pensi che possa andare?»

I suoi occhi erano grandi e scuri quando si voltò verso di me. «Qui?»

Chiusi la porta. «È come una festa in casa. Immagina che l'hotel sia un maniero di campagna.»

«Con qualche migliaio di ospiti.»

«Ti dà fastidio? O ti eccita?» La mia voce era un rombo basso.

«Eccita,» squittì. «Decisamente eccitata.»

«Devo chiudere a chiave la porta, mia signora? O lasciarla aperta?»

«Chiudila, per favore. Non vorrei che qualcuno si precipitasse dentro quando griderai il mio nome.» Sbottò il bottone della mia giacca da smoking e mi avvolse le braccia intorno alla schiena. Si avvicinò, inspirando al mio collo e poi sollevando il mento, porgendomi le labbra per un bacio.

Non ero uno sciocco. Allungai la mano e premetti il nottolino della serratura sulla maniglia, poi la baciai appassionatamente, traendo coraggio dalla sua apnea, dalle sue mani vaganti, dal caldo scivolare della sua lingua.

Mi passò la mano sulla parte anteriore dei pantaloni e trovò il mio cazzo duro e teso per lei. Ne tracciò il contorno, mandandomi in pappa il cervello. Per un minuto, dimenticai perché avevo prenotato la stanza, ma quando cadde in ginocchio e sganciò i ganci anteriori dei miei pantaloni, me ne ricordai.

«Aspetta.»

Si fermò, con una mano che ancora mi stringeva il cazzo e l'altra sulla mia cerniera. «Aspetta?»

«Siediti. Voglio parlare.»

«Parlare?» Ammiccò, guardandomi dal basso. «Non staremo mica facendo davvero una riunione qui dentro, vero?»

Lasciai che un lato della mia bocca si incurvasse in un sorriso. «Non la definirei una riunione, visto che siamo solo noi due. Ma ho qualcosa da dire.»

Si morse l'interno del labbro ma si alzò lentamente. Si accomodò su una delle sedie e la abbassò finché i suoi talloni non toccarono il pavimento. Si sistemò la gonna corta e svasata sulle ginocchia, il tessuto setoso che aderiva alla sua pelle.

Tirai fuori la sedia accanto più vicina alla finestra e la girai di fronte a lei. Sedendomi sul bordo, mi sporsi verso di lei. Lo sfarfallio delle candele le illuminava la mascella forte e gettava un bagliore dorato sui suoi capelli. I suoi occhi scintillarono nel riflesso delle luci della città all'esterno. La scrutai con gli occhi, memorizzando il suo aspetto in modo da poterlo un giorno raccontare ai nostri nipoti.

Quando l'ebbi impressa nella memoria accanto all'immagine di lei che puntava i talloni sul ponte e mi diceva che mi amava mentre la nave ondeggiava dolcemente sotto di noi, dissi il suo nome come una preghiera. «Marlee.»

«Sì, Tyler?» Allungò la mano e mi attorcigliò una ciocca di capelli lontano dalla fronte. Mi spinsi contro il suo tocco.

«Ti amo. Ti ho amata quasi dal nostro primo incontro. Sei la mia migliore amica e l'amore della mia vita.»

Lei tracciò con il pollice la linea dal mio zigomo all'angolo della mia bocca. «E tu sei il mio migliore amico. Il mio Unico Vero Amore.» Dio, era così romantica. E amavo questo di lei.

«Vuoi essere la mia migliore amica — e altro — per il resto della mia vita?» Frugaia in tasca per il sacchetto. Perché diavolo non l'avevo tirato fuori prima di sedermi? Tra la mia erezione e il modo in cui le tasche si piegavano sulle mie cosce, dovetti lottare per estrarre quella cosa. Ma Marlee, benedetta lei, non rise. Aspettò, con le labbra socchiuse.

Rovesciai il sacchetto sul palmo della mano e l'anello ci cadde dentro, scintillando alla luce delle candele.

«Santo cielo!» Le sue dita tremarono, coprendosi la bocca. «È…»

«Sposami, Marlee.» Scivolai giù dalla sedia in ginocchio, presi l'anello dal mio palmo e glielo porsi. Le candele tremolanti brillavano sulla montatura a forma di stella irregolare. Diamanti più piccoli circondavano quello centrale più grande, le griffe progettate per farlo sembrare un'esplosione stellare.

«Sì.» Il suo sguardo passò dall'anello al mio viso. «Sì.»

Tra le mie dita tremanti e le sue, ci vollero un paio di tentativi per posizionare l'anello al suo dito. Una volta sistemato, lo tenne teso in modo che entrambi potessimo vederlo scintillare alla luce delle candele. Poi si chinò e mi baciò, una promessa morbida ed eterna.

Espirai.

Mi avvicinai di più e lei aprì le ginocchia, inquadrando i lati della mia vita. Quando le posai la mano sul ginocchio, stuzzicando l'orlo della sua gonna, il nostro bacio passò da dolce a rovente. L'avevo rivendicata con l'anello. Quello era per tutti gli altri. Per mia madre che aveva amato Marlee, l'unico punto luminoso del disastroso non-matrimonio di Raleigh l'estate scorsa. Per ogni ragazzo al gala prima che aveva seguito l'ondeggiare dei fianchi di Marlee, che aveva tracciato le sue curve con gli occhi. L'anello significava che era mia.

Ma questa rivendicazione, nella sala conferenze dove c'era la possibilità, per quanto remota, che qualcuno bussasse alla porta, era per noi due.

Mi divorò come aveva fatto prima con la mousse al cioccolato. Ne assaggiai la dolcezza sulla sua lingua. Afferrò i capelli sulla nuca e mi tirò più vicino. Con l'altra mano, stropicciò la mia camicia da smoking, cercando di allentare i bottoncini senza guardare.

No. Anche se avevo chiuso a chiave, non mi sarei spogliato lì dentro. Ma le avrei dato un assaggio di ciò che entrambi volevamo.

Gentilmente, le sollevai la gonna. Tracciai una linea dal suo ginocchio fino al suo—

«Cazzo, Marlee!» Mi allontanai dalle sue labbra e guardai in basso la sua fica esposta. «Sei senza mutandine?»

«La vigilia di Capodanno tutti si scatenano un po'.» Scrollò una spalla, con una scintilla maliziosa negli occhi.

Era un gioco e stetti al gioco. «Stavi cercando di farti vedere da tutti a quella festa, vero?»

«Solo da te. Speravo in una piccola slinguata al tavolo.» Si morse il labbro.

«Seduta accanto alla moglie del tuo capo?» Le feci schioccare la lingua. «Birichina. Alzati.»

«Ma pensavo...»

«Oh, non preoccuparti. Avrai la tua parte.» Mi alzai e la feci arretrare contro la finestra a tutta altezza. Due piani più in basso, gli ombrelli nascondevano le persone alla vista. «Basta che uno di loro alzi lo sguardo e avrà uno spettacolo.»

«Ma non lo faranno…»

«No, piccola.» Abbandonai la maschera da maschio alfa e feci un gran sorriso. «Lì fuori si gela. Nessuno guarda in alto.»

«Okay,» sussurrò. «Ma la mia virtù!» disse, più forte.

«Non ne rimarrà molta quando avrò finito.» Mi misi in ginocchio, le divaricai leggermente i piedi e infilai la mano sotto la sua gonna. La sua eccitazione le gocciolava tra le cosce. Chiuse gli occhi al mio tocco.

«Occhi aperti,» dissi. Le sollevai la gonna e le diedi una leccata lunga e lenta all'interno della coscia. Mi guardò, i suoi occhi fiammeggianti.

Leccai sull'altro lato e poi mi occupai della sua fica, facendo roteare la lingua intorno al suo centro. Mi afferrò la testa, tenendomi stretto a sé. «Sì, Tyler, io…»

La sua voce si spezzò quando leccai fino al suo clitoride. Feci vibrare la lingua contro di esso come piaceva a lei. Le sue gambe tremarono, avvertendomi che era già vicina. Sembrava che l'aspetto esibizionistico fosse eccitante quanto l'ambientazione da festa in casa.

Le infilai un dito dentro e lo incurvai verso il punto che la faceva impazzire. Mentre facevo scivolare la lingua sul suo clitoride, la guardai. Mi strinse i capelli più forte. I suoi occhi si agganciarono ai miei, gemette: «Tyler, sto…»

Non dovette finire. Sapevo che stava venendo. Si strinse intorno al mio dito e le sue gambe tremarono intorno alle mie spalle. Fermai la lingua, coprendole il clitoride, e lasciai che le pareti interne tenessero il mio dito in posizione.

«Santa Jocelyn Bell,» mormorò, con la voce flebile. Lentamente, le sue dita allentarono la presa sui miei capelli.

La tenni ferma, afferrandole i fianchi. «Pronta a tornare e sfoggiare il tuo anello?» Le feci un sorriso. Le sarebbero serviti alcuni minuti per sistemarsi i capelli e il trucco, e io mi sarei lavato la faccia e avrei trovato un modo per calmare la mia erezione abbastanza da tornare nella sala da ballo.

«Non abbiamo finito qui, Vostra Grazia.»

Strizzai gli occhi. «Sei tu il duca in questo scenario. Io sono solo il secondo figlio di un...»

«Sei esattamente chi dico io.» Il suo sorriso era al limite della malvagità. «Ora siediti su quella sedia, voglio dire, su quel trono.»

«I duchi non hanno...»

«Siediti,» comandò lei.

Mi sedetti, tirando i pantaloni per avere un po' di sollievo dalla tensione.

«Non preoccuparti, piccolo. Ci penso io.» Si inginocchiò sul tappeto. Il suo anello scintillò mentre mi abbassava la cerniera. Dolce sollievo.

Tirò i pantaloni e le mutande finché non liberò il mio cazzo. Con tutti i preliminari, dal viaggio in ascensore al flirt al tavolo fino alla sua eccitazione che mi ricopriva ancora il mento, c'era già una goccia di umidità sulla punta.

Fece un sorriso e la leccò via.

Cazzo. Un formicolio partì dai miei testicoli e mi corse lungo le gambe fino alle dita dei piedi intrappolate nelle mie scarpe stringate lucide. «Principessa, non ho intenzione di...»

La gola mi si strinse quando chiuse le sue labbra rosa intorno a me e mi risucchiò in bocca. Potei a malapena aggrapparmi ai braccioli della sedia per impedirmi di spingere nella sua bocca. Avvolse una mano intorno alla base del mio cazzo e appoggiò l'altra mano con il suo anello scintillante sulla falda della mia camicia sollevata.

Incavò le guance, succhiando finché la pressione non mi fece quasi uscire gli occhi dalle orbite. Lentamente, sollevò la testa, facendo scivolare le labbra lungo la mia asta finché non mi lasciò quasi andare. Poi mi risucchiò di nuovo giù.

Il mio campo visivo si restrinse finché non riuscii a vedere gli edifici fuori, le candele o il tavolo. Vidi solo Marlee, la mia fidanzata con il suo anello scintillante. Le sue labbra rosa intorno al mio cazzo, la sua fronte corrugata per la concentrazione.

La sua lingua si arricciò intorno al mio cazzo come si era arricciata intorno al suo cucchiaio, e la sensazione, insieme all'immagine, mi fece perdere la fragile presa che avevo sul mio controllo. «Marlee,» ansimai, esplodendo nella sua bocca.

Da vera principessa, resistette finché non ebbi finito. Inghiottì e si pulì gli angoli della bocca con le sue dita delicate. Sollevandosi, mi diede un bacetto sulle labbra. «Ora sono pronta a tornare e a sfoggiare il mio anello.»

Cazzo. Dopo quell'orgasmo, ero pronto per un pisolino. Ma mancavano un paio d'ore a mezzanotte, e non avrei perso l'occasione di baciare la mia fidanzata mentre davamo il benvenuto al nuovo anno.

Mi sistemai e mi alzai. «Andiamo. Ci rendiamo presentabili e poi ti sedurrò di nuovo con i miei passi di danza.»

Si lisciò la gonna e mi picchiettò il petto. «Sapevo che lo facevi apposta al matrimonio di Jackson e Alicia.»

«Che posso dire? Ho quattro fratelli. Combatto sporco.»

«Amo tutte le cose sporche che fai.»

Il mio cazzo ebbe un fremito. «Sei sicura di non voler andare direttamente di sopra? Possiamo annunciare il nostro fidanzamento al brunch domani.»

«E perdermi il mio turno sulla pista da ballo con il miglior ballerino della stanza? Neanche per sogno. Ma appena finiremo 'Auld Lang Syne', sarò tua.»

«E io sarò tuo.»

Mano nella mano, lasciammo la sala Duchess per celebrare il nuovo anno e le nostre nuove vite insieme.

———

Grazie mille per aver letto *Fingi con Me!* Ti preghiamo di considerare di pubblicare una recensione sul tuo rivenditore preferito o su Goodreads.

Il prossimo libro della serie, *Viaggia con Me,* ha per protagonista la sorella nerd di Jackson, Sam. Non intendeva finire in un tour promozionale cercando di far passare il suo romanzo scritto con l'intelligenza artificiale per uno scritto alla vecchia maniera. E di certo non intendeva innamorarsi del suo compagno di tour poetico e con la camicia di flanella. Gli opposti si attraggono in questa storia d'amore on the road. Continua a leggere per un'anteprima.

VIAGGIA CON ME, SYNERGY LIBRO 3
CAPITOLO 1

SAM

NON TUTTI SI porterebbero di nascosto il cane a un pranzo di beneficenza. Il suo adorabile cane che non abbaia quasi mai e che, assolutamente—be', quasi—non perde pelo.

Ma, con l'eterna delusione di mia madre, io non sono come tutti.

Tutti vorrebbero avere i tuoi privilegi.

Tutti dovrebbero sposare qualcuno che si integri nella loro cerchia sociale. Con questo, intendeva ricco.

Tutti vogliono essere un Jones.

Ma a un certo punto, negli ultimi venticinque anni, avrebbe dovuto capire che sono un po'... diversa.

«Bilbo Baggins» sibilai, sollevando la tovaglia bianca di un grande tavolo rotondo.

«Sam!»

Con una smorfia, lasciai ricadere la tovaglia e mi voltai di scatto verso mia sorella minore. Mi guardava dall'alto dei suoi tacchi vertiginosi, una mano sul fianco e l'altra che reggeva un cocktail rosa che si abbinava al rosa confetto del suo abito di seta.

A questi eventi, lei sembrava sempre così a suo agio. «Che stai facendo?» sussurrò.

«Ehm, cerco un orecchino?»

Natalie mi guardò socchiudendo gli occhi. «Non porti gli orecchini.»

«Oh. Allora suppongo di cercarne due.»

«Perle. Dovresti indossare delle perle.» Mi squadrò da capo a piedi, e io spinsi la mia enorme borsa nera dietro la schiena. «Quel tailleur è di due stagioni fa. La mamma non te ne ha mandato uno nuovo?»

Fissai la punta tonda delle mie scarpe dal tacco basso, ricordando come avevo lasciato quella sgargiante mostruosità rosa nel cassonetto delle donazioni. Questo tailleur non era poi così male. L'avevo comprato quando avevo ancora i soldi per i vestiti nuovi, ed era del mio colore preferito, il nero.

La voce di Natalie era più dolce di come l'avessi sentita da un po'. «La prossima volta, dille cosa vuoi.»

«Quello che voglio è non essere qui» borbottai.

«Oh, davvero? A papà come sarebbe sembrato?» I suoi occhi diventarono insolitamente lucidi, prima di girare sui tacchi dei suoi sandali scintillanti e allontanarsi a grandi passi.

Papà? Commisi l'errore di guardare la sua foto sul manifesto all'ingresso del museo. Sarebbe stato troppo impegnato a lavorare per venire a un evento del genere, anche se portava il suo nome. Mi massaggiai il punto del petto che mi faceva ancora male, dopo quattordici anni.

Non ero lì per lui. Sebbene avrei preferito fare ricerca o accoccolarmi con Bilbo Baggins sul mio divano o farmi togliere di nuovo l'appendice, ero lì per mia madre. Esigeva che la sua famiglia si presentasse agli eventi della fondazione in modo impeccabile.

E questo mi ricordò che dovevo trovare Bilbo Baggins prima che lo facesse lei. Dove poteva essere andato? Di solito non era timido. Non si sarebbe nascosto sotto un tavolo. A differenza mia, sarebbe stato al centro dell'azione, a fare amicizia. Mi voltai su me stessa, scrutando la sala.

Un lungo tavolo da buffet occupava un lato dello spazio del museo dai soffitti alti. Di solito, mia madre odiava l'idea della gente con il cibo in mano, ma i tavoli da pranzo non si sarebbero adattati alle grandi sculture. L'altro lato della sala era cosparso di tavolini più piccoli che servivano antipasti. Forse era andato a mendicare un'ala di pollo. Non che mia madre avrebbe mai servito delle ali di pollo unte, ma Bilbo Baggins non lo sapeva.

Avevo fatto un passo in quella direzione quando una mano setosa ma ferrea mi si strinse intorno al polso. «Samantha, che cos'è quella?»

Frenetica, ispezionai l'area circostante. L'aveva visto?

Dita pallide con la French pizzicarono la tracolla della mia borsa. «Perché non ha lasciato la sua borsa da scuola al guardaroba?»

Mi voltai lentamente per fronteggiarla. «Madre, è lì che ho il portafoglio e le chiavi.» E anche il mio cane, prima che facesse la sua grande fuga.

Le sue labbra rosse si incurvarono all'ingiù. «Che fine ha fatto la borsa che Le ho regalato per il Suo compleanno?»

«Non si abbinava al mio tailleur.» Gesticolai verso i miei pantaloni neri e la camicia bianca. Non menzionai che, quando avevo venduto la borsa fucsia a fiori su eBay, ci avevo pagato la visita veterinaria annuale di Bilbo Baggins, più il suo vermifugo per la filaria e i farmaci per l'allergia.

«Non mi faccia iniziare a parlare di quel tailleur» borbottò, togliendomi un granello dalla spalla. «Ora, dov'è il Suo accompagnatore?»

«Il mio accompagnatore?»

«Sì, si ricorda, Le avevo detto che William Winford voleva conoscerLa.»

«Non aveva detto che era un appuntamento.»

I suoi occhi azzurri, più chiari dei miei, si spostarono sul mio colletto, che raddrizzò. «È molto rispettato. E brillante. A quanto sento, ha triplicato il suo fondo fiduciario.»

Non farla iniziare a parlare di fondi fiduciari. «Qual è il suo campo, narcotrafficante? Mercante d'armi?»

La sua bocca formò una O rossa e scioccata. «Samantha Renée Jones, sa benissimo che non frequentiamo gente del genere.»

«Madre, era solo una battu—»

«Può fidarsi della Sua famiglia per non lasciarLa cadere vittima di gente simile.»

Schiusi le labbra. Non avrebbe davvero tirato fuori il mio terribile errore qui, vero? Il cuore mi prese a battere forte.

«Samantha.» Mi posò una mano sulla manica. «Deve fidarsi delle persone che La amano. L'aiuteremo a trovare un compagno che possa mantenerLa.»

«Posso mantenermi da sola.» Forse prendevo decisioni di merda riguardo agli uomini, ma non avevo bisogno che mi trovasse un compagno. Avevo un piano per la mia vita. Incrociai le braccia. «L'ultima cosa di cui ho bisogno è un compagno.»

«Ha bisogno di sicurezza. Ho visto quella topaia in cui vive. Quella non è—»

«Madre.» La grande mano del mio fratello maggiore si posò sulla spalla della sua giacca.

«Ah. Jackson.» La sua voce divenne tutta dolce al nome di mio fratello, come non succedeva mai quando pronunciava il mio.

Lui si chinò per baciarle la guancia, ma il suo sorriso sbilenco era tutto per me. «Ho bisogno di Sam per un minuto.»

«Ma stavo per presentarla a William Winford. Sai, il banchiere d'investimento.» Arricciò le labbra verso di me.

«Potrà conoscere il tuo uomo più tardi. Ho in mente qualcun altro.»

Socchiusi gli occhi verso di lui. Mio fratello non mi faceva da pappone né cercava di usarmi come una pedina nei suoi giochi d'affari. Ma non tradì nulla sotto lo sguardo di mia madre.

«Va bene. Vi troverò più tardi, Samantha. Con William.» Si

allontanò a grandi passi, i tacchi che risuonavano sul pavimento di legno.

«Che diavolo, Jacks—»

«Non è che per caso hai portato qui quel ratto gigante che chiami cane, vero?» Diede un colpetto alla mia borsa.

Trattenni il respiro. «L'hai visto?»

«Laggiù, vicino al tavolo dei salumi.»

«Oh, no.» Con Jackson alle calcagna, corsi verso il tavolo pieno di vassoi di affettati e formaggi. Mi accovacciai e sollevai il drappo che lo copriva, ma lo spazio sotto il tavolo era vuoto. «Non è qui.»

«Sam, perché hai portato il tuo cane alla festa della mamma?»

Mi alzai e diedi un colpetto alla mia borsa come se Bilbo Baggins potesse essere magicamente riapparso dove doveva stare. Con il mio cane contro il fianco, le mie mani avevano smesso di tremare e la mia frequenza cardiaca era rallentata dalla velocità di un colibrì a quella di un coniglio spaventato. «Non lo so.» Ma non potei fare a meno di lanciare un'occhiata al manifesto gigante con il volto smisurato di mio padre.

Il suo sorriso si afflosciò. «Lo odio anch'io, Samwise. Ma la gente paga fior di quattrini per venire qui a mangiare formaggio raffinato, e i soldi vanno a una buona causa.»

La causa preferita di papà, non c'era bisogno di dirlo.

«Lo so, ma—» Gli eventi della Fondazione Jones erano i peggiori. La gente voleva parlare di libri, che non leggevo più, o di papà, cosa che mi faceva male al cuore come se se ne fosse andato solo da un anno e non da più di metà della mia vita. «Perché non possono semplicemente staccare un assegno e lasciarmi fuori da tutto questo?»

Fece spallucce. «Che ti piaccia o no, sei una Jones.»

Non potevo sfuggire al mio nome, non qui a San Francisco. Ma un giorno — tra un anno, se fossi riuscita a raddrizzare il mio progetto di tesi — sarei stata in grado di evadere. Avrei trovato una cattedra di ricerca da qualche parte lontano nel centro del paese, dove mia madre non sarebbe mai andata. South Dakota o

Iowa, o persino Arkansas. Non mi importava dove, purché non ci fossero boutique di lusso o donatori. Tutto ciò di cui avevo bisogno era un laboratorio informatico e un appartamento abbastanza grande per me e—

«Bilbo Baggins» sibilai di nuovo, a bassa voce. Con quelle sue orecchie giganti, avrebbe dovuto sentirmi anche sopra il chiasso dei commensali.

«Senti, ci dividiamo e cerchiamo. Tu copri questa metà della sala e io controllerò vicino al tavolo del buffet.»

«E se fosse corso fuori?» Nel parco circostante c'erano volpi e falchi, forse anche coyote.

«Quel cane non ti lascerebbe mai, Samwise. È solo andato a cercare uno spuntino. Lo troveremo.»

L'interno del mio naso bruciò un po' mentre allungavo la mano e stringevo il braccio di Jackson. «Grazie.»

«Non ti preoccupare. È molto più divertente che parlare con noiosi letterati. Ehi, ti ricordi quando andavamo a caccia di gnomi in quel gioco che abbiamo creato insieme?»

«Gnome Dome? Quello era anni fa.» Roba preistorica. «E Bilbo Baggins è molto più astuto degli gnomi che abbiamo programmato.»

«È piuttosto prevedibile quando ci sono di mezzo gli spuntini.» Mi fece l'occhiolino prima di dirigersi verso il buffet.

Mi voltai di nuovo verso i tavoli degli antipasti. Doveva essere lì, a elemosinare un bocconcino. Esaminai il pavimento. Nessuna traccia della sua pelliccia nera.

Una risata, ricca e profonda, catturò la mia attenzione. Non era la risatina educata che la gente usava per segnalare il proprio divertimento, solitamente falso, a questi eventi. Era pura e sfrenata. E rumorosa. Mi voltai per vedere chi avesse violato il contratto sociale.

Era grosso e... e luminoso, come se avesse un fuoco dentro. I suoi capelli erano dello stesso colore del cielo durante gli incendi dell'estate precedente, un profondo ruggine. Lentiggini dorate gli ricoprivano la pelle. Aveva il fisico di uno che praticava uno di quegli sport in cui si porta una palla su un campo, largo di spalle e affusolato sotto. Qualcuno che sarebbe sembrato più a suo agio con un mantello foderato di pelliccia e un'ascia in pugno che non con un abito grigio antracite e in mano un—

«Bilbo Baggins!» Mi fermai di colpo davanti al vichingo.

«Scusa?» Con una mano enorme e lentigginosa, strinse Bilbo Baggins più vicino al petto. Mi colpì con un paio di occhi azzurri. No. Erano verdi. Pagliuzze dorate li illuminavano come scintille. Le sue ciglia erano rosse. Esisteva un dio norreno della fiamma? Perché questo tizio era un falò, caldo e accogliente ma anche scoppiettante di pericolo.

Controllai a destra e a sinistra prima di avvicinarmi. Più dolcemente, dissi: «Quello è il mio cane. Bilbo Baggins.»

«Questo qui?» Abbassò lo sguardo negli occhi marroni e sporgenti di Bilbo Baggins. Bilbo Baggins tirò fuori la lingua rosa per leccare il mento ben rasato dell'uomo, poi si dimenò nella sua presa. «Assomiglia più a Toto che a un Hobbit.»

Non sapevo inarcare un sopracciglio come Natalie, ma li alzai entrambi. «E questo fa di te la Malvagia Strega dell'Ovest che rapisce il mio cane?» Con i riferimenti cinematografici, me la cavavo. Questo tizio sembrava più un linebacker che un bibliotecario; se fossimo rimasti in acque poco profonde, non avrei dovuto tradire la mia ignoranza letteraria.

Un sorriso si sparse come miele sul suo viso. «Rapimento? Più che altro custodia. Sembra che Bilbo Baggins fosse pronto per un'avventura. Per portare un po' di brivido nella sua vita monotona.»

«Il brivido è sopravvalutato.» Lo stomaco mi si chiuse. Non riuscivo nemmeno a guardare Bilbo Baggins negli occhi. «So che non avrei dovuto portarlo. È solo che—» Mi strinsi le labbra. Non potevo dire a questo sconosciuto che avevo bisogno del mio cagnolino per respingere le emozioni che mi minacciavano qui.

«Ehi, ehi.» Aspettò che lo guardassi di nuovo. «Va tutto bene. Adesso è al sicuro. Vedi? Ce l'ho io.» Bilbo Baggins sospirò e si strinse contro il suo petto.

Vorrei potermi accoccolare anch'io contro di lui.

L'uomo ridacchiò. «Certo, c'è un sacco di spazio per entrambi.»

«Merda, l'ho detto ad alta voce, vero?»

«'Nessuna eredità è così ricca come l'onestà'.» Diede un'occhiata alla sala. «Anche se non si direbbe da questa folla.»

Inclinai la testa di lato. «Sembra Benjamin Franklin.»

«Shakespeare, in realtà.»

«Oh.» Nonostante il suo aspetto, nonostante il suo giudizio sui partecipanti alla raccolta fondi, era uno dei tipi letterati. «Mi riprendo Bilbo Baggins adesso.»

Le sue sopracciglia rosse si aggrottarono, ma mi porse Bilbo Baggins, e il mio cane zampettò con le sue zampine pelose dritto tra le mie braccia. Lo strinsi forte contro il petto. Troppo forte, scoprii quando emise un rutto.

«Non è che per caso gli hai dato del formaggio, vero?»

Il vichingo aprì l'altra mano e mi mostrò un tovagliolo accartocciato che conteneva un singolo cubo arancione. «Solo uno o due pezzi.»

Feci una smorfia. «Lo porto fuori di qui prima che si c... prima che abbia un disturbo gastrico, voglio dire.» Arricciai il naso. «Non tollera i latticini.»

«Mi dispiace. Sembrava che gli piacesse.» La sua voce, come la sua risata, era bassa e ricca. Non biasimavo Bilbo Baggins per essere corso da lui. Diavolo, mi sarei accoccolata anch'io contro quest'uomo mentre mi dava da mangiare.

Una punta di odore di formaggio puzzolente mi arrivò al naso. Misi Bilbo Baggins nella mia borsa.

«Il formaggio gli piace, fino al momento in cui il suo piccolo intestino si scatena.» Era un'informazione di troppo? Probabilmente. Quando ero nervosa, la mia bocca era più sfrenata delle viscere di Bilbo Baggins dopo aver mangiato del Muenster.

Lui trasalì. «Mi dispiace davvero.»

«Non fa niente. Mi darà una scusa per andarmene prima.» Ma

i miei piedi rimasero piantati lì, davanti al gigante amichevole che aveva salvato il mio cane.

«Sono Niall Flynn.» Mi porse la mano destra.

«Samantha.» La mia mano scomparve nella sua, molto più grande, le sue dita così lunghe che sfiorarono la pelle sensibile del mio polso. Il mio battito cardiaco accelerò e inspirai bruscamente.

Fece una smorfia. «Scusa. Mani ruvide.»

Era vero. I calli gli irruvidivano il palmo e ciascuna delle dita che coprivano il dorso della mia mano. La maggior parte degli uomini a questi eventi non faceva niente di più faticoso che cliccare un mouse, e le loro mani erano più lisce delle mie. Niall doveva essere un atleta. La fondazione collaborava con alcuni giocatori professionisti.

«Non fa niente. Mi... mi piace.» Osservai come le maniche della sua giacca si tendevano sui bicipiti. La mia amica Marlee mi direbbe di buttarmi. Di flirtare. Di bere qualcosa con lui. Ma io non ero Marlee. Dovevo essere stata nel laboratorio di informatica quando davano lezioni su come scuotere i capelli e fare conversazione. Sulla scala di conversazione da "chiacchiera leggera" a "serietà mortale", di solito risultavo un undici: intensa.

Rendendomi conto che mi stava ancora stringendo la mano, la sfilai dalla sua presa. «Be', grazie per aver salvato Bilbo Baggins dall'essere infilzato dal tacco di qualcuno.»

«Aspetta.» Mi stava studiando, un lento esame del mio viso, come alcune persone guardano l'arte, non come il calcolo mentale che la maggior parte della gente faceva quando guardava una Jones.

Sbattei le palpebre. «Ho qualcosa in faccia?»

Scosse la testa. «Scusa, io... immagino di essere solo sorpreso di trovare qualcuno come te qui.»

«Qualcuno come me?» Arricciai il naso. «Che cosa dovrebbe significare?» Cosa aveva capito di me nei nostri dieci minuti insieme?

«Qualcuno di... reale. E allo stesso tempo no. È come se stessi per trasformarti in una creatura del bosco al calar del sole.» Il suo viso divenne rosso, persino le lentiggini.

«Come in Ladyhawke?»

«Sì, come—»

«Niall! Eccoti.» Una donna della mia altezza, con capelli scuri e ricci e la pelle ambrata, afferrò la manica di Niall. Una raffica di clic dietro di lei mi disse che aveva portato un fotografo. Rabbrividii e voltai le spalle al suono. «Cosa ci fai nascosto qui? Dobbiamo farti uscire a socializzare.»

«Stavo parlando con Samantha.» Mi tese la mano. Assolutamente no, non mi sarei lasciata trascinare nella sua photo opportunity. Ogni clic dell'otturatore aumentava il peso gelido nel mio ventre. Come avevo potuto sbagliarmi di nuovo così tanto? Non era un gigante gentile. Era una qualche celebrità di poco conto venuta a sborsare soldi per farsi pubblicità.

O peggio, era come Stephen, che mi attirava nella sua trappola, aspettando di farla scattare. In qualche modo, mi aveva collegata alla famiglia Jones anche se non gli avevo dato il mio cognome. Maledetto quel ridicolo ritratto di famiglia che mettevano su un cavalletto per questi eventi. Avevo dieci anni, con i capelli scuri e lisci con la riga a zig-zag, un sorriso a bocca chiusa che nascondeva l'apparecchio e gli occhi troppo grandi per il mio viso. Ora i miei capelli erano raccolti in una coda di cavallo bassa e l'apparecchio non c'era più, ma assomigliavo ancora a quella ragazzina preadolescente troppo ingenua per sapere che stava per perdere suo padre.

Lo sguardo della donna si posò su di me, ancora più penetrante di quello di Niall. «Qual è il tuo cognome, Samantha?»

«Gabi» disse Niall, «ho bisogno di un altro minuto con Samantha.» Di solito non mi piaceva il mio nome completo, ma il modo in cui scivolò fuori dalla sua voce bassa mi fece rabbrividire. O forse era una scossa di avvertimento da parte di Bilbo Baggins. A cosa poteva servire a Niall un altro minuto? Per spazzolarmi i peli di cane dal tailleur per una foto? Una volta, ero stata disposta a fare da decorazione al braccio di un uomo, sorridendo per foto che non volevo. Mai più.

Alzai i palmi davanti al petto come se potessi respingerli entrambi. «Tranquilli. Abbiamo finito. Piacere di conoscerti, Niall.» Mi diressi a grandi passi verso l'uscita, lasciando Niall e il suo entourage davanti ai salumi.

Quando raggiungemmo una zona erbosa fuori dal museo, Bilbo Baggins saltò fuori dalla mia borsa per liberarsi del formaggio malefico, fissandomi come se lo avessi tradito. «È stato il tuo nuovo amico, Niall, ad avvelenarti» dissi mentre pulivo il casino. «E non ne valeva assolutamente la pena. È proprio come quel Winford Chissàchi. Vuole usarmi come un badge per entrare a feste di merda come quella.» Scossi il sacchetto di plastica con la cacca del cane. «Non sono il biglietto d'oro di nessuno. Prenderò il dottorato e me ne andrò da qui. Capito?»

Bilbo Baggins inclinò la testa.

«Lo so. Tu capisci.» Gettai il sacchetto nel cestino e mi spalmai del gel igienizzante sulle mani.

Mentre agganciavo il guinzaglio al suo collare, il mio telefono vibrò dalla tasca esterna della borsa. La suoneria del Dr. Martell. Di solito rispettava i miei fine settimana. Forse si era dimenticato di alcuni test che doveva far correggere.

«Salve, Dr. Martell.»

«Samantha. Pensavo di trovare la segreteria telefonica. Non aveva una specie di festa questo pomeriggio?»

«Ho... ho finito.» Condussi Bilbo Baggins a una panchina e mi sedetti, sfilandomi i tacchi.

«Bene. Bene.» Potevo quasi sentire il suo cervello tornare in modalità ricerca. Mi era sempre piaciuta la capacità del mio relatore di concentrarsi su ciò che era importante.

«Dobbiamo parlare della Sua ricerca. Lunedì mattina alle nove, nel mio ufficio.»

Il mio stomaco gorgogliò come se avessi mangiato anche io il formaggio andato a male. «So che non sta andando molto bene, ma—»

«Non si preoccupi, Samantha. È un'opportunità.»

L'ultima opportunità che mi aveva dato mi aveva trascinato in un vicolo cieco, e stavo ancora cercando di rimettere il progetto nella giusta direzione. «Un'opportunità.»

«Le piacerà. A lunedì.»

Non c'era alcun dubbio nella sua voce. Supervisionava non solo la mia borsa di studio ma anche il mio dottorato. Senza la sua firma sulla mia tesi, sarei stata la versione senza PhD di Samantha Jones, incapace di ottenere la posizione di ricerca di cui avevo bisogno per fuggire. «Ok» dissi.

Aveva già riattaccato.

Lasciai cadere il telefono in tasca. «Andiamo a casa, Bilbo Baggins.» Mi reinfilai le scarpe e mi alzai. Superando la fila di Mercedes e Bentley nere e la sgargiante Lamborghini gialla di Jackson, mi avviai faticosamente verso la fermata dell'autobus più vicina.

———

Viaggia con Me è disponibile in edizione tascabile presso il tuo rivenditore preferito.

L'AUTRICE

A Michelle McCraw piace leggere romanzi d'amore e lavorare nel settore tecnologico. Un giorno, ha deciso di combinare i suoi due interessi, e ora scrive romance contemporaneo piccante e nerd che potrebbe farti ridere. I suoi libri presentano personaggi che amano senza vergogna la scienza, l'ingegneria e la tecnologia.

Autrice americana e texana di nascita, Michelle ha spalato neve durante le tempeste in New England ed è passata a uno spazzaneve nel Midwest. Ora vive in Georgia, dove NON le manca affatto la neve. Ama leggere, viaggiare, bere bourbon e viziare il suo cane straordinariamente maleducato ma adorabile. È stata finalista nel RWA Vivian Contest, nel Contemporary Romance Writers' Stiletto Contest e nel Windy City Romance Writers' Four Seasons Contest.

facebook.com/MichelleMcCrawAuthor

instagram.com/MMOWriter

amazon.com/author/michellemccraw

goodreads.com/MichelleMcCraw

bookbub.com/authors/michelle-mccraw